BERND GUNTHERS

Die Kuh kennt keinen Feiertag

BERND GUNTHERS

Die Kuh kennt keinen Feiertag

Kriminalroman

GMEINER SPANNUNG

Immer informiert

Spannung pur – mit unserem Newsletter informieren wir Sie regelmäßig über Wissenswertes aus unserer Bücherwelt.

Gefällt mir!

Facebook: @Gmeiner.Verlag
Instagram: @gmeinerverlag
Twitter: @GmeinerVerlag

Besuchen Sie uns im Internet:
www.gmeiner-verlag.de

Im Ehnried 5, 88605 Meßkirch
Telefon 07575/2095-0
info@gmeiner-verlag.de

1. Auflage 2019

Lektorat: Claudia Senghaas
Herstellung: Mirjam Hecht
Umschlaggestaltung: U.O.R.G. Lutz Eberle, Stuttgart
unter Verwendung eines Fotos von: © Philippe Ramakers / fotolia.com
Druck: GGP Media GmbH, Pößneck
Printed in Germany
ISBN 978-3-8392-2382-6

Personen und Handlung sind frei erfunden.
Ähnlichkeiten mit lebenden oder toten Personen
sind rein zufällig und nicht beabsichtigt.

Milka hatte es gewiss nicht leicht in der Schule. Das lag weniger an ihrem Namen, wie man vielleicht glauben möchte. Gerufen wurde sie meist Milky, wobei ihre MitschülerInnen – (und hiermit ist der Einfachheit halber und regionalbedingt auch gleich Schluss mit Gender) die Assoziation eher zum Riegel und nicht etwa zur Milchstraße herstellten – ohnehin waren sie im Englischen noch nicht so weit gekommen. Also, es lag nicht am Namen, sondern an einer ihrer besonderen Eigenschaften, die sie im Unterricht wie auch außerhalb der Schule zeigte, die aufgrund deren stetiger Präsenz einfach ihrer Natur zugeordnet werden musste. War man Milky wohlgesinnt, so bezeichnete man die Eigenschaft als Widerspruchsgeist, in den allermeisten Fällen aber wurde ihr bloße Besserwisserei, gar impertinente Rechthaberei unterstellt.

Diese ihre Eigenschaft machte konsequenterweise auch vor ihren Lehrern nicht Halt, obwohl sie damit, spätestens am Ende eines Schuljahrs, überwiegend negative Erfahrungen machen musste. Nur in wenigen Fällen wurde ihrem Widerspruch stattgegeben und nur in noch weniger Fällen erhielt sie spontan Recht. Die Richtigkeit ihrer Meinung zeigte sich oftmals erst viel später, in vielen Fällen war der Lehrkörper bereits in Pension oder, seltener, bereits verstorben, was ihrer inneren Befriedigung aber keinerlei Abbruch tat. Schließlich wusste sie schon zuvor, dass sie recht hatte.

Allerdings, dies kann nicht unter die Schulbank fallen, wurde ihr Widerspruch regelmäßig untermalt von einem lauten, einmaligen Stampfen des linken Beins und, mit einer Verzögerung von nur einer Sekunde, einem dezenten Trommelwirbel der linken Handfinger. Strafarbeiten konnten an dieser Choreografie nichts ändern.

Zur klammheimlichen – lautes Lachen war natürlich untersagt – Erheiterung ihrer Mitschüler rutschte Milkys grobmaschiger, gräulicher Kniestrumpf – gemeint war eigentlich graufarben, es traf aber beides zu – bei jedem Stampfen bis auf die

Halbschuhe herunter, faltete sich dort recht unordentlich und legte, je nach Jahreszeit, eine milchweiße (!) oder auch gebräunte Wade frei. Ihr Mitschüler Max R., links vom Gang direkt hinter ihr sitzend, behauptete steif und fest, dass sich am Umfang der Wade über die Klassen hinweg nichts änderte, nur an der Länge. Eine seiner ganz herausragenden Fähigkeiten war ein eidetisches Gedächtnis. Bild- oder Formveränderungen konnte er untrüglich auf einen Blick erkennen, seine Einschätzung wurde daher auch nie angezweifelt. Auch nicht, dass Milkys Aufmüpfen sich bereits vor dem Stampfen durch eine leichte Rechtsneigung des Kopfes um geschätzte 20 Grad ankündigte. Einmal darauf aufmerksam gemacht, konnten zumindest die in Milkys Nähe Sitzenden dieses Moment der Früherkennung ebenfalls beobachten.

Allen schulischen und sonstigen Widrigkeiten – und derer gab es viele, stellvertretend sei hier nur ihre Mithilfe auf dem väterlichen Bauernhof genannt – zum Trotz, durchlief Milka sämtliche Klassen ohne Aufenthalt, erreichte mit nur marginalen Ausreißern eine befriedigende, ab und an auch gute Benotung und stand, sozusagen urplötzlich, vor dem Abitur. Sie nahm auch diese Hürde ohne größeren Notenmakel, selbst der Rektor drückte ihr persönlich seinen Glückwunsch aus, bezog diesen aber gleichermaßen auf seine gesamte Schule, den Lehrkörper vorweg.

So stand Milka nach der Abiturfeier verloren vor der Schule, wartete auf ihren älteren Bruder und die Erfüllung seiner festen Zusage, sie mit dem Traktor abzuholen. Kühe kennen keinen Feiertag. In dieser Wartezeit stellte sich ihr zum ersten Mal die Frage nach Inhalt, Sinn und Zweck ihres weiteren Lebens. Noch bevor sie auch nur ansatzweise eine Antwort fand, wurde sie weiteren Überlegungen durch das Tuckern des nahenden Traktors entrissen.

Es kam so, wie es halt einfach so kommt – s'is hald âmôôl âsou. Milkas Leben rutschte in die Landwirtschaft. So wie man in ein Güllefass fällt und ohne fremde Hilfe nicht mehr herauskommt. Oder, wem der Vergleich stinkt, so wie einen die Pflichten auffressen und der Körper die wenige freie Zeit unmissverständlich für sich fordert. Was bleibt dann noch über? Das fragte sich Milka selten genug, fand darauf in diesen seltenen Momenten keine sie befriedigende Antwort, wusste aber, da muss noch was sein.

Nichts, aber auch rein gar nichts änderte sich an ihrem allgegenwärtigen Widerspruchsgeist, der sich jedoch stets empfänglich für plausible Argumente zeigte. Allein, ein Dialog oder gar ein Diskurs im Habermas'schen Sinn ließ sich im nun einmal gegebenen familiären Umfeld nicht entwickeln. Konnte Milka in der Schule, zumindest bei frisch aus dem Studium eingetroffenen Lehrern, noch eine kurze, ernst gemeinte Auseinandersetzung auslösen, so beschränkten sich die Reaktionen jetzt auf nicht reflektierbare Symptominterjektionen wie »jao, mhm, Mist, oje.« Herausragend und entsprechend selten waren ganze Sätze wie »das haben wir schon immer so gemacht« oder »das kann gar nicht sein«. Ab und an fühlte sie sich in Wolfgang Ambros' Watzmann versetzt, »Ich habe mich verlaufen in einem Düngerhaufen, mir wird bang ...«

So erreichte Milka ihren 35. Geburtstag.

KAPITEL 1

Der gestrige Abend arbeitete sich aus ihrem Schlaf. Dieser Abend hatte ein einsames intellektuelles Highlight gebracht, zumindest für ihre Seite. War sozusagen eine seltene, ergiebig Labsal versprechende Oase in weiter Wüste. Das Gespräch in der Familie entwickelte sich gänzlich unverhofft beim abendlichen Zusammenkommen am großen Esstisch, ihren morgigen Geburtstagskuchen hatte sie bereits zuvor aus dem Ofen genommen. Milkas Vater Georg, wäre er in Schwäbisch Gmünd geboren, hätte man ihn vor drei Jahren beim Umzug der 60er mitlaufen sehen, wies, noch am letzten Stück Dinkelbrot kauend, in einem Nebensatz auf den bevorstehenden Faschingssamstag im nahen Bühlertann hin, einer närrischen Hochburg im Landkreis Schwäbisch Hall. Die Narretei beginnt regelmäßig bereits am Tag nach Dreikönig mit dem Aufstellen des Narrenbaums, genau dort, wo gerade noch der kommunale Weihnachtsbaum stand. Nur umgekehrt. Heißt, der geschälte, entgrätete und närrisch geschmückte Narrenbaum streckt seine Wurzeln gen Himmel. Dann, sehr plötzlich und irgendwie nicht nachvollziehbar, tauchte, sozusagen aus dem Off, die diffizile Frage auf, ob denn nun, vom Dialekt her, die eigene Gemeinde Bühlerzell zum Schwäbischen oder doch zum Fränkischen gehöre. Das Schwäbische vertrat Milka vehement mit einem Fußstampfer, wollte allein dem Teilort Geifertshofen eine fränkische Ausnahme zugestehen. Die Mutter war solidarisch auf ihrer Seite, ihr Vater und ihr Bruder jedoch schlugen die gesamte Gemeinde dem fränkischen Dialekt zu, vielleicht auch nur, um zu widersprechen. Christophs Frau Bettina, geborene Haller, hielt sich raus, gab vor, noch mit ihrem Wurstbrot beschäftigt zu sein. Die gedankliche Wiederholung des Abends war gerade so weit gediehen, dass sich Milka nur noch eine Millisekunde vor der inneren Befriedigung des Rechterhaltens befand, als der Wecker auf ihrem Nachttisch schrillte. Sechs Uhr. Die Kühe.

Aus dem Stall zurück gelang es Milkas Bruder Christoph gerade noch rechtzeitig, die dritte Kerze anzuzünden, vier sollte es selbstverständlich erst mit 40 geben.

Alles sah so aus wie am 32., am 33. oder wie am 34. Und doch sollte es unerwartet anders kommen. Zunächst einmal war da ein noch verpacktes Smartphone eines bekannten Unternehmens aus Cupertino, das sich Milka auch wegen des Logos, das unmittelbar Bezug auf die hinter der Scheune liegende Streuobstwiese nimmt, gewünscht hatte. Immerhin hatte sie ein ganzes Jahr darauf gespart. Das väterliche Geschenk beinhaltete die betriebliche Übernahme der monatlichen Flatrate, was kumulativ betrachtet auch nicht zu verachten war. Christoph hatte einen wundervollen Blumenstrauß besorgt, sich dabei, nach der letztjährigen Katastrophe, an ihre Farbempfehlungen erinnert. On Top, und dafür wurde er gedrückt und erhielt einen dicken Kuss links und rechts auf die Wange, gab es einen neuen Steckschlüsselsatz aus dem Hause eines bekannten Künzelsauer Weltmarktführers. Nach dem Austausch aller Glückwünsche und Danksagungen freute sich Milka auf einen Tag zur freien Gestaltung, allein die Kühe blieben an ihr hängen.

Sie wusste, was sie heute vorhatte. Vor ziemlich genau fünf Jahren hatte sie den 1964er Käfer, Zwölfhunderter Maschine, ehemals in L469 fontanagrau, wiederentdeckt. Wiederentdeckt, weil sie selbstverständlich schon zuvor wusste, dass unter einer eingedreckten Plane im hintersten Winkel der Gerätehalle ein Auto sein immobiles Dasein fristete. Nun könnte man bei Milka, gerade 35 Jahre, die tiefschwarzen Haare kurz geschnitten, durchaus als schlank und attraktiv durchgehende

Figur, mütterliche Instinkte unterstellen, die sie mangels Alternative nun ausgerechnet an einem Käfer entfalten wollte. Weit gefehlt. Zwei Dinge waren auslösendes Moment. Ihre mehr als zehnjährige Einarbeitung auf dem elterlichen Hof umfasste selbstverständlich auch die Aneignung umfassenden technischen Wissens, und hier zeigte sie ein auch für sie selbst überraschendes Geschick, das eher ungewollt zu einer stetigen Aufgabenmehrung führte. Nicht jedoch dazu, die Plane vom Käfer zu ziehen. Dieser Akt vollzog sich erst, nachdem sie mit ihrem Trecker nicht auf die durch Bühlertann führende Hauptstraße einbiegen konnte, weil die weit über die Region hinaus bekannte Oldtimer Rallye Langenburg Historic vorbeiführte. Noch bevor die Strecke wieder frei war, hatte sie für sich einen Entschluss gefasst: Das will ich auch! Allein, es muss einfach nochmals gesagt werden, die Kuh kennt keinen Feiertag. Entsprechend belichtete das in der Wand für Milkas Arbeitsplatz eingeschnittene Fenster eine Szenerie, die zwar von ihren unleugbaren Fortschritten in der Zerlegung und Restaurierung diverser Baugruppen und Bauteile zeugte, zugleich aber jedweden Versuch, eine Fertigstellungsprognose zu wagen, im Keim erstickte.

Immerhin befand sich der Käfer nicht mehr in diesem unfassbar mitleidserregenden Zustand wie an dem Tag, als Vater Georg, Bruder Christoph und sie selbst den Wagen zum ersten Mal aufdeckten. Was bei Vater und Bruder ein anhaltendes, stummes Kopfschütteln hervorrief und anschließend die nicht diskussionsfähige, finale Aussage: »Da ist nix mehr zu machen, des konnsd fei doddaal fergessn!«

Selbstverständlich widersprach Milka.

Heute am Abend mussten die 65 Kühe nochmals gemolken werden, das würde mit der Melkmaschine etwa 80 Minuten in Anspruch nehmen. Ein Melkroboter stand lediglich auf der Investitionsliste. Dann war noch die Mischration zu verteilen.

Bis dahin wollte sie sich den linken Kotflügel vornehmen. Es sollte nicht gelingen.

Während Christoph sich mit dem Traktor auf den Weg machte, um Zäune zu reparieren und an der unteren Wiese, die einen Acker zum Wald hin abgrenzte, Wassergräben zu reinigen, begann Milka mit dem Unboxing ihres Smartphones. Das gelang einschließlich des Einlegens der SIM-Karte zügig, sodass nach wenigen Minuten die Verbindung zum PC stand. Kopfzerbrechen bereitete Milka allein die impertinente Aufforderung des Geräts, endlich ein Passwort für die Cloudnutzung einzugeben. Was ihr widerstrebte. Nach erfolgreichem Überspringen dieses Menüpunkts synchronisierte sie ihre 30 Kontakte, führte ein halbstündiges Jungferngespräch mit ihrer Freundin Claudia, ließ sich zum Geburtstag gratulieren, geriet kurz in Versuchung, auch noch Max R. anzurufen, sah wegen ihres Geburtstags, den er kannte, davon ab und kontaktierte stattdessen den Karosseriebauer, der ihr regelmäßig mit Tipps weiterhalf, und ging mit der neu gewonnenen Information über den Hof in die Betriebshalle, schaltete die LEDs ein, ordnete ihr Werkzeug, das sie in den nächsten zwei Stunden brauchen würde, wählte beim alten Kofferradio ihren Sender »Radioton« und schaltete den Heizstrahler in der Ecke an. Der Februartag musste zwar unter unverhältnismäßig warm eingestuft werden, in der Halle war es aber, der Ausdruck passt hier ausnahmsweise, saukalt. Ihr ökologisch ausgeprägtes Gewissen wurde dabei nicht strapaziert. Vater Georg hatte frühzeitig, also unter Mitnahme aller erdenklichen Fördermittel, jede halbwegs brauchbare, nach Süden oder Westen orientierte Dachfläche mit Solaranlagen zugepflastert. Max R., dessen beide Brüder im benachbarten Hof zu Hause waren, mokierte sich bei jedem Besuch über den erneuten Flächenzuwachs und die, wie er sich ausdrückte, »ästhetische Verhunzung« traditioneller Biberschwanzeindeckungen. Milka, ihm in der Sache recht gebend, vermied daher jedweden Widerspruch, und flüchtete sich, was sie innerlich schmerzte, in ein kommentarloses Schulterzucken. Gerade in dem Moment, als sie das gedankliche Ordnen der nächsten fünf Arbeitsschritte am Kotflügel abgeschlossen hatte, wurde ihr Geburtstag zur seelischen Katastrophe. Aber bekanntlich kann auch aus Katastrophen Neues und Gutes entstehen, erinnert sei nur an die explodierende Natur nach einem Buschbrand – auch wenn dieser Vergleich jetzt, regional gesehen, hinkt.

Einen Schraubenschlüssel der Gewindegröße M 2,5 in ihrer Hand wurde Jethro Tulls Locomotive Breath (einer ihrer Top Ten) gnadenlos vom Geräusch eines nahenden Treckers niedergewalzt, dessen Dauerhupton nichts Gutes verhieß.

Milka, alles stehen und liegen lassend, stürzte zum Tor der Halle und rannte, um die Ecke kommend, ihrem keuchenden Bruder in die Arme.

»Auf der Wiese, hinten am Wald, direkt am Acker, Max …«, die Stimme blieb ihm weg.

Milka, ruhig, fasste ihn an den Schultern, blickte ihm konzentriert in die Augen, sprach kein Wort, versuchte, tief in ihn hineinzusehen. Verstärkte den Fingerdruck. Es half, tatsächlich.

»So ein Kleinflugzeug, so 'ne Mickeymausklasse, abgestürzt. War gerade noch dabei, den Zaun zum Wald zu reparieren, wahrscheinlich wieder die blöden Wildschweine. Als der Sebastian noch Kreisjägermeister war, hatten wir keine …«

»Christoph …«

»Ist gut. Ich hab so ein Brummen gehört. Aber die fliegen hier ja öfter mal rum.«

»Ja, Christoph. Und dann?«

»Also, das Motorengeräusch wurde lauter, hatte dann so eine merkwürdige Klangfärbung. Und dann tat's einen dumpfen Schlag …«

»Hast du das gesehen, hast du hingeschaut?«

»Die letzten paar Meter. Das war aber bestimmt nicht länger als ein, zwei Sekunden. Das Gerät bohrte sich direkt am

Rand des Ackers in die Wiese. Ich bin natürlich gleich hingerannt. Überall verbogenes Metall, ein Wirrwarr. Risse in der Bespannung, und …«

»Christoph! Max, du hast von Max gesprochen.«

»Der liegt da. Tot. Ich bin mir nicht sicher, er hat so eine große Fliegerbrille auf. Aber er sieht so aus wie Max.«

Milka wollte sicher sein: »Max R.?«

Kopfnicken, mehrfach.

Milka zeigte keine der üblichen Reaktionen, kein Hand-vor-den-Mund-Schlagen, kein In-die-Knie-Gehen, kein Festhalten – es wäre auch kein Halt da gewesen. Allein ihr Gesichtsausdruck erstarrte, wirkte blass und eingefroren. Dann ganz, ganz leise flüsternd: »Max, lieber lieber Max, bitte nicht.«

»Hast du angerufen, Christoph?«

»Ja, die müssen gleich hier sein. Ich hab gesagt, dass ich hier warte. Dort konnte ich ohnehin nichts …« Christoph brach ab, als sie von der Landstraße lauter werdende Signaltöne hörten.

Polizei, Notarzt und Sanitäter bremsten kurz hintereinander scharf neben dem Trecker ab. Christoph fuhr voraus, an den Feldern entlang, deren schwarze, feuchte Erde von der morgendlichen Kälte noch stellenweise glänzte, bog rechts zwischen zwei Äckern auf eine kurze holprige Verbindung und erreichte dann den schmalen Weg, der entlang des Walds verlief. 200 Meter weiter, zwischen Fichtenhochwald und Wiese, und Christoph bremste ab.

Milka hatte vom Beifahrersitz aus schon von Weitem das Wrack auf der Wiese ausgemacht – noch bevor ihr Bruder die Hand ausstreckte. Eine orangefarbene Tragfläche stand geknickt wie ein angewinkelter Arm in die Höhe. Der linke Flügel lag, mehrfach gebrochen, die Bespannung gerissen, beinahe flach ausgebreitet auf dem kurzen Gras, als sei er nicht Bestandteil des Fluggeräts. Das Gestänge des Rahmens merkwürdig verzerrt, ein Rad des Trikes in der Luft hängend. Die Gestalt, die in einem dunklen Dress, mit Helm auf dem Kopf, halb in den Resten des Trikes, mit dem Oberkörper daneben lag, sollte das wirklich Max sein?

Milka, für Minuten still sitzen bleibend, blickte durch das offene Fenster. Sie nahm das Geschehen wahr, als wäre es etwas Fremdes, eine Handlung auf einer Bühne, die sie nur vom letzten Rang aus einsah. Rund um das Trike bewegten sich Polizei und Sanitäter wie Schauspieler vor einer unwirklichen Kulisse. Sie erkannte, dass die Darsteller gestikulierten, miteinander sprachen, und hörte doch kein Wort.

Ihre Gedanken liefen zurück bis in die Schulzeit. Irgendwie war es Max R. damals über Jahre gelungen, direkt links hinter ihr zu sitzen. Nach einem Halbjahr hatte sie es aufgegeben, ihren Kopf zu wenden. In den letzten Klassen vor dem Abitur fand sie zunehmend Gefallen an der Unterhaltung mit ihm. Er hatte eine ganz eigene, subtile Art, ihren Widerspruchsgeist aus dem schulischen Pausenschlaf zu wecken. Nicht provokant, eher beiläufig zufällig. Und er lockte sie, meist, auf seine starken musischen Fächer, sodass sie sich regelmäßig auf dünnem Eis bewegte, Thesen und Meinungen vorsichtig abwägen musste, um nicht einzubrechen. Schrillte dann die Schulglocke über den Hof, schonte Milka, einzelnen Argumentationsketten gedanklich noch nachhängend, ihren Lehrer der Folgestunde.

Dann, so in den letzten zwei Klassen vor dem Abitur, trafen sie sich ab und an auch auf außerschulischem Territorium. Gemeinsam besuchten sie Veranstaltungen, verabredeten sich im Club Alpha in Schwäbisch Hall. Klar, es hatte auch ein ganz klein wenig geknistert. Aber eben nur ein klein wenig, so auf der freundschaftlichen Zuneigungsseite, weit weg von der Grenze zur Leidenschaft. Obwohl es einmal einen beiderseits gewollten, aus der Situation heraus entstandenen, nichterotischen Kuss gab. Aber eben nur den einen. Warum das so war oder warum es später so blieb, Milka musste sich gestehen, dass sie darüber nie wirklich nachgedacht hatte.

Sie schreckte hoch, stieß ihr Knie schmerzhaft an, als Christophs Hand heftig und mehrfach gegen die linke Tür des Fendt Vario klatschte. »Milka, du musst da jetzt raus. Bitte. Wir brauchen dich.«

Irgendwie schaffte es Milka, ihrem lethargischen Zustand zu entrinnen. Sie kletterte die drei Trittstufen hinunter, missachtete dabei Christophs hilfsbereite Hand und ging mit zögerlichen Schritten die 15 Meter über das feuchte Gras bis zur Unglücksstelle. Die Sanitäter waren bereits dabei, ihre Koffer und Gerätschaften zurück zum Rettungsfahrzeug zu tragen. Milka registrierte zwar den Vorgang, ohne jedoch den naheliegenden Schluss daraus zu ziehen. Einer der beiden uniformierten Polizisten, wohl vom Posten aus Bühlertann, leitete sie bis zum Verunglückten. Brille und Helm hatten ihm die Rettungskräfte abgenommen. Sein Gesicht, Milka zugewandt, sah eigentlich ganz friedlich aus, von einigen kleineren Schrammen abgesehen, beinahe unversehrt.

»Frau Mayr? Frau Mayr, verstehen Sie mich? Kennen Sie den Toten?« Der Polizist war geneigt, einen Schockzustand zu attestieren und wollte schon die Sanitäter zurückrufen, als Milka Verstehen zeigte.

»Ja. Es ist mein Freund Max. Maximilian Rainer Holl.«

»Wissen Sie, was er hier in Bühlerzell wollte? Warum er hier mit diesem fliegenden Drahtverhau herumkurvte?«

»Ich habe Geburtstag, heute«, flüsterte sie.

Im gerade noch letzten Moment unterdrückte der Polizist ein ›Herzlichen Glückwunsch‹, fand dann ›Mein Beileid‹ aber ebenso unpassend und flüchtete sich in eine unverfängliche Information: »Die Kripo aus Schwäbisch Hall wird gleich hier sein, mit der Spurensicherung.«

Milka zog sich zurück bis zum Fendt, setzte sich fröstelnd auf den untersten Tritt und blickte unverwandt auf die Unglücksstelle mit den wartenden Polizisten. Ein grausam statisches Bild, das ihr Gedächtnis für lange Zeit konservieren würde. Nach fünf Minuten lösten gleich drei Fahrzeuge, von Christoph über Handy gelotst, Bewegung aus.

Die Spurensicherung klammerte sich von jeder persönlichen Vorstellung aus und zog die beiden Polizisten umgehend von der Wiese ab. Dem zweiten Fahrzeug entstieg hastig ein Mann, der sich im eiligen Vorbeigehen lediglich als OPS, Flughafen Würth, auswies und direkt auf das Wrack zueilte, bevor er von der Spurensicherung unmissverständlich ausgebremst wurde.

Milka atmete auf, als sie Paul erkannte, der sich aus dem Sitz des unauffälligen Dienstfahrzeugs schälte. Sie war drauf und dran, ihm zu helfen, Kriminalhauptkommissar (A12!) Eichert winkte aber ab: »Geht schon, Milka. Mein Gips kommt morgen wieder runter.«

Milka nickte: »Du weißt bereits, dass es Max R. ist?«

»Ja. Es tut mir wirklich furchtbar leid, Milka. Und das am heutigen Tag, an deinem Geburtstag. Willst du nach Hause? Es ist nicht gerade Hochsommer und dein dünner Overall – du holst dir sonst noch was. Setz dich wenigstens in unseren Wagen, bis wir hier fertig sind.«

Milka nickte, folgsam.

So als würden Post-it-Zettel ganz vorsichtig an ihr Gedächtnis geheftet, nahm sie einzelne Vorgänge um sich herum auf. Sah, wie ein großer schwarzer Kombi sich an Pauls Dienstfahrzeug vorbeizwängte und kurz davor war, links in den Graben zur Wiese abzurutschen, sah, wie zwei Männer Max abholten. Nickte kurz, als Christoph ihr mitteilte, dass er jetzt zurück zum Hof fahren würde. Schreckte hoch, als ihr Handy mit einem schrillen Ton, den sie ganz bestimmt nicht eingestellt hatte, einen Anruf anzeigte. Sie nestelte das Teil aus ihrem Overall, blickte auf das Display: »Holl«, das konnte nur Lukas sein.

»Milka, bist du das?«

»Ja. Lukas?«

»Ich glaube, du hast heute Geburtstag. Also, alles Gute.«

»Ja, danke …«

»Max hat mir vorgestern ausgerichtet, er wolle heute bei dir vorbeikommen. Der Spinner wollte vom Flugplatz Weckrieden aus sein Trike nehmen. Im Februar! Sag ihm bitte, er müsse unbedingt bei mir vorbeischauen. Ich muss mit ihm sprechen, dringend. Ist er schon bei dir?«

Pause.

»Milka, hast du mich gehört?«

»Ja. Nein, also ich meine, Max ist nicht da. Ich melde mich später bei dir.«

Was bitte, lieber Gott, fragte sich Milka, hätte ich denn sagen sollen? Am Handy?

Sie fühlte sich eingesperrt, alles wurde zu eng. Sie musste raus. Paul Eichert quälte sich mit seinem Gips umständlich über den kleinen Graben, kam auf sie zu: »Wir sind jetzt hier fertig. Vorläufig jedenfalls. Die Spurensicherung ist auch durch.«

»Und?«

»Nichts. Wir haben bislang nichts gefunden. Nichts, was irgendwie auf eine Fremdeinwirkung hinweist. Höchstwahrscheinlich ein Pilotenfehler. Max wird selbstverständlich noch untersucht werden.«

»Und das Wrack hier auch, wir haben die BFU bereits informiert. Da wird spätestens morgen jemand anreisen«, warf der hinzugekommene OPS vom Flughafen Würth ein.

»BFU?«, wollte Milka wissen.

»Bundesstelle für Flugunfalluntersuchung, befindet sich in Braunschweig. Der Holl, der hat seinen Flug nach Bühlerzell übrigens bei uns angemeldet. Nahm die Piste EDTY. Dass er dann aber einen Bauernbesuch macht! Konnte ja keiner erwarten.« Mit einem »Bis demnächst, war ohnehin nur zur Information hier«, strebte er seinem Audi zu, so eilig wie zuvor.

Milka, fein gezupfte schmale Augenbrauen fragend hochgezogen und zwei tiefblaue Augen auf Pauls Gesicht heftend: »Bauernbesuch? Was soll das denn?«

»Milka, das ist halt die Fliegersprache. Eine Außenlandung bezeichnen die als Bauernbesuch.«

»Aha, und Außenlandung wiederum bedeutet, er ist nicht ordnungsgemäß auf einem Flugplatz heruntergekommen.«

»Ja. Nochmals, es tut mir sehr, sehr leid, Milka.«

Pause.

»Paul?«

»Ja?«

»Lukas hat vorhin angerufen.«

»Lukas?«

»Der Bruder von Max. Lukas Simon Ernst Holl. Er wollte wissen, ob Max schon da sei. Ich konnte ihm doch am Handy nicht …«

»Das hast du richtig gemacht, Milka. Es ist auch meine Aufgabe. Ich fahre gleich bei den Holls vorbei. Würdest du mich begleiten? Du kennst die Familie und könntest sicher …«

»Ich komme mit. Fahr mich aber zuvor am Hof vorbei. Ich muss mich umziehen. Kannst du mit dem Gips überhaupt fahren?«

»Automatik. Und Gips links. Hergekommen bin ich auch.«

Paul, nach einer scharfen Kehrtwende bei der nächsten Wegkreuzung, nur um nicht weiter zu schweigen: »Warum hat der Lukas, der Bruder von Max, warum hat der gleich drei Vornamen?«

»Da müsstest du die Mutter fragen. Sein Vater lebt übrigens nicht mehr. Max hat mir einmal erzählt, dass der Opa Ernst hieß. Also kam der Ernst dazu. Und er hat geflachst, bei ihm hätte es noch für zwei Vornamen gereicht, sein jüngerer Bruder, Tim, musste mit einem auskommen.«

»Tim Holl. Sonst nichts?«

»Ja. Tim ist ein wirklich netter Kerl. Nur, das schärfste Messer im Besteckkasten ist er bestimmt nicht.«

»Für die Landwirtschaft wird das wohl noch …«

»Paul! Du hast nicht die geringste Ahnung!«

»Milka, du kennst mich doch. Ich wollte dich nur ein wenig ablenken.«

»Bleib hier vor dem Haus stehen. Ich muss aus dem Overall raus. Geht schnell.«

Die Natur glaubte noch nicht an einen Frühling. Bäume, Sträucher und Wiesen erinnerten sich lebhaft an die eisigen Temperaturen mit durchdringendem Frost der letzten zwei Wochen, zeigten keinen erkennbaren Willen, die Landschaft mit Farbe zu beleben. Dafür glitzerten die randstehenden, bereiften Bäume in Waldlichtungen, deren Blattwerk und Äste jetzt erst, am frühen Nachmittag, von den ersten Sonnenstrahlen berührt wurden. Es war nur ein kurzer Weg bis zum Hof der Holls, schließlich grenzten einige Äcker direkt aneinander. Und es war ein schweigsamer Weg. Hauptkommissar Paul Eichert legte sich zurecht, wie er die zu überbringende Nachricht überhaupt in Worte kleiden könnte, ohne dabei in die nüchterne Form einer polizeilichen Dienstmeldung zu verfallen und, noch schlimmer, ohne eine mitleidstriefende Teilnahme zu bekunden, dem Schmerz der Familie sozusagen vorauseilend. Eine Gratwanderung. Paul öffnete kurz den Mund, wollte Milka um Rat fragen, blieb aber nach einem Seitenblick stumm. Milka saß teilnahmslos und in sich gekehrt auf ihrem Sitz, den Blick auf das Armaturenbrett gerichtet, die Pupillen bestimmt auf einen imaginären Punkt in der Ferne fokussiert. Erst als Paul sein Dienstfahrzeug im großen Hof abbremste, fand Milka wieder zurück.

Gegeneinander versetzte Betriebsgebäude, eine ältere Scheune und das zweigeschossige Wohngebäude umschlossen eine witterungsgeschützte Fläche, die momentan nur von einigen Hühnern und einem Schäferhundmischling belebt war, dem Max R. den Namen Canis gegeben hatte. Canis lupus familiaris wäre einfach zu lang gewesen.

Tim musste sie durch das offene Tor des Betriebsgebäudes

gehört haben. Jedenfalls hatte Hauptkommissar Eichert gerade einmal sein linkes Bein vorsichtig auf den Kies gesetzt, überlegte, ob er angesichts des unfreundlich bellenden Canis sein rechtes Bein, nicht durch Gips geschützt, nachziehen sollte, als ein lauter Pfiff den Mischling ruhigstellte. Tim, die bräunlichen Haare in einem modischen Undercut gestylt, schmächtig im Vergleich zum Ältesten, kam neugierig auf das Dienstfahrzeug zu. Bei etwa 1,70 Meter hatte er aufgehört zu wachsen, schlug damit aus dem Familienrahmen, Mutter Holl einmal ausgenommen. Die Ursachen blieben trotz der seinerzeit umfassenden Analysen des Hausarztes im Dunkeln. An Eisenmangel oder fehlendem B12 konnte es jedenfalls nicht gelegen haben, zumindest während seiner Entwicklungsjahre wurde gemeinsam mit dem Dorfmetzger noch geschlachtet. Tim begrüßte zuerst Milka, wollte damit nicht die Etikette wahren, er kannte sie einfach.

»Grüß dich, Tim. Ist Inge, deine Mutter, ist sie im Wohnhaus?«

»Ja, sie hat sich aber hingelegt. Fühlt sich nicht. Der Arzt ist vor zehn Minuten wieder weg. Und Lukas ist mit dem Traktor draußen.«

Mit einer nach rechts oben drehenden Kopfbewegung: »Wer ist das?«

»Entschuldige, Tim. Das ist Paul Eichert, er ist Kriminalhauptkommissar bei der Polizei.«

»Und will der was …«

»Tim, ruf bitte deinen Bruder an. Er sollte hierher kommen, wir müssen mit ihm sprechen. Und mit dir auch.«

»Jetzt gleich?«

»Ja. Bitte.«

»Kommt mit rein, wir gehen in die Stube.«

Tim ging voraus, das Handy bereits am Ohr, gefolgt von Milka, einem nachhinkenden Paul und Canis, jetzt eher neugierig als bissig.

Die Wartezeit gestaltete sich quälend, obwohl nur etwa zehn Minuten vergingen, bis der Traktor im Hof zu vernehmen war.

Lukas Holl riss die Tür zum Wohnzimmer auf, überrannte beinahe seinen Bruder Tim. Seine Stimme überschlug sich, so als wäre er im Stimmbruch: »Stimmt das? Max soll tot sein, abgestürzt? Auf deiner Wiese, Milka?«

Alles, was sich Paul Eichert an Formulierungen zurechtgelegt haben mochte, erwies sich als obsolet. Der Hauptkommissar zog sich zurück auf die sichere dienstliche Plattform: »Wie kommen Sie zu dieser Nachricht?«

»Ich will wissen, ob das stimmt«, entgegnete Lukas, sichtlich bemüht, die Fassung zu wahren, nicht zu brüllen.

Milka schaltete sich ein, ging auf Lukas zu, fasste ihn links und rechts an den Armen: »Lukas, es ist leider wahr. Es ist schrecklich, und es ist nicht zu verstehen. Max wollte wohl bei uns auf der Wiese am Wald landen, wollte mich vielleicht am heutigen Tag überraschen. Es tut mir sehr leid. Für dich, für Tim, für deine Mutter.«

Lukas, im Begriff zu antworten, weiter zu fragen, bemerkte, dass Tim nach oben laufen wollte, und hielt ihn zurück: »Bleib. Wir gehen nachher zusammen zu Mutter. Du bleibst jetzt hier.«

»Soll ich zusammen mit dir zu deiner Mutter, Lukas?«

»Nein, Milka. Das mach ich allein. Ich hatte dich doch vorhin noch angerufen. Und da war Max noch nicht …, da war er noch unterwegs?«

Paul befreite Milka aus ihrer Not, sprang ein: »Ich hatte Milka, ich meine Frau Mayr, gebeten, noch keine Informationen über das Unglück weiterzugeben. Und in jedem Fall sollte die Nachricht Sie nicht über ein Telefonat erreichen. Wir wollten das persönlich machen.«

»Und wie konnte das passieren? Er ist doch die Strecke schon oft geflogen«, argumentierte Lukas, so als würde sich aus einem bislang schadenfreien Verlauf ein zuverlässiges Versprechen für die Zukunft ableiten lassen.

»Nach unserem derzeitigen Kenntnisstand ist Ihr Bruder zwei, drei Mal über den Hof der Mayrs geflogen und hat dann versucht, auf der Wiese zu landen. Dabei kam es zu einem Absturz. Zu einer möglichen Ursache können wir momentan gar nichts sagen. Die Untersuchungen sind noch nicht abgeschlossen. Und jetzt will ich von Ihnen wissen, wie Sie davon Kenntnis erlangt haben.«

Lukas zögerte, antwortete dann doch. »Ein Polizist aus Bühlertann hat mich angerufen.«

»Und wer? Name?«

»Von mir kriegen Sie den Namen nicht. Das müssen Sie schon selbst rausfinden. Kann ich zu der Absturzstelle, kann ich mir das ansehen?«

»Sie können selbstverständlich bis hin zur Absturzstelle. Aber nur bis zur Absperrung. Das Wrack des Trikes soll morgen von einem Sachverständigen untersucht werden. Die wichtigsten Bauteile wurden abgedeckt. Sie werden also nicht viel sehen.«

Das kollektive, beklommene Stillschweigen nach dieser nüchternen Mitteilung unterbrach schließlich Lukas selbst: »Es ist wohl besser, wenn Sie jetzt gehen. Du auch, Milka. Wir müssen gleich mit Mutter reden. Komm, Tim!«

Milka, im Begriff, gesprächsabschließend Lukas eine persönliche Hilfe anzubieten, von der sie überhaupt nicht wusste, wie sie aussehen könnte, was sie zum Inhalt haben sollte, schob die Idee zur Seite. Es wurde ein teilnehmender Händedruck für Lukas, eine kurze Umarmung von Tim und ein zur Verabschiedung aufforderndes Nicken in Pauls Richtung.

Der Weg zurück verlief so wie die Hinfahrt, in bedrücktem Schweigen. Erst bei der Einfahrt zu Milkas Hof konnte Paul nicht länger abwarten: »Können wir uns noch unterhalten, bei dir?«

»Komm mit herein. Du wirst aber nicht umhinkommen, Paul, zuerst Fragen zu beantworten.«

Zwar hatte Milkas Bruder Christoph mindestens zum zweiten Mal Vater, Ehefrau und Mutter das Geschehen in allen erdenklichen Details ausgebreitet, doppelte und dreifache Fragewiederholungen geduldig beantwortet, dabei notgedrungen aber Lücken hinterlassen. Die galt es nun zu schließen, was aber weder Paul noch Milka zufriedenstellend gelang. Paul entzog sich dem Verhör kurzerhand, indem er auf weitere polizeiliche und medizinische Untersuchungen verwies, denen er nicht vorgreifen könne. Auch Milka reichte es. Sie zog mit Paul und den Kaffeetassen um in das Kaminzimmer mit dem Kachelofen.

Paul atmete sichtlich auf: »Ich muss mehr über Max wissen. Du kennst ihn schon lange, bereits seit der Schulzeit. Ab und zu begegnete er mir in Schwäbisch Hall, ich habe aber keine Ahnung, wer er ist, was er macht – gemacht hat.«

»Wir kannten uns schon vor der Schulzeit, die Höfe liegen mit einigen Flächen beieinander. Nach der Schulzeit und nach dem Tod seines Vaters hat er an der Hochschule in Freiburg ein Kunststudium begonnen. Keine Ahnung, warum er auf Freiburg verfiel. Das hat er aber nicht ganz zu Ende gebracht. Wusste, dass es zwar sein Thema ist, er aber nicht das Zeug zum kreativen, zum gestaltenden Künstler hat.«

»Dann hat er umgesattelt?«

»Nicht wirklich. Er hatte eine sehr besondere, eigenartige Gabe, ein eidetisches Gedächtnis. Er konnte das Bild zweier Kühe im Kopf übereinander legen und hat, frag mich nicht, wie das geht, dann die Unterschiede erkannt.«

»Und das konnte er wirklich auch mit Gemälden machen?«

»Genau. Er hat sich mit einem Sachverständigen zu einer Partnerschaft zusammengeschlossen und …«

»Verdammt!« Paul sprang auf, eilte, soweit dies mit dem Gips möglich war, aus dem Raum und kam nach einer Minute mit einem noch eingehüllten Blumenstrauß zurück: »Entschuldige, Milka. Zu deinem Geburtstag. Ich hatte den Strauß im

Kofferraum total vergessen. Die Ereignisse. Hoffentlich ist er noch zu retten.«

Milka legte den obersten Zipfel des Papiers frei: »Mhm, wird überleben, braucht aber dringend Wasser. Bin gleich zurück.«

Paul setzte neu an, nachdem er links und rechts einen Kuss erhalten hatte, der nicht wirklich brüderlich ausfiel. »Eigentlich wollte ich dich heute Abend in das Konzert auf der Comburg in Hall einladen. Wir holen das nach. Jetzt sag mir aber, womit genau hat er denn sein Geld verdient?«

»Über mehrere Standbeine. Er arbeitete für Museen und Versicherungen. Manchmal sogar in Fällen, bei denen es um den Rückkauf gestohlener Gemälde ging. Du willst dich als Eigentümer der Bilder doch nicht zweimal begaunern lassen. Dann natürlich über Gutachten auch für private Sammler.«

»Danke. Ich glaube, das reicht fürs Erste. Gerade noch eine Frage. Von der Landwirtschaft wollte er nichts wissen?«

»Damit hatte er nichts im Sinn. Und das entwickelte sich nach seines Vaters Tod zu einem immer drängenderen Problem. Für seine beiden Brüder und für die Mutter. Du kennst unsere prekäre Situation in der Landwirtschaft: Wachsen oder weichen. Wie willst du das zu dritt lösen?«

Paul zeigte ein Achselzucken, wurde einer Antwort aber enthoben.

»Lass uns für heute Schluss machen, Paul. Ja?«

Milka begleitete ihn bis zum Wagen. »Wie geht es deinem Onkel Sebastian? Hat er sich als ehemaliger Kreisjägermeister in seinen Ruhestand gefunden?«

»Von wegen Ruhestand. Er kann nicht loslassen, streift mit seinem Waldi nach wie vor durch Wald und Flur.«

»Paul! Er hat einen Deutsch Kurzhaar. Der heißt nicht Waldi und sieht auch nicht so aus. Sag deinem Onkel einen lieben Gruß, die Wildsalami hat hervorragend geschmeckt.«

KAPITEL 2

Milka wachte nach einer unruhigen, durchträumten Nacht leicht verschwitzt auf. In der REM-Phase war sie auf Menschen getroffen, die sie nicht kannte, nicht einmal irgendwie einordnen konnte. Und sie bewegte sich zwischen all den Menschen in Räumen, die sie weder verorten noch, jetzt am frühen, dunklen Morgen langsam wach, näher beschreiben konnte. Allein die allerletzte Phase des Traums war ihr präsent. Sie fand sich übergangslos in einem kleinen, undefinierbaren Saal, dessen nackte, milchweiße, undekorierte Wände weder Fenster noch Türen aufwiesen. Die Menschen um sie herum lösten sich wie vage Schemen auf, verloren plötzlich jede Kontur, gingen in den Wänden auf. Sie war allein!

Milka trat die Winterdecke mit den Beinen weg, lief ins Badezimmer, erinnerte sich an ihren heutigen Tagesplan. Am gestrigen Abend hatte die Familie bei einem Glas Trollinger mit Lemberger noch auf ihren Geburtstag angestoßen. Aber zum einen befanden sich alle miteinander in einem betrübten Gemütszustand und zum andern tendierte sie, ohne dies der familiären Öffentlichkeit preiszugeben, eher zu einem badischen Gewächs. Woran sie eindeutig Paul Eichert die Schuld zuwies. Schließlich hatte er, nach seiner Zeit in Hamburg, vier Jahre Dienst in Offenburg als Kriminalkommissar getan, bevor man ihn aus dem Badischen nach Schwäbisch Hall beförderte – dies kann man nun verstehen, wie man will –, zum Hauptkommissar. Er hatte sie jedenfalls mit einem exzellenten Grauburgunder angesteckt. So war es bei dem einen Glas geblieben.

Mit einer viertelstündigen Verspätung kam sie im Stall an, blendete trotz der Routinetätigkeit alle anderen Gedanken aus, konzentrierte sich allein auf das Vieh. Schließlich mussten penibel bei jeder Kuh die Eutergesundheit geprüft und die Zitzen nach dem Melkvorgang desinfiziert werden. Auch den Melkvorgang selbst galt es genau, ohne Ablenkung, zu beobachten.

Milka schaffte es, rechtzeitig zum gemeinsamen Frühstück an den Tisch zu kommen. Die beiden Kinder ihres Bruders, Jonas, vor vier Monaten gerade acht Jahre alt geworden, und Laura, zwei Jahre älter, hatten ihre Schultaschen bereits neben der Tür ›abgestellt‹. Ein Gespräch entwickelte sich erst, als Bettina die beiden nach der täglichen Endkontrolle auf den Weg gebracht hatte.

Natürlich blieb nicht aus, dass der gestrige Tag weiterhin Hauptthema bildete. Die Diskussion kreiste wie ein Modellflugzeug an der Leine um immer wieder die eine Frage, wie das nur geschehen konnte. Es blieb ein kleines Häuflein an Spekulationen, deren Substanz eine letztlich enttäuschende Unbestimmtheit aufwies.

Gerade als sich alle bestätigten, nun aber das Tageswerk angehen zu wollen, meldete sich Christoph: »Ich denke, wir alle sollten mal Rücksicht auf Milka nehmen. Max war einer ihrer engsten Freunde. Morgens, das geht nicht anders, sollte sie weiter für die Kühe da sein. Und für die nächsten Tage, bis wir etwas mehr Klarheit in der Sache haben, hat sie dann Zeit für sich. Wir verteilen ihre Aufgaben. Ist ja nicht für ewig!«

Nun war Milka nicht so viel jünger als ihr Bruder. Gerade mal drei Jahre waren sie auseinander. Christoph hatte sie aber immer als Nesthäkchen, sich selbst in der beschützenden Rolle gesehen. War Milka dagegen nicht tangiert, konnte er ein harter Knochen sein. Und das sollte sich gleich zeigen.

Bettina sprang so unvermittelt vom Tisch auf, dass selbst Außenstehende einen Zusammenhang zu Christophs Äußerung hergestellt hätten. Da half es nicht, dass sie zugleich einige Frühstücksbrettchen in die Hand nahm. Mit einer knappen Kopfbewegung bedeutete sie Christoph, ihr zu folgen.

Nicht jeder Satz war durch die zugeschlagene Küchentür zu verstehen. Lautstärke und einzelne Wortfetzen ließen aber keinen Zweifel daran, dass es ernst zur Sache ging. Georg, ansonsten mit einer sprichwörtlich stoischen Ruhe gesegnet und eher den Standpunkt der Nichteinmischung vertretend, schob mit einem energischen Ruck seinen Stuhl zurück und strebte zur Küche, um den Betriebsfrieden wiederherzustellen. Es wurde leiser, und eine Minute später kam Milkas Vater wieder herein: »Das wird so gemacht, wie Christoph das gesagt hat.«

Milka, überzeugt, dass sich ein Dankeschön an ihren Bruder noch in der Küche und im Beisein von Bettina als eher kontraproduktiv erweisen könnte, nickte ihrer Mutter Karin zu und nahm die Treppe zum Badezimmer im oberen Geschoss. Im Hinausgehen vernahm sie ein klirrendes Geräusch aus der Küche, das eindeutig von einem Teller stammen musste.

Obwohl es vielleicht keinen wirklich rationalen Grund für Milka gab, wütend zu sein: Sie war es doch. »Bettina, du blöde Kuh«, dachte sie selbstverständlich nicht. Die Landwirtschaft kennt schließlich alternative Ausdrücke. An sich kam sie mit Bettina ganz gut aus, verstand es, sie zu nehmen. Nur dann, wenn ihre Bruder-Schwester-Beziehung einmal aufblitzte, dann hakte es bei Christophs Frau irgendwie aus. So wie jetzt.

Sie hatte den gestrigen Tag ausgeblendet, war bereits seit einer guten halben Stunde an ihrem Käfer zugange und setzte sich mit einem kniffligen, technischen Problem an der Vorderachse des VW auseinander, als Christoph hereinkam.

»Sieh es Bettina nach, Milka. Es war nicht so gemeint. Sie ist halt mit den beiden Kleinen und der Schule eingespannt und hat im ersten Moment gedacht, sie allein müsse jetzt deine Sachen mit erledigen.«

»Christoph, ich versteh schon, dass du sie in Schutz nimmst. Das muss auch so sein. Aber du und ich, wir beide wissen, dass da noch etwas anderes mitschwingt, das …«

»Das wir jetzt und hier in dieser Umgebung nicht sezieren müssen«, unterbrach Christoph.

Milka stimmte zu: »Lass es gut sein, Christoph. Wir beide kennen den Hintergrund. Sag mir lieber noch einmal ganz genau, was du gestern gesehen, gehört und was du unmittelbar gedacht hast. Denk noch mal nach, bitte.«

»Eigentlich hab ich alles schon …, also gut. Ich war noch auf der Wiese und …«

»Christoph, genau bitte, wo auf der Wiese?«

»Direkt am Zaun, hatte zwei Stellen geflickt und war gerade in den Fendt gestiegen. Blickrichtung – ja, so nach Westen. Und da sah ich diesen Miniflieger über dem Wald auftauchen, über mich wegfliegend.«

»Wohin?«

»Milka, ich saß in einem Traktor, das ist kein Cabrio. Ich kann aus den wenigen Sekunden, also bis er über mir weg war, nur ableiten, dass er vermutlich in Richtung unseres Hofs geflogen ist. Hast du denn nichts gehört?«

»Bei AC/DC? Und weiter?«

»Ich bin am Zaun entlanggefahren, bis beinahe ans Ende der Wiese. Beim Aussteigen hörte ich den Motorenlärm, irgendwie kreischend. Ich dreh mich um und sehe gerade noch, wie sich das Ding, in fürchterlicher Schräglage, die linke Tragfläche zum Boden zeigend, in die Wiese bohrt. Ein hässliches Geräusch, aber nur kurz. Dann war es merkwürdig still.«

»Pass mal auf, Christoph: Max kommt von Nordwesten, von Weckrieden. Fliegt über die Wiese, schaut sich die Landefläche an, fliegt über unseren Hof, zieht eine Kurve, kommt erneut über den Wald rein, jetzt aber tiefer, knapp über den Baumwipfeln, weil er ja runter will, bereitet sich auf die Landung vor – und dann geht etwas gründlich schief.«

»Das könnte so stimmen.«

»Nur, was zum Teufel ging schief? Was ist da passiert? Hast du noch irgendwas gesehen, ist dir irgendetwas aufgefallen?«

»Nix. Ich hab mir den Kopf doch schon zerbrochen, auch Paul hat mich ausgequetscht.«

»Ok, danke dir. Ich will und kann es einfach nicht begreifen. Und ich danke dir natürlich auch für vorhin.«

»Schon gut, vertief dich in deinen Käfer. Vielleicht kommst du dann auf andere Gedanken.«

Christoph war bereits im Begriff rauszugehen, drehte sich nochmals um: »Du warst doch gestern mit Paul bei Lukas Holl. Hast du auf dem Hof jemanden an der Arbeit gesehen?«

»Nein, Tim war da. Warum fragst du?«

»Ein paarmal schon sind mir einige Leute aufgefallen, die er anscheinend angestellt hat. Sahen aus wie Immigranten. Die hatten bestimmt keine Arbeitserlaubnis. Vielleicht hat er sie in Ellwangen von der Straße aufgeklaubt.«

Den Hintergrund von Christophs Frage verstand sie nicht ganz. »Lass doch Lukas in Ruh. Es ist schwer genug für ihn, überhaupt über die Runden zu kommen. Und die Immigranten, wenn es denn solche waren, verdienen sich ein paar Euro.«

»Eben weil er sich kaum über Wasser hält, wollte er bereits seit längerer Zeit den Hof aufgeben, verkaufen. Wir hätten ihm gern einige Äcker abgenommen.«

»Und warum hat er nicht?«

»Er konnte nicht, jedenfalls nicht allein. Der Vater meinte es eigentlich gut. Er bestimmte in seinem Testament, dass ein Verkauf nur möglich sei, wenn alle drei Söhne sich einig wären. Und Max stellte sich hartnäckig dagegen, obwohl er mit der Landwirtschaft nichts am Hut hatte. Das letzte halbe Jahr gab es deswegen öfter Zoff zwischen Lukas und Max, zumindest wenn er da war, seine Mutter besuchte.« Christoph, dem Gesichtsausdruck seiner Schwester zumindest Erstaunen, wenn nicht Ungläubigkeit entnehmend, bekräftigte seine Aussage. »Übrigens gab es noch eine ganze Reihe anderer Interessenten für den Hollschen Hof. Selbst einer aus Stuttgart hat mal bei Lukas angeklopft. Nur dein Max, der hat sich wider besseres Wissen quergelegt.«

Milka konnte den Abschluss von Christophs Schilderung nur unter äußerster Disziplin abwarten und stand gerade im Begriff, Max vehement in Schutz zu nehmen, als Paul, vom Gips befreit, wie Milka sofort bemerkte, zusammen mit einem groß gewachsenen Mann, dünne blonde Haare, schwarzgerandete Brille, hereinkam. Paul stellte vor: »Herr Thorsten Sander, BFU, gestern Abend noch angereist.«

Sander stieg direkt in das Gespräch ein: »Wir werden uns nachher gleich das Wrack vornehmen, alles dokumentieren, sichern und später zu einem Check mitnehmen.«

Obwohl Sander eine nonverbale Message an Paul schickte, platzte der mit einer Neuigkeit heraus: »Max hatte eine Videokamera mit einer 16 Gigabyte SD-Karte installiert. Zwei Dateien waren darauf. Eine vom Start über Obersontheim bis Geifertshofen. Die zweite Datei war nicht abspielbar. Vermutlich erfolgte beim Aufprall eine Unterbrechung der Spannungsversorgung. Bevor die Daten auf die SD-Karte geschrieben werden, liegen sie in einem flüchtigen Speicher. Heißt, von der letzten Phase des Flugs ist nichts auf der Speicherkarte.«

Nachdem nun bekannt war, was Sander eigentlich noch für sich behalten wollte, ergänzte er die Information: »Leider werden bei einer Unterbrechung der Spannungsversorgung diese Daten gelöscht. Unsere Hoffnung, die wir hinsichtlich der Aufzeichnung hegten, wurde damit enttäuscht.«

»Und was geschieht jetzt mit dem …, mit dem Wrack?«, wollte Milka wissen.

»Wir werden es genau untersuchen. Wir prüfen beispielsweise, ob technische Mängel festzustellen sind, wir vergleichen Seriennummern von Bauteilen und prüfen natürlich den Motor.«

»Das wird bis zu einer ersten Stellungnahme vielleicht zwei Wochen dauern«, ergänzte Paul, »wenn es schnell geht.«

»Könnten eigentlich äußere Bedingungen, Wind, ein plötzliches Luftloch eine Rolle gespielt haben?«, hakte Christoph nach.

Jetzt fühlte sich der Fachmann der BFU in seinem Element: »Also Luftlöcher, die gibt's schon mal gar nicht. Was es dagegen gibt, sind Luftströmungen, Fallwinde oder plötzliche Böen.«

»So etwas könnte doch gewesen sein«, warf Paul dazwischen.

»Könnte, aber wenig wahrscheinlich. Im Winter ist durch die schräge Sonneneinstrahlung die Thermik deutlich schwächer ausgeprägt. Auch die Wetterdaten des Flughafens Würth sprechen eher dagegen. Es war alles ruhig.«

Bevor Christoph eine weitere Frage stellen konnte, verabschiedete sich Thorsten Sander mit dem erneuten Hinweis auf die anstehende Bergung. Gegen Milkas Teilnahme gab es keine Einwände, sie müsse nur auf Distanz bleiben. Und bitte, bitte nicht jede Minute eine Frage loswerden.

Es war bereits Mittagszeit, allerdings nicht ganz so wohltuend sonnig wie gestern. So zeigte sich Milka dankbar, als Paul nach dem Eintreffen des Transportfahrzeugs Schluss machte und sie wieder zum Hof mitnahm. Das Gespräch auf dem kurzen Weg zurück verlief für Milka eher deprimierend. Keine noch so kleinen Hinweise darauf, dass es sich um etwas anderes als einen selbstverschuldeten Unfall handeln könnte. Paul beendete das Frage-Antwort-Spiel bei Einfahrt in den Hof: »Du musst dich damit abfinden, Milka. Es hilft nicht zu suchen, wo nichts ist.«

Milka, in ausnehmend schlechter Laune: »Bleib mir bitte mit solch banalen Allgemeinplätzen vom Leib. Kenne ich bei dir sonst gar nicht. – Entschuldige bitte Paul, ich bin gerade … ach ich weiß nicht.«

Bereits auf dem Weg zum Wohnhaus rief Paul hinter ihr her: »Milka, ich hab noch was vergessen. Entschuldige bitte.« Mit einem kleinen Päckchen in der Hand ging Paul auf Milka zu. »Das fand die Spurensicherung gestern an der Unfallstelle.

Musste aber vor der Freigabe erst untersucht werden. Ein Buch, noch verschweißt.«

Mit einem flüchtigen Wangenkuss und einem »Dankeschön, war vorhin nicht so gemeint«, verabschiedete sich Milka. Dass sie Paul so angefahren hatte, es musste an ihrer inneren Unruhe gelegen haben, überlegte sie.

Seit heute Morgen hatte Milka ihren Anruf hinausgeschoben, noch weiter verzögern durfte sie ihn beim besten Willen nicht, obwohl sie dem Telefonat mit Renate Beck mit sehr gemischtem Gefühl entgegensah. Sie kannte Renate, die mehr als nur pure Freundschaft mit Max verband, seit langer Zeit. Beide verstanden sich gut, nachdem Milka gleich zu Beginn ihrer Bekanntschaft klarstellte, dass sich ihre Beziehung zu Max allein auf einer Sympathieebene bewegte. Obwohl – Max hatte, viel viel später eine, wie sie meinte, eher ungewollte Bemerkung gemacht, Renate hätte ihre Eifersucht auf sie nie ganz abgelegt, die sei, wie er sich ausdrückte, latent vorhanden. Sie verzog sich in ihr Zimmer und wählte Renates Nummer. Die kurze Erleichterung, die sie verspürte, als schon nach dem ersten Satz klar war, Renate hatte von Max' Tod bereits erfahren, schwand im Lauf des Gesprächs zusehends. Mit einem Zittern in der Stimme verabredete sie sich für den nächsten Tag mit Renate im Café Ableitner in Schwäbisch Hall, warf sich aufs Bett und vergrub ihr Gesicht im Daunenkissen.

Nach zehn Minuten war sie so weit, sich einen Cappuccino aus der Küche zu holen und das Buch in die Hand zu nehmen, das oben, nahe dem Rücken, eine heftige Schramme aufwies. Ein roter Schutzumschlag, das Buch nachträglich verschweißt. Sonst hätte Max' handschriftlicher Notizzettel ›Milka zum Geburtstag‹ nicht zwischen Klarsichtfolie und Einband liegen können. Ohne Messer aus der Küchenschublade kam sie nicht an den Buchtitel: Bertolt Brecht – Gedichte.

Gleich hinter dem Hardcover lag ein von Max beschriebenes Blatt, das Milka nochmals an den Rand der Tränen brachte (und daher hier nicht im Wortlaut wiedergegeben wird). Den Hinweis im Text auf Brechts Gedicht ›Lob des Zweifels‹ verfolgte sie sofort, fand den Titel gelb markiert. Dreimal las sie das Gedicht, den letzten Teil ganz langsam:

Freilich, wenn ihr den Zweifel lobt
So lobt nicht
Das Zweifeln, das ein Verzweifeln ist!
Was hilft zweifeln können dem
Der nicht sich entschließen kann!
Falsch mag handeln
Der sich mit zu wenigen Gründen begnügt
Aber untätig bleibt in der Gefahr
Der zu viele braucht.

Der Milchschaum auf dem Cappuccino war in sich zusammengesackt, der Kaffee kalt geworden. Milka schob die Tasse beiseite, griff nach einigen Langenburger Wibele, begann zu grübeln. Sollte das ein ironischer Fingerzeig auf ihre sogenannte Besserwisserei sein? Oder wollte er sie zu mehr Toleranz motivieren, wenn andere nicht sofort ihre dezidierte Meinung teilten? Dafür sprach eventuell der Anfang des Gedichts:

Gelobt sei der Zweifel! Ich rate euch, begrüßt mir
Heiter und mit Achtung den
Der euer Wort wie einen schlechten Pfennig prüft!

Oder war das eine Ahnung von Max, es könne ihm etwas geschehen, und sie sollte nicht gleich dem ersten Anschein Glauben schenken? Bevor ihre Gedanken und Überlegungen völlig ins Kraut schießen konnten, schlug sie das Buch zu, nahm es mit in ihr Zimmer und zog sich um.

Ihr Käfer lenkte sie ab. Genauer gesagt fesselte sie ein Problem am Lenkgetriebe. Es waren mindestens zwei Stunden vergangen, als sie ihren Namen hörte. Im geöffneten Tor standen Sebastian Wild, 66 Jahre, ehemaliger Kreisjägermeister, mit grünem Hut etwa 1,75 Meter groß – und sein Deutsch Kurzhaar, der Milka mindestens so freundlich begrüßte wie Sebastian selbst. Milka drückte den Ausknopf ihres Radios.

»Hallo, Sebastian! Schön, dass du dich einmal blicken lässt. Ich muss mich bei dir noch für die Wildsalami bedanken. Wird von Jahr zu Jahr besser.«

»Wir sind immer noch am Experimentieren, Milka. Schrecklich, was Max Holl passiert ist.«

»Paul hat dich angerufen? Oder woher …?«

»Ja, hat mir alles erzählt. Man mag es gar nicht glauben. Aber bei diesem Ding, das er geflogen hat, da sitzt du ja im Freien, ohne jeden Schutz, nur ein paar Stangen.«

»Ein bisschen Blech um dich herum im Auto ist auch kein wirklicher Schutz. Und was führt dich hierher?«

»Das hier.« Sebastian nestelte in seiner dunkelbraunen Jagdtasche, holte zwei Patronenhülsen heraus und streckte Milka seine geöffnete Hand hin.

»Hat das irgendeinen Sinn, den ich nicht kenne, Sebastian?«

»Hat es.«

»Dann lass dir doch bitte nicht alle …«

»Ich red halt nicht so schnell wie du! War unterwegs, um Hochsitze zu kontrollieren. Du weißt schon, diese übertriebenen Sicherheitsvorschriften der Berufsgenossenschaft. Kenne bald mehr Jäger, die bei der Drückjagd was von ihrem Kameraden abgekriegt haben, als solche, die vom Hochsitz gefallen sind. Und die Patronen hier, die hab ich neben dem Hochsitz am Waldrand gefunden, bei eurer Wiese.«

»Auf der Max verunglückt ist?«

»Genau dort«, bestätigte Sebastian Wild.

»Dann war halt einer deiner Jäger oben und hat rumgeballert oder ein Wilderer mit Appetit auf Wildschwein«, meinte Milka achselzuckend und mit leicht ironischem Unterton, den Sebastian aber nicht heraushörte.

»Das, liebe Milka, sind Patronenhülsen von einer automatischen Schusswaffe, wenn ich das richtig sehe. Nichts, was bei uns im Hegering auch nur ein Jäger in die Hand nehmen würde. Die haben so was nicht im Schrank!« Sebastian Wild brachte diesen Satz mit entschiedener Entrüstung in der Stimme.

»Warte!«, war alles, was Milka daraufhin äußerte. Sie drehte sich um, wusch ihre Hände, nahm eine kleine Zange vom Werkzeugbrett und zwei Plastiktüten aus der Schublade. »Los, wir können!«

»Wir können was?«

»Du zeigst mir jetzt genau, wo du das gefunden hast, an welcher Stelle. Auf!«

Sebastian Wild nahm es genau: »Hier, und hier. Ganz nah beieinander.«

Milka war seinem Fingerzeig gefolgt, steckte zwei kleine Äste in den feuchten Boden, benutzte die Aufnahmefunktion ihres Handys. »Jetzt bleib mal hier weg und lass mich machen.«

Milka, bei der Suche nach Pilzen mit einem von der Mutter geerbten, begnadeten Gespür ausgestattet, hatte Erfolg, fand zwei weitere Hülsen. So vorsichtig, als könnten sie explodieren, beförderte Milka sie in eine der beiden Tüten. Bevor Sebastian Wild noch etwas sagen konnte, erklomm Milka den Hochstand und sah sich sorgfältig um.

»Hast du eine Erkältung, Sebastian?«, rief Milka fragend nach unten.

»Natürlich nicht, wieso?«

Milka kam mit ihrer zweiten Tüte herunter. »Drei feuchte, zerknüllte Papiertaschentücher, lagen in einer Ecke.«

»Na und?«, meinte Sebastian. »Wenn da einer früh am Morgen oben war?«

»Oder später und Schnupfen hatte. Die Taschentücher erhält Paul. Und die Patronen selbstverständlich auch. Du bist ein Schatz, Sebastian. Kriegst einen Kuss.«

Sebastian strahlte durch alle hellgrauen Bartstoppeln, sein aufmerksamer Deutsch Kurzhaar schien Milka ebenfalls verstanden zu haben, wedelte jedenfalls heftig mit seiner braunweiß gesprenkelten Rute.

»Lass uns zurückfahren«, meinte Milka. »Eigentlich reicht es mir für heute. Möchtest du einen Obstbrand?«

Sebastian Wild mochte. Der Deutsch Kurzhaar erhielt in der Küche einen dicken Wurstzipfel zugeworfen, als Sebastian gerade nicht hinsah, und eine Schale mit frischem Wasser. Und zeigte sich damit ebenfalls sehr zufrieden.

Milkas Mutter war zum Ade-Sagen in die Küche gekommen, gerade als Sebastian dabei war, sich zu verabschieden, Bettina erklärte irgendwo im Haus einem der beiden Nachkommen lautstark die anstehenden Hausaufgaben. Nochmals an das Lenkgetriebe? Oder an Max' Buch? Das Klingeln des Handys nahm ihr die Entscheidung ab: Paul.

Der Kriminalhauptkommissar, nur mit allerhöchster Arbeitsbelastung konnte sein gefühlloser Einstieg in das Telefonat erklärt werden, ersparte sich eine Begrüßung: »Milka, wir haben eine erste Information zum Befund, von Max, meine ich. Also …«

»Der Pathologe hat schon ein Ergebnis?«

»Du unterliegst einem Irrtum, Milka. Ein Pathologe hat damit nichts zu tun, der ist für Lebende da. Du meinst den Obduzenten der Rechtsmedizin. Du hast zu viele Krimis gesehen. Merk dir …«

»Paul?«

»Ja?«

»Tu mir einen Gefallen. Ich will mich nicht mit dir über Berufsbezeichnungen streiten und schon gar nicht am Telefon. Komm bitte her, ich hab hier was für dich. Und dann kannst du mir alles erklären, auch deinen Obduzenten.«

»Milka, das geht sehr schlecht, ich …«

»Paul!«

»Gut. In einer halben Stunde.«

Es wurden 40 Minuten. 30 davon saß Milka nahezu reglos am Küchentisch, jedoch nicht gedankenlos. Immer wieder stellte sie sich in einer Mischung aus Wut, Zorn und Ungerechtigkeitsempfinden die eine Frage: Warum? Und warum Max? Weder akzeptierte sie, obwohl katholisch und durchaus gläubig, eine Gottgegebenheit, der sie sich bedingungslos hätte unterwerfen müssen, noch wollte sie sich in ergebener Passivität damit abfinden. Unwillkürlich suchte alles in ihr nach einer Schuldzuweisung. Und ihr Innerstes wehrte sich vehement dagegen, die Schuld bei Max selbst zu suchen.

Ihre Mutter musste die Tür geöffnet haben. Paul stellte zum zweiten Mal seine Frage: »Hast du einen Obstbrand getrunken?«

»Wieso? Entschuldige, ja. Mit deinem Onkel.«

Milka stand auf, umarmte Paul kurz, flüsterte: »Danke, dass du gekommen bist. Lass uns ins Kaminzimmer gehen. Hier ist mir zu viel Verkehr. Willst du ein Wasser?«

»So, jetzt erzähl. Was hat dein Obduzent gefunden?«

»Vorab, Milka, das war eine erste mündliche Information. Sein Bericht wird noch auf sich warten lassen.«

»Nun mach schon, Paul!«

Paul, jetzt doch mit hohem Einfühlungsvermögen, beugte sich über den Tisch, streichelte kurz über Milkas Wange, die linke, mit dem winzigen Schönheitsfleck. »Ich mache ja schon. Er hat zwei Frakturen festgestellt. Einmal eine Fraktur des Schädeldaches und eine im Bereich der Halswirbelsäule.«

»Aber Max hatte doch einen Helm auf.«

»Es ist leider ein Irrglaube zu meinen, dass ein solcher Helm alles auffängt. Max hat eine klassische, eine schwere Akzelerationsverletzung erlitten, und der kann ein Helm nur bedingt entgegenwirken. Hinzu kommt, dass ein Helm gerade bei einer Beschleunigung des Kopfes mit Drehbewegung, also einer gewissen Rotation, nur minimalen bis keinen Schutz bietet«, schloss Paul seinen kurzen Vortrag.

»Und sonst hat der nichts festgestellt?«

»Natürlich hatte Max weitere Verletzungen an den Gliedmaßen und im Brustbereich. Die waren aber alle, jede für sich genommen, nicht tödlich.«

Beide hingen dieser Feststellung für eine kurze Zeit schweigend nach. Paul nahm das Gespräch wieder auf: »Übrigens hat heute Frau Holl, die Mutter von Max, bei mir angerufen.« Nachdem Milka darauf nicht reagierte, schließlich war es lediglich eine Feststellung, fuhr Paul fort: »Sie wollte wissen, wann der Leichnam für die Beerdigung freigegeben wird.«

Trotz der Nähe zum Kachelofen verursachte die Mitteilung bei Milka ein kurzzeitiges Frösteln. »Und wann wird das sein?«

»Wahrscheinlich in zwei, drei Tagen. Die Rechtsmedizin will das Ergebnis der BFU abwarten. Du wolltest vorhin unbedingt, dass ich zu dir komme. Gibt es dafür einen bestimmten Grund?«

Milka rappelte sich auf, versuchte, sich aus ihrer depressiven Phase zu lösen. »Allerdings. Warte kurz.« Eine Minute später streckte sie Paul ihre Hand hin, die Patronenhülsen in der Plastiktüte auf der Handfläche ausgebreitet.

Paul schüttelte den Kopf: »Was mache ich damit, Milka?«

»Das habe ich deinen Onkel auch gefragt, als der mir zwei davon vor gut zwei Stunden präsentiert hat.«

»Jetzt sag mir doch bitte, was es damit auf sich hat.«

Paul unterbrach, als Milka bei den Taschentüchern angelangt war: »Ich muss da jetzt raus, zum Hochsitz. Und zwar sofort.«

»Viel sehen wirst du bei der Dämmerung nicht mehr.«

»Das weiß ich auch. Morgen früh schicke ich die Spurensicherung hin. Ich will aber zumindest eine Absperrung vornehmen. Hilfst du mir?«

Obwohl sich Paul gegen die Einladung Karin Mayrs, zum Abendessen zu bleiben, heftig wehrte, blieb ihm, begleitet von Milkas klammheimlichem Schmunzeln, schließlich nichts anderes übrig – wollte er nicht gänzlich unhöflich sein.

Das Abendbrot, geschmälzte Maultaschen mit fast geschmolzenen Zwiebeln und ein urschwäbischer, schlotziger Kartoffelsalat entschädigten Paul, der nach mehrfach gutem Zureden sogar ein kleines Glas aus der Löwenbrauerei akzeptierte.

Das begleitende Gespräch fokussierte auf ein weiß Gott nicht neues Thema, es war eher ein Dauerbrenner: der Milchpreis.

Vater Georg war es diesmal, der das Thema lostrat: »Habt ihr heute die Post von der Molkerei gesehen? Gerade knapp über 28 Cent je Kilogramm wollen sie noch zahlen. Vor zwei Jahren waren es noch 41. Das sind doch alles Lumpefetz, Haderlompa, des ganze Pack.«

Christoph wollte sich eines eigenen Beitrags nicht enthalten: »Das ist wirklich eine verrückte Welt, wenn du im Supermarkt für einen Liter Mineralwasser mehr bezahlen musst als für Milch.«

»Vo was höbters den grad?«, war von der Mutter aus der Küche zu hören.

»Milchpreis«, gab Milka zu verstehen.

»Ja, so.«

Paul folgte zwar dem Gespräch, das vom Milchpreis unvermittelt auf die Frage einer noch konsequenteren Bioausrichtung sprang, mit der Aufmerksamkeit eines betroffenen Endverbrauchers, sandte Milka aber ein sehr deutliches Signal nach Rettung.

Milka zeigte Erbarmen, zog, den Nachtisch gleich für beide ausschlagend, Paul erneut in das Kaminzimmer und drückte ihn in einen Sessel.

»Ich weiß, dass es schon spät geworden ist. Du kannst aber die Sache mit Max nicht einfach so als Pilotenfehler abtun, Paul.«

»Milka, versteh mich mal. Der Obduzent, die BFU, nichts deutet bislang auf etwas anderes hin. Max muss mit diesem Trike in eine fürchterliche Schieflage gekommen sein, und …«

Milka insistierte: »Was aber, wenn diese Schieflage nicht einfach nur Ursache des Absturzes war, sondern zuvor Folge einer nicht mehr intakten Tragfläche und dies wiederum Folge einer äußeren Einwirkung? Was, wenn ein Flügel zuvor beschädigt war? Was passiert denn dann? Die einzig verbleibende Alternative wäre sonst wirklich ein eklatanter Pilotenfehler. Mit anderen Worten, die Kausalität ist doch völlig unklar.«

»Was meinst du denn um Himmelswillen mit äußerer …«

»Na ja, Wind, Sturm, Hagel, Blitzschlag.«

»Das hatten wir doch schon ausgeschlossen, Milka. Bleib mal am Boden!«

»Gleich. Vielleicht eine momentane Ablenkung?«

»Klar, er hat die schwäbisch-fränkische Waldfee auf der Lichtung gesehen.«

»Paul, ich weiß genau, dass in deinem Kopf Platz ist für intelligentere …«

»Die Waldfee gibts tatsächlich.«

»Das ist mir bekannt. Du musst aber in einem solchen Moment nicht blödeln. Es könnte doch eine gezielte, eine motivierte Ablenkung oder Einwirkung eine Rolle spielen, eine Laserkanone.«

»Wer blödelt jetzt? Hast du noch alle Kühe im Stall? Wer soll hier an einem Vormittag Mitte Februar auf der Wiese mit einem Laser herumspielen? Ganz nebenbei bemerkt, hätte Christoph den nicht sehen müssen? Mit allem Respekt, liebe Milka. Der Unfall wurde wirklich sorgfältig untersucht. Woher kommt eigentlich dein Misstrauen in unsere Analysen und Schlüsse?«

»Theorien!«

Pause.

»Also gut, dann eben Theorien. Mangels Indizien, die in eine andere Richtung weisen würden.«

»Nicht mangels Indizien. Mangels Fantasie. Ihr findet immer nur das, wonach ihr sucht! So ist das!«

»Ja, was denn sonst?«

»Lass mich das mal so erklären: Ein Chemiker könnte dir nachweisen, dass du einen Würfelzucker in den nahen Eisenweiher geworfen hast. Aber nur, wenn du ihm sagst, wonach er suchen soll. Ansonsten geht seine Analyse glatt vorbei. Oder du lässt dir Blut abzapfen, willst wissen, ob du eine Allergie gegen Gräser oder meinetwegen Hausstaub hast. Darauf erhältst du eine Antwort, die meist auch stimmt. Fragst du aber nach etwas ganz anderem, dann wirst du erfahren, sorry, das haben wir nicht analysiert. War schließlich nicht unser Auftrag. Wenn du das noch nicht verstanden hast, Paul, dann …«

»Milka, du bist anstrengend.«

»Bertolt Brecht.«

»Bitte?«

»Bertolt Brecht: Lob des Zweifels. Das Buch, das Max mithatte, das du mir gegeben hast.«

»Was ist damit?«

»Er hatte Lob des Zweifels markiert. Bevor wir Pingpong spielen: Prüf bitte alles noch mal, zweifle, frag dich, wie es anders hätte sein können, ob der erste Anschein täuschen könnte. Und sieh zu, was mit den Patronenhülsen ist. Und mit den benutzten Taschentüchern vom Hochsitz. Lagen zusammengeknüllt in einer Ecke.«

»Oben warst du also auch? Und deine Spuren, die du …«

»Wäre ich nicht dort gewesen, hättest du gar nichts. Nicht die Spur einer Spur.«

Pauls Gesicht zeigte ein ganz leises, dezentes Lächeln und dieses stille Lächeln warf Milka völlig aus ihrer echauffierten Argumentation.

»Lachst du mich etwa aus?«

»Ganz und gar nicht. Mit diesem Fund der Patronenhülsen ist eine völlig andere Lage entstanden. Meine nächsten Schritte habe ich mir bereits auf unserem Rückweg vom Hochsitz überlegt.«

»Und dann führst du eine solche Diskussion mit mir? Über die Waldfee?«

»Milka, ich wollte dich nur ein wenig daran hindern, dich in Überlegungen zu verheddern, die letztlich nur auf einer Addition wilder Hypothesen fußen. Außerdem: Dies hier ist Sache der Kripo, nicht deine.«

Milka zeigte sich nicht wirklich glücklich mit dieser überraschenden Wendung, war Paul doch nicht ganz fair gewesen. »Und wie sehen jetzt deine nächsten Schritte aus?«

»Liebe Milka, das müssen wir hier und jetzt nicht ausdiskutieren. Wir werden uns wirklich jedes Detail nochmals ganz genau ansehen. Und wir warten ab, was die Spurensicherung beim Hochstand ergibt. Was machst du morgen?«

»Ich bin in Schwäbisch Hall mit Renate Beck verabredet, der, na ja, Freundin von Max.«

»Du rufst mich an?«

»Ich vergesse dich schon nicht, Paul. Ach, und wenn die Kripo mit diesen Patronenhülsen nicht weiterkommt, sprich doch mit deinem Onkel, der weiß das.«

»Mhm, so etwas nennt man, glaube ich, Retourkutsche. Milka, ein Kuss, oder …«

Milka kehrte zurück in das Esszimmer, nur ihr Vater Georg und Christoph waren geblieben, das Bio-Thema lief zwar nicht mehr auf Hochtouren, war aber auch noch nicht abgeschlossen. Für Milka aber doch, jedenfalls für heute.

Sie beugte sich, heftig gähnend, über die Bettkante zum Nachttisch, griff nochmals nach dem Buch, schlug wahllos eine Seite des Bandes auf, blieb hängen an »Durch die Kammer ging der Wind« und gleich danach an »Liebe Marie, Seelenbraut«, dankte dem Herrgott, dass sie nicht Marie hieß, fragte sich, was passiert wäre, hätte ihr Deutschlehrer in welcher Klasse auch immer eines dieser Gedichte rezitiert, zweifelte die Urheberschaft Bertolt Brechts kurz an und dankte erneut, jetzt, dass sie in ihrem Alter nicht mehr rot wurde. Und schlief ein.

KAPITEL 3

Nein, Milka hatte ihre Kühe selbstverständlich nicht vergessen. Dies wäre jenseits der schier unendlichen Galaxis unserer Vorstellungswelt, hätte einen völligen Blackout vorausgesetzt. Was bei Milka wiederum nicht vorstellbar war. Wenn also das Milchvieh nicht regelmäßig Erwähnung findet, so nicht, weil Milka ihre Aufgaben sträflich vernachlässigt hätte.

Nach Frühstück, einer Dusche und frisch gewaschenen Haaren – Wet Look Frisur – schminkte sich Milka, war aber mit ihren Gedanken schon weiter im Tag, bei ihrem bevorstehenden Treffen mit Renate. Ein knappes »Verflixt« prallte gegen den frei gewischten Teil des leicht angelaufenen Spiegels, als das Make-up nicht sofort im ersten Anlauf richtig saß, Flecken auf der Winterblässe des Gesichts hinterließ. Sie griff nach einem knallbuntroten Lippenstift, dessen leuchtender Gloss auf vollen Lippen von allem anderen ablenkte, wunderbar zu ihren schwarzen Haaren kontrastierte, schlüpfte in eine nach unten extrem eng zulaufende braune Chino und streifte einen dicken beigefarbenen Rollkragenpullover über. Unter Missachtung der familiären Carsharingregelungen griff sie unabgestimmt nach dem Schlüssel des Pick-ups und fuhr nach Hall.

Kurz vor dem Ortsschild von Bühlerzell bremste sie ab, schlug die Richtung des Hollschen Hofs ein. Eigentlich war es eine unüberlegte, spontane Aktion. Nur aus dem plötzlichen Gedanken heraus, zwei, drei tröstende Worte mit Tim und Lukas zu wechseln, sich nach dem Befinden ihrer Mutter zu erkundigen. Noch bevor sie den Pick-up verlangsamte, um in den Hof einzufahren, bemerkte sie drei oder vier Gestalten – eine Frau darunter? –, die hinter der letzten Scheuer verschwanden. Lukas' Helfer auf dem Hof? Sie erinnerte sich an Christophs gestrige Bemerkung zu den Immigranten.

Sie musste mehrmals klingeln und den massiven Türklopfer bemühen, bevor ein unausgeschlafen wirkender Tim in einem zerknitterten, form- und farblosen Pullover ihr die Tür öffnete und ein gequältes »Morgn« herausbrachte.

»Geht es deiner Mutter heute besser, Tim?«, erkundigte sich Milka teilnahmsvoll.

»Sie hat Fieber. Knapp über 40. Ich war die halbe Nacht wach. Nachher kommt nochmals der Arzt.«

»Tim, ich wollte euch nur sagen, wie leid mir das tut. Wenn ich irgendwie helfen kann?« Milka ließ den Satz verklingen.

»Nein, wird schon gehen. Muss ja.«

»Sag mal, Tim, beschäftigt ihr neue Arbeiter, Ausländer?«

»Hommer nedd!«, kurz und bündig.

Milka, kurz davor, mit dem linken Bein aufzustampfen, wechselte das Thema: »Wo steckt denn Lukas?«

»Draußen auf dem Feld. Da, wo er auch war, als Max abgestürzt ist.«

»Da war Lukas nicht hier, hier im Haus?«

»Sag ich doch.« Tims Antwort kam unwillig.

Nach einem kurzen Blick auf die Uhr verabschiedete sich Milka und fuhr zurück zur Straße.

Die erste Wegstrecke bis Bühlertann fuhr sie, wie meist, langsam, trödelte. Sie genoss ihre beruhigende Landschaft immer wieder aufs Neue. Das Sträßchen verlief durch ein weites hügeliges Tal, das von der schmalen, baumbestandenen und bebuschten Bühler begleitet wurde. Links und rechts der Straße eine gewellte Topografie mit Wiesen und vereinzelten Feldern, Baum- und Buschgruppen. Im dörflichen Kottspiel querte sie die Bühler, mit der sich wenige Bachwindungen später die Fischach vereinte. Weiden und Erlen zeigten den gewundenen Bachverlauf an. Am heutigen Morgen war kaum Verkehr. Bei schönem Frühlingswetter musste sie dagegen höllisch auf die vielen Motorradfahrer achtgeben, die das Auf und Ab der kurvigen Strecke schätzten, ab und zu auch unterschätzten. Die Mühlstraße führte sie an der Keimenklinge vorbei und mündete danach in Bühlertann auf die nach Hall führende Straße.

Milka parkte im Kocherquartier, da ihr das Parkhaus Alte Brauerei für den Pick-up zu eng war. Es lag, dies muss betont werden, eindeutig nicht am mangelnden fahrtechnischen Können. Sie nahm die über den träge dahinfließenden Kocher führende Henkersbrücke, auf deren historischem Original zu Zeiten des Bauernkrieges Kanonen aufgestellt waren, warf einen Blick auf die wundervolle Altstadtkulisse, eilte die Mauerstraße am Fluss entlang, erreichte das Café fünf Minuten nach der Zeit, traf Renate nicht an und entschloss sich, vor der hölzernen Brücke am Rotstegturm zu warten. Allerdings vergeblich. Hatte sie Renate falsch verstanden? Wollte sie sich im Café der Kunsthalle mit ihr treffen? Renate Beck, Studienhintergrund Kunstgeschichte, übernahm in der Kunsthalle Würth Führungen und ab und zu die Betreuung besonderer Gäste oder Gästegruppen.

Milka stieg die Treppe hoch zum Vorplatz des Museums. Dem Kopenhagener Architekten Larsen war ein glänzendes, ein auch städtebaulich herausragendes Konzept gelungen. Der durchaus massive und moderne Bau fügte sich mit seinen beiden Baukörpern unaufgeregt in die historische Umgebung ein, konnte und musste seine Massivität, auch aufgrund der Materialwahl, nicht verstecken. Milka bewunderte kurz, zum wiederholten Mal, den fantastischen Ausblick, der sich zwischen den beiden Gebäudekuben auftat – ein Blick auf die historische Altstadt mit St. Michael und den imposanten, das Stadtbild prägenden ›Neubau‹ aus dem 16. Jahrhundert.

Die aktuelle Ausstellung Moderne Zeiten, Milka hatte sie selbstverständlich bereits kurz nach der Eröffnung in der Begleitung von Max besucht, würde wohl alle Besucherrekorde brechen. Die Nationalgalerie der Staatlichen Museen zu

Berlin hatte an die 200 ihrer berühmtesten Werke der Epoche 1900 bis 1945 an die Kunsthalle Würth gegeben. »Noch bevor sie auf die Reise nach Jerusalem und nach New York gehen!«, hatte Max damals stolz betont.

Milka sah sich im Café um, auch hier weit und breit nichts von Renate zu sehen. Sie umkreiste zwei-, dreimal die Tischrunde im Foyer, hatte dann alle möglichen Mitbringsel zur Genüge studiert und fragte am Empfang nach. Nein, erfuhr sie, Frau Beck habe heute Morgen angerufen und abgesagt. Sie fühle sich nicht wohl.

Milka, perplex, nahm das Handy aus der Tasche und fluchte verhalten. Nicht eingeschaltet.

Im Museumscafé holte sich Milka einen Cappuccino, drehte sich mit ihrem Tablett nach einem Sitzplatz suchend um und folgte, zögerlich überlegend, dann doch dem Wink eines Galeristen aus Hall. Im allerletzten Moment fiel ihr der Name ein, Theo Schaller. Zweimal vielleicht war sie zusammen mit Max bei einer Vernissage in seiner Galerie gewesen.

»Hallo, Herr Schaller, unser letztes Treffen in Ihrer Galerie liegt einige Zeit zurück. Sie haben sich die Ausstellung vor Ihrer Haustür bestimmt nicht zum ersten Mal angesehen.« Eigentlich hasste Milka diesen Small-Talk, aber zum Teufel damit, manchmal musste sie eben danach greifen.

»Allerdings nicht, Frau äh …«

»Mayr, Milka Mayr. In Begleitung von Max Holl hatten wir uns kennengelernt.«

»Ja, ja richtig. Ich hatte mich mit einem Freund aus Karlsruhe hier getroffen. War gerade erst von einem längeren Auslandsaufenthalt zurück und musste die Ausstellung natürlich sofort sehen. Wir haben uns soeben verabschiedet.«

Na doll, dachte Milka, nippte an ihrem Cappuccino. Das geht jetzt so weiter.

»Wie geht es denn Max Holl? Ist schon lange her, dass er sich bei einer Vernissage bei mir gezeigt hat.«

»Max ist tot. Vorgestern mit seinem Trike verunglückt, als er in Bühlerzell landen wollte.« Eher unbewusst versuchte Milka, durch die nüchterne Kühle der knappen Mitteilung ihre aufsteigenden Emotionen zu bändigen, das Wecken des Bildes mit Wiese, Max und zerstörtem Fluggerät zu verhindern. Sie beobachtete, wie Herr Schaller das volle Programm durchlief, von ungläubigem Kopfschütteln bis zu den Standardfloskeln ›das kann doch nicht sein, das ist ja schrecklich, er war doch noch so jung‹. Bei letzter Bemerkung zuckte Milka, presste ihre Lippen fest aufeinander, um auch jeden eigenen Kommentar zu unterbinden.

»Und wie konnte das nur sein?«, wollte Herr Schaller wissen.

Tatsächlich, stellte Milka fest, diese Floskel hatte er zuvor ausgelassen. »Das fragt sich die Polizei auch.«

»Die Polizei ist eingeschaltet? Hm, das erinnert mich,… ich hatte Max vor vielleicht zwei Monaten getroffen.«

Milka, nun hellwach: »In Ihrer Galerie?«

»Das war nicht ganz richtig«, korrigierte sich Herr Schaller, jetzt rückfällig in seine anfängliche, leicht affektierte Singsangintonation, »es war hier in der Kunsthalle im Café. Ich saß zwei Tische weiter, und Max Holl, wie soll ich sagen, er hat sich heftig mit einem Mann gestritten. Es wurde richtiggehend peinlich, das ganze Café sah zu.« Das *peinlich* hob er hervor.

»Und worum ging es dabei, worüber hatte Max sich mit dem Mann gestritten?«

»Das war nicht wirklich herauszuhören. Jedenfalls hat der Mann Herrn Holl vorgeworfen, ihn betrogen zu haben. ›Beschissen‹, schrie er, mehrfach. Und dann wurden beide handgreiflich.«

»Sie haben sich geprügelt?« Blanke Ungläubigkeit in Milkas Zügen.

»Schläge ausgeteilt, ja. Die Museumsleitung rief die Polizei. Dann haben sich die beiden Streithähne einigermaßen beruhigt, aber wohl nur äußerlich.«

»Die Polizei hat sie nicht mitgenommen?«

»Soweit ich das verfolgen konnte, ließen die sich die Ausweise zeigen und haben sie dann rausgewiesen. Mitgenommen? Glaube ich nicht.«

»Kannten Sie den anderen Mann?«

»Nein. Irgendwo um die 45, vielleicht 1,80 Meter groß, kräftig gebaut, schwarzer Rollkragenpulli, sehr gepflegter Dreitagebart. Der Bursche konnte richtig hinlangen.« Es schwang tatsächlich eine unterschwellige Bewunderung in Herrn Schallers Stimme mit. »Fragen Sie doch mal am Empfang nach, vielleicht haben die einen Namen.«

Milka, im Begriff sich zu verabschieden, hatte doch noch eine Frage: »Und wann genau hat sich das abgespielt?«

Herr Schaller zückte sein Smartphone, dessen Dimension ausreichend groß war, um auch die Landschaftsbilder von David Hockney komplett auf den Schirm zu holen. »Hm, ist doch länger her, als ich dachte. Muss am Dienstag, 25. November gewesen sein. So um 15 Uhr herum. Jetzt muss ich mich aber verabschieden, Frau … äh. Muss mir unbedingt noch Kirchners ›Potsdamer Platz‹ ansehen. War bei der Ausstellungseröffnung noch nicht präsent, und mein Freund zog mich vorhin an dem Bild gleich weiter, er mag Kirchner nicht.« Herr Schaller schüttelte, völliges Unverständnis hierfür anzeigend, seinen Kopf.

Milka stand ebenfalls auf, bedankte sich ausgesucht freundlich, wiederholte aber ihren Namen nicht.

Was zuerst? Den Tisch hatte sie für sich. Zuerst prüfen, ob eine Nachricht auf ihrem Handy war. Paul hatte angerufen, bat um Rückruf. Und Renate. Sie entschuldigte sich vielmals, brachte es heute nicht fertig, unter fremde Leute zu gehen, über Kunst zu reden und geduldig zuvorkommend auf Fragen einzugehen, die eine angelesene Antwort bereits einschlossen.

Irgendwas wollte sie noch. Richtig. Tims Aussage heute Morgen zu seinem Bruder und dessen Aufenthalt während des Telefonats. Milka öffnete die Anrufliste. Tatsächlich, Lukas hatte damals von seinem Handy aus angerufen. Es konnte also stimmen, was Tim ihr mitgeteilt hatte.

Und nun? Am Empfang nachfragen wegen dieser ominösen Prügelei mit Max? Warum nicht! Milka passte eine Lücke im Besucherandrang ab und versuchte, ihr Anliegen in drei Sätze zu pressen. Allerdings blieb die Antwort so vage wie die eines Bahnbediensteten zur Zugverspätung. Ja, sie könne sich erinnern, schließlich sei das beinahe (sie sagte beinahe) eine Schlägerei gewesen und obendrein auch Tagesgespräch. Aber Details, der andere Mann? Nein. Frau Beck sei doch an dem Tag im Museum gewesen, zwar mit einer Besuchergruppe unterwegs, aber die wisse bestimmt mehr. Nur leider heute ... »Ja, ich weiß. Vielen Dank«, verabschiedete sich Milka.

Sie suchte sich eine ruhige Stelle an der dem Museum gegenüberliegenden Katharinenkirche und rief Paul an. Irgendeine Information der Spurensicherung am Hochstand müsste inzwischen vorliegen. Paul war kurz angebunden. Ja, sie könne vorbeikommen, aber bitte erst in einer Dreiviertelstunde.

Milka schlenderte durch die Katharinenvorstadt mit den kleinteiligen, sich aneinanderschmiegenden Fachwerkhäusern und stoppte kurz vor der Henkersbrücke. Sie konnte nicht anders. Sie musste die wenigen Schritte in die Johanniterkirche tun, zumindest für einige Minuten Holbeins Schutzmantelmadonna betrachten. Ein Werk, das zu den berühmtesten und schönsten Altmeistergemälden der Welt zählt, in das sich Milka vertiefen und aus dem sie Kraft schöpfen konnte. Nur heute, das spürte Milka im Moment, als sie vor dem Werk stand, nur heute war es vielleicht ein Fehler, hierherzukommen. Mit Max hatte sie sich erstmals die Madonna des Bürgermeisters Jacob Meyer zum Hasen angesehen. Und diese Erinnerung löste nun unwillkürlich erste Tränen aus, die ihr über die Wange liefen. Die Leichtigkeit, gestand sie sich ein, die sie beim Zusammensein mit Max gewöhnlich empfand, täuschte wohl über ihre tiefere emotionale Bindung zu ihm hinweg.

Eine Aufseherin, der Milkas leises Schluchzen und der Griff nach einem Taschentuch nicht entgangen war, riss sie aus ihren Gedanken: »Machet Se sich nix draus, des Bild b'rührt andre Leut au so.«

Der schwäbische Trost ließ Milka vorsichtig lächeln. Es fiel ihr dennoch schwer, Schallers Hinweis abzuschütteln. Sie mochte partout nicht glauben, dass sie sich so in Max' Charakter getäuscht hätte. Andererseits, von diesem Vorfall hatte Max ihr gegenüber nie etwas erwähnt. War das für ihn nur eine Lappalie gewesen?

Paul, im Büro, entschuldigte sich für die Verzögerung. Vom Hochstand musste er sofort wieder zurück: »Du weißt schon, Milka, diese Polizeireform mit der Installation des PP Aalen und unserer Direktion in Waiblingen, damit haben wir immer noch zu tun.«

»Du wirst doch deswegen nicht degradiert. Und ein hiesiges Kriminalkommissariat gibt es nach wie vor.«

»Das stimmt schon, aber bei der Restrukturierung sind wir in Hall nicht gerade blendend weggekommen. Um über die Polizeireform zu diskutieren, wolltest du bestimmt nicht bei mir vorbeischauen.«

»Nein. Sag mir lieber, was die Spurensicherung gefunden oder was sie nicht gefunden hat.«

»Eine weitere Patronenhülse. Die werden alle untersucht, deine Taschentücher auch. Das dauert aber noch. Im Umkreis des Hochstands haben wir einige halbwegs verwertbare Schuhabdrücke gefunden. Vier Abdrücke konnten wir unterscheiden. Ich schicke einen Kollegen zu meinem Onkel, mit dem hab ich übrigens telefoniert, und bei dir vorbei. Hattest du sonst noch etwas auf dem Herzen?«

»Und ob«, meinte Milka und berichtete ausführlich von

ihrem Treffen mit Herrn Schaller. »Ich bringe das, was dieser Schaller mir da aufgetischt hat, nicht in Deckung mit meinem Bild von Max.«

Paul Eichert versuchte es behutsam: »Liebe Milka, ist es dir nie in den Sinn gekommen, dass Max vielleicht nicht ganz so vollkommen war, wie du ihn gesehen hast? Ich meine …«

»Paul, was soll das heißen? Ich habe Max nie auf ein Podest gestellt. Er war ein ganz natürlicher Typ, so wie du, wie ich.«

»Du bist nie irgendwann über etwas gestolpert, was dich verwundert hat, hast ihm nie vielleicht nicht ganz astreine Geschäfte unterstellt?«

»Himmelvadder, warum hätte ich sollen? Max hat ganz bestimmt nicht irgendwelche krummen Dinger gedreht. Wieso auch?« Milka, leicht erregt, die Wangen sanft gerötet, aber wohl eher von ihrem kurzen Weg zum Wagen, schraubte ihre Stimme vernehmlich nach oben.

»Liebe Milka, ab und an habe ich meine Mühe, dich zu begreifen. Einerseits gehst du nüchtern analytisch an die Dinge, andererseits scheinst du in allen Menschen allein das Gute sehen zu wollen – pst«, Paul legte seinen Zeigefinger an den Mund, »ich weiß doch, dass dies kein Widerspruch in sich ist.«

Milka, deren skeptische Miene zusehends einem warmen, angedeuteten Lächeln wich, hauchte Paul einen Kuss zu. »Ich bin froh, Paul, dass dein Beruf und all dein Umfeld in dem du recherchierst nicht dazu geführt haben, in allen Menschen nur das Böse zu sehen. Dass du es bei Einigen dann suchst, gestehe ich dir gerne zu.«

»Also dann, betrachte es doch einmal ganz nüchtern. Max war in einem Geschäft aktiv, das auch seine dunklen Seiten hat. Es gibt im hehren Kunstbereich durchaus mafiöse Strukturen, das musst du nicht wegleugnen.«

»Aber Max war im Leben nicht …«

»Schau, es gibt auf der einen Seite die Guten: Museen, arrivierte Kunsthändler, Gutachter und Experten. Auf der anderen Seite gibt es die Bösen: Kriminelle, die Kunstwerke rauben, Kriminelle, die Kunstwerke fälschen. Und dazwischen alle denkbaren Schattierungen, mehr gut, mehr schlecht.«

»Paul, du erklärst das aber wirklich schön. Übrigens: Kunstwerke fälschen ist nicht kriminell, das ist erlaubt.«

»Ich habe deine Ironie deutlich herausgehört. Du weißt schon, wie es von mir gemeint war. Wenn du die gefälschten oder kopierten, nachgemachten Bilder oder Werke als echt verkaufst, dann ist es kriminell. Und Max, er bewegte sich sozusagen zwischen den Polen, es könnte doch sein, dass er unversehens in Versuchung geraten ist, oder?«

»Was meinst du damit?«

»Na ja, vielleicht ein Gutachten etwas freundlicher, unschärfer formuliert oder auch mal ein Gefälligkeitsgutachten angefertigt? In seinem Job pendelte er sozusagen von Gut nach Böse und zurück. Will sagen, er hatte es mit beiden Seiten zu tun. Da könnte es doch die eine oder andere Verlockung gegeben haben.«

Milka war nahe an einem Rückfall, drauf und dran Paul kleinzumachen. Dann fiel ihr das von Max markierte Brecht-Gedicht ein, das sie allerdings nicht in seiner eigentlichen Aussage wirklich interpretiert hatte: »Du meinst, es könnte stimmen, dass Max ein Gutachten verfasst hat, das Gemälde von, sagen wir mal diesem Schlägertyp, sei echt. Dann verkauft der das Bild, legt das Gutachten vor. Und dann lässt der Käufer ein weiteres Gutachten anfertigen, das besagt, es wäre eine Fälschung. Stellt sich die Frage: Hat Max wissentlich ein falsches Gutachten erstellt oder hat er sich geirrt?«

»Richtig. Nehmen wir mal an, er wusste um die Fälschung und hat dann für das falsche Gutachten ordentlich kassiert. Und das Gehabe dieses Schlägertyps – lediglich eine raffinierte Finte.«

Paul ließ Milka Zeit zum Überlegen, blickte ihr sehr ruhig in die Augen. Er liebte ihre dunkelblauen Augen. Kam gerade auf Gedanken weitab ihres Themas, wurde aber schon wieder zurückgeholt.

»Warum sollte Max so etwas machen?«, lautete Milkas kurze, immerhin ruhig gestellte Frage.

»Soll ich dir alle denkbaren Motive aufzählen? Wie wäre es mit einem Motiv, das ihn innerlich vielleicht sogar entschuldigt hätte?«

»Ich kann mir eines denken. Er hätte den Hof über Wasser halten können, wenigstens für einige Zeit. Und sich somit für seine Weigerung eines Verkaufs aus der Verantwortung genommen. Keine Schuldzuweisung mehr durch die Mutter, durch Lukas und Tim. Und er würde als Retter dastehen.«

»Genau so. Lass aus Bösem Gutes entstehen.«

»Das heilt die Sache nicht. Da macht auch die katholische Kirche nicht mit, Paul.«

»Früher schon, heute nicht mehr.«

»Überzeugt hast du mich nicht, Paul.«

»Das war auch nicht meine Absicht. Ich erinnere nur an das, was du selbst mir gesagt hast. Sonst findest du nur, wonach du suchst. Alles andere ist ausgeblendet.«

Milka, nachdenklich, eher zu sich selbst gesprochen: »Dann würde ein Versuch, Max möglicherweise zum Schweigen zu bringen, nicht mehr so unwahrscheinlich sein. Nimm diese Patronen dazu, die Taschentücher, nimm dazu, dass Max kein Anfänger in diesem Trike war.«

»Patronenhülsen.«

»Paul, lass das. Du sprachst vorhin von einem Telefonat mit deinem Onkel?«

»Ja. Hätte sein können, dass er auch vorgestern in aller Herrgottsfrüh unterwegs war und ihm irgendwas aufgefallen ist. War er aber nicht. Am Tag zuvor lief ihm einer über den Weg, der es auffallend eilig hatte, grußlos an ihnen vorbei zu kommen.«

»Wem ihnen?«

»Tschuldigung. Sebastian war mit einem befreundeten Jäger unterwegs. Er selbst kannte den Mann nicht. Ziemlich groß, kräftig. Er ruft seinen Begleiter an und fragt nach.«

»Habt ihr ein Handy bei Max gefunden, Papiere, Schlüssel?«

»Das Handy hat nahezu einen Totalschaden. Ich gebe es dennoch weiter, vielleicht ist etwas zu retten. Ein Autoschlüssel, zwei 50-Euro-Scheine, gefaltet, sonst nichts. Ich fahre später nach Weckrieden. Am Parkplatz des Drachen- und Ultraleichtfliegerclubs müsste Max' Auto stehen, er ist bestimmt nicht zu Fuß dorthin gelaufen.«

»Stimmt. Sein Auto müsste gleich neben dem Cockpit Tower stehen.«

»Weißt du, was er fährt, sonst kann ich auch bei der …«

»Schwarzer Audi A4 Kombi, SHA-MR – frag mich nicht nach den Ziffern. Eine Acht ist dabei. Der Parkplatz ist ja nicht groß. Und seine Wohnung wollt ihr nicht durchsuchen?«

Paul überlegte kurz: »Ganz bestimmt werden wir das. Dafür brauche ich die Spurensicherung. Zuerst nehmen wir uns den Wagen vor.«

Milka ließ ein gedehntes »Paul« im Raum stehen.

»Ja?«

»Du solltest diesen Schlägertyp finden, bitte. Ich will mit ihm reden. Ich will wissen, was da im Museum los war.«

»Einverstanden. Wir machen es so, wie ich sage. Du sprichst mit deiner Freundin Renate Beck. Und ich werde den Kollegen fragen, der damals im Einsatz war. Könnte sein, er hat einen Namen notiert, auch wenn es kein Protokoll dazu gibt.«

Milka zeigte ihr zartestes Schokoladenlächeln: »Aber jahh, Pauul.« Eine lang gedehnte und zuckersüße Zustimmung. »Wie wäre es, du fährst später zum Flugplatz Weckrieden und suchst den Wagen. Zuerst aber gehen wir zusammen ins Waldhorn in Sulzdorf zum Essen?«

»Damit du mich besser aushorchen kannst?«

»Wenn du denn was wüsstest, Wölfchen. Aber du scheinst auf gutem Weg. Komm jetzt. Ich hab einen Bärenhunger.«

Die Einrichtung des Waldhorn war nicht vom Zeitgeist infiziert, hatte irgendwann sich selbst genügt, was aber keinen Gast jemals gestört hätte. Die Gerichte, die serviert wurden, waren echt, schmeckten ohne aufgesetzte Raffinesse einfach vorzüglich. Milka konzentrierte sich ganz auf ihren Schwäbischen Rostbraten, dessen Bestellung bei Paul ein leises Seufzen entlockte. »Bei mir setzt das alles gleich an, vor allem die Spätzle. Und dann noch Kartoffelsalat extra.«

»Du musst nur bei uns am Hof tätig werden, statt vergeblich hinter euren Verbrechern herzujagen. Vor ein paar Tagen ist euch einer spektakulär entwischt.«

»Das war doch ganz anders, als die Zeitung darüber …«

»Paul, ich will das doch nicht vertiefen. Außerdem, für deine 1,85 Meter hast du eine prima durchtrainierte Figur. Du gefällst mir so, wie du bist, sehr gut.«

Paul sog das Kompliment mit sichtlichem Wohlbehagen auf: »Also doch Nachtisch?«

»Das wird mir zu viel. Ein Espresso.« Milka fuhr nach leichtem Zögern fort: »Da ist noch was. Eigentlich ist es zu blöd, aber ich sag es dir dennoch.«

»Was?«

»Es war merkwürdig. Nachdem du nicht gleich Zeit hattest, bin ich durch die Katharinenvorstadt zur Johanniterkirche gegangen.«

»Wie ich dich kenne, kamst du an der Schutzmantelmadonna nicht vorbei.«

»Richtig. Dann ins Kocherquartier zum Parkhaus. Und irgendwie hatte ich so ein Gefühl, als würde mich, angefangen vom Museum, jemand beobachten, ich weiß nicht.«

»Beschatten, dich verfolgen?«

»Na ja, so in etwa.«

Paul, achselzuckend: »Du bist eine attraktive Frau, Milka.«

»Danke. Und du nimmst mich nicht ernst.«

»Also gut. Wie sah der Kerl aus? Alter, Größe? Kleidung? Irgendwelche auffälligen Merkmale?«

»Schon älter, klein, bucklig, schiefer, schleichender Gang.«

Paul grinste: »Quasimodo. Bist du sicher?«

Auch Milka musste lachen. »Zum Teufel, ich weiß es nicht. Es war nur so ein Gefühl. Also, vergiss es. Aber bevor du zum Flugplatz zurückfährst und dich um Max' Audi kümmerst, da ist noch etwas Merkwürdiges.«

Paul, wieder ernst: »Dann heraus damit. Auch wenn es noch so merkwürdig sein sollte.«

»Du erinnerst dich, dass ich, kurze Zeit nach dem Trike-Absturz, einen Anruf von Lukas erhalten hatte. Er bat mich, Max zu ihm zu schicken, sobald er sich bei mir zeigen würde.«

»Ja. Du wolltest Herrn Holl zu dem Zeitpunkt aus gutem Grund nichts von Max' Tod sagen. Aber bitte, Milka, was soll daran merkwürdig sein?«

»Vielleicht liegt das auch an mir. Irgendwie hatte ich angenommen, Lukas würde vom Haus aus telefonieren. Als ich heute Morgen auf der Fahrt nach Hall bei der Familie vorbeischaute, war nur Tim da. Und der sagte mir, Lukas sei mit Gerät draußen, und zwar genau dort, wo er auch gestern gewesen sei – nicht gar so weit von unserer Wiese entfernt.«

»Aber, wenn ich das richtig sehe, immerhin durch eine schmale Waldzunge getrennt. Und was bitte ist daran so seltsam? Dein Bruder war doch auch draußen gewesen, oder?«

»Schon. Und dennoch. Ich könnte auf dem Rückweg nochmals bei Lukas vorbeischauen und ihm ein paar Fragen stellen.«

»Milka, du gibst hier nicht die Jane Marple. Das ist unsere Sache, und wir kümmern uns darum. Ok?«

»Aber jaah, Paul.« Tonlos flüsternd, nur die Lippen bewegend: »Dann doch lieber Modesty Blaise.«

»Bitte?«

»Nix. Zahlst du? Das ist lieb von dir.«

Bis Bühlerzell hatte Milka die beste Absicht, direkt zum elterlichen Hof zu fahren, eingedenk Pauls ernster Ermahnung. Bis genau zu 48.9970xx Breite und 9.9154yy Länge, also bis zu der Stelle, wo ein Weg scharf rechts zum Hof der Holls führte, hatte diese Absicht noch Bestand. Milka bremste scharf ab, streifte mit dem linken Vorderrad beim Einbiegen kurz das Bankett und gab wieder Gas.

Diesmal war Lukas anwesend. Milka fand ihn in einem Lagergebäude beim Aufladen von Gerät und Material auf einen Hänger. Er hatte Milka wohl bemerkt, dies mit einem sparsamen Nicken auch angezeigt, fuhr aber mit seiner Tätigkeit ungerührt fort. Milka tat ihm nicht den Gefallen, ihn anzusprechen. Sah sich stattdessen interessiert in der Halle um und schätzte den Aufwand, hier einmal Ordnung zu schaffen, auf mindestens eine Woche, für zwei Mann. Tim war nicht zu sehen, irgendwelche Illegale ebenso wenig. Milkas Bestandsaufnahme war wieder bei Lukas angekommen. Er hatte etwa die Größe von Max oder von Paul. Rundliches Gesicht mit dichten Augenbrauen. Allerdings wirkte er weitaus kompakter, kräftiger als Max, wohl seiner frühen landwirtschaftlichen Tätigkeit geschuldet. Lukas hatte notgedrungen, bedingt durch schulische Leistung und Hof, nach dem Realschulabschluss direkt in die elterliche Landwirtschaft gewechselt und mit 17 Jahren wichtige Aufgaben des kränkelnden Vaters mit übernehmen müssen. Auch aus diesem Grund entstanden frühzeitig Spannungen im Verhältnis zu Max, der wider Erwarten auch nach dem Abitur keinerlei Neigung zur Landwirtschaft zeigte, sich im Gegenteil mit seiner Flucht ins Studium nach Freiburg, so sah es zumindest Lukas, endgültig und rücksichtslos aller familiären Verantwortungen und Verpflichtungen entzog. Irgendwie merkwürdig, überlegte sie, war es schon, dass Max ihr nie von seiner Weigerung eines Hofverkaufs erzählt hatte.

Entweder war Lukas nun fertig geworden oder er wollte Milkas Geduld doch nicht über Gebühr strapazieren, wie auch immer, er kam auf sie zu, zeigte entschuldigend eine verschmierte rechte Hand und murmelte: »Wollte das Zeug noch aufladen.«

Milka nickte, ganz Verständnis.

»Du warst heute Morgen schon da, hast mit Tim gesprochen.«

»Dachte, ich schau mal vorbei und frage, ob ich etwas für eure Mutter tun kann.«

Lukas, offensichtlich missgelaunt: »Das macht schon der Arzt. Was sollte eigentlich deine Frage nach Immigranten? Hat mir Tim gesagt. Ich brauch grade noch so ein blödes Geschwätz im Dorf.«

Milka war nicht gewillt, diese Bemerkung unkommentiert zu lassen: »Red kein Blech, Lukas. Klar hast du welche beschäftigt. Christoph hat die schon gesehen und ich auch. Ist mir egal, was du machst. Kann ich in deiner Situation auch verstehen.«

»Ach ja«, brauste Lukas mit einer aufgeregt kratzigen, bärbeißigen Stimme auf, »und wenn du das schon verstehst, warum hast du dann deinem Freund Max nicht gesagt, er solle einem Verkauf des Hofs endlich zustimmen?«

Milkas Versuch einer Beruhigung war anscheinend gründlich schiefgegangen. Na gut, wenn er es so wollte: »Davon wusste ich bis vor Kurzem gar nichts. Und Max war ja wohl alt genug, um selbst zu entscheiden. Übrigens hat Tim mir gesagt, dass du, als der Absturz stattfand, gar nicht so weit weg warst. Zäune reparieren oder so was.«

Sie konnte direkt sehen, wie es bei Lukas arbeitete, er auf Leugnen oder Zugeben herumkaute. Dann doch eine Entscheidung: »Ja, klar war ich draußen. Hab den Zaun fertig gemacht.

Aber schließlich ist der ganze Wald dazwischen, da siehst du nichts, und hören tust du auch nichts.«

»Aber du hast dann doch …«

Das Aushorchen wurde Lukas entschieden zu viel. »Jetzt lass mich bloß in Ruhe mit deiner saudummen Fragerei. Was soll das eigentlich? Was geht dich das an, wo und was ich arbeite? Ich hab zu tun!«

Das kam deutlich. Sehr deutlich sogar, wenn auch Tonfall und Lautstärke berücksichtigt wurden. Dennoch schob Lukas einen Satz hinterher: »Muss mich schließlich um die Beerdigung kümmern, oder machst du das vielleicht?«

»Wenn ich dir helfen kann.«

»Schon wieder? Helfen kannst du mir, wenn du schleunigst verschwindest.«

Als Milka den Pick-up mit knirschenden Reifen vor der Scheune abstellte, war sie immer noch am Glühen. Warum war der Kerl so hitzköpfig, richtiggehend unbeherrscht, überlegte sie. Nur weil sie Tim gegenüber etwas von den Immigranten erwähnte? Da wollte sie nur signalisieren, pass auf, was du da machst, Lukas. Das musste er in den falschen Hals bekommen haben. Ganz schlimm wurde es erst, als sie ihn zu seiner Arbeit an dem Unglückstag ansprach. Als wolle er etwas verbergen, so hatte er mit seiner Antwort gezögert. Oder lese ich da zu viel raus, denke ich zu viel rein, und er ist im Moment überfordert? Sein Bruder tot, seine Mutter krank, den Hof am Hals, zunehmende Verschuldung – da musste sie Lukas auch zugestehen, dass die blanke Verzweiflung zu solch überzogenen, unverständlichen Reaktionen führte.

Und dennoch, sagte sich Milka, keineswegs besänftigt mit dem linken Fuß gegen das Bodenblech des Pick-up stampfend, ich schau mir das an. Nachher noch.

Karin und Georg saßen über Rechnungen und Zahlen gebeugt am Küchentisch, neben sich ein Taschenrechner. Ihr Vater schob einige Papiere zur Seite: »Setz dich, Kaffee ist noch heiß.«

Milka entzog sich der Einladung mit einer gerade noch glaubhaften Entschuldigung, wohl wissend, dass sie sonst sofort vereinnahmt worden wäre. Georg konnte sehr gut delegieren, wenn es um Buchhaltungsfragen ging. Sein stets gleiches Argument »schließlich hast du …« konnte sie, bevor der Satz zu Ende war, mit ›Abitur‹ vervollständigen.

Karin rief ihr hinterher: »Denk dran, wahrscheinlich kalbt die Kuh morgen, sieht ganz danach aus.«

Milka hatte bereits heute Morgen die ersten konkreten Anzeichen bei der Kuh erkannt. Die Zitzen hatten sich aufgefüllt, waren aufgebläht. Auch die Saugstellen zeigten sich bereits. Tage zuvor hatten Christoph und Georg die Kuh in einen gesonderten Stallbereich mit vorbereiteter Liegefläche gebracht, die Trockenstehfütterung eingeleitet, damit die Kuh später, nach der Kalbung, rasch eine gute Futteraufnahme zeigte. Karins Berechnung war richtig, könnte morgen früh oder am Vormittag so weit sein, überlegte sie.

Milka, umgezogen, jetzt in Jeans und warmer Jacke – ein Wetterwechsel war schon zur Mittagszeit zu spüren gewesen –, nahm den Pick-up bis zum Hochsitz. Von hier aus sollte sie in knapp einer halben Stunde, den Weg quer durch den Wald nehmend, bei Lukas' Wiese herauskommen. Sie musste wissen, ob er tatsächlich Pfosten oder Draht erneuert hatte. Sie musste einfach. Auch wenn eine leise innere Stimme Zweifel an der Berechtigung ihrer investigativen Neugier anmeldete.

Ihre Zeitschätzung war richtig gewesen. Sich mehrfach umblickend, auf Geräusche achtend, ging Milka die 100 Meter vom Waldrand über die Wiese bis zum Hollschen Zaun, ging den Zaun entlang, immer noch vorsichtige Blicke nach vorn und hinten richtend, in beide Richtungen. Pfosten lagen geknickt, Drähte lose. Nichts, aber auch gar nichts war hier gemacht worden. So war das! Noch in Gedanken hörte Milka einen sich nähernden Traktor, kehrte eilig um.

Ihr war kalt, und es war dunkel, und feucht. Sie versuchte verzweifelt, sich zurechtzufinden. Es konnte kein Traum sein. Sie streckte ihre kalte rechte Hand aus, tastete in nasse Erde, in Laub, ergriff kleine Zweige einer stachligen Pflanze. Milka zuckte zusammen. Da war es wieder, das Geräusch. Das Geräusch, das sie zuvor hinter sich gehört hatte, vor dem sie keuchend und nach Luft ringend weggelaufen war, Haken geschlagen hatte. Dann plötzlich, sie musste über eine dicke Wurzel gestolpert und gefallen sein. Wie lange lag sie hier? Vorsichtig hob sie ihren Kopf, fühlte ihr Gesicht ab, besah sich ihre Hand. Verdreckt, aber kein Blut. Jetzt erneut, das Knacken eines Zweigs, auf den getreten wurde, das Geräusch wiederholte sich, kam näher. Kein Vogel, der mit seinem Ruf, kein Specht, dessen Tocktock sie abgelenkt hätte. Nur dieses nervenzerrende Geräusch der Schritte. Laufen oder still liegen und hoffen? Nicht so laut atmen. Mach die Augen zu. Das hilft auch nicht. Hör hin, aus welcher Richtung … Wieder das Brechen eines Zweigs. Das Zittern setzte erneut ein, Kälte, Furcht. Sie sprach sich Mut zu. Milka, keine Panik. In diesen Moment der Furcht und Anspannung hinein ein Bellen. Ein sich näherndes, lauter werdendes Hundebellen, ein nahes Bellen, ein Versprechen. Milka drehte vorsichtig den Kopf, ein stummes, zuckendes, stoßweises und erleichtertes Lachen. Sebastians Deutsch Kurzhaar. Lieber Gott. Warum bloß bellt der Hund immer weiter? Er kennt mich doch. Jetzt wird alles gut.

Es wurde in dem Moment gut, als Sebastian Wild neben seinem Deutsch Kurzhaar stand. »Milka? Um Himmels willen, was machst du denn hier?«

Milka, mit einem immer noch zitternden Lächeln, das nicht aus der Freude, allein aus der unkontrollierten Erleichterung herauskam: »Und du?«

»Ganz einfach, ich bin meinem Deutsch Kurzhaar hinterher.

Der wollte auf einmal nicht folgen und ist ausgebüxt. Macht er sonst nie!«

»Dein Hund bekommt von mir eine Wurstrente.«

»Jetzt steh erst mal richtig auf, lass dich ansehen. Du zitterst ja am ganzen Leib.«

Sebastian Wild nahm Milka beruhigend in die Arme, versuchte, das Zittern ihres Körpers zu beenden.

Gedanken fasste Milka in diesem Augenblick beginnender Sicherheit, erster leichter Entspannung nicht. Nur eine einzige Empfindung fand Raum in ihrem Kopf: Sebastians Bartstoppeln kratzen ganz fürchterlich.

Sebastian Wild parkte den Pick-up vor dem Wohngebäude. Sein Hupen holte Bettina aus dem Haus. Er wechselte auf die Beifahrerseite, half Milka heraus und übergab sie fürsorglich in Bettinas Hände. Der Deutsch Kurzhaar, den Wurstzipfel noch in guter Erinnerung, umkreiste Milka, wich nicht von ihrer Seite.

Nach einer guten halben Stunde war Milka bis auf zwei unauffällige Schrammen und eine dicke Beule, die sie nahezu komplett mit ihren dichten, schwarzen Haaren abdecken konnte, wiederhergestellt, zeigte auch ein erstes entspanntes Lächeln. So wie der Deutsch Kurzhaar die Wurst aus der Küche nicht vergessen hatte, war bei Sebastian der Obstbrand noch präsent. Er empfahl Milka dringend, ein kleines Glas zur Stärkung zu nehmen, erhielt selbst ein größeres.

Bei einem großen Pott Kaffee und in Gegenwart der bis auf Christoph und die Kinder komplett versammelten Familie versuchte Milka, sich der bohrenden Fragen zu erwehren. Sie hatte bereits Waschbären und Wildschweine als auslösende Momente ihrer panikartigen Flucht ausgeschlossen, verwies auf ihr lädiertes Nervenkostüm nach Max' Tod und den Versuch, durch Extremjoggen auf andere Gedanken zu kommen. Dabei sei sie eben gestolpert und ganz kurz weggetreten. Alles halb so schlimm. Nachdem nun wirklich alle verstanden hatten, dass mehr nicht kam, zerstreute sich die Familie, und Milka konnte ihre Frage stellen: »Dich hat wirklich der Herrgott geschickt, Sebastian. Aber warum kamst du überhaupt?«

»Ganz einfach. Als ich diese Patronenhülsen fand, bin ich gleich zu dir. Heute Morgen war der Hochsitz von der Polizei oder dieser Spurensicherung noch abgesperrt. Also musste ich nochmals hin. Zur Inspektion gehört es schließlich, dass ich mir den Zustand des Stands auch oben ansehe. Dann parkte dein Pick-up direkt daneben, und mein Hund verschwand, dich zu suchen.«

Stoppeln hin, Stoppeln her, Sebastian bekam einen Kuss auf die Wange, und auch der Deutsch Kurzhaar erhielt eine dicke Belohnung.

Milka saß nach Sebastians Verabschiedung eine Weile am Tisch, konnte ihre Gedanken, die anscheinend alle auf einmal und aus allen Richtungen kamen, nicht sortieren. Zu spät fiel ihr ein, sie hätte Sebastian nach seiner Begegnung im Wald fragen müssen. Sie nahm ihre Tasse, schüttete den kalten Rest des Kaffees in den Ausguss und sah nach der Kuh. Die stand in ihrem separaten Stallbereich auf reichlich Stroh, bewegte sich ab und zu unruhig. Es bleibt wohl bei morgen am Vormittag, dachte Milka.

Nachdem sie in ihrem kleinen Werkstattbereich beim Käfer eine halbe Stunde aufgeräumt hatte, suchte sie ihr Handy. Im Pick-up gelassen. Anrufe von Paul und Renate.

Milka zog sich in ihr Zimmer zurück, schloss die Tür und tippte in der Anruferliste auf Renate. Es waren schwierige erste zehn Minuten, für Milka wie für Renate. Unmöglich, nicht über Max' Tod zu sprechen, unmöglich, Gefühle und Empfindungen zu überspielen oder gar auf Alltägliches auszuweichen. Unweigerlich kamen einzelne, gemeinsam mit Max erlebte Momente zur Sprache, wurden, wenigstens für Sekunden, glückliche Erlebnisse zurückgerufen. Lange Minuten, die auf beiden Seiten allmählich zu einer Dämpfung der emotionalen Amplituden führten, zu einer Überleitung in die alltägliche Gegenwart.

Milka traute sich endlich, ihre Frage zu stellen: »Hatte Max dir eigentlich von diesem Vorfall Ende November in der Kunsthalle erzählt? Diesem Streit, wo er sich beinahe geprügelt hat?«

»Ich erinnere mich. Max erwähnte es kurz. Aber eine richtige Schlägerei war das doch nicht. Der Typ warf ihm irgendetwas vor. Max spielte das damals runter, wollte darüber nicht sprechen.« Renate legte eine kurze Pause ein. »Du könntest seinen Partner in Karlsruhe anrufen, Stojan Tadic heißt der. Ich schick dir seine Nummer und die E-Mail per SMS. Vielleicht weiß er mehr, es ging schließlich um Geschäftliches.«

Renates Mitteilung kam nicht wirklich überzeugend rüber. Milka überlegte, ob sie insistieren, nachhaken sollte, ließ es dann doch so stehen. »Danke. Wollen wir uns für morgen im Ableitner verabreden? Am Spätnachmittag?«

»Ja. Ich müsste gegen vier fertig sein. Übrigens, Ableitner, das war vielleicht komisch. Ich meine, nicht wirklich komisch. Max hatte drei Tage, bevor er verunglückte, dort im Café auf mich gewartet.«

»Aber irgendetwas Besonderes muss doch …«

»Ein etwas merkwürdiger Zufall. Kann sein, ich bilde mir das ein, nur weil es sich so kurz vor seinem Tod abspielte. Max war viel zu früh dran, hatte gerade einen freien Katzentisch ergattert. Und dann kam ein Mann rein, wollte schon wieder raus, weil alles besetzt war. Du kennst ja Max. Also, der winkt ihn zu sich, bietet ihm den zweiten Stuhl an.«

Milka zeigte Geduld, viel Geduld, sprach nur ein Aufmerksamkeit bestätigendes »Mhm« ins Telefon.

»Dann, stell dir vor, der kannte sich gut mit Kunst aus.«

Milka fand das nun nicht so abwegig: »Vielleicht ein Besucher der Kunsthalle?«

»Ja. Dann erzählt Max von seiner Leidenschaft, seinem ULF und seinem Club. Und, dass er in drei Tagen nach Bühlerzell fliegen will, um dich an deinem Geburtstag zu besuchen.«

»Er erzählte von mir? Wirklich?«

»Also, das weiß ich nicht so genau. Jedenfalls war das Hobby seines Gesprächspartners Drachenfliegen. Dann haben sie eine Dreiviertelstunde über diese Ultraleichtflugzeuge gefachsimpelt und sich für den späten Nachmittag am Flugplatz Weckrieden verabredet.«

Milka, nun doch sehr aufmerksam geworden, fragte nach: »Hast du den Mann angetroffen?«

»Beinahe, fünf Minuten zuvor hatte er sich von Max verabschiedet.«

»Mhm, schade, hätte zu gern erfahren, wer das war. Aber sag mir eins, Renate, warum hat sich Max eigentlich so hartnäckig geweigert, dem Verkauf des Hofs zuzustimmen? Wusstest du davon?«

»Klar. Ich hatte ihm zugeredet, schließlich ist Lukas' Situation wirklich prekär, wirtschaftlich und personell.«

»Ja, und?«

»Max behauptete, er wolle sich die Option eines späteren aktiven Engagements nicht verbauen.«

»Du nahmst ihm das ab?«

»Lass es mich so sagen: Seine Reaktion war derart, dass ich kein drittes Mal mehr nachfragte.«

Einen kurzen Moment lang zweifelte Milka daran, ob sie beide über denselben Max sprachen.

Milka überlegte kurz. Sollte sie mit Paul heute sprechen? Besser morgen, jetzt nicht mehr.

Es wurde eine unruhige Nacht. Am Abend zuvor war die neue Kaltfront mit einem auffrischenden, scharfen Wind aus Osten unangenehm spürbar geworden, und die Gedanken standen Schlange.

Ein Gedanke setzte sich bei Milka allerdings fest: Ein Unfall war das nicht! Und hätte Milka nicht bereits im Bett gelegen, so hätte sie gewiss mit dem linken Bein aufgestampft.

KAPITEL 4

Nach der Kuh ist vor der Kuh. Milka, in der Meinung, vor dem Frühstück noch ein Telefonat mit Paul einschieben zu können, hatte das Handy in der Hand, wartete auf die Verbindung und hörte ein lautes Rufen aus dem unteren Geschoss. Das Telefon am Ohr, öffnete sie ihre Zimmertür.

Bettina rief vom Fuß der Treppe aus hoch. »Milka, es ist soweit, du musst jetzt kommen. Miiilka!« Offensichtlich duldete der Zustand der Kuh keinen Aufschub mehr. Pauls Sprachbox gab sie das Versprechen, später nochmals anzurufen.

Bettina wartete, ungeduldig, mit einem abstrafenden Gesichtsausdruck: »Komm endlich. Es ist soweit, geht gleich los.«

Gestern und auch diese Nacht hatte Christoph immer wieder nach dem Tier gesehen. Als sie im Stall ankamen, war bei der Kuh bereits ein klarer Ausfluss aus der Vulva festzustellen, Beginn einer Schleimabsonderung des Gebärmutterhalses und der Vagina.

Sie mussten dennoch längere Zeit ausharren, bis durch die Kontraktionen der Gebärmutterwand die Fruchtblase platzte, ein gelblicher Beutel von der Vulva herunterhängend. 20 Minuten später konnten sie erstmals aufatmen, dem Himmel sei Dank, keine Hinterendlage. Es tauchten erst die Füße, dann Zunge und Nase und dann der gesamte Kopf aus der Vulva auf. Milkas und Bettinas konzentrierte Hilfestellungen beschränkten sich auf ein absolut erforderliches Maß, so beim Befreien der Nase des Kalbs vom Schleim, später beim Ziehen des Vorderlaufs – wobei zur Entspannung immer wieder nachgegeben werden musste. Die Schultern erschienen, zum Schluss die

Hüfte und die Hinterbeine. 40 Minuten der Hilfestellung und hoffenden Anspannung waren zu Ende. Alles war gut gegangen. Alle atmeten auf. Das Kalb, aufrechte Kopfhaltung, die Nasenatmung regelmäßig, wurde kräftig mit dem bereitliegenden, frischen Stroh abgerieben, um die Durchblutung zu fördern. Das zur Vorsicht bereitgestellte Wasser – nur für den Fall, dass das Kalb außerhalb des Mutterleibs nicht selbstständig atmen würde – blieb unbenutzt.

Die Kuh erhielt einen Eimer mit lauwarmem Wasser, das Kälbchen wurde zur Stärkung der Abwehrkräfte sofort mit Biestmilch aus der Flasche versorgt. Drei bis vier Liter sollte es nun in den ersten vier Stunden aufnehmen. Es konnte noch sechs oder mehr Stunden dauern, bis die Plazenta ausgeschieden wurde.

Die ersten Minuten beließ Milka das Kalb bei der Mutter, die das Kalb schleckte, ein weiterer, wichtiger Stimulationseffekt. Nach einer guten halben Stunde stellte sich das Kalb erstmals hin, zwar unbeholfen wackelig, aber es stand. Und es erhielt eine eigene Box.

Es war geschafft, und bei allen stellte sich diese ruhige und tiefe Befriedigung ein, wie schon zigmal zuvor. Es war, aller Wiederholung zum Trotz, jedes Mal von Neuem ein wunderbares, in seiner Intensität nie nachlassendes Gefühl, bei der Geburt eines Kälbchens dabei zu sein, wo nötig zu helfen und die ersten hilflosen Bewegungen und Schritte des Kalbs in die Welt zu beobachten.

In der Küche gab es heißen Kaffee für alle und frische Butterbrezeln. Bei der zweiten Tasse fiel Milka siedend heiß ein, was sie gestern unterlassen, aufgrund der Ereignisse glattweg vergessen hatte. Sie musste Max' Partner anrufen. Konnte sein, der hatte noch gar nichts über Max' Tod erfahren. Oder hatte Renate ihn verständigt? Milka murmelte eine flüchtige Entschuldigung und eilte, zwei Stufen auf einmal nehmend, die

Treppe hoch in ihr Zimmer. Ihr Handy zeigte Renates SMS mit einer Adresse und Telefonnummer an. Vermerkt war, dass Tadic nicht erreichbar gewesen sei. Also hatte sie es versucht.

»Stojan Tadic«, meldete sich eine tiefe, sonore Stimme.

»Milka Mayr. Ich bin eine Bekannte von Max Holl, Ihrem Partner.«

»Freut mich, zumindest einmal Bekanntschaft mit Ihrer Stimme zu machen, Frau Mayr. Max hat mir natürlich viel von Ihnen erzählt.«

Hoffentlich nicht zu viel, dachte Milka. Und jetzt? Bloß kein minutenlanger Small-Talk. »Ich habe eine für Sie sehr traurige Nachricht, Herr Tadic. Max ist verunglückt, mit seinem Trike. Er kam dabei ums Leben.«

Es entstand eine Pause, eine längere Pause, die Milka sich nicht traute zu unterbrechen.

»Wann und wo war das, Frau Mayr?«

Milka berichtete, versuchte, ihre Mitteilungen so knapp wie möglich zu halten, nichts wirklich Wichtiges zu unterschlagen. Herr Tadic fragte beharrlich nach Details, die Milka nicht zur Gänze beantworten konnte, und wollte abschließend wissen, wer sich um die Beisetzung kümmere.

»Die Familie, seine beiden Brüder werden sich um alles kümmern. Ein Beerdigungstermin steht noch nicht fest. Ich werde Sie benachrichtigen.«

Milka würgte Herrn Tadics Ansatz, sich dankend zu verabschieden, kurzerhand mit einem »Halt« ab. »Entschuldigen Sie, ich habe auch eine Frage an Sie.«

Stojan Tadic unterbrach Milkas Schilderung des Vorfalls in der Kunsthalle nur durch eine Zwischenfrage. Konnte ihr aber in Bezug auf die Person, mit der sich Max da – er sagte »in die Wolle gekriegt« – gestritten hatte, nicht weiterhelfen.

Als Milka ihrerseits das Telefonat enttäuscht beenden wollte, unterbrach Herr Tadic: »Ich war zu schnell. Das kann die Sache sein, in der Max gerade eine Klage von einem Sammler an den

Hals bekommen hat. Ein Sammler in Heilbronn. Ich bin übrigens morgen in Heilbronn. Wir –, ich habe da einen Kunden. Wenn es Ihnen zeitlich passt, könnten wir uns treffen.«

»Ja, gern Herr Tadic. Welche Uhrzeit?«

»Ich muss meinen Termin noch abstimmen. Ich rufe Sie an. Unter der angezeigten Nummer?«

Milka ging unter die Dusche, trödelte, ließ sich ausnahmsweise viel Zeit, überlegte dabei, was sie Stojan Tadic morgen unbedingt fragen sollte. Sie musste sich vorbereiten. Nur ein netter Plausch zur Bestätigung dessen, was sie schon über Max wusste, durfte es nicht werden. Und sie hatte eine Ahnung, wo sie suchen musste.

Milka kramte in ihrem Gedächtnis, zunächst ohne Erfolg. Ein Professor und Kunsthistoriker in Kirchberg, mit dem sich Max ab und an zu einem Glas Trollinger traf. Einfach so, zum Gedankenaustausch – Schwerpunkt Kunst natürlich. Richtig, in Kirchberg an der Jagst. Sie waren einmal sogar zu dritt, zusammen mit einem Bildhauer, in das Städtchen gefahren. Stadt wäre wohl übertrieben gewesen. Wenn sie sich recht erinnerte, lag die Einwohnerzahl unter 5.000. Gut entsann sie sich der herrlichen Kulisse der alten und imposant wirkenden Gebäude der Schlossanlage. Dort, wo heute das Schloss steht, wusste Max, war um das Jahr 1240 eine Höhenburg errichtet worden – zur Sicherung eines bedeutenden Handelswegs. Und mit Gründung der Stadt Kirchberg wurde diese Burg dann Teil der Befestigungsanlagen. Immerhin gute 300 Jahre bestand die Festung – bis das Haus Hohenlohe auf den Fundamenten ein Renaissanceschloss errichtete und in späteren Zeiten zum Rokoko-Residenzschloss ausbaute. Das Schloss und die umgebenden Ländereien wurden bis zu ihrem Aussterben um 1860 von der fürstlichen Linie Hohenlohe-Kirchberg okkupiert. »Kleine Reichsfürsten mit großem Selbstbewusstsein«, wie Max einmal süffisant anmerkte. Aus der Siedlung um die Burg war im Lauf der Zeit eine gräfliche Stadt, später eine reichsstädtische Festung und schließlich ein hohenlohischer Residenzort mit einem Hauch barocker Pracht geworden. Jetzt war Milka auch klar, warum sie bei dem Schloss hängen blieb. Irgendeiner landwirtschaftlichen Mitteilung hatte sie die Nachricht entnommen, die Evangelische Heimstiftung, inzwischen Besitzerin des bis 2012 als Alten- und Pflegeheim genutzten Schlosses, wolle Ende des Jahres an die Stiftung »Haus der Bauern« aus Schwäbisch Hall verkaufen. Das neue Nutzungskonzept der Bäuerlichen Erzeugergemeinschaft umfasse eine Akademie für ökologische Land- und Ernährungswirtschaft. Der im Hauptbau etablierte Künstlerverein »AufgeSCHLOSSen« werde seine Räumlichkeiten im Schloss weiter nutzen.

Teufel noch eins, sie kam vom Thema ab, glitt in die Vergangenheit. Wie heißt nur der Professor? Archäologie und Ahnenforschung waren seine Hobbys. Wenn das Gedächtnis nicht mehr hilft – Milkas Blick wanderte zum Bücherregal, zu den Büchern über Kunst, Eigenkäufe und Geschenke von Max. Da war es, ein Bildband über Kirchberg – mit einer Widmung des Prof. Na also, Lothar Ebert, Professor Lothar Ebert. Und sogar eine Visitenkarte – mit handschriftlich korrigierter Telefonnummer. Mehr brauchte sie nicht.

Milka zögerte. Wie sollte sie ihr Anliegen am besten verkaufen? Ach was, einfach probieren, situativ reagieren.

»Lothar Ebert«, ohne Professor, einfach so.

»Milka Mayr, ich bin eine …«

»Sie sind die Bekannte von Max Holl, wir hatten uns bereits getroffen«, unterbrach Herr Ebert.

»Richtig«, konnte Milka noch sagen, bevor sie zum zweiten Mal unterbrochen wurde.

»Wie geht es Max, habe längere Zeit nichts von ihm gehört.«

Milka erwartete natürlich, dass diese Frage kommen würde, hatte nur gehofft, erst später. Sie versuchte, sich zwischen sachlicher Nüchternheit und anteilnehmendem Trauergefühl auf einem angemessenen Mittelweg zu bewegen. Professor Ebert machte es ihr leicht, fand bei seinen Fragen den richtigen Tonfall.

»Sie rufen gewiss nicht an, um mir allein diese traurige Mitteilung zu machen, Frau Mayr?«

»Ich bin auf der Suche, auf der Suche nach einem Hintergrund zu Max' Tod«, versuchte Milka, Herrn Ebert auf die Spur zu setzen.

»Sie glauben nicht an einen Unfall?«

»Es fällt mir schwer. Und es gibt Anzeichen, die dagegen sprechen.«

»Anzeichen, an die die Polizei nicht glaubt? Ein Flugunfall wird doch in aller Regel genauer unter die Lupe genommen.«

»Hm, ja.« Milka wand sich. »Nennen Sie es ein Gefühl, Professor Ebert. Sie sind Kunsthistoriker und könnten mir bei meinen Fragen weiterhelfen.«

»Sagen wir mal so, ich befasse mich mit Kunst.« Er sprach es *Kunscht* aus. »Bevor wir ein Frage-Antwort-Spiel beginnen, Sie wollen sich mit mir treffen?«

Milka, doch überrascht, wie schnell er schaltete: »Ja, bitte. Sobald Sie es einrichten können.«

»Liebe Frau Mayr, Sie wissen doch, ich bin in äußerst beschäftigtem Ruhestand. Jedenfalls Herr meiner Zeit, rede ich mir immer ein. Wann?«

»Heute?«

»Wir können uns zum Mittagessen treffen. Kommen Sie nach Kirchberg, ins Schloss zum Kunstverein?«

»Etwa um ein Uhr.«

»Wenn Sie da sind, rufen Sie an, ich öffne.«

Nochmals umziehen? Für einen pensionierten Professor in Kunstgeschichte? Nach einem Blick in den Spiegel verneinte Milka die Frage, wurde dabei von Pauls Anruf unterbrochen.

»Die Gerichtsmedizin hat einen Bericht vorgelegt, Milka.

Es wurden keine äußeren Einwirkungen festgestellt. Gesundheitliche Ursachen werden ebenso ausgeschlossen wie die Einnahme irgendwelcher Stoffe, Medikamente.«

»Also ein Null-Befund.«

»Nur was eine äußere Einwirkung auf seine Person angeht. Zu den Patronenhülsen liegen erste Ergebnisse vor. Wir haben die Kaliberbezeichnung und mit einer lichtmikroskopischen Untersuchung Spuren auf den Hülsen gefunden. Wir kennen nicht das Waffenmodell, können aber Einschränkungen vornehmen.«

»Und ihr habt noch mehr?«

»Du nervst. Die daktyloskopische Untersuchung – wenn du weißt, was ich meine …«

»Ich erzähl dir gleich, was ich meine! Willst du einem Huhn erklären, wie es Eier legt? Also?«

»… die ergab nichts. Wir schicken die Hülsen an den Schusswaffenerkennungsdienst des KTI. Das Kriminaltechnische Institut verfügt über eine umfangreiche Tatmittelsammlung und kann einen Abgleich vornehmen. Vielleicht wurde die Waffe schon einmal registriert.«

»Na ja, war dein Onkel also nicht gefordert.«

»Ist dein blutrünstiger Wissensdurst gestillt?«

»Nur für den Augenblick.«

»Was meinen Onkel angeht, hast du ihn seither getroffen?«

»Ähh – ja. Hab ich. Er war noch mal beim Hochstand. Die Sicherheit überprüfen.«

»Sonst war nichts?«

Ein lang gezogenes »Nein. Eigentlich nicht.«

»Eigentlich? Ich weiß jedenfalls, dass er seinen Jägerkollegen erst heute Abend zu der Begegnung im Wald befragen kann. Hat er dir nichts gesagt?«

Milka überspielte Pauls Frage: »Wann nehmt ihr euch denn Max' Wohnung vor?«

»Heute am späten Nachmittag oder morgen früh.«

»Sag mir wann. Ich komme dazu.«

»Tust du nicht.« Das klang sehr bestimmt.

»Doch! Also ruf an.«

Milka legte auf. Überlegte: Hätte sie den Vorfall im Wald erwähnen müssen? Dann musste auch der Name Holl fallen. Paul war nicht so dumm zu glauben, sie wäre in die Pilze gegangen. Im Februar. Und dann wäre eine Erwähnung ihres leisen, vielleicht gänzlich unbegründeten Verdachts gegen Lukas bestimmt nicht zu umgehen gewesen. Sie kannte Paul. Wenn es um sie ging, konnte er eine explosive Dynamik entwickeln, die nur kannte, wer ihn wirklich kannte. Wahrscheinlich würde er Lukas gleich ein Einsatzkommando auf den Hof schicken. Und sie selbst könnte ihren Termin mit dem Professor in den Wind schreiben.

Ihr fiel Renate ein. Jetzt müsste sie selbst das Treffen verschieben. Sie hörte nur ›Der Teilnehmer ist zurzeit nicht erreichbar. Sie können eine Nachricht hinterlassen.‹ Das tat sie auch.

Milka, sie hatte diesmal den alten Golf gewählt, den gewöhnlich Bettina fuhr, nahm die Straße Richtung Hall und bog dann ab nach Vellberg, dessen mittelalterliches ›Städtle‹ sie immer wieder begeisterte. Schon 450 v. Chr. war auf der Stöckenburg Anhöhe eine keltische Siedlung entstanden. Um 550 n. Chr. erfolgte eine Besiedlung durch die Alamannen. Milka schmunzelte still vor sich hin, als sie an ihre hitzige Diskussion mit Paul über das Begriffspaar Alamannen und Alemannen dachte. Sie musste ihn schließlich trösten, verwies ihn auf Johann Peter Hebel. Er, Paul, habe aber bestimmt mit den Alamannen nichts bis wenig zu tun, was die Abstammung angehe. Hebel hatte sie als große, grobgliedrige Menschen mit blauen Augen, krausen roten Haaren bezeichnet. Na ja, voll Kraft und Mut und Trutz – das wäre noch die einzige Deckungsgleichheit. Und als fröhlichen Trinker und Spieler, ohne Kenntnisse, unsichtbare Götter anbetend, wenn nicht Sonne, Mond oder gar den Rhein, das passe auch nicht. Sonst seien deren liebste Beschäftigungen der Müßiggang, dann die Jagd und der Krieg gewesen. Na ja, letzteres vielleicht noch, gegen die Verbrecher. Wenn Herr Hebel sich bei seiner Charakterisierung da mal nicht geirrt hatte.

Milka fuhr die schmale Landstraße über Großaltdorf, durch Eckartshausen, vorbei an der Arena Hohenlohe, einer gefragten Location für Messen, Events und vor allem mit für sie wichtigen Zuchtviehauktionen. Attraktiv waren auch die Auftritte der Crailsheim Merlins, meist jedenfalls. Paul schwärmte für Basketball.

Sie fand einen Parkplatz an der Schlossstraße, der Stadtverwaltung gegenüber. Professor Lothar Ebert musste im Mantel gewartet haben, eine halbe Minute nach ihrem Anruf war er am Eingang, kam mit langen Schritten, sehr dynamisch, auf sie zu.

»Leider ein trauriger Anlass, der uns zusammenbringt, Frau Mayr. Kommen Sie, wir fahren in das Landhotel Kirchberg. Der Schwanen um die Ecke hat leider zugemacht.«

Milkas Erinnerungsbild von Professor Ebert war stimmig. Er musste in der zweiten Hälfte der 60er sein, etwas füllig geworden, lange, weißgraue, nach hinten gekämmte Haare, die seine Ohren frei ließen, buschige, erstaunlich dunkle Augenbrauen und ein ausdrucksstarker grauer Schnurrbart über dem schmalen Mund. Unter dem hochgeschlagenen Mantelkragen zeigte sich ein grob gestrickter Rollkragenpullover über braunen Cordhosen.

Sie fanden einen ruhigen Eckplatz im Restaurant.

»Ist Ihnen das Tagesessen recht? Es gibt heute Kässpätzle mit Salat und vorweg eine Suppe?«

Milka war es recht. Gott sei Dank wärmte Professor Ebert Max' Tod nicht auf, begnügte sich mit zwei, drei Fragen, wurde dann direkt: »So, Frau Mayr. Wie kann ich Ihnen helfen?«

»Herr Professor …«

»Ebert reicht. 30 Jahre hab ich den Titel, also oft genug gehört. Es geht um Kunst?«

»Vermutlich ja. Mich würde interessieren, worüber Sie mit Max gesprochen haben. Gab es besondere Themen? Oder war es eher ein Themenspektrum oder ein bloßer Gedankenaustausch?«

»Sie suchen nach Spuren, nach möglichen Hintergründen? Ihre Frage ist einfach zu beantworten. Max hat seine Kontakte zu mir im letzten Jahr intensiviert, wir haben uns sicher einmal im Monat getroffen. Und es gab ein Hauptthema.«

»Das Sie mir verraten, Herr Ebert?« Ein zauberhaftes, nur angedeutetes Lächeln wandelte ihre Frage in eine Hilfe suchende Aufforderung.

»Interpol«, Professor Ebert brach ein Stück vom bereitgestellten Brot und tunkte es genüsslich in die kleine Schale mit gewürztem Öl, »Interpol schätzt, dass, einmal die drei lukrativsten Verbrechenszweige genommen, nach Drogen und Waffenhandel an dritter Stelle bereits die Kunst kommt, Kunstgegenstände aller Art allerdings.«

Milka passte ab, bis Herr Ebert das Brotstück, sorgfältig Tropfen auf dem Tischtuch vermeidend, zum Mund führte: »Und um Kunsthandel ging es Max? Nicht um Künstler, Maler, Kunstrichtungen, sondern um den Handel mit gefälschter Kunst?«

Professor Ebert nickte nur. Die Flädlesuppe, die gerade gebracht wurde, verlangte seine volle Aufmerksamkeit. Sie wurde von der Wirtin aus einer Terrine serviert, und selbstverständlich wollte er bei der Zuteilung nicht zu kurz kommen.

Milka sah derweil fasziniert zu, wie Herr Ebert vergeblich versuchte, den Zipfel seiner Stoffserviette in den Rollkragenpulli zu schieben. Ein Unterfangen, das jeder, der es schon einmal versucht hatte, nie wiederholen würde.

»Sie können davon ausgehen, Frau Mayr, dass vielleicht die Hälfte aller Radierungen, Drucke und Lithos auf dem Kunstmarkt gefälscht ist, bei Ölgemälden sind es nur unwesentlich weniger«, dozierte der Professor.

Milka bewunderte seine, wahrscheinlich im Rahmen langjähriger Frequentierung der Kunstschulen-Mensa erworbene Fähigkeit, sich auf Essen und Aussage gleichermaßen zu konzentrieren. Nur ab und an flutschte die Einlage (schwäbisch Mock, hier also das Flädle) mit sachtem Platsch zurück in die Suppe (Schlabb).

»Übrigens«, setzte Professor Ebert seine Vorlesung fort, bevorzugen Fälscher die klassische Moderne. Picasso, Miró, Chagall, alles dabei. Gern genommen werden auch die Expressionisten, Erich Heckel, Ernst Ludwig Kirchner oder Otto Müller. Alles, was das Sammlerherz begehrt.«

Die Kässpätzle kamen. Es gelang dem Professor während des Verzehrs Meisterwerke von Picasso, Braque, Modigliani, Léger und Matisse aus dem Louvre zu entwenden (2010), aus einem Museum in Marseille das Gemälde »Les Choristes« von Edgar Degas (2009), aus dem schottischen Schloss Drumlanrig zwei Gemälde von da Vinci (2003) und aus dem Nationalmuseum in Stockholm zwei Werke von Pierre-Auguste Renoir sowie ein Selbstbildnis von Rembrandt van Rijn (2000).

»Und diese Werke verschwinden dann in irgendwelchen Tresoren oder Kellergewölben fanatischer Sammler?«, wollte Milka wissen.

»Nein, nicht alle, im Keller eher selten. Es häufen sich die Fälle von Artnapping. Die Kunsträuber gehen davon aus, dass es Museen oder Versicherungen vorziehen, die Gemälde zurückzukaufen, statt den Forderungen der Eigentümer auf Schadensersatz zu entsprechen. In der Regel wird ein Lösegeld von etwa zehn Prozent des Werts gefordert – und bezahlt.«

»Jetzt sind wir aber nicht bei den Fälschungen, Herr Ebert«, monierte Milka, vorsichtig lenkend.

»Nicht beim Artnapping«, bestätigte der Professor, »das ist richtig. Aber gern werden von entwendeten Gemälden vor einem Verkauf des echten Werks Fälschungen hergestellt, diese mit einer Expertise und einer netten, halbwegs glaubwürdigen Herkunftsgeschichte an Sammler verscherbelt. Oder die Fälscher nehmen sich verschollene Gemälde vor, solche, die in alten Werkverzeichnissen und Katalogen zwar gelistet, aber nicht abgebildet sind. So war das beispielsweise beim berühmten Fall Betracchi.«

Milka wollte es auf den Punkt bringen: »Und das war ein zentrales Thema, über das Sie sich mit Max ausgetauscht haben?«

»Gewiss. Als Gutachter, als Experte operierte Max als Mittler zwischen Dieben, Diebesbanden, Museen und Versicherungen. Nicht, dass sein Interesse an der Kunst selbst nachgelassen hätte – keineswegs. Aber er interessierte sich zunehmend für die mafiösen Strukturen des Markts. Ich gewann den Eindruck, dass er schon sehr weit war, also auch, wie soll ich sagen, Adressen identifiziert hatte.«

»Über die er mit Ihnen nicht gesprochen hat?«, vermutete Milka.

»Richtig. So rein dem Gefühl nach – gerichtsfeste Beweise hatte er wohl nicht. Ist auch schwierig. Wenn da nicht ein notariell beglaubigtes Geständnis vorliegt, lassen die doch alle wieder laufen.«

»Max hat niemals einen Namen erwähnt, einen Ort, einen Vorgang? Irgendetwas, das einen Ausgangspunkt für weitere Recherchen bilden könnte?«

»Da fällt mir momentan nichts ein. Übrigens muss Max nicht unmittelbar mit Diebesbanden zusammengekommen sein. Die stellen häufig einen eigenen Mittelsmann. Sie können sich aber sehr gern nochmals an mich wenden, Frau Mayr.« Professor Ebert suchte nach einem Kompliment. »Ich freue mich immer über einen Austausch mit jemand, der so wie Sie Sachverstand mitbringt.«

Da das Tagesessen keinen Nachtisch einschloss, verstand

Milka den letzten Satz als Abschluss des Gesprächs und winkte der Wirtin, um zu bezahlen. Professor Ebert wehrte sich kurz, als Milka die Rechnung übernahm, aber wirklich nur kurz. Vor dem Haupthaus verabschiedete sich Milka und nahm die nochmalige, floskelhafte Versicherung des Professors mit auf den Heimweg, dass er ihr jederzeit zur Verfügung stünde.

Milka, zurück im Golf, blieb für Minuten sitzen, überlegte, was sie mit der Information anfangen sollte. Sich mit Max' Partner Tadic unterhalten? Sich mit Paul austauschen?

Paul, verdammt, sie musste ihn anrufen. Milka holte ihr Handy aus der Handtasche, schaltete es ein und empfing mindestens sechs oder sieben Signaltöne für Nachrichten. Alle von Paul, alle mit der dringlichen Bitte, ihn zurückzurufen. Eine Katastrophe?

Milka kam nicht zum Sprechen. Paul überschwemmte sie ohne Begrüßung mit einer vielfachen Variation der Frage, was da gestern im Wald los gewesen sei, was ihr passiert sei, ob es ihr wieder gut gehe.

Endlich gelang Milka ein kurzer Einwurf: »Klar geht es mir gut, Paul, hab nur eine kleine Beule, zwei Schrammen und ein angekratztes Ego, sonst nichts.«

»Aber mein Onkel, der musste dich ja …«

Aha, daher wehte der Wind, stellte Milka fest. »Sebastian ist eine Plaudertasche, er hätte den Mund halten sollen.«

»Wo steckst du eigentlich, Milka?«

Auch das noch. Na gut: »Kirchberg.« Jetzt bitte nicht die Frage, was ich da mache.

»Was willst du denn in Kirchberg?«

»Erzähl ich dir später. Wann wollt ihr eigentlich die Durchsuchung von Max' Wohnung vornehmen?«

»In einer Stunde. Aber damit hast du nichts zu tun. Ich melde mich bei dir, und dann will ich ganz genau wissen, was da gestern los war.«

Milka beendete das Gespräch mit einem schnellen Tschüss,

so schnell, dass sie von Paul keinen Ton mehr hörte. Sie war richtiggehend sauer. Bei aller Freundschaft, der Lällabäbbl (*dieser Ausdruck wird besser nicht übersetzt*) konnte ihr doch nicht vorschreiben, was sie zu tun oder zu lassen hatte. Schon gar nicht, wenn es um Max ging. Außerdem, sie war zumindest dreimal in Max' Wohnung in der Gelbinger Gasse gewesen und Paul noch nie! Sie fährt jetzt dahin, mag Paul sagen, was er will!

Milka fand in der engen, dunklen, modernisierungsbedürftigen Höhle von Parkhaus Langer Graben eine Lücke und parkte den Golf. Exakt mittig! Sie war schnell unterwegs gewesen, hatte noch Zeit für einen Caffè Latte, gerade mal 20 Meter von Max' Wohnung entfernt. Sie wollte Paul einen ausreichenden Vorsprung einräumen, dann konnte er sie zumindest nicht mit dem Argument im Treppenhaus stehen lassen, sie würde sonst alle Spuren vernichten.

Aus einem Milka völlig unerfindlichen Grund begrüßte es Paul ganz und gar nicht, dass sie plötzlich vor der Wohnungstür im ersten Geschoss des Fachwerkhauses stand – dabei hatte sie sich bei dem Caffè doch gänzlich mit Paul versöhnt und war, wieder lammfromm, zu jeder vernünftigen Kooperation bereit. Paul benötigte eine geschlagene halbe Minute, um sie überhaupt wahrzunehmen, war schon dabei, ein heiliges Donnerwetter auf Milkas Haupt zu entladen, entsann sich dann, mit Rücksicht auf seine Kollegen, die hochkonzentriert an der Spurensuche waren, eines Besseren.

»Bleib mal hier stehen.«

Anweisungen, dies sollte Paul eigentlich langsam wissen, mochte Milka nun gar nicht. »Ich war schon einige Male drin, könnte euch vielleicht behilflich sein.«

Paul warf einen fragenden Blick auf die beiden Kriminalhauptmeister der SpuSi, erhielt ein Nicken. »Also gut, kannst reinkommen.«

»Warum nicht gleich«, flüsterte Milka in Pauls Rücken. Ihr Gesichtsausdruck erhellte sich ein wenig.

Der für ein Fachwerkhaus ungewöhnlich große Wohnraum wurde durch drei Ständer optisch in die Zonen Essen, Wohnen, Arbeiten gegliedert. Eine Strebe zum Unterzug versteifte die Konstruktion zwischen Wohn- und Arbeitsbereich. Die Gefache der Außenwand waren hell gestrichen, kontrastierten zu den dunklen Riegeln, Fensterstielen und Ständern.

»Diese katastrophale Unordnung traue ich euch nicht zu. Das habt ihr hier so vorgefunden?«, vermutete Milka nach einem ausgiebigen Rundblick.

»Jemand war vor uns da. Ein paar Spuren konnten unsere beiden Spezialisten feststellen. Ziehen wir Max ab, bleiben immer noch einige über«, bestätigte Paul.

»Der PC ist weg«, stellte Milka mit einem Blick auf Max' Arbeitsplatz fest.

»Ja, die Strippen hängen noch rum. Den Bildschirm haben sie dagelassen.«

»Dabei kostete der Eizo mehr als der PC. Die hatten es auf die Daten, auf die Festplatte abgesehen.«

Paul, ungläubig: »Der Bildschirm soll teurer sein als …«

Milka schmunzelte. »Du wunderst dich. Weiß ich auch nur von Max. Er brauchte für seinen Job einen Profibildschirm, der nicht nur eine extrem hohe Auflösung aufweist, sondern auch eine extrem gute Farbtreue. Und der Eizo ist so ziemlich das Beste, was du kriegen kannst. Hat ein integriertes Kalibrierungssystem.«

Paul verfolgte Milkas Ausführungen mit zunehmendem Staunen. »Hatte Max ein Notebook?«

»Ein Lenovo Thinkpad. War immer in der mittleren Schublade des Containers unter dem Schreibtisch.«

»Haben wir bereits durchsucht. Leer. Ebenfalls mitgenommen. Fällt dir sonst noch etwas auf, Milka?«

Milka strahlte. So gehörte sich das. Nach einer Rückversicherung bei den beiden Kriminalhauptmeistern – eine war Hauptmeisterin, das klang aber wirklich schrullig – besah sie sich das Chaos vor dem Bücherregal. Mindestens drei Viertel der Bücher, Zeitschriften und Bildbände lagen auf dem Boden zerstreut, gefleddert. Das restliche Viertel auf dem Regal verteilt. Milka wechselte in den Bürobereich, zog am Container eine Schublade nach der anderen auf. Vergeblich.

»Nun?«, wollte Paul wissen.

»Eine Negativmeldung. In der linken unteren Schublade des Containers hatte er seine Notizbücher gestapelt. Alles leergeräumt.«

Paul nickte. »Zumindest untermauert das die Vermutung, dass sein Tod einen konkreten Hintergrund haben muss.«

Milka untersuchte den Metallständer links des Schreibtisches. Hier hatte Max seine nicht gerahmten Drucke gestapelt. Um die zwölf sollten es sein. Paul schaute interessiert über ihre Schulter, als sie vorsichtig Blatt für Blatt, getrennt durch steife Kartons, nach vorn blätterte.

»Scheint alles da zu sein, alles Expressionisten, eine sehr schöne Lithografie von Picasso«, kommentierte Milka.

»Sind die wertvoll?«

»Nein, nicht wirklich. Es sind qualitativ sehr gute, interessante Exemplare, aber wirklich richtig teuer, das wohl nicht.«

»Und das Bild dort an der Wand, in dem dicken Rahmen? Das scheint doch echt zu sein?«

»Das ist es.« Milka schmunzelte leicht, sich an die Diskussionen mit Max erinnernd, die sie über diesen ›Schinken‹ geführt hatten. »Das kannst du vergessen. Echt schon, aber ohne Wert, ohne künstlerischen Wert.«

»Warum hängt dann jemand mit ausgeprägtem Kunstverstand so etwas an die Wand?«

»Das, lieber Paul, wollte mir Max nie verraten. Er nannte es immer nur ein Erbstück. Von seinen Eltern stammt es jedenfalls nicht.«

Milka beendete die kurze Pause, den Blick auf die beiden Kriminalhauptmeister gerichtet, die im Begriff waren, ihre Ausrüstung zu verstauen. »Habt ihr bei den Nachbarn nachgefragt, ob jemand etwas gesehen oder gehört hat?«

»Sofort nachdem wir das Chaos vorgefunden hatten. Im Dachgeschoss war niemand anwesend und im Erdgeschoss ist ein kleiner Laden. Der Besitzer meinte, er hätte einen Mann in Arbeitskleidung gesehen. Und, da war er aber unsicher, zwei weitere Männer, unauffällig gekleidet. Mit den Beschreibungen können wir nichts anfangen, zu ungenau. Noch nicht mal zum Alter wollte er sich festlegen.«

»Und weiter?«

»Spurenauswertung, Routine. Wir machen jetzt Schluss, und du kommst mit mir. Ich will wissen, was gestern los war. Keine Widerrede.«

»Ich wehre mich gar nicht. Wohin?«

»Alt Hall, kennst du ja.«

Anders als dem Namen nach zu erwarten, befand sich in dem giebelständigen Fachwerkgebäude aus dem Jahr 1827 seit Langem ein griechisches Lokal, das Paul wie Milka gern besuchten. Eindrucksvoll vor allem die über mehrere Geschosse verteilten und verzweigten Kellergewölbe. Hier fand Paul eine ruhige Nische, bestellte für beide griechischen Salat, gegrilltes Lamm mit Rosmarinkartoffeln, wartete noch, bis die Flasche Wasser auf dem Tisch stand. »So, und jetzt erzähl! Ich will die wahre Geschichte. Sebastian mag dir alles glauben, ich nicht.« Paul berührte zart und vorsichtig eine der beiden Schrammen an Milkas linker Wange, wollte seinem amtlichen Verhörton die Schärfe nehmen. »Tut es noch weh?«

»Quatsch.«

»Das ist erfreulich, reicht mir aber als Aussage nicht«, meinte Paul, nun mit einem auffordernden Lächeln.

»Du müsstest mal wieder zum Friseur, Paul.«

»Milka!«

Milka fügte sich, berichtete vom gestrigen Geschehen im Wald, so nüchtern-sachlich, wie es eben ging, konnte gleichwohl nicht verhindern, dass Paul mit seinem hartnäckigen Nachfragen die Gefährlichkeit der kritischen Situation genau auf den Punkt brachte. »Mit anderen Worten, hätte Sebastians Hund dich nicht aufgespürt und wäre Sebastian nicht da gewesen, dann …«

»Dann wissen wir nicht, was passiert wäre. Vielleicht gar nichts«, unterbrach Milka.

»Versuche bitte nicht, die Gefährlichkeit dieses geheimnisvollen Vorfalls herunterzuspielen. So, und jetzt heraus damit, sag mir endlich, was du überhaupt in dem Wald gesucht hast. Keine Ausflüchte mehr!«

Milka fügte sich erneut, widerstrebend, erzählte vom heftigen Disput mit Lukas Holl und ihrer unstillbaren Neugier, den Zustand des Zauns zu kontrollieren.

»Lukas hat demnach gelogen. Wegen einer hanebüchenen Lappalie. Er hätte doch sonst was erfinden können. Oder einfach nichts sagen. So aber stellt sich das reichlich merkwürdig dar.«

In Milkas bestätigendes Nicken hinein fragte Paul: »Hat Lukas Holl einen Waffenschein?«

Milka nickte erneut. »Ja, das hat mir Sebastian gestern bestätigt.«

Das Lamm war zart, wunderbar gewürzt. Paul und Milka ließen ihr Thema bewusst während des Essens ruhen. Den kleinen obligatorischen Ouzo, eine abrundende Dreingabe des Restaurants, konnten sie nicht ablehnen.

Paul hatte einen Entschluss gefasst: »Ich werde mir morgen Herrn Holl vornehmen. Er hat einiges zu erklären. Ich bin sehr gespannt, was er zu sagen hat.«

»Ich komme mit.«

»Milka, das ist eine rein kriminalpolizeiliche Ermittlung.

Kümmere dich bitte um …« Paul erkannte, noch im Satz, Milkas Gesichtsausdruck und interpretierte ihn absolut richtig. »Gut. Ausnahmsweise, vielleicht hilft es sogar.«

Milka strahlte. »Komm, Paul, lass uns gehen, ich muss nach Hause.«

»Und was war in Kirchberg, was wolltest du dort?«

»Morgen, Paul, morgen.«

Kurz vor dem Parkhaus veranlasste ein Piepton Milka, auf das Display ihres Handys zu sehen. Eine SMS von Herrn Tadic. Immerhin. Sein Termin in Heilbronn verschiebe sich um einen Tag. Er rufe morgen an.

Nichts von Renate.

Milka wählte ihre Rufnummer. ›Der Teilnehmer ist zurzeit nicht erreichbar. Sie können eine Nachricht hinterlassen.‹ Das tat Milka diesmal nicht. Merkwürdig, kein Rückruf, keine Nachricht. Sehr merkwürdig.

KAPITEL 5

Milka, auf dem Weg vom Melken zum Frühstück, blieb vor den fünf leicht abgetretenen, grauen Steinstufen, die hoch zur Haustür führten, stehen. Sie erfreute sich, wenigstens einen Moment lang, an dem Winter-Jasmin, den sie gemeinsam mit Bettinas Kindern vor drei Jahren in einem neu angelegten kleinen Beet links des Eingangs zum Wohnhaus gepflanzt hatte. Die dicht beieinander sitzenden goldgelben Blüten des Strauchs bildeten in den trübgrauen Zeiten vor dem Frühjahr einen wohltuend erfrischenden Farbtupfer. Ebenfalls in Gelb, allein wegen der Blütenstruktur in anderer Farbschattierung, blühte der sich nach oben trichterförmig öffnende Strauch der Zaubernuss. Schon aufgrund des zauberhaften Namens bestanden Jonas und Laura damals auf einer gleich zweifachen Pflanzung. Beide wollten ihre eigene Zaubernuss und hatten sich über die Bezeichnung Hamamelis kindlich amüsiert. Sie übernahmen sogar die Patenschaft für ihre Zaubernuss, zumindest für die ersten zwei Monate der Anwuchsphase. Ihr schwarzer Kater, der, bevor Milka damals protestieren konnte, von den Kindern den sinnigen Namen ›Peterle‹ erhalten hatte, wartete, Schwanz erhoben und Kopf an der Haustür reibend, auf Einlass.

Nur ihre Mutter saß am Tisch. 62 war sie jetzt. Das Kopftuch, das sie hinten gebunden trug, verdeckte die ergrauten Haare. Nach Milka wollte, obwohl sehnlichst gewünscht – Georg hatte frühzeitig an die Hofnachfolge gedacht –, kein weiteres Kind mehr kommen. Karin blickte von der gestrigen Zeitung auf, setzte ihre randlose Brille zurecht. »Was macht das Kalb?«

»Es geht ihm gut, der Kuh auch. Ist noch Kaffee da?«

»In der Küche.«

»Ich bin nachher bei den Holls, zusammen mit Paul.«

»Frag, wann die Beerdigung ist. Christoph will mit Lukas über die Äcker sprechen, die bei uns angrenzen. Solange muss er damit anstandshalber warten.«

Milka nickte lustlos, wollte das Thema momentan nicht vertiefen.

Es war neun Uhr geworden, als Paul klingelte und Milka abholte. Er war allein gekommen. Milkas musternden Blick bemerkend, brummelte er: »Ist irgendwas?«

»Aber nein. Siehst gut aus. Du hast sogar ein Sakko an, Pfeffer und Salz. Passt gut zu deinem Rolli und den grauen Cordhosen.«

Paul, im Begriff vorzugehen, wurde von Milka aufgehalten. »Setz dich bitte kurz. Für das Gespräch mit Lukas solltest du wissen, dass er mit Max wegen des Hofverkaufs im Streit lag.«

»Lukas wollte verkaufen und Max sträubte sich?«

»Er weigerte sich rundheraus. Renate behauptet, er wollte sich eine eigene Mitwirkung auf dem Hof offen halten. Dabei hatte Lukas sogar einen Interessenten aus Stuttgart.«

»Und darüber gab es richtig Streit mit seinem Bruder? Ich habe ihn erstmals erlebt, als du dabei warst. Für eine verlässliche Einschätzung reicht das nicht. Was für ein Typ ist Lukas denn?«

Milka wirkte vorsichtig, zögerlich mit ihrer Antwort. »Wenn du beinahe allein einen landwirtschaftlichen Betrieb steuerst? Na ja, zimperlich ist er bestimmt nicht, eher handfest. Er kann auch grob sein.«

Pauls erster Satz, als sie in seinem Dienstwagen saßen, war eine unmissverständliche Direktive: »Du lässt bitte mich reden, Milka, ja?« Eigentlich keine Frage, eher ein Befehl, dachte Milka.

Paul versuchte, seine Vorgabe zu plausibilisieren. »Ich kann doch ins Protokoll nicht zehnmal hintereinander reinschreiben, Milka fragte.«

»Nein, du musst schreiben, Frau Mayr fragte.«

»Sehr witzig.«

»Entschuldige, Paul. Das war nicht so intelligent. Irgendwie macht mir heute der Wetterumschwung zu schaffen.«

Als Paul im Hofbereich abbremste, eilte gerade Dr. Kernen auf sein Fahrzeug zu. Milka hielt ihn auf: »Geht es Frau Holl wieder besser?«

Dr. Kernen nickte, Begrüßung und Bestätigung zugleich. »Das Fieber ist runter, und sie ist über den ersten Schock weg. Die Schmerzen über Max' Tod kommen natürlich noch – wie immer, in Wellen. Tim ist bei ihr.« Was nicht mehr der Wirklichkeit entsprach, denn er kam gerade auf sie zu. »Sprechen Sie mit Tim, Sie können sicher bei ihr reinschaun. Ich muss weiter.«

»Ist das dienstlich?«, wollte Tim mit einem Seitenblick auf Paul wissen, »oder fährt er dich nur?«

Paul reichte es nachgerade: »Ich muss mit Ihnen und Ihrem Bruder sprechen. Im Haus. Jetzt.«

»Ich hol ihn. Ist im Betriebsgebäude.« An Milka adressiert: »Kannst reingehen, auch zu Mutter.«

In dem Moment, als Milka am großen Esstisch neben Paul Platz nahm, kam Lukas mit Kaffee aus der Küche. Noch beim Eingießen fragte er nach der Freigabe für die Beerdigung. »Mit dem Institut hab ich bereits alles geklärt. Der wartet nur noch auf …«

KHK Paul Eichert wurde dienstlich: »Die Freigabe ist erfolgt. Können wir uns zur Sache unterhalten?«

Lukas war nicht gerade einfach zu nehmen: »Dann müssen Sie mir schon sagen, um welche Sache es geht.« Das kam ziemlich ruppig, was andererseits bei KHK Eichert keinerlei erkennbaren Eindruck hinterließ.

Oder doch? Milka sah, wie Pauls linke Hand in seine Hosentasche glitt. Er fühlte bestimmt nach seinem keltischen Triskele-Amulett. Das Geschenk eines äußerst dankbaren Archäologen, den er im allerletzten Moment vor dem scheinbar sicheren, mindestens fünfjährigen Wegschluss gerettet hatte. Hoch und heilig hatte der bei den Kelten geschworen, es sei nur eine Nachbildung, würde dennoch verlässlich Unglück und Böses abwenden. Paul nahm das bronzene Amulett nie heraus, jedenfalls nicht, wenn jemand dabei war. Er mochte es aber wie einen Handschmeichler. Immer dann, wenn eine kritische Situation entstand oder ihm eine rasche Entscheidung abgenötigt wurde.

»Wenn es denn nur eine Sache wäre, Herr Holl. Aber vorweg: Das ist keine Vernehmung. Wir müssen verschiedene Aspekte des Unfalls Ihres Bruders klären. Dazu benötigen wir Ihre Unterstützung und …«

»Wer ist eigentlich wir? Sie und …«, weisende Kopfbewegung, »Milka? Was macht die überhaupt dabei?«

»Wir ist die Kriminalpolizei. Wenn es Ihnen nicht passt, dass Frau Mayr teilnimmt, können wir das schnell ändern. Und Form und Ort unseres Gesprächs auch.«

Lukas Holl gab ein Brummen von sich, das mit gutem Willen als missbilligendes Hinnehmen ausgelegt werden konnte. Dafür sprach zumindest sein: »Also?«

KHK Eichert hatte sich die Reihenfolge seiner Themen sorgfältig überlegt. Behutsam anfangen und dann steigern. »Wenn ich richtig informiert bin, Herr Holl, dann beschäftigen Sie auf Ihrem Hof Ausländer, Asylsuchende, und das wohl ohne Arbeitserlaubnis.«

»Das geht doch Sie nix an, ob ich Zugrosde beschäftige. Wenn überhaupt, dann geht das bloß den Zoll was an, oder?«

»Die Kontrolle der Schwarzarbeit obliegt dem Zoll, richtig. Aber wir laufen hier nicht blind herum. Woher kommen denn Ihre Zugereisten?«

»Weiß doch ich nicht, aus welchen Ländern die sind«, maulte Lukas ruppig.

Tim, bislang schweigend, nur ab und zu von seiner Cola trinkend – Kaffee mochte er nicht –, antwortete blitzschnell: »Zwei aus Afghanistan, ein Syrer und zwei aus Nigeria.«

»Du hältst gfälligst dei Gosch! I red!«

Eichert überging Tims Zurechtweisung durch Lukas als innerfamiliäre Angelegenheit. »Ich wollte wissen, wie Sie an die Leute kommen, die laufen Ihnen schließlich nicht zu«, stellte er klar.

Lukas entzog sich einer Erwiderung, da seine Mutter aus dem Obergeschoss rief. Eine hohe, durchdringende Tonlage. Es musste ihr, der Lautstärke nach zu schließen, wirklich besser gehen.

Tim sah seine Chance, weiteres Wissen preiszugeben. »Da brauchst du nur zu den richtigen Plätzen in Ellwangen fahren, da findest du genug, die rumstehen und sich was verdienen wollen.«

»Sie holen die und bringen sie am gleichen Tag zurück?«, wunderte sich Eichert.

»Manchmal. Manchmal bleiben die aber auch für zwei Tage, wenn viel zu tun ist. Sonst lohnt sich die Fahrerei ja nicht.«

»Ich will gar nicht wissen, was Sie denen zahlen.«

»Geht Sie auch nichts an«, meldete sich Lukas zurück.

»Aber erfahren will ich, wo Sie diese Leute einsetzen. Auf den Feldern, im Hofbereich?«, beendete Eichert seine Frage.

»Überall, wo's grade was zu schaffen gibt, und davon haben wir genug. Was soll jetzt die ganze Fragerei? Was im Himmel hat das eigentlich mit Max zu tun?«

KHK Eichert griff nach seinem Handy, das auf Vibrieren gestellt war, wechselte in den Flur. »Verstehe, geht um 072«, war zu hören, dann ab und an ein »Ja« oder ein »Ganz sicher?«

Milka, bislang nur in einer Mäuschenrolle, musterte den Raum. Musste früher eine Stube gewesen sein, die wegen ihrer Lage, nur durch den Flur von der Küche getrennt, zum großen

Esszimmer geworden war. Holztisch, hölzerne Stühle ohne Armlehnen, mit einer dünnen, fleckfreundlich gemusterten Stoffauflage, eine Eckbank, auf der Tim saß. An der langen Innenwand zwei Ölbilder, die Max nicht mit der Zange angefasst hätte. Darunter eine schwere bäuerliche Holzkommode, deren aufliegendes, gehäkeltes Deckchen zwei Leuchtern und mehreren gerahmten Fotos der näheren Verwandtschaft repräsentativen Platz bot.

Paul war zurück, das Telefonat schien erfreulich, zumindest informativ gewesen zu sein, jedenfalls für ihn.

KHK Eichert entschied sich für einen verbalen Überfall: »Wo, Herr Holl, waren Sie gestern am Nachmittag, so zwischen drei und vier Uhr?«

Tim war erneut schnell: »Wir waren zusammen …«

»Hier, auf dem Hof. Meine Mutter kann das bestätigen«, fiel Lukas seinem Bruder lautstark ins Wort.

»Das ist sehr merkwürdig, Herr Holl«, sprach Eichert direkt in die Lücke zwischen Tim und Lukas, »gestern, am Nachmittag, wurde in die Wohnung Ihres Bruders Max in der Gelbinger Gasse eingebrochen.«

Milka erhaschte einen kurzen Blick von Tim auf Lukas, der reaktionslos auf das Sakko des Kommissars starrte.

»Irgendwie scheint Sie das nicht zu verwundern, Herr Holl. Ihre Kommentare sind doch sonst sehr fix.«

Lukas, jetzt doch hochblickend, zuckte nur mit den Schultern, ein nonverbales ›Was soll's‹ sozusagen.

»Wir haben zwischenzeitlich mit einigen Nachbarn und der Frau des Ladenbesitzers im Haus gesprochen.« Eichert legte eine kurze Spannungspause ein. »Wir könnten eine Gegenüberstellung veranlassen, ziemlich aufwendige Angelegenheit. Was meinen Sie?«

Tim war sich seiner Sache ganz sicher, ein schlagendes Argument: »Wir sind da nicht eingebrochen. Wir haben doch einen Schlüssel.«

Lukas war angestrengt am Überlegen, wie er diesen Hinweis am besten neutralisieren könnte, als einer der Zugrosden in der Tür stand und mit der Mitteilung, »Boss, work is finished now«, offensichtlich auf die Bekanntgabe der nächsten Aufgabe wartete. Diese betriebsbedingte Unterbrechung kam Lukas gerade recht. Zumindest verschwand er für fünf Minuten, die Milka für einen ersten Eingriff nutzte.

»Tim, dass ihr einen Schlüssel habt, das weiß ich auch. Von Max. Herr Eichert meinte auch nicht, dass ihr für den Einbruch in Max' Wohnung verantwortlich seid. Aber dort wart ihr, oder?«

Tim verarbeitete die möglichen Konsequenzen eines Jas oder Neins und entschied sich dann: »Also wir waren dort, ja. Aber die Tür war schon geöffnet. Also, so einen Spalt stand die offen. Musste ihr nur einen Schubser geben. Wunderte uns.«

»Ja, und?«

»Das war das reinste Chaos. Lukas hat gleich gemerkt, dass jemand eingebrochen war.«

»Und warum habt ihr, Teufel noch eins, den Einbruch nicht gemeldet?«, schaltete sich der Hauptkommissar ein, knapp vor dem Siedepunkt.

Lukas hatte wohl die beiden letzten Sätze mitbekommen, stellte sich hinter seinen Stuhl, die Hände auf die Lehne gestützt: »Bei eurer Aufklärungsquote ist das doch völlig sinnlos.«

»Das hat noch niemand davon abgehalten, einen Einbruch zu melden, schon der Versicherung wegen. Also nochmals: warum kein Anruf bei uns, der Polizei?«

Lukas schwieg beharrlich, ebenso Tim, unentschlossen, wo er hinschauen sollte. KHK Eichert zog seine Hand aus der linken Hosentasche: »Jedenfalls benötigen wir Ihre Fingerabdrücke. Von beiden.«

Lukas stand auf. »War's das langsam? Ich muss wieder an die Arbeit.«

»Nein. Setzen Sie sich bitte. Frau Mayr hat noch eine wichtige Frage.« Paul blickte Milka auffordernd an.

»Lukas, wir hatten uns darüber unterhalten, wo du zu dem Zeitpunkt warst, als Max abgestürzt ist. Am Reparieren des Zauns, hast du gesagt, bei eurer Wiese zum Wald.«

»Möchte mal wissen, warum das so wichtig ist.« Lukas' Tonfall klang nicht gerade übermäßig freundlich.

»Ich war vorgestern dort. Am Zaun. Da war gar nichts gemacht.«

»Na und? Ich bin da halt nur vorbei, um zu prüfen, welches Material ich brauche, Pfosten und ob mein Draht reicht. Und was, Herr Hauptkommissar, geht Frau Mayr eigentlich der Zustand meines Zauns an?«

KHK Eichert beantwortete die Frage: »Frau Mayr wurde auf dem Rückweg durch den Wald verfolgt. Nur einem Zufall ist es zu verdanken, dass ihr nichts geschehen ist.«

»Und?« Lukas interpretierte den Gesichtsausdruck des Hauptkommissars richtig: »Ach so. Also ich war jedenfalls nicht hinter ihr her.«

KHK Eichert stand auf: »Ich möchte einen Blick in Ihren Waffenschrank werfen, Herr Holl, und die Waffenbesitzkarte sehen. Einen Waffenschein haben Sie wohl.«

»Meinetwegen, der Schein liegt da auch drin. Aber das könnt ihr doch im LRA selbst nachprüfen«, maulte Lukas widerwillig.

Er ging voraus, schloss umständlich einen Kellerraum auf, schaltete das gelbliche Licht an und wies auf die rechte Ecke: »Hier. Eure Vorschriften haben mich 'ne Stange Geld gekostet. Der alte Schrank vom Vater hätte es auch getan.« Er öffnete: »Da, die zwei Jagdgewehre, das ist alles.«

»Wo ist die Munition?«, wollte KHK Eichert wissen.

Lukas zog eine Schublade auf. Der Hauptkommissar öffnete die Behälter, dann die letzte Schublade, zeigte auf eine einzelne Schachtel: »Und das?«

Lukas öffnete die Box, zum Vorschein kamen zehn Patronen. »Müssen von Vater sein«, kommentierte er. »Die brauche ich nicht.«

»Dann nehme ich zwei davon mit, Ihr Einverständnis vorausgesetzt.«

»Merkwürdig«, war das erste Wort, das Paul von sich gab, als er Milka zurückfuhr. Ergänzte, als Milka schwieg: »Du kannst dir denken, was ich meine?«

»Lukas hat bei allem, was ihm nicht passte, einen bissigen oder mauligen Kommentar abgegeben. Nur als du die zwei Patronen mitgenommen hast – da kam nichts. Keine Frage, kein Einspruch, nichts.«

»Eben. Merkwürdig. Und die Patronen passen nicht zu seinen Jagdgewehren. Was hältst du von seiner Aussage zu Zaun und Wald?«

»Von seiner nichtssagenden Aussage, meinst du wohl, Paul.«

»Ja. Und dann: Mir ist vieles nicht klar. Jeder Mensch greift doch zum Telefon, wenn er einen Einbruch feststellt. Da wird nicht zuvor über eine Aufklärungsquote nachgedacht. Und das Tohuwabohu selbst verursacht? Aus welchem Grund?«

»Sie wollten etwas nicht mitteilen, etwas verbergen. Sie hatten in dem Moment vielleicht Angst, mit der Polizei in Verbindung zu treten? Du kannst die Polizei schließlich nicht auf dem Rückweg mal vom Handy aus anrufen.«

Paul brummte etwas Unverständliches. Es klang nicht nach vorbehaltloser Zustimmung.

»Und deine Flucht im Wald? Wenn Lukas Holl es nicht gewesen sein sollte, dann doch Quasimodo?« Dabei grinste er vor sich hin. »Entschuldige, Milka, ich wollte damit keinen Spaß treiben.«

»Was passiert jetzt?«, sprach Milka Paul an, als er sie am Hof absetzte.

»Erstmal Routine. Wir nehmen Fingerabdrücke, werten die Daten der SpuSi aus, checken die Patronen aus Holls Schrank. Und ich rufe den Sander von der BFU zurück. In einer E-Mail wies er mich darauf hin, dass Schädigungen an den Aluminiumrohren einer Tragfläche festgestellt wurden, die nicht durch den Absturz erklärbar sind. Diese Rohre haben nur eine minimale Wanddicke.«

Die Brisanz von Pauls Worten ging an Milka glatt vorbei, sie hing einer eigenen Überlegung nach: »Zu diesem Einbruch ist mir gerade etwas eingefallen. Könnte es sein, dass er im Grunde genommen nur einer Verschleierung diente?«

»Wäre möglich. In einem solchen Fall stünden unsere Aufklärungschancen besser. Glaube ich aber nicht so recht. Und was den Holl angeht, dem trau ich nicht über den Weg, der hat uns doch nur erzählt, was er wollte.«

Milka hörte nur mit halbem Ohr zu, ging auf Pauls Äußerungen zu Lukas Holl nicht ein: »Was ist eigentlich mit Max' Handy?«

Paul zog eine Grimasse, Lippen zu einem schmalen Mund aufeinander, Kopf in nachträglichem Unglauben schüttelnd: »Das Teil sah besser aus als vermutet. Aber so viel Pech kannst du gar nicht haben. Exakt vier Tage zuvor hatte Max den Provider gewechselt und ein neues Handy erhalten. Und noch nicht synchronisiert. Ein paar Verbindungen drauf, aber nichts, was uns weiterbringt.«

Milka hatte ihre Liste noch nicht abgearbeitet: »Warum hast du Lukas nicht auf seinen andauernden Streit mit Max angesprochen?«

»Wegen des Hofverkaufs? Erschien mir zu früh. Klar, das wäre ein handfestes Motiv. Aber mir fehlen konkrete Hinweise auf seine Täterschaft. Zeitlich, das habe ich bereits überschlagen, wäre es möglich gewesen.« Nach kurzer Pause: »Den Punkt lasse ich nicht aus den Augen.«

Milka, nicht gerade zufrieden mit dem Gehörten und dabei, die Beifahrertür zu öffnen, wurde von Paul zurückgehalten. »Jetzt sag mir bitte, was du in Kirchberg zu suchen hattest. Du hast das bei unserem Telefonat höchst unfreundlich abgeblockt.«

»Lieber Paul, du musst nicht alles wissen. Lass mir meine kleinen Geheimnisse.« Milka wollte ihre Verabredung nicht verschweigen, ihm eher unterschwellig die Botschaft senden, dass auch er nicht alle Erkenntnisse weitergab.

»Ich habe den unbestimmten Verdacht, Milka, dass du dich in Ermittlungen hineinbegibst, die in unser Aufgabengebiet fallen.«

Milka, im Brustton allertiefster Entrüstung: »Aber Paul, du musst nicht um deinen Arbeitsplatz bangen.«

Paul konnte nicht anders, er küsste sie.

Milka schaute nach dem Kalb, wechselte in der Küche einige Worte mit ihrer Mutter, setzte sich mit einem riesigen Glas Apfelsaft – natürlich aus Äpfeln eigener Ernte – an den Tisch und schaltete ihr Handy ein.

Erfreulich. Eine Nachricht von Herrn Tadic. Sie könne sich morgen gegen 15 Uhr mit ihm in Heilbronn zu einem Kaffee treffen, er freue sich. Milka überlegte kurz, schickte eine bestätigende SMS.

Keine Nachricht von Renate? Nicht einmal eine SMS? Das konnte nicht sein. Diesmal legte sie bereits beim »Der Teilnehmer …« auf, schüttelte ungläubig den Kopf und wählte die Rufnummer der Kunsthalle.

Die Information löste eine Kettenreaktion aus: Milka sprang entsetzt auf, wischte mit einer reflexartigen Ausholbewegung der rechten Hand das halb volle Glas vom Tisch, das klirrend auf dem Fliesenboden der Küche aufschlug, kippte zugleich den Stuhl nach hinten, sodass das Peterle, eben im Begriff, sich bei Milka die erste Schmuseeinheit des Tages zu holen, sich nur mit einem tollkühnen Satz vor dem Zuschlagen der hölzernen Rückenlehne retten konnte. Nicht einmal die Zeit für ein Miau war dem Kater geblieben. Milka starrte auf das Display, als könne dort ein schriftlicher Widerruf angezeigt werden. Ihre Mutter Karin blickte Milka kopfschüttelnd an. »Kind, was ist denn los?«

»Renate. Renate Beck ist verunglückt. Sie liegt im DIAK in Hall. Ich muss sofort hin.«

»Aber so bleib doch wenigstens, bis …«, war alles, was sie die Treppe hochstürmend hörte.

Milka stellte den Golf gleich in der ersten Etage des Parkhauses ab, verlor die Geduld, als kein Fahrstuhl kommen wollte, und rannte acht Etagen im Treppenhaus hoch, über den Steg zum Haupteingang, drückte sich mit einer gemurmelten Entschuldigung an zwei am Empfang Wartenden vorbei: »Renate Beck. Gestern eingeliefert, wo?«

»Chirurgie.«

Noch keuchend erreichte Milka das Schwesternzimmer, traf dort auf einen jüngeren Assistenzarzt, der sich nach eingehender Schilderung ihrer engen Beziehung zu Renate Beck zu einigen grundlegenden Informationen bereit erklärte.

»Frau Beck ist gestern am Morgen eingeliefert worden. Autounfall. Wir haben am gleichen Tag eine Schulter-OP vorgenommen. Mehrfache Prellungen und zwei Schnittwunden. Die Verletzungen an der Halswirbelsäule sind nicht bedrohlich, sie erhält eine Halskrause.«

»Ist Renate, Frau Beck, ist sie ansprechbar?«

»Wir verabreichen momentan starke Schmerzmittel, die Patientin ist aber wach.« Mit einem musternden Blick auf Milka: »Sie können rein. Schauen Sie bitte auf die Uhr. Nicht länger als fünf Minuten, ja?«

Milka nickte. »Und wie ist das passiert?«

»Das ist nicht mein Ressort. Sprechen Sie mit der Polizei. Und jetzt entschuldigen Sie mich.«

Milka stand eine Minute vor der Tür und wusste dann immer noch nicht, wie sie das Gespräch beginnen sollte. Zig Fragen, tief mitfühlende Teilnahme, seelisch aufmunternde Placebos fielen ihr ein. Und nichts gefiel ihr. Sie klopfte, hörte keine Antwort, trat ein.

Renate lag in einem Doppelzimmer, Fensterseite, blickte in Milkas Richtung, blinzelte ein paarmal. Ein Gruß.

Milka setzte sich auf einen Stuhl neben dem Bett, hielt und drückte eine Minute lang still Renates Hand. Noch vier Minuten. »Du kommst wieder auf die Beine. Der Assistenzarzt ist ganz sicher. Kannst du sprechen?«

Renate blinzelte bestätigend, hauchte ein Ja.

»Wie ist dir denn das passiert?«

Renates Sätze kamen matt und stoßweise, mit kurzen Pausen. »Ich fuhr von Stimpfach nach Hall. Die Straße war stellenweise glatt, wohl vom Raureif. Plötzlich kam der Polo ins Rutschen, über einen Graben und gegen einen Apfelbaum. Dann war ich weg.«

»Du fährst doch immer vorsichtig und langsam, und dennoch …?« Milka konnte selbst in dieser Situation ihre Neugier nicht unterdrücken. »Hattest du zu stark gebremst?«

Renate dachte an anderes. »Die Beerdigung, Max' Beerdigung, wann ist die? Ich kann doch nicht …«

Der Assistenzarzt betrat das Zimmer, bewegte seinen Kopf unmissverständlich über die Wanduhr zur Tür.

Milka nickte, flüsterte: »Sorg dich nicht, ich komme morgen vorbei.«

Irgendetwas musste sie essen und trinken, dringend. Aber nicht im Café des DIAK. Und sie musste mit Paul telefonieren.

Am Säumarkt, vorbei an dem ehemaligen Wachhaus von 1811, einem heute unter Denkmalschutz stehenden, kleinen, klassizistischen Bau, fand sie in der Marktstraße ein winziges, vor Kurzem erst eröffnetes Veggie-Restaurant, dessen Speisekarte kurz und attraktiv war. Milka entschied sich für griechische Bratkartoffeln mit Paprika, Lauch und Fetakäse und ein großes Glas Ingwer-Limonen-Limonade.

Der kleine Raum des Restaurants, spartanisch-nüchtern möbliert, war kaum besetzt. Die Bestellung nahm ein, Milka war sich sicher, in der Anlernphase befindlicher, junger Mann entgegen, der sich wohl ein Zubrot für sein Studium an der nahen Hochschule verschaffen wollte. Vielleicht weil Max' Wohnung nur einen Steinwurf weit weg lag kam Milka das Gespräch mit Lukas in den Sinn. Eigentlich müsste sie Verständnis für ihn empfinden. Seine Situation war alles andere als einfach. Bei aller Grobheit, die er an den Tag legte – seinen eigenen Bruder zu …, nein, das wollte sie ihm nicht zutrauen. Renate! Sie musste Paul informieren, griff, aufgrund der Dringlichkeit, ausnahmsweise zu ihrem Handy. »Paul, ich war gerade …, Entschuldigung …, ja, klar, danke.« Sie hatte Pauls Festnetznummer angetippt und einen seiner Kollegen erreicht. Neuer Versuch. Er war unterwegs im Auto, hörte sich Milkas aufgeregten Bericht mit ausgesuchter Geduld an, gab nur ab und zu ein Zeichen der Aufmerksamkeit.

»Ja, Milka. Ich erhielt die Meldung erst vor einer Viertelstunde. Das Fahrzeug von Frau Beck, übrigens ein älteres Polo-Modell, wurde gestern nach der Unfallaufnahme aus dem Graben gezogen und zurück nach Stimpfach transportiert. Es steht auf dem Hof der VW-Werkstatt.«

»Wurde das Auto von euch untersucht?«

»Nein. Die Werkstatt übernimmt die Prüfung. Keine Ahnung, ob ein Bericht vorliegt. Bist du heute noch ansprechbar?«

»Ja. Ich ruf dich an, Paul. Da kommt gerade mein Essen.«

Milka steckte ihr Handy weg, warf zuvor einen Blick auf die Zeitanzeige – das sollte reichen. Der Umweg über Stimpfach war nicht so groß.

Kurz vor dem kleinen Ort, rechts vor dem schmalen, dunklen Waldzug, hinter dem der kleine Henkenbach verläuft, bemerkte Milka auf der Wiese, die am verschatteten Waldrand einzelne graue Schneereste zeigte, einen Schäfer. Der stand, in blauer Latzhose, dickem grünen Pulli und braunem Hut mit seiner kleinen Herde verschieden gefärbter Schafe nahe der Straße. Bergschafe, Kamerunschafe und Fleischschafe. Milka kannte ihn, wusste, dass er etwa 20 Hektar gepachtet hatte. Jede Woche wechselte er die Weide. Und Milka wusste von ihm auch, dass er ohne die Flächenprämie nicht über die Runden käme. Es war so schon hart genug. Ein Teil seiner Herde stand im Winter allerdings im Stall. Da reichte das Futter auf den kargen Weiden nicht mehr hin.

Ein, nach Milkas dezent-beiläufigem Hinweis auf Kriminalhauptkommissar Paul Eichert, äußerst freundlicher Meister der Vertragswerkstatt führte Milka zu Renates rotem Polo, genauer gesagt, zu dem, was davon übrig geblieben war. »Rechts vorn hat es ihn erwischt.«

Mit einem deutlich erstaunten Hochziehen der Augenbrauen musste der Meister erfahren, dass Milka sich mit dieser sparsamen Information keineswegs zufrieden zeigte, und obendrein respektieren, dass ihm eine technisch hochkompetente Frau gegenüberstand. Nach eingehender Diskussion der Schädigungen an Fahrwerk, Vorderachse, Radlager, Karosserie et cetera und der Bestätigung, dass er den Polo erst vor 2.000 Kilometern in der Inspektion hatte, inspizierte Milka den vorderen linken Kotflügel genauer.

»Ja, ja. Hat 'ne kräftige Delle«, bestätigte der Meister, mit einem kurzen Blick, was offensichtlich war. »Frau Beck hat immer mal wieder einen Parkrempler.«

»Die Spuren hier sehen aber sehr neu aus. Da scheint auch Lack dran zu sein«, überging Milka die Bemerkung.

Dies wollte der Meister nicht leugnen, fand aber die Tatsache angesichts des Gesamtzustands des Fahrzeugs nun auch nicht erheblich.

Milka griff nach ihrem Handy, wählte erneut Paul an. Nachdem sie während des Telefonats zunehmend lauter wurde, konnte der Meister trotz Diskretionsabstand nicht umhin, einige Satzteile wie »du musst das aber untersuchen lassen, die kriegen das hier …« mitzuhören und erlebte dann, wie Frau Milka Mayr mit dem linken Fuß aufstampfte und »… und ich sag dir, die Spuren sind ganz frisch« ins Mikro sprach.

Milka konnte sehr bestimmt sein: »Den linken Kotflügel rühren Sie mir nicht an. Da kommt noch die SpuSi.«

»Die was?«

»Die Spurensicherung.«

Immerhin, man gab sich freundlich die Hand, und Milka bedankte sich.

Der Weg zurück führte sie über Hummelsweiler nach Rosenberg. Vor fünf Jahren, an ihrem 30., waren sie, Renate, Max und Christoph hier im Adler (ein Michelin *)gewesen. Eine unglaublich kreative, dabei nie überzogene Küche, wie sich Milka gern erinnerte. Jetzt noch über die Blinde Rot und dann links ab Richtung Bühlerzell und Hof. Es reichte nachgerade für heute.

Milka hatte sich nach dem gemeinsamen Abendessen allein in das Kaminzimmer verzogen, streichelte mit ruhigen Bewegungen den Kater, der sich schnurrend an sie schmiegte und sinnierte über das morgige Treffen mit Max' Partner. Am Marktplatz, beim Käthchenhaus, wollten sie sich treffen. Weit kam sie nicht mit ihren Überlegungen. Bettina öffnete mit einem heftigen Ruck die Tür: »Paul ist da.«

»Paul!« Milka sprang hoch. »Entschuldige bitte, ich – ich hab dich einfach vergessen.« Milka blickte in seine graugrünen Augen, strich ihm eine dunkelbraune Locke zur Seite und gab ihm einen Kuss, nachdem Bettina die Tür hinter sich zugezogen hatte.

Das Peterle machte einen Satz von seinem Platz auf der

Kachelofenbank, umstrich – nicht nachtragend – zwei Beinpaare.

»Mein armer Kater«, kommentierte Milka das Schmusegesuch. »Heute hätte ihn beinahe mein Stuhl erschlagen. Darfst du ein kleines Glas Wein trinken? Ein geteiltes Viertele?«

»Württemberger?«, wollte Paul wissen.

»Was denn sonst, in diesem Haus?«

Das Gespräch streifte liegen gelassene Themen. Jeder pickte sich einige persönliche Sujets heraus, die dann genüsslich von allen Seiten abgeklopft, durchaus auch kontrovers diskutiert wurden. Milka genoss die kleinen Wortgefechte, zerlegte zu Pauls – ab und an auch gespielter – Verzweiflung Probleme in ihre molekularen Bestandteile, postulierte auf dieser Basis die Prämissen eines Lösungsansatzes und konkludierte auf die sich anbietenden Maßnahmen. Paul war aufgrund Intellekt und seiner fundierten kriminalistischen Erfahrung ein durchaus ebenbürtiger Partner, wenn auch sein Logikmuster grundsätzlich anders strukturiert war. Männer!

Nur ein einziges Mal gab es einen Themenausrutscher, hin zu Renates Unfall. Paul bestätigte, dass der verbeulte Kotflügel untersucht würde, Milka wiederum versprach, morgen ein weiteres Gespräch mit Renate zu führen.

Das leise Bellen eines Hundes unterbrach jäh Milkas engagierte Beweisführung zum Thema Genmais, genauer gesagt, gegen den Einsatz von Genmais. Sie öffnete die Tür zum Flur. Ihr direkt gegenüber stand Sebastian Wild, den Mantel bereits abgelegt. Milkas Blick wanderte nach unten. Der Deutsch Kurzhaar sah ihr mit einem herzerweichenden Blick direkt in die Augen.

»Eine Überraschung«, meinte Milka trocken. »Was kriegt dein Hund, Sebastian? Was du bekommst, das weiß ich.«

Nachdem Milka ein weiteres Viertele vom Lemberger verteilt, ein großzügig bemessenes Zwetschgenwasser – die Flasche trug kein Label – eingegossen und eine Wurst für den

Deutsch Kurzhaar gebracht hatte, richteten sich die Augen fragend auf Sebastian.

Der verkostete zunächst, anerkennend mit dem Kopf nickend, einen ersten vorsichtigen Schluck des Hausbrands.

Das Peterle überlegte, ob es dem Wettbewerber die Wurst streitig machen sollte, fühlte sich aber noch zu satt dazu. Der Deutsch Kurzhaar wiederum wusste, dass es sich bei dem Kater nicht um ein jagdbares Wild handelte, schließlich war das Herrchen früher Kreisjägermeister gewesen.

»Nun sag schon, was dich hierher geführt hat, Sebastian. Das ist doch bestimmt kein Anstandsbesuch?«

Sebastian Wild nahm die Canvastasche auf, die er neben dem Stuhlbein abgestellt hatte, und holte einen Fetzen Polyestersegeltuch heraus, legte ihn mit einer triumphierenden Geste auf den Tisch. »Deswegen komm ich!«

Paul und Milka, beide kurz konsterniert, starrten auf das ausgebreitete gelbliche Dacron-Polyestergewebe, ein größerer, unregelmäßig ausgerissener Fetzen von etwa 30 Zentimetern Seitenlänge.

»Hast du das auf der Wiese gefunden, auf der Max abgestürzt ist?«, fragte Paul nach. Seine Formulierung bewies, dass er sich vorsichtig herantastete, nicht unmittelbar zur Herkunft des Gewebes spekulierte.

»Ja«, bestätigte Sebastian und nahm zur Stärkung einen größeren Schluck Zwetschgenwasser, »die Sache mit Max' Absturz, mit Milka im Wald und die Patronen, das alles hat mir einfach keine Ruhe gelassen. Also bin ich am Nachmittag nochmals die ganze Wiese abgegangen – und fand dann das da.« Er schob das Teil in Pauls Richtung. »Lag zwischen zwei höheren Grasbüscheln.«

Paul schüttelte zweifelnd den Kopf. »Unsere Spurensicherung schlampert doch nicht, alles war sorgfältig abgesucht.«

Milka schaltete schnell: »Du hast das gar nicht direkt an der Absturzstelle gefunden, Sebastian?«

»Genau. Der Fetzen lag etwa 50 Meter entfernt, in der Richtung, aus der Max angeflogen war.«

Paul beendete das allgemeine Gedankenschweigen kurz und bündig: »Die Bestätigung, dass wir uns endgültig von einer Unfalltheorie verabschieden. Übrigens, Sebastian hat noch eine Überraschung für dich.«

Milka wechselte den Blick. Sebastian setzte gerade sein Glas ab, leckte sich den letzten Tropfen des Zwetschgenwassers von den Lippen. »Hab ich doch Paul schon berichtet. Mein Jägerkollege ist sich ganz sicher dass er damals im Wald, am Vortag zu Max' Absturz, den Feldmeier erkannt hat.«

»Feldmeier?«

»Ja, Vornamen weiß ich nicht. Hat zusammen mit seinem Bruder einen Hof. Frag doch Christoph, der kennt ihn bestimmt.«

KAPITEL 6

Der Tag wollte für Milka nicht gut enden.

Es war ein trister, ein grauer Morgen, so gerade über dem Gefrierpunkt. Gefühlt deutlich darunter. Die dichten, tief ziehenden Wolken, aus denen ein durchdringender, feiner Niesel sprühte, wurden vom eklig scharfen Ostwind in immer neue unwirkliche, hellgraue und tiefschwarze, bizarre Formen gezerrt, kleine blaugraue Löcher öffneten sich, nur um sich sofort wieder zu schließen.

Milka schlug den Kragen ihrer Jacke hoch, hielt ihn mit der linken Hand zu, als sie vom Melken mit gesenktem Kopf zurück zum Wohnhaus hastete. Sie hatte heute Nacht schlecht geschlafen, sich bis weit nach Mitternacht hin und her gewälzt.

Ihre Mutter Karin, ihr Vater und Christoph saßen bei einem letzten Kaffee am Frühstückstisch, Bettina hantierte lautstark klappernd in der Küche.

»Lukas hat angerufen«, hörte Milka ihre Mutter sagen, musste einen Moment nachdenken, um festzustellen, dass diese Information eigentlich weitere Inhalte aufweisen sollte.

Milka, übernächtigt und in der warmen Stube noch nicht ganz da, brachte es nur zu einem »Was wollte er denn?« und fand diese Frage bereits reichlich anstrengend.

»Die Beerdigung von Max.«

Himmel, dass ihre Mutter die Information nicht in einem Zug rüberbringen konnte, nur in kleinen Häppchen servierte, so, dass man immer gleich nach dem nächsten schnappen musste.

»Nun sag schon, wann?«

»Übermorgen. Sankt Maria.«

»Danach wird er auf dem Friedhof in Bühlerzell beigesetzt?«

Ihre Mutter nickte. »Om zwölfe.«

In Milkas Mitteilung hinein, sie würde sich jetzt an die Buchhaltung setzen und dann ab Mittag weg sein, schrillte das Telefon auf der Kommode. Christoph nahm ab. Ungläubigkeit, zorniges, wütendes Unverständnis zeichnete sich auf seinem sich rötenden Gesicht ab. Kopfschüttelnd artikulierte er diverse Synonyme für ›das kann nicht wahr sein‹.

»Jetzt geht das auch noch bei uns los. Beim Seitz sind sie heute in der Nacht in den Stall eingebrochen«, informierte Christoph, als er den Hörer krachend auflegte.

»Wer sie?«, brummte Georg, kaum verständlich.

»Irgendwelche militanten Tierschützer, vermutet jedenfalls die Polizei, wenn die überhaupt was …« Mit einem Seitenblick auf seine Schwester unterließ er die Vervollständigung seines Satzes.

Milka entzog sich der aufkeimenden Diskussion über die um sich greifende Diffamierung der bäuerlichen Tierhaltung. Nicht, dass sie hierzu keine dezidierte Meinung gehabt hätte. Wenn sie sich aber jetzt beteiligen würde … Nein, besser nicht. Nicht heute.

Milka, den zweiten Kaffee in einer Thermotasse neben sich, arbeitete hoch konzentriert, kämpfte sich durch den Stapel Belege, deutete unleserliche Quittungen und nahm fällige Überweisungen vor. Dann kam die unvermeidliche Statistik der Viehverkehrsverordnung, die akribischen Aufzeichnungen zum Tierarztkombibeleg, zur Anwendung von Pflanzenschutzmitteln, zur … und so weiter. Sozusagen zur abschließenden Auflockerung informierte sich Milka über die GAP-Reform, die neuen Greening-Auflagen, die Übergangsbestimmungen für den neuen Pflanzenschutzsachkundenachweis und die aktuellen Richtlinien für die Einzelbetriebliche Investitionsförderung. Dann hatte sie genug. Es reichte.

Ihr Mittagessen fiel kärglich aus. In der Küche lag, fein säuberlich eingewickelt, ein verlassenes Pausenbrot. Jonas oder Laura. Milka wollte keine Absicht unterstellen. Ein Joghurt aus dem Kühlschrank und ein Apfel zum Nachtisch.

Als ihr Bruder hereinkam, erinnerte sich Milka an das gestrige Gespräch. »Kennst du einen Feldmeier, Christoph?«

»Sicher kenn ich den.«

»Jetzt sag schon, was du weißt.«

»Thomas Feldmeier, Angebertype. Hat zusammen mit seinem Bruder Karl den Hof hinter Geifertshofen.«

»Das ist alles?«

»So ziemlich. Ach ja, und auf Lukas Hof hat er es abgesehen. Obwohl gemunkelt wird, er hätte Spielschulden.«

Gegen 13 Uhr traf Milka im DIAK ein, das mit etwa 1.400 Mitarbeitern zu einem der großen Arbeitgeber in Schwäbisch Hall zählt. Die historischen Wurzeln des Klinikums reichen zurück bis in das Jahr 1886, als Pfarrer Hermann Faulhaber die Diakonissenanstalt gründete.

Unbewusst widerstrebend ob des nicht gerade anheimelnden Ambientes, begab sich Milka doch in die dem Empfang gegenüberliegende Cafeteria, holte sich ein Coke und eine Butterbrezel. Ihre auf der Anfahrt entwickelten Ansätze, wie sie an Renate herankommen könnte, verwarf sie wieder. Sie verspürte das unbestimmte Gefühl, dass ihre Freundin auf geheimnisvolle Weise verschlossen war. Bestand nach einem solchen Unfall nicht ein natürlicher, innerer Drang zur Mitteilung, zum Erzählen? Wie alles passiert war. Der Ablauf, die eigenen Reaktionen, die Schrecksekunde vor dem Aufprall? Oder war sie gestern von der OP noch so mitgenommen? Das müsste sie ihr zugestehen. Kein Plan, kein Ansatz. Spüren, wie sich das Gespräch entwickelt.

Milka nahm die beiseitegelegten Blumen wieder auf, bat im Schwesternzimmer um eine Vase und erhielt, problemlos, die Freigabe für ihren Besuch.

Renate Beck drehte ihren Kopf in Richtung der sich öffnenden Tür. »Schön, dass du kommst, Milka.« Leise, aber deutlich. »Stellst du die Blumen bitte rüber zu den anderen? Sind von der Kunsthalle. Ich hatte auch schon Besuch von der Leiterin.«

Milka schob das Tablett vom Mittagessen zur Seite, setzte sich neben Renate, nahm ihre Hand, streichelte sie. »Wie geht's dir heute? Schon ein wenig besser?«

Renate nickte. »Ich muss schrecklich aussehen.«

»Wenn du daran überhaupt denken kannst, dann geht es dir wirklich besser«, schmunzelte Milka. »Was hat denn der Arzt gesagt?«

»Aus denen kriegst du nicht immer was raus. Er sei sehr zufrieden. Weißt du, wann die Beerdigung von Max ist?«

»Übermorgen, Renate.« Milka wusste, dieses Datum konnte sie nicht verschweigen. Es wäre ihr sonst später auf die Füße gefallen. Sie tupfte behutsam die Tränen ab, die sich in wenigen Momenten in Renates Augenwinkeln gebildet hatten.

»Ich kann doch nicht teilnehmen«, schluchzte Renate.

»Nein, gewiss nicht. Und Max hätte das auch verstanden.«

Ihr gemeinsames Schweigen wurde von einer Schwester unterbrochen, die das Tablett mitnahm und die bevorstehende Visite ankündigte.

»Ich muss dich etwas fragen, Renate. Dein Auto, ich hab mir das gestern angesehen.«

»Sieht wohl schlimmer aus als ich«, versuchte sich Renate an einem Scherz.

Milka nahm dankbar den Tonfall auf. »Du siehst viel, viel besser aus. Und wirst früher auf den Beinen sein als dein Polo auf den Rädern.« Kurze Kunstpause. »Bist du sicher, dass dich nicht irgendetwas abgelenkt hat? Ein Wild vielleicht? Oder ein anderes Fahrzeug?« Jetzt war es heraus.

Nur einen unwirklich kurzen Moment, so empfand Milka, schien Renate zu zögern. »Nein, nein. Es war mein Fehler. Ich hätte nicht bremsen dürfen.«

»Am linken vorderen Kotflügel hat dein Polo eine deutlich ausgeprägte Delle.«

»Das war schon vorher. Bin gegen einen Pfosten gefahren.«

Milka entschied sich dagegen, weiter nachzufassen, Renate zu bedrängen. Dagegen, etwas über die Lackspuren zu sagen und dagegen, Renate vom Einbruch in Max' Wohnung zu berichten. Stattdessen sprachen sie über Alltagsdinge, bis nach zehn Minuten zwei Ärzte, begleitet von einer Schwester, Milkas Besuch für beendet erklärten.

Für einen Moment saß Milka still im Auto, schüttelte zweifelnd den Kopf. Renates Aussage. Zu laut. Diese Betonung des ›mein Fehler‹. Da stimmte etwas nicht. Aber was bitte?

Sie quälte sich durch den Stau vor der Abfahrt nach Heilbronn, stellte den Golf in der Tiefgarage Wollhaus ab. Noch eine halbe Stunde bis zum Treffen mit Herrn Tadic. Sie war gespannt. Auf ihn als Person, als Partner von Max und auf Informationen. Eine halbe Stunde Urlaub, eine halbe Stunde Bummeln rund um den Kiliansplatz. Es wurde Zeit. Milka schlenderte zum U-förmigen Marktplatz vor dem eindrucksvollen Rathaus. Beim Wiederaufbau nach dem Krieg war die Außenarchitektur des alten Rathauses wiederhergestellt worden, allerdings nur die des Hauptbaus. Heute zeigte sich der von vier- bis fünfgeschossigen Gebäuden gefasste Platz ungewohnt leer, obwohl der störende Nieselregen sich zwischenzeitlich verflüchtigt hatte. Da vorn war das Käthchenhaus. Max hatte ihr einmal erzählt, welche unglaublichen und unendlichen Anstrengungen unternommen wurden, Kleists Käthchen auf die Spur zu kommen, sozusagen das »Ur-Käthchen« für Heilbronn zu finden. Milka hielt es, zumindest was diesen einen Punkt anging, mit Goethe, der das Stück als *ein wunderbares Gemisch von Sinn und Unsinn* bezeichnet hatte. Solange das Käthchen dem Stadtmarketing vorteilhaft diente …

Milka betrat das Café. Siedendheiß fiel ihr ein, dass sie kein

Erkennungszeichen vereinbart hatten. Von einem Ecktisch am Fenster erhob sich ein Mann, kam zielstrebig auf sie zu. »Frau Mayr?« Die gleiche tiefe, ruhige Stimme wie am Telefon. Milka bestätigte doch sehr verwundert. »Max hat mir einmal ein Foto von Ihnen auf seinem Smartphone gezeigt«, erklärte Herr Tadic.

»Und Sie haben die gleichen eidetischen Fähigkeiten wie er?«

Herr Tadic lachte, leise, ein sympathisches Lachen, nicht überzogen. »Ganz bestimmt nicht. Kommen Sie. Dort drüben am Tisch sitzt mein Assistent.« Die Vorstellung fiel kurz und knapp aus. »Goran Sklenar. Er kommt aus dem gleichen Nest wie meine Eltern, hat Kunstgeschichte in Freiburg studiert und bei irgendeiner Veranstaltung auch Max getroffen. Goran arbeitet seit etwa drei Jahren mit mir zusammen – ab und an.«

Etwa so alt wie sie selbst, dachte Milka, als sie Herrn Sklenar begrüßte. Groß, schlanke, durchtrainierte, muskulöse Figur, graue Chino und ein schwarzer Rolli. Kurze dunkle Haare, die wie ein V nach vorn in die Stirn ragten. Trotz des eher kantigen Gesichts nicht unattraktiv, fand Milka.

»Wir sind auch erst seit fünf Minuten hier«, erklärte Herr Tadic und gab dem Kellner ein Handzeichen. »Es soll hier einen ganz vorzüglichen Wiener Apfelstrudel geben, mit Vanilleeis. Dazu einen Braunen. Ist das ok?«

Milka signalisierte Zustimmung, schloss ihre kurze Bestandsaufnahme ab. Tadic musste um die 60 Jahre sein, drahtige Figur, gestreckte, längliche Kopfform, kurze, grauschwarze Haare, eine gestylt struppige Frisur, schwarze Hornbrille auf gerader, langer Nase und eine interessante Mischung aus Henriquatre- und Fünftagebart.

Stojan Tadic, Milka wusste von Max, dass er schon lange Zeit die deutsche Staatsbürgerschaft hatte, wechselte unvermittelt in einen betont ruhigen, tragenden Tonfall. »Ich bedaure außerordentlich, dass uns ein so trauriger Anlass erstmals zusammenführt. Gibt es denn neue Erkenntnisse zu Max' Tod?«

Milka blieb bei ihrem Konzept, strikt bei Unfall zu bleiben – komme, was wolle. Alles andere hätte zu endlosen Fragen und Spekulationen geführt. Außerdem wollte sie nichts preisgeben, stattdessen selbst Informationen sammeln. »Nein, Herr Tadic. Nach wie vor deutet alles auf einen Unfall hin.«

»Es ist schwer zu verstehen. Hat denn die Polizei ihre Untersuchungen abgeschlossen?«

»Soweit mir bekannt ist, noch nicht vollständig. Alle bisherigen Ergebnisse deuten aber auf einen Flugfehler.«

»Es war eines dieser ULFs, ein Trike, nicht wahr?«, schaltete sich Goran Sklenar ein. »Ich habe zwar einen Flugschein, aber an diese Dinger habe ich mich bislang nicht rangetraut.« Er sprach sehr gut Deutsch, ein etwas harter Akzent gab seinem Tonfall eine energische, kühle Note.

Milka zwang sich, aus diesem Small-Talk auszubrechen. »Ihre Partnerschaft mit Max Holl hatte keine gesellschaftsrechtliche Basis, Herr Tadic?«

»Das ist korrekt. Wir hatten uns eine stärkere Bindung durchaus überlegt. Es hätte uns aber am Markt, bei unseren Auftraggebern, keine entscheidenden Vorteile gebracht. Daher beließen wir es bei einer engen Kooperation. Unsere Fähigkeiten ergänzten sich sehr gut, überlappten schon auch. Andererseits hatten Max und ich, also, jeder hatte sein Leistungsbild.«

»Und aktuell hatte Max ein Problem mit einem Sammler hier in dieser Stadt?«

»Leider«, kommentierte Herr Sklenar, zog dabei seine geschwungenen Augenbrauen noch etwas höher, »leider ist der Kunstmarkt ein sehr diffiziles Feld, und nicht immer lassen sich Authentizität und Bildhistorie zweifelsfrei bestimmen, selbst von einem Fachmann nicht.«

Milka fragte sich, was diese Anmerkung bezweckte. Wollte Goran Sklenar andeuten, dass Irrtümer halt mal vorkämen, nicht außergewöhnlich wären? Sie ging darüber hinweg. »Können Sie mir den Sammler benennen, der Max verklagt hat?«

Stojan Tadic war vorbereitet, übergab Milka einen Umschlag. »Ein Herr Alexander Gärtner, Sammler. Adresse und Telefon stehen hier drin.«

»Von wem hat dieser Herr Gärtner denn gekauft? Und was hat er gekauft?«

Herr Tadic hob beide Hände leicht an. »Das hatte mir Max nicht mitgeteilt. Nur, dass es um einen Expressionisten ging. Ich bedaure sehr, Frau Mayr, dass ich Ihnen in diesem Punkt nicht weiterhelfen kann.« Seinem Tonfall und seiner Gestik war aufrichtiges Bedauern zu entnehmen.

»Und warum verklagt Herr Gärtner nicht den Verkäufer, den Kunsthändler?«

»Ich bin mir gar nicht sicher, dass er es nicht tut. Aber im Zweifelsfall wird der sich mit Max' Gutachten herausreden.«

Milka fühlte sich langsam am Ende einer Sackgasse. »Dieses Gutachten, hat Max Ihnen eine Kopie gegeben?«

»Nein. Ich kann Ihnen nur anraten, in seinem Büro, in seinen Unterlagen nachzusehen.«

Milka nickte, unterdrückte jede Information zum Einbruch. Eine Frage fiel ihr doch noch ein. »Wie kam Herr Gärtner eigentlich darauf, das Gutachten von Herrn Holl könne fehlerhaft sein, dass er einer Fälschung aufgesessen sei?«

»Entschuldigen Sie, dazu hatte mir Max tatsächlich etwas mitgeteilt. Der Sammler hat wohl ein weiteres Gutachten bestellt. Warum, weshalb und bei wem – keine Ahnung.«

Milka steckte fest, konnte nicht begreifen, warum, hatte aber dennoch nicht das Gefühl, ihr Treffen sei nutzlos gewesen. Gehe jeder Spur nach, schau unter jeden Stein, motivierte sie sich. Mit einem Dank an Herrn Tadic und dessen Zusage, sie könne sich bei Fragen gern an ihn wenden, wollte sich Milka verabschieden. Beinahe ein Fauxpas. »Jetzt muss ich mich entschuldigen. Der Termin für Trauerfeier und Beerdigung steht fest. Übermorgen in Bühlerzell, Sankt Maria, um zwölf Uhr.«

Herr Tadic zückte einen schmalen Terminkalender, blätterte. »An diesem Termin soll ich einen Sammler bei einer wichtigen Auktion in Frankfurt begleiten. Ich werde selbstverständlich versuchen, ob eine Delegation möglich ist.«

Kurz vor dem Parkhaus zögerte Milka, gab sich einen Ruck, suchte eine ruhige Ecke in der Fußgängerzone, öffnete den Umschlag und wählte die Nummer von Herrn Gärtner. Beim fünften Klingelton hob er ab. Es war kein einfaches Gespräch, in dem Milka hartnäckig versuchte, Herrn Gärtner von den Vorteilen eines Treffens zu überzeugen. Dann strahlte sie, zufrieden. Morgen um elf Uhr. Bei ihm. In einer ganz kleinen Hochstimmung machte Milka sich auf den Rückweg, bog aber schon auf den nächsten Autobahnparkplatz ab und rief Professor Lothar Ebert an. Bei ihm war es nicht das Problem des Überzeugens, sondern das des Überredens. Mit einer gehörigen Portion Charme in der Stimme gelang ihr auch dies. Er würde sie morgen begleiten. Allerdings musste sie ihn in Kirchberg abholen. Dieser Umstand war hinnehmbar. Nicht mitgeteilt – noch nicht – hatte sie ihm, welche Rolle sie ihm zudachte. Milka schmunzelte in sich hinein, sie wusste es selbst noch nicht genau. Hatte nur das Gefühl, eine Art Elder Statesman könne ihre Position stärken. Es würde kein einfaches Gespräch werden.

Die LKW-Kolonnen und der einsetzende Berufsverkehr auf der A6 erforderten konzentrierte Aufmerksamkeit. Die Wolken waren ausgetrocknet, wurden vom Ostwind zerfetzt und in allen Grauschattierungen auf sie zugetrieben. Gerade, dass die Stratokumuli die links und rechts aufsteigenden Weinberge nicht verhüllten. Sie passierte das kleine Städtchen Öhringen, das sie selten, aber gern besuchte. Hier hatten die Römer zu Zeiten des Limesbaus in zwei Kastellen etwa 1.000 Soldaten stationiert. Kaiser Marcus Aurelius gab den Namen für den Ort: vicus aurelianus. Um 260 n. Chr. überrannten die Alamannen den Limes. Die römischen Kastelle, Bäder und Villen zerfielen. Erst 800 Jahre später verzeichnete die Geschichte ein neues *Oringowe*. Milka musste lauthals lachen, als ihr Max' Erzählung einfiel. Erstmals wurde die Siedlung an der *Ohrn* in einem Stiftungsbrief genannt, der auf den 16. August 1037 datiert war – aber eine Fälschung darstellte. Erst um 1122 oder noch später war er tatsächlich verfasst worden. Fälschungen allüberall, schon damals.

Milka überlegte, welche Abfahrt sie wählen sollte, als sich der Einbruch in Max' Wohnung in ihrem Kopf verhakte. Was in drei Teufels Namen hatten Lukas und Tim in der Wohnung gewollt? Sie musste recht haben. Irgendetwas hielt die beiden damals davon ab, die Polizei zu rufen. Etwas, das sie mitnehmen wollten? Jedenfalls nicht die Computer. Das ergab keinen Sinn, oder etwa doch? Renate! Mit ihr musste sie nochmals sprechen. Jetzt. Milka fädelte sich im letzten Moment in die Ausfahrt nach Hall ein, löste damit ein wütendes Hupkonzert und eine Lichtorgie des LKW-Fahrers aus, der hinter ihr abbremsen musste.

Milka wartete, bis eine sehr resolute, im Grundsatz aber freundliche Oberschwester das Zimmer freigab.

Renate lag allein, freute sich sichtlich, war leicht verwundert: »Milka, du verwöhnst mich. Zweimal am Tag?« Ihr Lächeln stoppte abrupt. »Oder gibt es einen konkreten Anlass, dass du …«

»Nein, nein. Ganz und gar nicht«, beteuerte Milka beruhigend. »Ich wollte dich noch etwas fragen – nur nicht am Telefon.«

»Ich bin heute schon mal befragt worden. Von der Polizei.«

»Und warum?«

»Wegen dieses blöden Unfalls und der Delle da im Kotflügel. Du hattest auch schon so komisch nachgefragt. Ich weiß gar nicht, was ihr alle habt. Ich war nur einen Moment unaufmerksam.« Renate Beck wirkte aufrichtig echauffiert, beinahe entrüstet.

Schlechter Moment, dachte Milka. Dennoch, aber nichts über den Einbruch. »Wenn wir schon bei der Polizei sind … Ich hatte dir noch nicht gesagt, dass natürlich auch Max' Wohnung inspiziert wurde.«

»Das war wohl zu erwarten. Die müssen wohl allen …« Renate stockte.

Spuren nachgehen – das ergänzte Milka besser nicht. »Was merkwürdig ist, Lukas und Tim waren schon zuvor in der Wohnung gewesen.« Milka ließ das so stehen, wartete.

»Na ja, die beiden wollten sich halt mal umsehen. Was ist daran so merkwürdig?«

»Mhm.« Das war schwierig, ohne Erwähnung des Einbruchs. »Als ich Lukas danach fragte, druckste er nur rum. Hatte Max etwas Wertvolles in der Wohnung?«

»Die Bilder.«

»Meinst du die Drucke und Lithos in dem Ständer?«

»Ach was, die doch nicht. Oben im Schrank, die graue Mappe mit den schwarzen Bändeln an den Seiten.«

Milka zeigte sich verwundert. Sie konnte sich nicht erinnern, dass Max je davon erzählt hätte. »Was ist da drin? Ich meine, welche Bilder?«

»Es sind sechs Originallithos von Picasso. Alle Blätter sind in dieser Mappe, fein säuberlich getrennt durch Seidenpapier.«

»Und die sind richtig wertvoll?«

»Ich denke schon. Das eine, an das ich mich gut erinnere, ist *Nature Morte aux Poires et au Pichet.* Ein wunderschönes Bild, mit einer Auflage von nur 300. Handsigniert. Max taxierte es auf etwa 30.000 Euro.«

»Tote Natur mit Birnen. Was bedeutet Pichet?«

Renate lächelte. Es musste ihr wirklich schon besser gehen. »Siehst du das Bild, dann weißt du es auch. Es bedeutet Krug.«

»Und alle Lithos haben einen vergleichbaren Wert?«

»Wohl nicht ganz, aber in Summe kommt schon einiges …«

In den Satz hinein und mitten in Milkas Überlegung,

Renate nach der Herkunft der Bilder zu fragen, öffnete sich die Tür. Die Schwester blickte fragend auf Milka. »Sind Sie Frau Mayr?«

Milka, höchst erstaunt: »Ja?«

»Da ist ein Kommissar Eichert am Telefon. Er müsse Sie ganz dringend sprechen.«

»Und woher wusste der, dass ich hier bin?« Milka brach ab, die Frage war sinnlos. Paul konnte es nicht wissen. »Entschuldige, Renate, ich bin gleich wieder bei dir.«

»Milka? Dann habe ich richtig getippt, als du über dein Handy nicht …«

»Was um Himmels willen ist denn los, Paul, dass du hier im DIAK nach mir suchst?«

»Milka, bitte frag nicht lange, setz dich ins Auto und komm her.«

»Wo ist her? Und warum denn?«

»Milka!! Bitte komm einfach, hierher nach Bühlerzell.«

»Und was …« Milka blickte ungläubig auf den Apparat, der im Schwesternzimmer der Station stand. Paul hatte aufgelegt. Einfach so! Was, heilige Jungfrau Maria, war passiert? Die Familie? Ihre Gedanken schlugen Purzelbäume.

Achselzuckend und beide Hände in einer hilflosen Geste hochhaltend, entschuldigte sich Milka bei Renate, rannte die Treppe hinunter, über den Steg zum Parkhaus. Gedankensplitter tauchten unkontrolliert auf, verhuschten im Nichts nur um Raum zu schaffen für die nächste Befürchtung. Christoph verunglückt? Ihre Mutter? Oder Laura?

Kurz hinter Obersontheim fluchte Milka laut über den Verursacher einer Autoschlange – bis sie feststellte, es war ein Schlepper, der einen Düngewagen zog.

Sie bremste den Golf direkt an der Treppe zum Wohnhaus ab, neben Pauls Dienstfahrzeug, hastete die Stufen hoch. Paul öffnete, hatte sie bereits gehört. »Komm rein.«

Das, dachte Milka, war so ziemlich die kürzeste Begrüßung, die sich Paul je geleistet hatte. »Jetzt red schon, was ist los?«

»Setz dich.«

Milka blickte rund. Karin, Georg, Bettina, Christoph. Alle saßen da, offensichtlich lebendig und unverletzt, aber stumm, mit einem Ausdruck im Gesicht, als wäre es bereits übermorgen, zwölf Uhr in Sankt Maria. »Wo stecken Jonas und Laura?«

»Oben«, informierte Bettina. »Alle ok. Bis auf Laura. Heult wie ein Schlosshund, weil …«

Weiter kam Bettina nicht, Paul unterbrach sie mit einem scharfen Blick. »Wir müssen zusammen in den Stall, Milka. Willst du dir andere Schuhe anziehen?«

Milka, kurz davor zu platzen, wurde von Christoph mit sanfter Hand berührt. »Komm Milka, wir gehen zusammen rüber.«

Das Kalb. Tot. Auf der Seite liegend. Die Halsunterseite durchschnitten. Blut, überall Blut. Milka stand starr, reglos. Ein fassungslos eingefrorener Gesichtsausdruck, die Lippen aufeinander gepresst. Den Blick auf das blutgetränkte Stroh fixiert. Milka versuchte, das Bild vor ihren Augen zu verstehen. Wollte begreifen. Es gelang ihr nicht.

»Paul?«, war alles, was sie herausbrachte.

»Es muss heute am Nachmittag passiert sein«, gab Christoph eine erste Information. »Im ersten Moment dachten wir an diese Tierschützer.«

»Aber Christoph.«

»Ja, ich weiß, die machen so was nicht. Nur weil heute Morgen diese Meldung vom Seitz kam. Und einige sind ja wirklich militant.« Diesen Zusatz konnte sich Christoph nicht verkneifen. »Georg hat dann Paul angerufen.«

Milka zwang sich, ihren Blick zu lösen. Sah Paul an.

»Lass uns ins Haus gehen. Wir besprechen das drinnen.«

»Willst du einen Kaffee?«

Milka schüttelte den Kopf, barg ihn zwischen den auf dem Tisch aufgestützten Händen und heulte los. Heulte wohl so wie Laura.

Christoph brachte ein großes Glas Apfelsaft aus der Küche, nickte Paul auffordernd zu. Paul wechselte seinen Sitzplatz, legte seinen Arm um Milkas Schulter, hielt sie ganz fest. Bis ihr Schluchzen nach einer Minute langsam verebbte. Reichte ihr ein Taschentuch.

»Erzähl! Ich will alles wissen. Ganz genau. Jedes Detail.« Milka schien sich gefangen zu haben, für den Augenblick.

»Ich bin nach Christophs Anruf sofort gekommen. Da Christoph was von Tierschützern sagte, habe ich gleich die Spurensicherung verständigt. Die sind kurz vor dir weg. Du musst ihnen noch begegnet sein.«

Milka zeigte keine Reaktion.

»Das Kalb wurde getötet wie beim Schächten. Mit einem breiten Messer, ein großer Schnitt quer an der Unterseite des Halses. Die großen Blutgefäße, die Luft- und Speiseröhre wurden durchtrennt. Das Kalb ist ausgeblutet. Das konnte kein Tierschützer gewesen sein. Da hat jemand sein Handwerk verstanden. Der Schnitt war sauber.«

»Schächten? Das machen doch sonst nur Juden oder Muslime. Und es ist doch eher ein rituelles Schlachten.« Milkas Stimme klang brüchig.

»In unserem Fall sehe ich den Vorgang als nackte Drohung.«

»Ich verstehe dich nicht, Paul. Was willst du damit sagen?«

Paul Eichert ging zur Kommode, öffnete eine kleine Mappe, entnahm ihr eine transparente Plastikhülle, legte sie vor Milka auf den Tisch. »Das fanden wir neben dem Kalb.«

»Eine Karte? Eine Spielkarte?«

»Einer meiner Leute kennt sich einigermaßen aus. Das ist eine Tarotkarte, eine der auch als Große Arkana bezeichneten Trumpfkarten.«

Milkas Feststellung kam stotternd: »Die Karte zeigt den Tod.«

Paul bestätigte. »Ja. An Skelett und Sichel erkennbar. Auf dem Boden liegen diverse Körperteile. Von Toten.«

»Du fasst die Karte als Drohung auf? Eine Drohung an wen? An mich?«

»Beim Tarot bedeutet die Karte einen plötzlichen Wandel, ein unabwendbares, endgültiges Ereignis. Die Karte könnte sich auf dich beziehen. Nimm dein Gefühl der Verfolgung, als du von der Kunsthalle ins Parkhaus gingst, die Bedrohung im Wald. Und jetzt hier, in deinem Zuhause. Andere Möglichkeiten will ich nicht ausschließen. Vielleicht ist dein Bruder jemandem in die Quere gekommen, weiß es nur nicht.« Paul fuhr fort, als er Christophs Kopfschütteln wahrnahm. »Und übrigens, was mein Kollege auch wusste: Die Mafia benutzte früher eine Tarotkarte als Drohung – zumindest im Film.«

»Das hier, das ist Realität.« Milka meinte das ganz und gar nicht lustig, ihr war mulmig zumute. »Hat niemand irgendwas, irgendwen gesehen, Christoph?«

»Wir wissen nicht genau, um welche Uhrzeit es passiert ist. Mutter hatte sich hingelegt, der Wetterumschwung macht ihr zu schaffen. Bettina hat oben die Hausaufgaben überwacht, und Georg und ich, wir waren bei Seitz gewesen. Wollten wissen, was da los war.«

Milka schüttelte den Kopf, konnte es nicht verstehen.

Paul, in der Meinung, Information sei für Milka besser, als um die nächste Frage zu ringen, erläuterte weitere Details. »Wir wissen natürlich nicht, wer dahintersteckt, Milka. Das verwendete Messer haben wir nicht gefunden. Allerdings konnten wir nicht wirklich jeden Strohhalm wenden. Die Tarotkarte prüfen wir noch. Zwei Haare konnten meine Kollegen sichern. Die werden untersucht und mit den Taschentüchern verglichen, die du auf dem Hochstand gesichert hast.«

Milka unterbrach ihn: »Die sind ausgewertet? Mit welchem Ergebnis?«

»Nachher. Wir fanden keine Fußspuren, jedenfalls keine verwertbaren. Einige verwischte auf dem Kies vor der Scheune. Zwei Haare und diese Spielkarte – das ist alles. Noch Fragen?«

Milka verneinte.

»Dann lass uns jetzt ins Esszimmer gehen. Deine Mutter wollte etwas vorbereiten. Und danach reden wir weiter.«

Das Etwas stellte sich heraus als schwäbischer Wurstsalat und Käseplatte, wohl aus der nahen Geifertshofener Dorfkäserei, serviert zu einem frischen Holzofenbrot. Paul, mit einem deutlichen Hinweis darauf, er sei jetzt außer Dienst, griff sogar zu einem großen Radler.

Auch Laura und Jonas saßen mit am Tisch. Bettina hatte sie wohl beide verdonnert, keinen Pieps zum Kalb zu sagen. Was Laura sichtlich schwerfiel – so oft, wie sie Milka ansah. Das Kalb war tot und wurde totgeschwiegen. Jedenfalls während der Mahlzeit.

Es war längst dunkel geworden, als Paul und Milka unter sich im Kaminzimmer saßen und jeder überlegte, wie es weitergehen sollte.

Milka brach das Schweigen. »Diese Ungewissheit berührt mich mehr, als ich mir eingestehen will. Ich muss genau wissen, wie das mit Max passiert ist, ganz genau. Und wer die Schuld daran trägt. Ich will wissen, wer, ich will wissen, warum!«

»Ich kann das nachempfinden, Milka. Aber du solltest die Finger von dem Fall lassen. Das ist ganz allein unsere Sache. Komm bitte zur Vernunft. Du darfst dich nicht in Gefahr begeben.«

»Paul, ich bringe es nicht fertig, die Hände untätig in den Schoß zu legen und abzuwarten, was da kommt. Versteh mich nicht falsch. Das ist kein Misstrauen eurer Kompetenz gegenüber. Für mich gibt es zwei Möglichkeiten. Entweder wir machen das zusammen, und ich übernehme Dinge, die ich kann, oder ich mache das ohne dich und deine Polizei! Egal, wie gefährlich es sein mag. Besser der Gefahr wissend ins Auge sehen als zu Hause hocken und die Augen verschließen.«

Paul erkannte die untrüglichen Zeichen, die Milka, unbewusst, in Tonfall und Gestik aussandte, wenn sie eine wirklich endgültige Entscheidung getroffen hatte.

»Gut. Dann aber Alternative eins. Und du sagst mir wirklich alles. Wohin du gehst und mit wem du sprichst. Und was du weißt«, schob Paul eilig hinterher.

»Einverstanden.«

»Und was in deinem Kopf rumgeht. Hatte ich vergessen.«

»Das geht zu weit.« Milkas vorsichtiges Lächeln nahm ihrer Bemerkung die Schärfe. »Was ist mit deinen Erkenntnissen, was ist mit der Munition?«

Paul nahm sich Zeit. Milka hatte eine klitzekleine, leise Ahnung, warum Paul bereitwillig einem Teamwork zustimmte. Doch nur, weil er glaubte, sie so besser lenken, sie so von jeder Gefahr fernhalten zu können. Das musste sie akzeptieren, mehr noch, nahm sie sich vor, sie sollte sich daran halten.

»Holl haben wir hintangestellt, vorläufig. Will sagen, die Munition in der Schachtel passt nicht zu der Waffe, mit der am Hochsitz geschossen wurde. Die Vorab-E-Mail vom KTI besagt, dass diese Waffe bereits einmal in Köln eingesetzt wurde. Dazu erwarte ich weitere Informationen.«

»Das ist doch ein Fortschritt, Paul.«

»Bedingt. So eine Waffe wechselt schon mal den Besitzer, wenn sie einem Täter zu heiß wird. Zu den Taschentüchern: kein Ergebnis, was die Identität der Person angeht. Wir wissen aber, dass ein Mann sie benutzt hat.«

»Und? Herkunft? Alter? Augenfarbe? Größe?«

»Wüssten wir auch gern, Milka. Dazu lassen sich inzwischen durch das Forensic DNA Phenotyping einigermaßen aussagefähige Daten ermitteln. Wären wir in den Niederlanden, könnten wir das veranlassen. Nicht so hier bei uns. DNA-Spuren dürfen wir allein zur Feststellung der Identität auswerten. Alles andere spielt gleich in das informationelle Selbstbestimmungsrecht hinein.«

»Aber die Fahndung nach Tätern würde durch deine forensische Analyse doch entscheidend erleichtert. Außerdem, wenn du einen Augenzeugen hast, der beschreibt den Täter, seine äußeren Merkmale ja auch. Und die Angaben verwertet ihr doch.«

»Deine Argumentation hat durchaus etwas für sich. Ich nehme auch an, dass wir in einigen Jahren eine Freigabe erhalten werden, zumindest, was das äußere Erscheinungsbild angeht. Alles andere wird tabu bleiben. Übrigens ist auch die forensische DNA-Analyse mit Unschärfen behaftet. Deine wundervollen schwarzen Haare lassen sich mit hoher Verlässlichkeit bestimmen, bei graugrüner Augenfarbe ist das schon schwieriger.«

»Der DNA-Computer kennt einen Begriff, wie du ihn gerade verwendet hast?«

»Welchen?«

»Na, wundervolle Haare.«

»Ich teile meine Emotionen nicht mit einem PC, liebe Milka.«

»Mhm. Bevor wir uns in einem verbalen Kuscheln verlieren: Was hat denn deine SpuSi, wenn ich da bloß nicht immer an diesen bayerischen Ausdruck denken müsste, haben die bei dem Einbruch in Max' Wohnung etwas auswerten können?«

»Allerdings, Fingerabdrücke. Max, ist klar. Die beiden Holls haben wir auch gefunden. Mehrere Unbekannte. Ach ja, und deine.«

»Meine? Woher hast du die denn überhaupt? Jetzt geht's aber los. Was ist denn bitte mit meiner informationellen Selbstbestimmung?« Milkas Tonfall entschärfte allerdings ihre Entrüstung.

»Dein Zahnputzbecher und ein Buch auf deinem Nachttisch. Bevor du in die Luft gehst: Deine Mutter war dabei.«

»Die anderen Abdrücke?«

»An einem Abdruck sind wir noch dran. KHM Lang prüft, ob er ein deutlicheres Exemplar in Max' Wohnung findet. Die Abdrücke von Frau Beck können wir noch abgleichen. Wegen der Befragung zu ihrem Fahrzeug hatten wir ohnehin jemanden hingeschickt.«

»Aber über den Einbruch …«

»Nein, wurde natürlich nicht angesprochen.«

Sie musste Paul über Renates Information zu den Picasso-Bildern berichten, entschloss sich Milka. Das durfte sie nicht unterschlagen. »Dazu habe ich eine nicht ganz unwichtige Information für dich.«

Paul war ein guter Zuhörer. Und er zog den gleichen Schluss wie Milka, obwohl sie nicht ein einziges Mal mit dem Finger auf Lukas oder Tim zeigte. »Die Mappe mit den Lithos – die kann unsere Spurensicherung nicht übersehen haben. Das würde in Richtung Holl deuten. Natürlich ist nicht ganz auszuschließen, dass diese Picassos sozusagen als Beifang zu PC und Notebook mitgenommen wurden. Oder zur Ablenkung, zur Täuschung. Mehr spricht dafür, dass Lukas Holl die irgendwo zu Hause versteckt hat. Sein Verhalten würde jedenfalls damit verständlich werden.«

»Dann sollten wir mit ihm sprechen.«

»Das hat noch Zeit, Milka. Ich will wissen, was in Kirchberg und was heute in Heilbronn war. Alles!«

»Nur wenn du mir versprichst, mich nicht wegzusperren. Ich hab morgen einen weiteren Termin in Heilbronn.«

Milka erzählte. Erzählte alles bis in die verwinkelten Details. Alles, was sie schon erzählt hatte. Erzählte, was sie bislang ausgelassen hatte, alles, was sie dachte – beinahe alles. Es war, als hätten der grausame Tod des Kalbs und die unausgesprochene, verdeckte Drohung bei Milka einen Zwang ausgelöst, sich mitzuteilen, sich alles von der Seele zu reden und so die innere Spannung, die sich in den letzten Tagen immer weiter aufgeschaukelt hatte, zu lösen, sich zu befreien.

KHK Paul Eichert war über Milkas ausführlichen Bericht alles andere als begeistert. Nicht, dass er die Wichtigkeit der Information negiert hätte – in keinster Weise. Was ihm jedoch höchstes Unbehagen bereitete, war das offensichtliche Risiko, in das sich Milka begab – vielmehr schon begeben hatte. Zugleich sah er aber so gut wie keine Chance, sie von weiteren persönlichen Recherchen abzuhalten. Ihr einen Befehl zu geben, löste bei Milka gewöhnlich das genaue Gegenteil dessen aus, was er beabsichtigte. Das Heil konnte nur in einer engeren Abstimmung liegen – den Begriff Führung verwarf er sofort wieder, obwohl der beruflichen Sichtweise näher liegend. Und in gemeinsamen Aktionen. Mögen alle guten Geister ihm beistehen, dass niemand aus der Polizeihierarchie davon erfährt. Und dass nichts passiert.

»Du bist also morgen in Heilbronn, bei einem Herrn …«

»Herrn Gärtner.«

»Wenigstens nicht allein, sondern mit diesem Professor Ebert. Kann der ja auf dich aufpassen.«

»Du verwechselst da was, Paul. Da ist noch ein Punkt. Dein Kollege war wegen Renates Fahrzeug bei ihr im DIAK. Besser wäre gewesen, er hätte sich den Schaden am linken Kotflügel des Polo vorgenommen. Oder hat er den doch untersucht?«

»Frau Beck hat ihm nachdrücklich mitgeteilt, dass die Delle von einem Rempler beim Parken herrührt.«

»Und du glaubst, was Frauen dir erzählen?« Milka zögerte kurz und gab dann Christophs Kurzinformation zu Feldmeier weiter.

»An dem bin ich ebenfalls gerade dran, Milka«, sagte Paul, ließ seinen Satz dann so stehen.

Erst im Bett überfiel der grausige Tod des Kalbs Milkas Gedankenwelt erneut, wollte sie für den schmalen Rest der Nacht in Haft nehmen. Sie griff nach ihrem Buch, bis sie irgendwann merkte, dass sie Sätze las, ohne sie aufzunehmen.

Nein, ein wirklich guter Tag war es heute nicht gewesen.

KAPITEL 7

Häufig kam es nicht gerade vor, dass Milka sich beim Aufstehen Gedanken machte, was sie anziehen sollte. Gemeint sind selbstverständlich richtige, wirkliche Gedanken. Nicht, wie ist das Wetter draußen, also ein T-Shirt. Nein! Vielmehr die Überlegung, wen treffe ich, wie will ich wirken, was will ich mitteilen, welche Rolle will ich geben? Solche Überlegungen!

Milka schwankte zwischen bunter Paradiesvogel – die exaltierte Sammlerin – und Architektenschwarz – die Künstlerin. Entschied sich für ein tiefes Schwarz. Schwarze Stiefeletten, schwarze, fein gerippte Cordhose und ein schwarzer Pulli. Über dem Pulli eine dünne silberne Kette mit einem großen, gefassten Bernstein. Ihre Haare waren schon schwarz. Auch für das Make-up nahm sie sich mehr Zeit als gewöhnlich.

Auf dem Weg zum Auto begegnete ihr Christoph. Er kommentierte ihren Aufzug mit einem prononcierten ›Wow‹. Es tat ihr gut. Die Landwirtschaft war ein äußerst undankbarer Tätigkeitsbereich, wollte »frau« Komplimente sammeln.

Herrn Gärtners Adresse hatte sie sich eingeprägt, ein Navi kannte der Golf nicht, und mit Professor Ebert wollte sie nicht in einen Suchmodus fallen. Musste ein Haus am Lerchenberg, in der Nähe des Heilbronner Hauptfriedhofs sein. Keine schlechte Wohngegend.

Sie wählte bewusst die gleiche Strecke nach Kirchberg. Wenn sie Glück hatte, würde Michael Deiniger in seiner Autolackiererei in Vellberg anzutreffen sein.

Sie hatte Glück. Michael war da, unterbrach seine Arbeit an

einem Oldtimer, um sie zu begrüßen. »Hallo, Milka, du siehst toll aus. Würdest genau in meinen Oldtimer hier passen, wenn er mal fertig ist.«

Zwei Komplimente an einem Tag, das war schon üppig. »Ich beneide den Eigentümer.«

»Das ist kein Fremdauftrag, sondern für den Eigenbedarf gedacht.«

»Ja, ja, bis einer deiner Kunden vor dem restaurierten Fahrzeug steht und sich spontan hoffnungslos verliebt - und jeden Preis zahlt, den du forderst.«

»Von irgendwas muss ich schließlich leben. Das Ausbeulen von Treckern zählt nicht dazu. Weißt du, was das war und wieder werden soll?« Michael zeigte mit dem Schraubenschlüssel in der ausgestreckten Hand auf die Baustelle.

»Morgan Plus 8?«

»Getroffen. Ein 75er Cabrio.«

»Fürchte, ich bleibe bei meinem Käfer, Michael.«

»Und zu dem hast du eine diffizile Frage? Bei deinem Aufzug hätte ich das nicht vermutet.«

»Nein. Was ganz anderes. Meine Freundin, Renate Beck, hatte vorgestern bei Stimpfach einen Unfall. Ist bei Raureif gerutscht und gegen einen Baum gefahren.«

»Und ich soll das Fahrzeug abholen?«

»Mhm, nein. Der Polo hat auch am linken Kotflügel einen Schaden. Renate behauptet, sie sei Tage zuvor beim Parken gegen einen Pfosten gefahren. Ich hab da so eine Vermutung, möchte aber Gewissheit.«

»Was vermutest du denn?«

»Eben das will ich dir nicht vorher schon verraten. Kannst du dir bitte bei VW in Stimpfach diese Delle mal ganz genau ansehen und mich zu deiner fachmännischen Einschätzung informieren?«

»Was soll ich denn der Werkstatt sagen?«

»Dass ich dich im Auftrag von Frau Beck gebeten habe.«

»Klingt irgendwie komisch, oder? Alles. Aber gut, nur heute nicht mehr. Ist morgen ok?«

»Du bist ein Schatz, Michael.«

»Ich weiß, leider nicht deiner«, lachte er.

Milka warf einen schnellen Blick auf ihre Armbanduhr, als sie Professor Ebert in einem braunen Mantel bereits wartend vor der Eingangstür stehen sah. Nein, sie war sogar ganze fünf Minuten zu früh.

»Guten Morgen, Frau Mayr. Ich freue mich richtig auf den Tag mit Ihnen.« Der Professor machte einen aufgeräumt launigen Eindruck, versprühte Unternehmungsgeist, warf schwungvoll Mantel und Schal auf den Rücksitz.

Um nicht ganz schweigend bis Heilbronn nebeneinander zu sitzen, versuchte sich Milka an einem vermeintlich leichten Thema, trat dabei aber, ungewollt, eine kleine Lawine los. »Ich wusste gar nicht, dass Kirchberg ein Malerort ist.«

Professor Ebert nahm sich des Themas begierig an. »Nun ja, eine richtige Künstlerkolonie, so wie beispielsweise in Worpswede, die können wir leider nicht vorweisen. Aber unser malerisches Städtchen zog tatsächlich viele Künstler, ganze Malschulen an. Hauptsächlich im frühen 20. Jahrhundert. Nachgewiesen sind mehr als Hundert Maler, die den Ort aufsuchten.«

Die weiteren Ausführungen nahm Milka nur mit halbem Ohr auf, das schmale Sträßchen erforderte einige Aufmerksamkeit. Auf der A 6 war sie wieder dabei, informierte Herrn Ebert über das bevorstehende Gespräch.

»Und welche Rolle spiele ich?«, wollte der Professor berechtigterweise wissen.

»Mein Mentor und Berater in Sachen Kunst. Können Sie sich damit anfreunden?«

»Gewiss, andererseits, Sie wissen doch selbst sehr viel über Kunst.«

Milka seufzte vernehmlich. »Max hat mich natürlich vorgebildet. Wenn ich dann aber vor einem Bild stehe, fehlen mir die richtigen Begriffe für eine Interpretation.«

Professor Ebert fühlte sich in seinem Element. »Sie sollten sich da keine zu großen Gedanken machen, Frau Mayr. Ein Bild, ein Gemälde hat letztlich nahezu unendlich viele materielle und phänomenale Eigenschaften. Und eine Beschreibung, eine Interpretation kann sich im Grunde genommen immer nur auf einzelne Aspekte beziehen. Das können Sie übrigens auch in Bezug auf die symbolischen und semantischen Eigenschaften eines Werks sagen. Sie können es nie in seiner Totalität beschreiben oder interpretieren. Ein echtes Hindernis bildet übrigens unsere Sprache. Auf einem Bild vermitteln Ihnen feinste Differenzierungen, Farbe, Strichführungen in nebensächlich erscheinenden Details Eindrücke, die sich einer sprachlichen Deskription entziehen. Hinzu kommt, dass jeder Betrachter eines Bildes ein anderes Hintergrundwissen mitbringt oder in einer bestimmten Stimmung sein kann – bereits diese Faktoren entscheiden mit darüber, was wir sehen, was das Bild uns vermittelt. Ganz zu schweigen von unscheinbaren Äußerlichkeiten: Wo betrachten Sie das Bild? In einem Museum? In einem gesonderten Raum? Sehen Sie es bei Tageslicht? Im Kontext mit vergleichbaren Genres? Ist es das erste Bild, das Sie betrachten oder haben Sie zuvor schon 50 andere gesehen?« Mit einem »Ich glaube, das reicht fürs Erste«, wollte der Professor seine Vorlesung beenden.

»Noch nicht ganz«, meinte Milka, obwohl einigermaßen strapaziert durch die Informationsfülle. »Lassen Sie mich auf die Fälschung von Bildern kommen. Wenn die Fälschungen so echt aussehen, so präzise sind, dass sich sogar Gutachter irren – warum lege ich dann so viel Wert auf das Original?«

Milka bremste scharf ab, als ein Wagen vor ihr, ohne zu blinken, auf die linke Spur wechselte.

Es dauerte einige Sekunden, bis Professor Ebert sich erholt und Milkas Frage rekapituliert hatte. »Ich könnte mir das sehr einfach machen und sagen, es sei der monetäre Wert. Es wäre wohl auch gar nicht falsch. Nehmen Sie manche Bilder, beispielsweise Pollock, vor denen ein Museumsbesucher mehr oder weniger staunend steht und Ihnen dann sagt, geben Sie mir mal zwei Töpfe mit Farbe, dann mach ich Ihnen das auch.«

»Was sagen Sie dem?«

»Na denn, legen Sie los, guter Mann. Aber ist es eigentlich Ihre Idee oder die des Künstlers, dessen Bild Sie hier betrachten? So ist es mit dem Fälscher. Der mag sein Handwerk so gut verstehen, dass er Gutachter täuscht. Seine Idee war es nicht. Und mit Idee meine ich alles an und in diesem Bild.

»Und Sie glauben, wir, die wir vor dem Bild stehen, wir erkennen diese Idee?«

»Wenn wir uns Zeit nehmen, die Bilder nicht nur taxieren. Natürlich brauchen wir auch viel Wissen zum Hintergrund, zur Geschichte, zum Maler, zu seinem Umfeld. Gut gefallen hat mir immer eine Empfehlung von Ammann.«

»Die verraten Sie mir?«

Professor Ebert lächelte. Ganz offensichtlich gefiel ihm seine Rolle, er lebte sie, ging richtiggehend in ihr auf. »Ammann empfahl, sich an einen Bibelspruch zu halten. Christus sagt: »Werdet wie die Kinder!« Er hätte auch sagen können: Werdet wie Dichter, schaut unverstellt.«

»Und wer bitte ist Ammann?«

»Jean-Christophe Ammann? Zunächst einmal viel bekannter als ich. Kunsthistoriker und Kurator. Lange Jahre hatte er die Leitung der Kunsthalle Basel inne und hat später, um 1990, als Direktor das Museum für Moderne Kunst in Frankfurt am Main eröffnet. Sollten wir hier nicht abbiegen, Frau Mayr?«

Milka Mayr schaffte die Kurve noch. Selbstverständlich.

Nur die letzten Meter musste Milka nach der Hausnummer suchen. »Hier lässt es sich aushalten«, kommentierte Professor Ebert das in eine Vielzahl von Bäumen eingebettete Wohngebiet.

Ein massiv wirkendes, zweigeschossiges Gebäude mit rechteckigem Grundriss und einem steil ansetzenden Walmdach, dessen dunkle Schiefereindeckung an der Straßenfront durch drei große Dachgauben unterbrochen wurde. Die weißen Fenster durch Sprossen in stehende Rechtecke geteilt. Vor der Garage stand ein BMW mit Skibox auf dem Dach. Professor Ebert drückte den Knopf an der Sprechanlage.

Herr Gärtner, Milka vermutete, es sei der Hausherr, holte sie am Tor ab. »Frau Mayr, Herr Professor Ebert? Kommen Sie bitte.«

Milka schätzte ihn auf knapp unter 70 Jahre, schlohweiße Haare, stark gelichtet, rundliches, gebräuntes Gesicht, buschige graue Augenbrauen, eine randlose Brille auf kräftiger, gerader Nase. Der Mann, mit dem sich Max in der Kunsthalle gestritten hatte, das konnte Herr Gärtner bestimmt nicht gewesen sein.

»Darf ich Ihnen die Mäntel abnehmen?«

Der Windfang, besser wohl das Entree, dachte Milka, hatte eine eindrucksvolle Größe, führte durch eine zweiflüglige Tür mit Sprossenverglasung in einen weiteren Innenraum, der von einem Stutzflügel dominiert wurde. An den freien Wandflächen zwischen den Türen hingen Bilder unterschiedlicher Genres.

»Wir gehen in die Bibliothek. Ist nur eine bescheidene Angelegenheit«, fügte Herr Gärtner beiläufig hinzu. Die Größe des Raums reichte aus, um abermals beeindruckt zu sein. »Meine Frau ist irgendwo mit ihrer Freundin unterwegs. Kaffee, Tee? Ein Wasser?«

Die Vorstellung und die Allgemeinplätze nahmen etwa fünf Minuten in Anspruch. Milka bemerkte, dass Herr Gärtner sie mehrfach interessiert musterte. 80 Prozent ich, 20 Prozent Professor Ebert, schätzte sie die Verteilung.

»Sie hatten mir in unserem Telefonat bereits gesagt, es ginge um den Heckel, den ich erworben habe und für den Herr Holl ein falsches Gutachten erstellt hat, Frau Mayr«, kam Herr Gärtner zur Sache.

Professor Ebert, im Bemühen, seine Rolle nicht bereits bei Antritt untergehen zu lassen, kam Milka zuvor. »Zunächst einmal ist wohl gar nicht erwiesen, Herr Gärtner, ob das Gutachten von Herrn Holl tatsächlich zu falschen Aussagen kommt.«

»Sie wissen, Herr Professor, dass ich ein weiteres, ein neues Gutachten habe?«

»Das zu anderen Feststellungen kommt, ja, das ist mir bekannt. Es steht also zunächst ein Gutachten gegen das andere.«

»Meine Klage, die ich beabsichtige, wird darauf eingehen.«

Milka erkannte die Notwendigkeit eines Eingreifens, bevor die beiden sich in dieses Thema verbeißen würden. »Herr Gärtner? Kann ich hierzu eine Information einschieben?«

Er unterbrach. »Entschuldigen Sie bitte, selbstverständlich.«

»Sie wissen es vermutlich nicht, entnehme ich Ihren Worten. Max Holl ist tot. Er kam vor wenigen Tagen bei einem Unfall in der Nähe von Schwäbisch Hall ums Leben.«

Herr Gärtner blieb einen Moment sprachlos. »Können Sie mir mehr dazu sagen?«

Milka schilderte den Vorfall, sehr kurz gefasst und nüchtern, und mit einer das Thema abschließenden Bemerkung.

»Und was jetzt? Sie hatten angedeutet …« Herr Gärtner ließ seinen Satz in der Schwebe.

Jetzt ist es Zeit, dachte Milka. Maximaler Charme war gefragt.

»Herr Professor Ebert und ich, wir wollen dieser Sache auf den Grund gehen.« Milka fesselte ihr Gegenüber mit einem phänomenalen Augenaufschlag, neigte ihren Kopf ein klein wenig zur Seite und strich in aufreizender Langsamkeit eine imaginäre Strähne ihres schwarzen Haars nach hinten. »Also ich dachte, Herr Gärtner, dass Sie uns helfen könnten. Das soll natürlich auch in Ihrem Interesse geschehen.« Mein Gott, dachte Milka, hoffentlich war das nicht zu dick aufgetragen. Es war nicht.

Herr Gärtner schlug einen sehr ruhigen, wohlwollenden Ton an: »Und wie könnte ich Ihnen helfen, Frau Mayr?«

Lass ihn erst mal reden, dachte Milka. »Sie haben einen bestimmten Grund gehabt, bei Ihrem Heckel an eine Fälschung zu denken?«

»Sehen Sie, Frau Mayr, ich bin Sammler. Und mir war von vornherein bewusst, dass gerade Erich Heckel zu den Malern gehört, für die Fälscher eine gewisse Vorliebe entwickeln. Über 700 seiner Werke wurden als ›Entartete Kunst‹ aus deutschen Museen herausgenommen. Bei der Bilderverbrennung 1939 im Hof der Berliner Feuerwache waren auch Heckel-Werke dabei. Dann wurde bei einem Bombenangriff, ein Jahr vor Kriegsende, sein Atelier zusammen mit vielen Arbeiten zerstört. Selbst nach dem Ende des Zweiten Weltkriegs war diese schreckliche Kette der Kunstvernichtung noch nicht zu Ende. In einem Bergwerk bei Neustaßfurt ausgelagerte Bilder gingen durch Brandstiftung verloren. Sie sehen also, bei Heckels Werken gibt es viele Lücken, die eine, sagen wir mal Wiederauffindung, anders als bei alten Meistern, plausibel machen können.«

Professor Ebert fühlte sich berufen. »Es gibt von Paul Vogt doch ein Werkverzeichnis, das in Abstimmung mit Heckel selbst entstanden ist. Und auch später setzten Forschungen und Analysen ein. Ich verweise auf meinen Kollegen Andreas Hünecke aus Halle.«

Auch Herr Gärtner kannte sich aus. »Da liegen Sie schon richtig, Herr Professor. Andererseits war nach dem Entstehen dieses Verzeichnisses eine wirklich lange Zeit verstrichen, in der verschollene oder als zerstört angenommene Bilder wieder auftauchten oder mehrfache Besitzerwechsel stattgefunden hatten. Und es wurden unbekannte Werke entdeckt, die nach akribischer Prüfung auch zweifelsfrei Heckel zugeschrieben werden konnten. Sie sehen also, es ist nicht gerade abwegig, wenn Ihnen ein Kunsthändler, der Sie bereits mit einem guten Bild bedient hat, ein Werk von Heckel anbietet. Und Hausner kennt selbstverständlich mein Portfolio. Ich habe nun einmal ein Faible für Landschaftsbilder des Expressionismus.«

»Und Ihr Heckel-Bild, das Bild, das Sie für gefälscht erachten, ist demnach diesem Genre zuzuordnen?«

»Sehr geehrter Professor, nicht ich erachte das Gemälde als Fälschung. Einer meiner Bekannten, ebenfalls Gutachter, ihm war etwas an dem Bild aufgefallen. Er unterzog es einer umfassenden, akribischen Prüfung – mit dem bekannten Ergebnis.«

Milka fand es an der Zeit, das Streitobjekt in Augenschein zu nehmen. »Können Sie uns das Bild wohl zeigen, Herr Gärtner? Ich bin wirklich gespannt.«

»Gewiss. Es hängt hier.« Herr Gärtner zeigte auf die Wand.

Milka, ungläubig: »Dieses verhüllte, mit dem weißen Baumwollüberwurf?«

»Ja«, bestätigte er, »solange diese Angelegenheit ungeklärt ist, will ich es nicht mehr vor Augen haben. Jetzt machen wir eine Ausnahme.«

Sehr vorsichtig zog Herr Gärtner den Überwurf herunter, schlüpfte dann in die stolze Sammlerrolle. »Es ist ein für Heckel sehr typisches Landschaftsbild, datiert um 1915. Erst ein Jahr zuvor, glaube ich, hatte sich damals die Künstlergruppe ›Brücke‹ aufgelöst, zu deren Mitbegründern in Dresden er seinerzeit zählte. Am nächsten kommt das Gemälde noch der ›Hügellandschaft von 1913‹, bei Vogt übrigens verzeichnet. Das Bild atmet richtig die Begeisterung, die Heckel damals bei der Darstellung des gerade Gesehenen ergriffen haben musste. Er hat Landschaften nicht entworfen, es ist, wenn man so will, eine spontane Freilichtmalerei. Mich faszinieren immer wieder sein expressiver, breiter Pinselduktus und die Farbakkorde, die er in dem für ihn charakteristischen Formengut setzt.«

Milka erinnerte sich an die Einweisung durch den Professor. »Eine richtige, eine klassische Perspektive kennt Heckel in diesem Bild nicht«, stellte sie fest.

»Das sehen Sie richtig, Frau Mayr. Heckel arbeitet hier mit verschiedenen Bildebenen. Deren Komposition resultiert im Kontext für uns als Betrachter in einer bildhaften Tiefe – ganz ohne Schattierung.«

»Sie beschreiben das ganz hervorragend, Herr Gärtner«, merkte Milka mit bewunderndem Augenaufschlag an. »Und Sie sprechen über das Bild, als wäre es ein echter Heckel.«

Ein leichter Unterton der Bitterkeit mischte sich in Herrn Gärtners verhaltenes Lachen. »Manchmal wünsche ich mir, ich hätte dieses vermaledeite Gutachten gar nicht in Auftrag gegeben. Andererseits, ich habe schließlich einen höheren sechsstelligen Betrag für die Fälschung ausgegeben – und das Geld will ich wieder. Auch wenn«, diesmal fiel sein Lachen eher sarkastisch aus, »Sie heute für eine echte Fälschung schon mal viel Geld lassen müssen. Denken Sie nur an Beltracchi! Im Zweifelsfall fangen dann mehr Leute mit dem Namen eines Fälschers etwas an als mit dem Namen Heckel.«

Genug der Kunst, dachte Milka, jetzt zur Sache. »Sie nannten vorhin einen Namen, Hausner, glaube ich. Hat er das Bild an Sie verkauft?«

»Genau. Martin Hausner, Kunsthändler. Ludwigsburg. Hatte von ihm schon einmal gekauft.«

»Haben Sie nicht daran gedacht, ihn zu verklagen oder zumindest eine Rückabwicklung zu fordern?«

»Das bereitet mein Anwalt bereits vor. Herr Holl war für mich nur eine Art Ersatz. Wollte ihm einen Schuss vor den Bug geben.«

»Hatte er sich zu Ihrem Vorwurf geäußert?« Das war für Milka eine ganz wichtige, zentrale Frage. Sie war gespannt.

»Er meinte, jeder Gutachter könne sich einmal irren. Andererseits gab er sich sehr sicher, dass seine Einschätzung des

Gemäldes korrekt, dass auch die Unterlagen zur Historie glaubwürdig und echt waren.«

»Mit anderen Worten, Herr Gärtner, er blieb bei seiner Meinung«, warf Professor Ebert ein. »Wollte er sich den Heckel nicht nochmals ansehen? Sein Urteil überprüfen?«

So musste es gewesen sein, dachte Milka. Diese Frage hätte sie auch gestellt.

»Doch. Er kam auch, so etwa vor zwei Wochen, musterte das Gemälde ganze zehn Minuten. Stand still davor und betrachtete nur. Sagte kein Wort. Es waren merkwürdig unwirkliche Minuten. Dann machte er noch drei oder vier Aufnahmen, meldete sich danach aber nicht mehr bei mir. Jetzt ist mir natürlich klar, warum.«

Viel Substanzielles, das mutmaßte Milka, war Herrn Gärtner wohl nicht mehr zu entreißen. »Können Sie mir die Adresse von Herrn Hausner geben?«

»Sie wollen mit ihm sprechen?«

»Ja. Ich würde Ihren Namen dabei nicht ins Spiel bringen. Er hat schließlich Max Holl engagiert. Und er hat Ihnen das Bild verkauft. Wenn wir in diesem Gespräch etwas herausfinden, das für Sie wichtig wäre – selbstverständlich melde ich mich dann bei Ihnen.«

Herr Gärtner stand auf, holte eine Visitenkarte aus dem Sekretär und übergab sie Milka. »Ich bin gespannt, ob Sie etwas aufdecken können. Ich wünsche es Ihnen jedenfalls. Bin die nächsten Tage aber zum Skifahren weg. Und, um Missverständnissen vorzubeugen: Es ist nicht so, dass ich persönlich einen Streit mit Max Holl vom Zaun brechen wollte. Ich sagte bereits, dass mir dieser Unfall sehr sehr leid tut. Er war ein Freund von Ihnen?«

Milka nickte nur.

»Sind Sie schon einmal Modell gestanden, Frau Mayr?«

Milka lachte laut auf, schüttelte den Kopf. »Wie kommen Sie darauf, Herr Gärtner?«

»Wenn ich so malen könnte wie Heckel – ich hätte Sie jetzt gefragt. Auf der Stelle.«

Milka überlegte, war das ein Kompliment gewesen? Das dritte an diesem Tag?

Im Golf schaltete Milka ihr Handy wieder ein, hörte nach einer kurzen Entschuldigung bei Professor Ebert die Mailbox ab. Paul bat um Rückruf. Dringend. Und Tadic! Wahrscheinlich eine Absage für morgen, wollte Milka wetten. Sie war perplex. Eine SMS-Zusage, er würde selbstverständlich zur Beerdigung kommen. Er schrieb tatsächlich »selbstverständlich«.

Zuallererst musste sie aber Professor Ebert befragen. Sein spontaner Eindruck, den er aus dem Gespräch mitgenommen hatte, war eminent wichtig.

»Nun«, hob der Professor an, »ein ganz unbedarfter Sammler ist Herr Gärtner sicher nicht.« (Dazu muss man wissen, dass, regional gesehen, diese Formulierung nahe an ein höchstes Lob kommt.) »Er erwirbt Bilder, das entnahm ich so seinen Worten, nicht einfach unter monetären Gesichtspunkten. Insofern wirkte er auf mich absolut glaubwürdig.«

Milka hörte einen Unterton heraus. »Sie sagten insofern, Herr Ebert?«

»Sie hören genau hin. Sie haben doch diese ganz wichtige Frage gestellt, warum er überhaupt ein weiteres, ein eigenes Gutachten bestellt hat. Seine Antwort darauf ist für mich nicht gerade schlüssig.«

»Er verschweigt etwas? Nur was? Wollte er Max an den Karren fahren? Oder diesem Kunsthändler Hausner?«

»Zumindest bleiben uns momentan nur Spekulationen«, meinte Professor Ebert mit einer Art schlingernder Kopfbewegung, die alles oder nichts bedeuten konnte. »Vielleicht wissen wir mehr, wenn wir mit diesem Hausner gesprochen haben.«

»Wir?« Milka war bass erstaunt, wandte sich, die Augen weit geöffnet, dem Professor zu.

»Natürlich wir. Sie können mich doch jetzt, wo es anfängt spannend zu werden, nicht einfach in Kirchberg an der Jagst wieder abstellen, oder?«

»Lieber Herr Ebert, bestimmt nicht. Ich bin froh über Ihre Unterstützung. Wollen wir ihn gleich …«

»Na klar, rufen Sie ihn an.«

»Gebe ich mich als Sammlerin, und Sie sind mein Berater?«

»Mhm, ja, hm.«

»Das war eine klare Aussage, Herr Professor! In Ihren Vorlesungen hätten Sie sich so was bestimmt nicht geleistet.«

»Ach was, kam auch damals vor. Vielleicht ist Ihr Ansatz doch nicht so schlecht. Nur mal angenommen, Herr Hausner hätte Dreck am Stecken. Dann kommen wir nicht mal bis an seine Haustür, wenn wir ungeschminkt herausrücken, um was es uns geht. Ist er sauber, dann wird er vielleicht kurz die Stirn runzeln, mehr aber nicht.«

Milka musste Herrn Hausner nicht um einen Termin anbetteln, als sie Interesse an einem Ankauf von Gemälden heuchelte. Ja gern, ja auch morgen, später Nachmittag. Er freue sich. Mal schaun, wie lange, dachte Milka. Es würde nach der Beerdigung zeitlich sehr eng werden.

Jetzt Paul, ein Aufwasch. Dann den Professor nach Kirchberg bringen. »Paul?«

»Ja, ich höre ja zu, ist gut.«

»Nein, wir sind hier fertig. Ich bringe Professor Ebert mit. Doch, bitte, das geht nicht anders. Tschüss.«

»Haben Sie noch Zeit für ein gemeinsames Gespräch mit Kriminalhauptkommissar Eichert in Hall?«

»Unbedingt. Mit dem größten Vergnügen.« Professor Ebert hatte seine Rolle endgültig gefunden, er identifizierte sich mit seiner Figur.

Nach zwei Kilometern bremste Milka den Golf plötzlich ab. »Reicht Ihnen ein belegtes Brötchen in der Bäckerei hier?«

Professor Ebert wirkte zwar nicht gerade begeistert, stimmte aber zu. Genau genommen war es eher ein Sich-Fügen.

Milka parkte den Golf hinter dem Gebäude der Kriminalpolizei. Sie fanden KHK Eichert in seinem Büro im Obergeschoss. Milka bemerkte seinen bewundernden, auf und ab gleitenden Blick, als er ihr aus dem Mantel half. Er beließ es beim Hinsehen. Nach der obligatorischen Vorstellung wechselten sie in einen kleinen, recht sparsam ausgestatteten Besprechungsraum mit einem Whiteboard an der Stirnseite – kein Vernehmungszimmer, wie Paul betonte.

»Es ist höchst ungewöhnlich, Herr Professor Ebert, dass Sie als völlig Unbeteiligter« – hier räusperte sich der Professor vernehmbar und wechselte ein verschwörerisches Blinzeln mit Milka – »heute mit dabei sind. Ich setze voraus, dass Sie alles, was besprochen wird, absolut vertraulich behandeln. Darauf muss ich mich verlassen können.«

»Unbedingt«, bestätigte der Professor.

Milka überlegte, wie und wo er sich diesen Ausdruck angeeignet haben mochte, konzentrierte sich dann auf eine Zusammenfassung ihres Gesprächs mit Herrn Gärtner und wurde dabei einmal durch einen ergänzenden Kommentar des Professors und dreimal von Pauls Fragen unterbrochen.

»Und nun hängt viel von deinem Gesprächstermin mit Herrn Hausner ab, ob uns das weiterbringt«, fasste Paul ein Fazit für sich zusammen.

»Unserem Termin.«

»Bitte?«

»Professor Ebert hat sich nach langem Bitten bereit erklärt, an dem Gespräch teilzunehmen.«

Milka bemerkte, wie Pauls linke Hand in der Hosentasche Entscheidungshilfe bei seinem Amulett suchte. Irgendwie waren die Kelten nicht gut drauf. Er warf Milka einen unmissverständlich auffordernden Blick zu. »Muss mir eine Unterlage aus meinem Büro holen«, lautete seine verdeckte Message.

Milka interpretierte die Aufforderung richtig, auch wenn, aus ihrer Sicht, der Zeitpunkt gewiss nicht glücklich gewählt war, und folgte ihm mit einer gerade noch unauffälligen Verzögerung.

»Paul, bitte, ich habe das mit dem Professor abgestimmt.«

»Nein, Milka. So geht das einfach nicht. Du stellst mich in einer Art und Weise vor Tatsachen, dass ich, ohne dich zu verletzen, gar nicht mehr anders kann als zuzustimmen. Das ist kein kooperatives Miteinander, das ist … Ach zum Teufel, was soll ich nur mit dir machen?«

Milka wünschte sich durchaus, dass ihr Paul – dieses *ihr* verwendete sie ausschließlich gedanklich – einmal aus sich herausging, auch mal spontan explodierte und nicht nur kontrollierte Nüchternheit an den Tag legte. Aber verdammt noch mal, ausgerechnet jetzt?

»Paul, ich hab das nicht richtig gemacht. Ich war so froh, dass er mich unterstützt und mir bei diesen Gesprächen zur Seite steht.«

»Das kann ich gerade noch akzeptieren. Nicht aber, dass du mir in seinem Beisein gar keine andere Wahl mehr lässt, als dir zuzustimmen.«

»Ich verspreche Besserung. Ganz bestimmt.«

»Ja, hm. Sonst noch etwas, was ich wissen müsste?«

Milka nickte – mit einer geknickten Schuldmiene, die zumindest hälftig aufrichtig war: »Ich muss dir noch etwas beichten. Renate Becks Polo. Ich bat Michael Deiniger, einen Blick auf den Polo zu werfen.«

»Also Milka, jetzt ist für mich wirklich ein Punkt erreicht …«

»Ja, Paul, du hast recht. Aber du wolltest ja nicht.«

KHK Eichert hatte verstanden. Er musste die Zügel fester in die Hand nehmen. »Komm, wir müssen zurück, sonst wird ein Drama draus.« Milka schwante, dass Pauls Ärger noch nicht abgeklungen war, als er im Flur eine Tür aufriss und ›Mitkommen‹ hineinrief.

KHK Eichert überspielte die beiderseitige Abwesenheit mit frischer Dynamik. »Kriminalhauptmeister Lang von der Spurensicherung kommt dazu, äh, ist schon da.«

Lang begrüßte Milka mit einem freundlichen Lächeln. »Sie erinnern sich?«

»Ja klar, Gelbinger Gasse. Freut mich, dass Sie dazukommen.«

Paul zögerte keinen Moment länger, übernahm die Leitung. »Es ist höchste Zeit, unsere Erkenntnisse zusammenzuführen. Und vor allem müssen wir ein plausibles Szenario auf die Beine stellen, mit dem wir arbeiten können. Wir brauchen mögliche Motive, Beweggründe.«

Milka nickte eifrig, bestätigend. Wartete gespannt auf mehr und fragte sich, woher es kommen sollte.

KHK Eichert nahm einen Boardmarker und notierte Stichworte an der Tafel. »Fangen wir an mit dem, was wir wissen. A – Max Tod war kein Unfall. Wir gehen davon aus, dass jemand auf dem Hochsitz mit Schüssen die Tragfläche seines Trikes durchlöcherte und so den Absturz herbeiführte. B – Die vorgefundene Munition und«, hier schob er eine kaum merkliche Pause ein, »möglicherweise auch die Taschentücher dürften dem Täter zuzuordnen sein. Letzteres ist aber genaugenommen nur eine Spekulation. Herr Lang?«

KHM Lang hatte auf sein Stichwort bereits gewartet. »Die Patronenhülsen sind eindeutig von einem Schnellfeuergewehr, wurde in Köln bereits einmal benutzt, bei einem Überfall auf einen Juwelierladen. Zwei Verletzte. Täter unbekannt. Taschentücher: Die DNA-Analyse ergab, es war ein Mann. Richtig ist, die Taschentücher müssen nicht unbedingt vom Täter stammen.«

»Gut.« Paul fuhr fort. »C – Wir gehen momentan davon aus, dass es weder Lukas noch Tim Holl waren. Jedenfalls nicht selbst. Sind wir bis dahin einer Meinung?«

»Ich folge dir, mach weiter«, kommentierte Milka, sah zu, wie Paul das D notierte, dahinter Einbruch.

»Gut. D – Warum in Max Holls Wohnung eingebrochen wurde, ist unklar. Kann in Zusammenhang mit seiner Ermordung stehen, muss nicht. Allerdings: Warum werden sonst zugleich sein PC und die Notizbücher gestohlen? Spuren, Herr Lang?«

»Mehrere. Wir haben zwei nicht zuordenbare Fingerabdrücke. Die Prüfung dieser Abdrücke hat zu keiner Identifizierung geführt. Bekannte Abdrücke konnten wir Max Holl, seinen beiden Brüdern und Frau Beck zuordnen, und dann noch eine …«

Milka ging dazwischen: »Lukas und Tim haben keine plausible Erklärung abgeliefert. Wir müssen sie uns auf jeden Fall vornehmen, bevor wir sie ganz aussortieren. Ach ja – und was ist mit der Mappe mit den Lithos?«

»Ist geklärt – da war keine. Nicht mehr«, erklärte KHK Eichert, »ein weiterer Punkt für die Holls. Fahren Sie fort Herr Lang?«

»Ja. Eine echte Überraschung. Einen Fingerabdruck konnten wir Herrn Thomas Feldmeier zuordnen.«

Milka starrte den Kriminalhauptmeister ungläubig an. »Feldmeier als Einbrecher, aber …«

»Ob als Einbrecher oder ob er früher in der Wohnung war, das wissen wir nicht Frau Mayr«, stellte KHM Lang richtig.

Der Kriminalhauptkommissar übernahm wieder die Regie. »Kommen wir zu E – Unsere Recherchen über Feldmeier ergaben Überraschendes. Erstens: der Hof gehört wohl mehrheitlich seinem Bruder Karl. Zweitens: Lebt auf großem Fuß, gemunkelt wird aber, er sei erheblich verschuldet – unter anderem Wettschulden, wurde mir zugetragen. Und Drittens: war in der Nähe des Absturzortes – zumindest am Vortag – und irgendwann in Max' Wohnung. Das reicht, um ihm einige Fragen zu stellen.«

»Und Lukas Holl ebenso«, merkte Milka an, die Pauls Schilderung nachdenklich gefolgt war.

»Richtig. Die Frage ist, wann? Morgen, am Tag der Beerdigung, also das geht nicht. Das können wir der Familie nicht zumuten, schließlich besteht keine Verdunklungsgefahr. Ein wirklich saublödes Problem ist, dass wir in Holls Wohnung keine Notizbücher gefunden haben und die EDV weg ist. Und dann – ja, Herr Lang?«

»Es besteht natürlich die Möglichkeit, dass Max Holl eine Datensicherung in der Cloud vorgenommen hat. Kennen die Täter das Passwort nicht, dann kommen sie nicht dran.«

»Und? Kennen wir das Passwort vielleicht?« KHK Eichert ließ seiner schlechten Laune freien Lauf. »Also sind wir auch außen vor. Sie können vielleicht einen PC hacken, aber nicht den Server von Google oder sonst wem. Absolut unbefriedigend.«

Milka wollte KHM Lang zur Seite stehen. »Das stimmt schon, Paul. Es bedeutet aber auch, dass der oder die Täter momentan mit der Ungewissheit leben, ob nicht doch etwas ans Tageslicht kommt.«

»Dann notiere ich jetzt F – Das getötete Kalb und die unausgesprochene Drohung an Frau Mayr mit der Tarotkarte. Spuren, Herr Lang?«

»Spurenlage mager. Zwei Haare. DNA nicht zuordenbar – und nicht identisch mit den Analyseergebnissen der Taschentücher.«

Milka warf einen Blick auf Professor Ebert, hegte die leise Befürchtung, er könne angesichts der Auflistung ihm nicht geläufiger Tatbestände kurz vor dem Einnicken sein, hatte sich aber gänzlich getäuscht. Er schien hellwach und belegte dies im Moment.

»Tarot? Eine einzelne Karte?«

»Ja«, bestätigte Milka, »der Tod.«

»In dem geschilderten Kontext sicher eine Drohung. Wobei – die Karte bedeutet nicht unbedingt den Tod oder etwas grundsätzlich Negatives. Sie ist Symbol für einen Wechsel, für einen Neubeginn. Ich konzediere aber, sie kann auch für den physischen Tod stehen.«

KHK Eichert nahm die professorale Ausführung kommentarlos zur Kenntnis, blickte, von der Tafel aus, erstmals Milka wieder an.

Ein kleiner Versöhnungsversuch, überlegte Milka. »Um in der Reihenfolge zu bleiben, zu G – Renate Beck liegt nach einem Unfall im Krankenhaus. Der linke vordere Kotflügel des Polo weist merkwürdige Spuren auf, die nicht vom Unfall stammen. Das wird gerade geprüft.«

KHM Langs Gesichtsausdruck war unmissverständlich anzusehen, dass seine Sympathie für Milka ob dieses Einbruchs in seinen hoheitlichen Verantwortungsbereich abrupt umzuschlagen drohte.

KHK Eichert sah dies kommen, hielt seine schützende Hand über Milka. »Das war mit mir so abgestimmt, Herr Lang.«

Milka biss sich auf die Lippen, vermied jedwede äußerliche Regung, was ihr wirklich nicht leichtfiel.

»Und wann soll dazu ein Ergebnis vorliegen?« Im Tonfall des KHM schwang eine gehörige Portion Frustration und Skepsis mit.

Paul Eichert blieb kühl und knapp, wollte eine Ausweitung der Diskussion unterbinden. »Morgen, im Laufe des Tages.«

Seit Minuten schon suchte Milka in ihrem Gedächtnis. Jetzt war es endlich wieder da – und es passte. »Zurück zu Max' Wohnung. Wurde dort eine Kamera gefunden, Herr Lang?«

»Ja, eine Sony alpha7. Was ist damit?« Kurz angebunden, immer noch sauer. Es war herauszuhören.

Milka musste sich zwingen, ihre Frage ganz sachlich zu stellen. »Hat jemand nachgesehen, ob etwas auf der Speicherkarte ist?«

Drei Augenpaare richteten sich auf KHM Lang. Dessen dreifaches Kopfschütteln bedurfte keines Kommentars.

Professor Ebert hielt den Zeitpunkt, sich einzubringen, für gekommen. »Stellt sich die zentrale Frage, welchen Hintergrund der Anschlag auf Herrn Holl hat und welches Motiv der oder die Täter haben. Also beispielsweise Liebe, Gier, Rache, Vertuschung, Erpressung und dann selbstverständlich die entscheidende Frage, cui bono?«

Die Stimme von KHK Eichert ließ ihn unterbrechen. »Das ist sicherlich alles richtig, Herr Professor. Allein, um ein Motiv festzumachen oder einen Nutznießer zu suchen, fehlt uns ein Ansatz. Wir können bestenfalls aus der klassischen Liste das eine oder andere Motiv als wenig wahrscheinlich aussondern. Anders sieht es vielleicht aus, wenn wir überlegen, wo die Täter herkommen, welchen Hintergrund sie haben, wer dahintersteckt. Ja, Milka?«

»Da sind wir, Professor Ebert und ich, dran. Es kann durchaus mit Kunst zu tun haben. Ich denke dabei auch an den Streit, den Max mit diesem ominösen Mann in der Kunsthalle hatte. Und diese angedrohte Klage wegen eines angeblich falschen Gutachtens.«

Professor Ebert begleitete Milkas Ausführung mit erkennbar vollumfänglicher Zustimmung. »Vielleicht bringt uns das Gespräch mit diesem, ja, Hausner, weiter.«

»Womit wir bei H wären«, hielt Paul fest, »dem unmittelbaren Umfeld, das erhebliche Ungereimtheiten und Ansätze birgt. Die müssen wir intensiv weiterverfolgen.«

»Du denkst an Max' Weigerung, einem Verkauf zuzustimmen, Paul?«

»Auch, Milka. Und es gibt noch einen Punkt. Herr Lang, Sie setzen sich bitte mit Herrn Deiniger in Verbindung. Sollten bei Frau Becks Unfall Ungereimtheiten aufkommen, steht uns eine diffizile Aufgabe bevor.«

»Die ich übernehmen kann«, warf Milka halb bittend, halb bestimmend ein und lieferte gleich eine Begründung. »Mir wird sich Renate noch am ehesten öffnen.«

»Ich bin gespannt, was sie zu Max Holl sagt – wenn sie etwas sagt. Für mich ist, gerade nach den Aussagen des Herrn Gärtner, in Bezug auf die Person Holl einiges unklar. Eine Lichtgestalt jedenfalls muss er nicht gewesen sein.« Die Anzeichen eines impulsiv aufbegehrenden Widerspruchs bei Milka und Professor Ebert erkennend, fügte Paul hinzu: »Auch wenn Sie beide hier anderer Meinung sein wollen!«

»Es gibt einen weiteren Aspekt, Paul.« Milka vermied einen Disput über Max' Charakter, bedeutete Herrn Ebert mit einem flehenden Blick, das Thema nicht zu vertiefen.

»Was meinst du damit?«

»Die SpuSi hat bei der Durchsuchung von Max' Wohnung einen guten Job gemacht. Sie konnte aber beim besten Willen nicht alle Unterlagen, Bücher und Hefte sichten. Natürlich weiß ich nicht, ob dort ein entscheidender Hinweis zu finden ist. Bei den wenigen Anhaltspunkten, die wir bislang haben, sollten wir aber keine Chance auslassen. Einmal angenommen, Max hat sich tatsächlich in diesen Sumpf des Handels mit gefälschten Bildern begeben, dann bestimmt nicht ganz ohne Rückversicherung für den Fall, dass ihm etwas passiert.«

»Ich stimme dir zu. Wer soll das machen?«

»Ich, wenn Herr Lang zustimmt«, meinte Milka mit einem sachten Versöhnungsversuch. »Renate kann nicht, und es sollte jemand sein, der Max kannte.«

KHK Eichert notierte einige Stichworte an der Tafel und stellte, nach einem fragenden Blick in die Runde, fest, dass das Meeting beendet sei.

»Wir sehen uns morgen, Milka?«

Milka nickte, drehte sich kurz vor der Tür um. »Herr Lang, eine Frage. Wie bitte konnten Sie die Fingerabdrücke Thomas Feldmeier zuordnen?«

KHM Lang, anscheinend wieder versöhnt, lächelte. »Wunderte mich bereits, dass Sie nicht sofort nachgefragt haben. Liegt einige Zeit zurück. Da war Feldmeier vor einer Dorfdisco in eine Prügelei verwickelt. Irgendjemand hatte ein Messer verwendet, keiner wollte es gewesen sein.«

»Da wurden dann Fingerabdrücke genommen – von allen?«

»Genau so.«

Herr Ebert, kaum dass er in Milkas Golf den Sitzgurt festgezurrt hatte, stellte, eingedenk des mönchischen Mittagsmahls, die Frage, ob sie denn auch Hunger verspüre – was Milka freimütig zugab. Dann solle sie doch bitte nach Veinau ins Rössle fahren, das sei nur fünf Minuten von hier und bedeute keinerlei Umweg.

Das Landhaus Rössle konnte auf eine lange Tradition zurückblicken, war seit dem Jahr 1493 ununterbrochen in Familienbesitz. Der Juniorchef hatte frischen Wind in die Innenraumgestaltung gebracht und der Küche neue Qualität verliehen.

Professor Ebert ging mit erkennbarer Vorwegnahme bevorstehender Genüsse die Speisekarte durch, erwähnte beiläufig, dass Milka heute sein Gast sei, nein, nein, keine Widerrede bitte, er habe den Tag richtiggehend ausgekostet. Und morgen gehe das spannende Vergnügen ja noch weiter. Milka, die sich schnell entschieden hatte, beobachtete amüsiert, wie der Professor mit dem rechten Zeigefinger jeweils auf eine augenscheinlich in die engere Wahl kommende Speise tippte, schließlich zweimal, von einem leisen Ja begleitet, sobald eine Entscheidung gefallen war.

Nachdem Milka mit Hinweis auf ihren Führerschein und aus weiterem, bekannten Grund einen Trollinger mit Lemberger ablehnte, bestellte sich Professor Ebert ein Viertele.

Milka begnügte sich mit hausgemachten Wildfleischküchle mit Kartoffelstampf und einem gemischten Salat als Beilage, wollte die Finanzen des Professors nicht überstrapazieren. Die

Spinatcremesuppe mit Sauerrahm überspringe er, teilte Herr Ebert dem Kellner mit, nehme dafür den Feldsalat mit Kartoffeldressing, Speck und Croutons. Interessant fand Milka, dass er die vollständige Bezeichnung deklamierte, nur den Preis wegließ. Anschließend wählte er den gebratenen Frischlingsrücken – aus eigener Jagd selbstverständlich – mit Rahmwirsing und Haller Trambele, nicht ohne sich kurz darüber aufzuregen, dass er häufig über eine Schreibweise mit p gestolpert sei. Diese kenne er selbstverständlich auch, da gäbe es im Dorf schon einige, denen man diesen Begriff zuordnen möchte. Der Kellner wartete höflich. Ja, und zum Abschluss dann, Milka warf einen kurzen, besorgten Blick auf ihre Armbanduhr, die Veinauer Rotweinzwetschgen mit hausgemachtem Vanilleeis. Milka musste zweimal gebeten werden, ihn damit nicht allein zu lassen.

Gefasst darauf, dass der Professor während des Essens entweder eine interpretierende Wiederholung der heutigen Gespräche oder spekulative Erwartungen zum morgigen Tag servieren würde, sah sie sich angenehm enttäuscht. Er konzentrierte sich auf das vorzügliche Essen, parlierte sparsam und durchaus unterhaltend über die Historie Kirchbergs und Hohenlohes, gab sich, zum zweiten Viertele, locker-charmant und erreichte, dass Milka tatsächlich abschaltete, ihm einfach entspannt zuhörte.

Vor seinem Haus in Kirchberg öffnete Milka die Beifahrertür und verabschiedete sich von Professor Ebert. Sie drückte seine Hand ein klein wenig länger als die reine Höflichkeit erfordert, flüsterte ein »vielen Dank für Ihre Unterstützung« und hauchte einen Kuss auf des Professors linke Wange. Herr Ebert strahlte.

KAPITEL 8

Milka wartete am Wagen. Wartete darauf, ihre Mutter Karin und ihren Vater in die kleine Pfarrkirche Sankt Maria mitzunehmen. Christoph würde separat fahren. Es war nur eine kurze Strecke. Bettina entzog sich der Teilnahme an der Beerdigung, da sie kaum Kontakte mit der Familie Holl hatte und Laura noch abholen musste.

Sie warf einen Blick in den Himmel, als ein wärmender Sonnenstrahl sie traf – der graue Hochnebel von heute Morgen wurde dünner, transparenter, begann aufzureißen und legte erste blassblaue Flächen frei. Obwohl das Jahr noch jung war, wärmte die Sonne. Sie tat ihrer Seele gut, und die brauchte es, absolut.

Milka setzte ihre Eltern vor der kleinen Pfarrkirche ab, fuhr weiter bis zum nahen Parkplatz des Friedhofs und zwängte das Fahrzeug in eine Lücke. Einen Moment blieb sie still sitzen, die Hände verschränkt auf dem Schoß und die Augen geschlossen, bereitete sich vor auf die Gefühle, die sie in wenigen Minuten unweigerlich berühren würden, flüsterte tonlos »lieber Max, es tut mir so leid, du fehlst mir.«

Als sie zurückkam, hatten sich vor dem Eingang der Kirche erste Grüppchen gebildet, bis auf zwei oder drei Kinder, mehr waren es nicht, in Schwarz oder dunkler Kleidung. Sankt Maria ist kein herausragendes Kleinod kirchlicher Baukunst, kann aber auf eine erste urkundliche Erwähnung aus dem Jahr 1504 verweisen. Der Chorturm war 1877, beim Bau der heutigen Kirche, beibehalten worden, der Baustil einer gotischen Basilika nachempfunden. Milka machte eine kleine Runde, schüttelte Hände, nickte grüßend, man kannte sich – bis auf wenige Ausnahmen. Sie ließ ihre Augen wandern, konnte Paul aber nirgendwo entdecken. Er hätte sie sonst bestimmt gefunden.

Lukas und Tim Holl trafen ein, ihre Mutter stützend in die Mitte genommen, und betraten, links und rechts still grüßend, gleich das Langschiff des Kirchenraums. Milka wollte bereits folgen, als ein Mercedes mit KA-Kennzeichen hielt. »Geh voran, lass zwei Plätze frei«, bat sie Georg und ging auf den Wagen zu. Sie hatte richtig vermutet. Herr Tadic, allein, ohne Goran Sklenar. »Hundert Meter weiter, dort können Sie parken. Ich warte.«

Die Kirchenglocke ertönte, breitete ihren hellen Ton über die Gemeinde aus, als Herr Tadic zurückkam. Er trug Schwarz, war beinahe zu elegant gekleidet. Ein eng geschnittener, anthrazitfarbener Anzug, schmale Krawatte, deren kleines Rautenmuster wegen des Tiefschwarzs kaum erkennbar war, weißes Hemd und ein leichter, schwarzer Kurzmantel.

»Guten Morgen, Frau Mayr. Ich konnte es Max nicht antun, einfach meinem Tagesgeschäft nachzugehen. Allerdings muss ich danach sofort nach Frankfurt aufbrechen.«

»Ich freue mich, dass Sie teilnehmen, Herr Tadic. Kommen Sie, wir finden einen Platz bei meiner Familie.«

Sie gingen im Mittelschiff zwischen den Bankreihen bis beinahe nach vorn, setzten sich neben Georg in die dritte Reihe vor der Vierung.

Der blumengeschmückte Sarg war verschlossen, ein Sonnenstrahl durch eines der zweigeteilten Spitzbogenfenster des Chors traf in dem Moment den in der Vierung stehenden Sarg, als der Organist mit einem Stück von Bach die Trauerfeier einleitete. Nach dem Besprengen des Sargs mit Weihwasser begrüßte der Pfarrer die Trauergemeinde mit einem Bibelzitat. Anschließend an Gebet und Schriftlesung und der kurzen andächtigen Stille nach der Homilie setzte erneut der Organist ein – zu einem gemeinsam gesungenen Lied. Ein Gebet schloss die Trauerfeier ab.

Die meisten der Trauergäste blieben, geleiteten in einem stillen Zug den Verstorbenen zum kleinen Friedhof, zum vorbereiteten Grab. Nach der Zeremonie reihten sich Milka und Herr Tadic in die Reihe der Trauernden ein, um eine kleine Schaufel Erde auf den heruntergelassenen Sarg zu werfen und der Mutter von Max und seinen beiden Brüdern ihr Beileid auszusprechen. Ihre Eltern und Christoph würden noch an dem Essen in der nahen Gastwirtschaft teilnehmen.

Herr Tadic verabschiedete sich von Milka. »Sie sehen es mir bitte nach, dass ich nicht länger bleiben kann.«

Milka lächelte vorsichtig, das erste Mal am heutigen Tag. Irgendwie hatte sie viel Respekt vor der Zeremonie in der Kirche und am Friedhof empfunden. »Das ist in Ordnung. Danke, dass Sie hier waren.«

»Wenn Sie eine Frage haben, bei der ich Ihnen helfen kann«, Herr Tadic hielt Milkas Hand vielleicht einen Tick zu lang, »lassen Sie es mich wissen. Das Schwarz steht Ihnen übrigens sehr gut, Frau Mayr.«

Milka nickte nur, löste ihre Hand und fragte sich, ob ein solches Kompliment in diesem Rahmen nicht reichlich deplatziert war. Ein merkwürdiger Ausrutscher.

Sie sah Herrn Tadic nach, wartete auf ihre Eltern, die sich weit hinten eingereiht hatten, beobachtete das Defilee. Die Freiwillige Feuerwehr war vertreten, die Jagdgenossenschaft und der Landfrauenverein, stellte sie fest. Und der Schützenverein Geifertshofen. Die Schlange der Wartenden wurde nur langsam kürzer. Ein Mann fiel ihr auf. Er wollte Lukas' Hand gar nicht mehr loslassen, sprach dabei, eindringlich wie ihr schien, in Richtung der Mutter.

Endlich kam zumindest ihr Bruder zurück. »Mir läuft die Zeit davon, Christoph, ich muss los.«

»Du wirst nachher entschuldigt, das ist kein Problem.«

»Sag mir noch eins. Wer war denn der große Kerl mit dem Bürstenhaarschnitt, so um die 45. Der, der Lukas' Hand gar nicht mehr loslassen wollte?«

»Thomas Feldmeier. Hab ich dir doch erzählt, dass er sich die Äcker der Holls krallen will. Den kompletten Hof. Hat sich deswegen auch mit Max in die Wolle gekriegt.«

»Das mit dem gesamten Hof sagst du mir jetzt erst?«

Christoph zuckte die Achseln. »Du denkst an Max, ich denk an unseren Betrieb. 'Tschuldigung, war nicht so gemeint. Im Moment geht's ja noch.«

»Was bitte heißt in die Wolle? War das eine ernste Angelegenheit?«

»Der Wirt im Gasthof hat die beiden jedenfalls rechtzeitig auseinandergezerrt. Lukas war übrigens dabei, hat tatenlos zugeschaut – statt Partei für seinen Bruder zu ergreifen.«

»Würde gern wissen, wo der Feldmeier nachher sitzt.«

»Das kann ich dir sagen. Neben Lukas oder seiner Mutter.«

»Dann hör mal genau hin. Bitte.«

Es pressierte, was bedeutet, Milka musste sich wirklich beeilen. Schließlich war Professor Ebert noch abzuholen. Zur Sichtung des Kleiderschranks blieb demnach keine Zeit mehr, gleicher Dress wie gestern.

Rechtzeitig! Professor Ebert stand noch nicht vor der Tür. Sie musste unbedingt Paul anrufen.

»Paul, ich muss dir … ja, ich höre zu.«

»Also, KHM Lang hat sich heute Mittag mit Herrn Deiniger in Verbindung gesetzt. Der ist nach Prüfung des Polo absolut sicher, dass die Delle – ist wohl eher eine heftige Schramme – erstens ganz frisch ist und zweitens von einem Schlepper stammt. Was auf den ersten Blick ausgesehen hat wie Farbe, ist in Wirklichkeit der Abrieb von Reifen. Von einem Reifen.«

»Und da Renate Beck nicht in der Landwirtschaft ist …«, Milka beendete den Satz nicht.

»Du denkst das Gleiche wie ich. Du musst mit Frau Beck sprechen. Möglichst bald.«

Milka winkte Professor Ebert in den Wagen. Er hatte verstanden. »Paul, da ist noch eine Sache.«

»Du klingst wie weiland Steve Jobs, wenn er den eigentlichen Hammer seiner Präsentation verkünden wollte, One More Thing. Also, was kommt jetzt?«

»Ich meine, gestern, du warst nicht so recht überzeugt, ob ich in der richtigen Richtung suche und wir sollten ein Auge auf Max' unmittelbares Umfeld haben, also hier in Bühlerzell.«

»Milka, du eierst herum, das weiß ich doch alles.«

»Mir kamen halt Zweifel. Du weißt schon, Brecht.«

»Milka!«

»Was ist, wenn nicht Lukas der Täter war, sondern jemand unbedingt den Hof wollte, das Land – und nicht zum Zug kam, weil Max dazwischenstand? Müssen wir eher in dieser Richtung suchen?«

KHK Eichert schaltete schnell, formulierte dennoch in Frageform: »Du denkst dabei an eine bestimmte Person?«

»Du hast Feldmeier bereits im Visier. Der will sich den Hof krallen, sagte mir Christoph. Ich muss jetzt aber los. Professor Ebert sitzt schon neben mir. Ich melde mich, ade.«

»Milka!!!«

Milka hatte ihn weggedrückt. Unfassbar. Paul Eichert schüttelte konsterniert ungläubig den Kopf, überlegte, ob er auf der Stelle Christoph Mayr anrufen sollte. Rechtzeitig fiel ihm ein, der nahm wohl, mit Familie, am Leichenschmaus teil. Es gab aber noch andere Quellen, vielleicht wusste der Posten in Bühlertann mehr.

Milka war Professor Ebert außerordentlich dankbar dafür, dass er keinen Versuch unternahm, eine fantasievolle Aufarbeitung des gestrigen Treffens mit Herrn Gärtner in Gang zu setzen. Überhaupt gab er sich eher zurückhaltend – wohl eingedenk Milkas Teilnahme an Max' Begräbnis. Und das berührte sie doch bis ins Innerste, beschäftigte sie bereits während der ganzen Fahrt nach Kirchberg.

Dennoch war eine Abstimmung zum bevorstehenden diffizilen Gespräch unumgänglich.

»Einig waren wir uns, Herr Ebert, dass wir nicht freiwillig die Katze aus dem Sack lassen. Und wir werden Herrn Hausner kaum in die Zange nehmen können, es gibt einfach keinen belastbaren Ansatz.«

»Richtig, wir benötigen aber eine glaubhafte Story und eine Rollenverteilung.«

»Sie bringen das auf den Punkt. Mein Vorschlag wäre: Sie arbeiten im Auftrag eines vermögenden Sammlers, sagen wir mal aus Heidenheim. Könnte ein ehemals hohes Tier bei Voith sein. Und Sie suchen für ihn nach Expressionisten, nach Gemälden, die in seine Sammlung passen.«

»So weit, so gut. Und Ihre Rolle, Frau Mayr?«

»Meine? Passiv, ich bleibe im Hintergrund. Ich bin Ihre Assistentin – organisiere Ihre Termine, bereite Gespräche vor.«

»Und mein Name?«

»Ihr Name bleibt, sonst gibt's womöglich einen Versprecher, und dann müssten wir flüchten. Nur die Adresse – machen wir es einfach, ich bin ebenfalls aus Kirchberg – wenn das überhaupt zur Sprache kommen sollte.«

»Und was ist«, fiel Professor Ebert nach einer kurzen Denkpause ein, »wenn Max diesem Hausner von Ihnen erzählt hat? Immerhin hat er das Gutachten für ihn gefertigt.«

»Das glaube ich nicht. Sonst wäre er doch beim Telefonat mit mir spontan damit herausgeplatzt – sind Sie zufällig Max' Freundin und so weiter.«

»Das will ich gelten lassen. Ich will kein Bedenkenträger sein – aber was ist mit Herrn Gärtner? Wenn ihm nach unserem Besuch eingefallen ist, Hausner anzurufen?«

»Das lassen wir drauf ankommen. Ich sehe da eher kein Risiko, warum sollte er? Außerdem will er heute seinen Skiurlaub antreten. Und noch ein Punkt, falls die Frage hochkommt, wie wir überhaupt auf ihn gestoßen sind.«

»Mhm?«

»Der Tipp eines Galeristen in Schwäbisch Hall – das sollte genügen.«

»Sehr schön. Und sonst«, Professor Ebert rieb sich die Hände, zeigte zunehmende Begeisterung in der Stimme, »improvisieren wir einfach.«

Martin Hausner hatte ihr eine Adresse in der Asperger Straße genannt. Milka hatte Glück, fand einen freien Parkplatz am Straßenrand in der Nähe der Wilhelmsgalerie und stieß rückwärts in einem Zug in die enge Parklücke, sah noch, wie die rechte Hand des Professors in Erwartung eines mittleren Crashs den Türgriff fest umklammerte und den rechten Fuß gegen das Bodenblech des Golfs stemmte.

Ohne wirklich darüber nachzudenken, hatte Milka eine kleine Galerie erwartet, vielleicht mit einer aktuellen Ausstellung der Werke eines Künstlers. Zwei raumhohe Fensterscheiben im Erdgeschoss eines mehrstöckigen Gebäudes gewährten Einblick in einen größeren Raum, an dessen weiß gestrichenen Wänden zwei großformatige Bilder hingen, die sie unmittelbar mit Pollock in Verbindung brachte. Nach Nennung durch den Professor hatte sie den ihr zuvor unbekannten Künstler gegoogelt. Den Preis, den sein Werk Number 5 bei einem Verkauf erzielt hatte, las sie dabei laut vor, um sich zu versichern, dass sie keiner Täuschung unterlag: 140 Millionen Dollar.

»Das soll alles sein?«, fragte sie Herrn Ebert, etwas enttäuscht, nach einem ersten Blick durch die leicht verschmutzten Scheiben.

»Er ist in erster Linie Händler, nicht Galerist. Sieht verlassen aus, niemand zu sehen.«

Neben der massiv verkleideten Eingangstür fand Milka eine Klingel mit Gegensprechanlage, hatte die Hand am Klingelknopf, als die Tür aufging.

»Kommen Sie herein. Frau Mayr, ja?«

Milka nickte grüßend: »Und Professor Ebert, mein derzeitiger Chef – Kunsthistoriker.«

Milka musste leicht aufblicken. Irgendwo um die 45, wohl 1,80 Meter groß, kräftige Figur, ohne dabei dick zu sein, graue Flanellhose, ein knallroter Pullover, darunter weißes Hemd, grauer Schal und dunkelgraues Sakko mit schmalem, hochgeschlagenem Revers.

»Wir gehen nach hinten, in mein kleines Büro.«

Das kleine Büro stellte sich als ein etwa 30 Quadratmeter großer, fensterloser Raum mit weiß gestrichenen Wänden heraus. In der Mitte zwei aneinander gestellte Tische von Eiermann, ein Sideboard von USM Haller, ein langes Regal an der Rückwand und vier Stühle von Vitra. Ein durchgestaltetes Ambiente. Auch die drei Grafiken, die über dem Sideboard hingen, passten zum kühlen Gesamtstil.

Herr Hausner gab sich betont leutselig: »Sie kommen aus …?«

Selbstverständlich ergriff Herr Ebert das Wort, gab ganz den souveränen Professor – in Gestik und Tonfall. »Ach ja, hatte meine Assistentin, Frau Mayr«, hier bewegte der Professor seine Hand nach rechts, hin zu Milka, »wohl vergessen. Ich komme aus Kirchberg. Kirchberg Jagst.«

»Ah – eine landschaftlich wunderschöne Gegend, früher der Sitz derer von Hohenlohe – einer der Sitze, muss man korrekterweise sagen.«

»Und mit einer kleinen, aber wundervoll verträumten Altstadt«, ergänzte Herr Ebert.

»Das kann ich nur bestätigen. Und Sie wollen, so habe ich Frau Mayr verstanden, ein Bild kaufen – wie kamen Sie denn auf mich? Ludwigsburg liegt nicht so ganz in der Nachbarschaft.«

Professor Ebert lachte. »Allerdings. Geht es allein um die Betrachtung großer Werke, dann sind wir in der Region so schlecht nicht aufgestellt. Will man aber kaufen, na ja … Und den Hinweis auf Sie, den erhielt ich von einem Galeristen aus Hall. Ich muss aber einen Punkt richtigstellen. Nicht ich will kaufen. Mein Auftraggeber, ein nicht ganz unbemittelter Sammler aus Heidenheim, er hat mich beauftragt.«

»Als Fachmann und Kunsthistoriker. Ein sehr vernünftiger Auftraggeber. Und er hat bestimmt ein Suchprofil vorgegeben.«

Milka hatte vorgedacht. Als sie gestern am späten Abend nach Pollock googelte, hatte sie einige Punkte zusammengestellt. 1. Richtung: Expressionisten, 2. Künstler: (Achtung: nicht selbst Heckel nennen!) Kirchner, Bleyl, Schmidt-Rottluff. Aber auch: Gabriele Münter, Pechstein, Mueller oder Nolde. 3. Genre: Landschaft bevorzugt.

Diese Liste zog Milka blitzschnell aus der Tasche, reichte sie Herrn Ebert.

Er spielte mit. Perfekt. Mit einem winzigen ironischen, beinahe herablassenden Lächeln: »Danke – obwohl ich das natürlich auch ohne Ihre Notiz noch wüsste.«

Herr Hausner lachte, etwas zu laut, empfand Milka – und dass der Professor seine Rolle über Gebühr ausspielte.

»Alle Achtung. Da haben Sie ja die ganze Künstlergruppe der Brücke zusammen«, wog Herr Hausner seinen Kopf anerkennend, als Professor Ebert Künstler und Richtung genannt hatte. »Fehlt eigentlich nur noch Heckel. Oder mag Ihr Sammler den nicht?« Den Nachsatz begleitete er erneut mit einem Lachen, wieder zu laut.

»Keineswegs, keineswegs«, beteuerte Professor Ebert. »Allerdings hat er hinsichtlich des Genres deutliche Präferenzen. Es soll ein Landschaftsbild sein.«

»Hm. Das wird nicht einfach werden, das wissen Sie aber. Und die Preise sind in diesen Zeiten weit oben, wissen Sie auch.«

»Nun, mein Auftraggeber erreicht dieses Jahr noch die 70. Vor einiger Zeit eine Erbschaft, da will er sich etwas gönnen.« Das war sehr, sehr lässig rübergebracht.

»Gut«, jetzt energischer, ganz geschäftsmäßig, »so etwas habe ich natürlich nicht im Schrank. Ich werde mein Netzwerk spielen lassen. Und eine Idee, die hätte ich vielleicht bereits.«

Professor Ebert ließ ein lang gezogenes, fragendes Ja hören. Musste kurz auf die Antwort warten.

»Ich habe da ein Bild von Heckel im Kopf. Ein wunderschönes Werk, so um das Jahr 1915 entstanden. Landschaft. Das würde blendend passen. Wie ist denn Ihr Limit?«

»Wir müssen klar unter der Million bleiben.«

»Mhm, das kommt hin. Wissen Sie was? Ich prüfe das in den nächsten Tagen, und wenn ich es bekommen kann, melde ich mich. Ist das ok für Sie?«

»Unbedingt. Können Sie mir vorab eine Ablichtung zuschicken?« Den Begriff hatte Milka schon lange nicht mehr gehört. Herr Hausner kannte ihn noch.

»Geben Sie mir bitte Ihre E-Mail, eine Aufnahme bekommen Sie spätestens morgen.«

»Wunderbar«, meinte Herr Ebert, »dann hat sich unser Besuch hier in Ludwigsburg bereits gelohnt.«

Martin Hausner verstand den gesprächsschließenden Satz richtig, stand auf. »Kann ich sonst noch etwas Gutes für Sie tun?«

Professor Ebert verneinte, äußerte dann, bereits am Übergang zum kahlen Ausstellungsraum, doch noch eine Bitte. »Expertise und Historie, können Sie die auch vorab zuschicken?«

Hausner zeigte tiefstes Bedauern. »Liegt natürlich alles vor. Ich muss Sie aber um Nachsicht bitten. Erst wenn ich sicher bin, dass ich an den Heckel herankomme – dann ja, vorher nicht.«

Milka zwang sich zu einer Entscheidung. Doch, sagte sie sich, mach einfach. »Ihr Büro gefällt mir ausnehmend gut, Herr Hausner, gestatten Sie eine Aufnahme?«

Der gab sich jovial, machte eine einladende Handbewegung, als Milka ihr Smartphone zückte, und stellte sich neben sie.

»Aber nein, Herr Hausner, natürlich mit Ihnen. Dann haben wir gleich ein Bild für unsere Kontaktadressen. Sagt doch viel mehr als nur Straße und Hausnummer.«

Hausner schien einen Moment lang alles andere als begeistert, fügte sich dann, sichtlich widerstrebend.

Zehn Minuten später fanden Milka und Professor Ebert einen ruhigen Platz in einem nahen Café, das auch kleine Snacks anbot.

»Puh«, machte Milka.

»Puh?«

»Ja, dreimal puh. Dachte schon, ich hätte das mit dem Foto überzogen.«

»Das müssen Sie mir erklären, Frau Mayr. Mir fehlt eine Anlegestelle für meine Gedanken.«

Milka pflichtete bei, das sei erklärungsbedürftig, erläuterte ihre Vermutung.

»Und Sie sind sicher, dass es sich bei Herrn Hausner tatsächlich um den Mann handelt, der sich mit Max Holl in der Kunsthalle so heftig gestritten hat, bis hin zu Tätlichkeiten?«, fasste der Professor nach Milkas ausführlicher Schilderung zusammen.

»Sehr sicher. Es fehlt nur der Dreitagebart. Ich muss das Bild Herrn Schaller zeigen. Der war bei der Auseinandersetzung zufällig anwesend.«

Herrn Ebert beschäftigten bereits weitergehende Überlegungen: »Was halten Sie von diesem angedeuteten Heckel-Angebot?«

»Das ging mir bereits in Herrn Hausners Büro durch den Kopf. Es könnte sich um eine Rückabwicklung des Verkaufs an Gärtner handeln. Dann bietet er uns die Fälschung an. Oder er hat noch das Original. Das würde erklären, wie Max in diese dumme Situation kam. Hausner zeigt ihm das echte Gemälde, die Grundlage für Max' Einstufung, verkauft dann aber eine Fälschung, die prompt auffliegt.«

»Und Herr Holl saß zwischen den Stühlen.«

»Genau. Hm, Hausner könnte natürlich auch zwei Fälschungen haben – und das Original weiter behalten.«

»Vier Möglichkeiten«, zählte der Professor, »falls er ein anderes Heckel-Werk hervorzaubert.«

»Fünf«, korrigierte Milka, »wenn er sein Angebot annulliert. Vier zu viel. Könnten Sie die Echtheit feststellen?«

»Bedingt. Das ist nicht mein eigentliches Metier. Eher die Plausibilität der Historie prüfen. Obwohl – der Impressionist Max Liebermann hat zu meiner Profession einmal geäußert, wir seien keineswegs überflüssig. Wer solle sonst nach dem Tod eines großen Malers dessen schlechte Bilder als unecht erklären. Nein, nein, Sie müssten einen Gutachter einschalten.«

»Ein interessantes Bonmot.« Nach kurzer Pause setzte Milka fort. »Die Aufgabe könnte Herr Tadic übernehmen oder die Versicherung veranlassen, für die Max gearbeitet hat. Wir werden sehen.« Milka verweigerte sich weiterer Spekulationen, es zog sie zurück. »Kommen Sie, Herr Ebert?«

Es blieb nicht aus, nichts anderes war zu erwarten, dass Professor Ebert auf der Rückfahrt zu seinem Wohnort sowohl Gärtner als auch Hausner sezierte und Milka weitere Theorien servierte, die sie aber nur mit sparsam gesetzten Mhms kommentierte, sodass der Professor hieraus keinerlei neuen Erkenntnisgewinn ziehen konnte.

Kaum dass sie Kirchberg hinter sich gelassen hatte, hielt Milka an einer Tankstelle, holte sich eine Coke und schaltete ihr Handy ein. Paul bat um Rückruf. Zuvor versuchte sie es aber bei Herrn Schaller und hatte Glück. Er würde auf sie warten. Sie schickte Paul eine SMS: »Komme heute noch zu dir ins Büro.«

Milka parkte vor der Galerie in der Hoffnung, dass sie in den wenigen Minuten keinen Strafzettel kassierte.

Vier Aufnahmen hatte Milka gemacht, dabei einmal auf Herrn Hausner gezoomt. Lang musste sie auf die Bestätigung nicht warten. »Das ist er. Bestimmt. Es müsste schon ein verdammt ähnlicher Doppelgänger sein. Also, ich bin sehr sicher, Frau Mayr.« Herr Schaller hatte sich diesmal tatsächlich ihren Namen gemerkt, registrierte Milka. Sie bewies ihre Dankbarkeit durch eine viertelstündige Geduld bei Herrn Schallers Privatführung durch seine aktuelle Ausstellung – obwohl die Exponate nun gar nicht ihre Richtung trafen. Das Hochgefühl ihres Erfolgs stellte sich ein, kaum dass sie wieder im Auto saß.

Die Endorphinausschüttung hielt noch an, als Milka Minuten später mit Elan Pauls Bürotür aufriss, ihr Mitteilungsbedürfnis aber zügeln musste – Paul telefonierte.

»Morgen Vormittag. Holl. Da könntest du dazukommen.«

Egal, befand Milka, ihre Erfolgsmeldung war eh schon ausgebremst. Nun konnte sie auch warten. »Warum wolltest du mich sprechen?«

»Ganz einfach. Was war heute? Und vor allem, ich bin immer noch sauer, dass du mich einfach weggedrückt hast.«

»Und darüber«, unterbrach ihn Milka, »wolltest du mit mir reden?« Milkas Tonfall war merklich ironisch.

»Verdammt, natürlich nicht! Wegen deines Hinweises auf Feldmeier. Was gibt es da noch?«

»Er hat sich mit Max über dessen Weigerung, einem Verkauf zuzustimmen, vor Publikum gestritten. Und Lukas war dabei – ohne einzugreifen.«

»Vor Publikum?«

»In einer Wirtschaft. Wurde sogar handgreiflich.«

Paul fügte die Information in seine Recherche ein. »Irgendwie merkwürdig. Ist verschuldet, erhält keinen Kredit mehr und streckt seine Hand dennoch nach dem Hollschen Hof aus.«

»Woher weißt du, dass er keinen Kredit …«

»Aus gewöhnlich gut unterrichteter Quelle. Erzähl mir mal von deinem heutigen Gespräch in Ludwigsburg.«

Milka gehorchte, gewissermaßen beflissen, berichtete von der Begegnung beim Begräbnis und unterschlug nicht einmal die spekulativen Theorien, die sie und Professor Ebert aufgestellt hatten.

»Also nichts Handfestes, noch nicht«, lautete Pauls vielleicht etwas voreilige Einschätzung.

Jetzt, sagte sich Milka, zog ihr Handy aus der Tasche. »Stimmt nicht ganz, Paul. Schau dir dieses Bild des Kunsthändlers an!«

Paul musterte die Fotos, zog fragend beide Augenbrauen hoch. »Und?«

»Ich komme gerade von Herrn Schaller. Er hat mir überzeugend versichert, das sei der Mann, der damals in diese halbe Schlägerei mit Max in der Kunsthalle verwickelt war.«

KHK Eichert sprang impulsiv auf. »Milka, das ist ein Volltreffer, endlich etwas, woran wir uns festhalten können. Das hast du gut gemacht.«

Milkas Wangen nahmen eine ganz leichte, wärmende Rotfärbung an. Endlich mal ein Lob ohne Einschränkung. Es tat einfach nur gut. Auf dem Hof herrschte in dieser Beziehung weitgehende Öde. Klar war es sehr befriedigend, wenn die Ernte gut war, die Kühe gesund, die Kälber wohlauf, der Milchpreis endlich steigend. Allein, so von Mensch zu Mensch, von Georg zu ihr, oder von Christoph, ein absolutes Vakuum. Natürlich ging es in der Familie auch herzlich zu, aber letztlich war man in Schwaben: Ned gschompfa isch globt gnuag! Na ja, vielleicht war sie ein wenig ungerecht. Aber nur ein klein wenig, dachte sie, während Paul ihr einen Kuss gab – im Dienst!

»Hat dein KHM Lang eigentlich Max' Fotoapparat unter die Lupe genommen?«

»Hat er. Leider mit keinem Ergebnis. Der Speicherkartenplatz war leer. Eine merkwürdige Sache. Du nimmst den PC mit, das Notebook, ok. Aber die Speicherkarte aus dem Fotoapparat? Da erwartest du doch keine verborgenen Daten, oder? Und die Holls? Nie und nimmer. Also wer?«

»Und wenn es Max selbst war?«, warf Milka ein.

»Hm. Denkbar. Aber warum zum Teufel?«

Milka zeigte Ratlosigkeit. »Was ist mit Feldmeier? Willst du mit ihm ebenfalls sprechen?«

»Und ob, am besten morgen, nach Lukas Holl. Wir müssen vorankommen. Ich rufe ihn gleich an.«

Milka stand auf. »Ich besuche Renate. Sag mir Bescheid wegen Feldmeier.«

»Das mach ich allein, Milka!«

Milka zog die Tür hinter sich zu, ließ einen kleinen akustischen Spalt offen: »Ganz bestimmt nicht!« Und war weg.

Renate Becks Zustand sei stabil. Weitere Informationen konnte Milka der Oberschwester nicht entlocken. Immerhin, obwohl es schon spät sei, erhielt sie Besuchserlaubnis.

Ihre Freundin lag allein im Zimmer, die Blumensträuße, stellte Milka bei ihrem Rundblick fest, waren mehr geworden. Renate legte ein Taschenbuch zur Seite, Rosamunde Pilcher, las Milka auf dem Cover, begrüßte sie mit einem unfrohen Lächeln.

»Geht es dir langsam besser?« Milka ärgerte sich selbst über ihre Floskel.

»Na ja. Sehr langsam. Im Moment erhalte ich Tabletten, damit ich kein Schmerzgedächtnis wegen meines Schleudertraumas entwickle.«

Milka nickte, hielt Renates Hand.

»Stell dir vor, Lukas war am späten Nachmittag da.«

»Er hat dir von Max' Beisetzung erzählt.«

Renate Beck nickte, stumm, griff nach einem Taschentuch.

Erst nach einer stillen Minute wagte sich Milka an eine Frage. »Weißt du, ob Max ein Testament aufgesetzt hatte?«

Renate nickte, ganz vorsichtig. »Ja. Lukas erkundigte sich ebenfalls, wollte wissen, wo es ist. Es ist handschriftlich, ohne notarielle Beglaubigung.«

»Und wer ist begünstigt?«

»Seine beiden Brüder und ich, zu gleichen Teilen. Warum fragst du eigentlich danach?«

Milka wollte ehrlicher, offener werden. »Ich kann mir vorstellen, dass Max' Unfall nicht allein seine Schuld war, Renate. Also gehe ich jedem Fingerzeig nach.« Gebe Gott, dachte Milka, dass sie mich nicht nach Details fragt. Besser gleich ein nächstes Thema anschneiden. »Dein Polo, Renate, dieser linke Kotflügel …«

»Darüber haben wir doch schon gesprochen.«

Schluss mit dem Eiertanz. »Ja. Der Gutachter hat festgestellt: Die Spur war ganz frisch. Da hat dich ein Schlepper angefahren und von der Straße gedrängt. Warum sagst du das nicht einfach?« So, das war jetzt raus.

Renate Beck presste die schmalen, blassen Lippen aufeinander, schloss die Augen und atmete tief durch. Milka ließ ihr Zeit. Viel Zeit.

»Ich … das fing schon früher an.« Renate brach in Tränen aus, und es bedurfte Milkas intensivem Zureden und Streicheln, bevor sie sich wieder fing.

»Gleich nachdem ich von Max' Tod erfahren habe. Da kam ein Anruf.«

Milka wartete geduldig, umschloss zart Renates Hand.

»Und da war kein Ton. Nichts, nur ein merkwürdiges Rauschen. Dann, zwei Tage später und danach nochmals. Wieder nichts.«

»Du hast bestimmt gefragt.«

»Klar. Nur dieses Rauschen, es hat mich völlig aus der Bahn geworfen.«

Milka streichelte die Hand. »An dem Morgen, als du von der Straße gedrängt wurdest?«

Renate nickte, entzog ihre Hand und wischte eine Feuchtstelle am Auge weg. »Da fuhr ein Trecker hinter mir her, hing an meiner Stoßstange, hupte und bedrängte mich. Dann kam diese leichte Linkskurve, auf einmal war er links neben mir, gleiche

Höhe. Riesig, bedrohlich. Ich weiche nach rechts aus, und im gleichen Moment fährt der in mich rein. Dann der Baum, der immer näher auf mich zukam. Es ging alles so schnell – ich kann mich nur noch an das entsetzliche, grässliche Geräusch des Aufpralls erinnern.«

»Kannst du dir vorstellen, warum das passiert ist? Gibt es irgendeinen Hintergrund, hast du einen Verdacht?« Milka sprach eindringlich, langsam und sehr leise, nahm jede Schärfe aus ihrer Stimme.

Renate, sichtlich erschöpft, hauchte nur ein zweifaches Nein.

»Noch eine letzte Frage. Hat dir Max irgendetwas anvertraut? Dir etwas zur Aufbewahrung gegeben?«

»Nein, Milka, und ich kann jetzt nicht mehr. Ich weiß nicht mehr, und ich kann nicht.«

In diesem Augenblick, als Milka noch unsicher schwankte zwischen mitfühlender Rücksichtnahme und drängendem Informationshunger, in diesen kurzen Moment des Zögerns hinein betrat eine Schwester das Krankenzimmer, warf einen Blick auf das multiple Patientenzustände anzeigende Display über dem Kopfende des Betts und sagte mit messerscharfer Stimme nur ein einziges Wort: »Raus!«

Milka gehorchte.

Noch vom Empfang aus rief sie Paul an, berichtete aber nur kurz – nicht ganz ohne Hintergedanken. Berichtete sie morgen ausführlich, dann könnte sie ihn vielleicht dazu bewegen, sie zu Feldmeier mitzunehmen. Paul gab sich seltsamerweise damit zufrieden. Immerhin hatte er auch eine Neuigkeit für Milka. Der Trecker, der Frau Becks Polo angefahren hat, sei aufgefunden worden. Ein Landwirt hatte den Diebstahl gemeldet. Der Polizeiposten in Fichtenau habe den Trecker heute Abend entdeckt, unweit der Stelle, an der er entwendet worden war. Die Spurensicherung befasse sich morgen damit.

Auf dem Nachhauseweg fuhr sie den kleinen Umweg über Vellberg, besuchte Michael Deiniger – weniger in der Erwartung, weitere Informationen zu erhalten. Sie wollte sich nicht einfach über ein Telefonat bei ihm bedanken.

KAPITEL 9

Paul hatte ihr am gestrigen Abend eine SMS geschickt. Er komme um 8.30 Uhr. Und sie möge doch bitte endlich WhatsApp einrichten. Wogegen sie sich bislang gesträubt hatte.

Mit Christoph hatte sie gestern spät abends noch gesprochen, nachdem seine erste Aufregung über das – aufgezeichnete – Spiel VfB Stuttgart gegen Hannover 96 abgeklungen war. Ja, er hatte mit Thomas Feldmeier gesprochen. Ach ja, und sein Tipp war goldrichtig. Feldmeier habe direkt neben Lukas gesessen. Ein lebhafter Austausch zwischen den beiden, dessen Inhalt er aber, wegen des Geräuschpegels, der sich spätestens beim zweiten Viertele hochschaukelte, nicht mitbekam. In einem geeigneten Moment, vor dem Kaffee, sei er Feldmeier nach draußen gefolgt, als der dringend eine Zigarettenpause suchte. Der »Rotz« sei richtiggehend frech geworden. Er, Christoph, brauche sich um die Äcker der Holls nicht mehr bemühen, das sei jetzt nach Max' Tod erledigt und gelaufen. Und er solle sich von Lukas gefälligst fernhalten.

Bei dieser Schilderung, spürte Milka, war ihr Bruder bereits wieder auf dem Level des zuvor gesehenen Fußballspiels angekommen. Es bedurfte einiger besänftigender Kommentare und ihrer mehrfachen Bestätigung, dass Feldmeier gewiss ein saublöder Hund sei, bevor Christophs Blutdruck auf Normalwert sank – nur um zu erfahren, dass mehr nicht gewesen sei. Klar, sagte sich Milka, es gab keinen Grund, wirklich Substanzielles zu erwarten. Enttäuschend war die Ausbeute dennoch.

Milka war in die leidige Kontrolle der Bankauszüge und der Aufarbeitung liegen gebliebener Rechnungen und Bestellungen vertieft, als Paul die Tür fast geräuschlos öffnete.

»Du warst beim Friseur«, stellte Milka fest.

»Hättest du bereits gestern Abend sehen können.«

Das war Milka nun doch peinlich. Dass ihr dies nicht aufgefallen war – sie konnte es eigentlich nur mit der überbordenden Informationsfülle des gestrigen Tages entschuldigen. Passierte ihr sonst nie. Nicht bei Paul. »Verzeih, musste mit meinem Kopf wohl woanders gewesen sein.«

»Hm. Mitten in deiner kriminalistischen Aufklärungsarbeit. Bevor du aufbraust: Was war mit Frau Beck?«

Milka, im Versuch, die nachgeordnete Mitarbeiterin des Kriminalhauptkommissars zu geben, berichtete präzise und betont sachlich bis zum Punkt ihres Rauswurfs.

»Hat Frau Beck nichts Näheres zu diesen mysteriösen Telefonaten gesagt? Kamen die auf den Festnetzanschluss oder auf ihr Handy? War die Nummer des Anrufs erkennbar? Ist die Nummer vielleicht in der Anruferliste gespeichert? Konnte sie den Fahrer des Treckers beschreiben?«

»Lieber Paul, was machst du, wenn eine Oberschwester dich mitten in deiner Befragung einer Bettlägerigen aus dem Krankenzimmer wirft? Ziehst du dann?«

KHK Eichert musste tatsächlich drei geschlagene Sekunden überlegen, was Milka damit meinte – als Fan der Western von Fred Zinnemann und John Sturges hätten es weniger sein dürfen.

»Das war ein toller Kommentar. Aber gut, habe ich wohl verdient.«

»Mhm. Muss ich das bestätigen?« Manchmal konnte es Milka nicht lassen, ihren Freund ein wenig zu piksen, lächelte aber dabei.

Paul überging diese Bemerkung mit hoheitlicher Nonchalance. »Du besuchst sie nochmals, ich meine, Frau Beck?«

»Ganz bestimmt, sie hat mir über Max bislang noch viel zu wenig erzählt. Nur …«, sie ließ den Satz ausklingen.

»Was nur?«

»Wenn wir nur ein wenig mehr wüssten. War es ein Anschlag auf sie, sollte es nur eine Drohung sein? Und wenn ja, aus welcher Ecke kommt die, welche Motivation hat sie? Renate zeigt sich völlig ängstlich, verunsichert, was ich ihr im derzeitigen Zustand nicht verdenken kann. Entweder vermitteln wir ihr mehr Sicherheit oder …« Milka brach ihren Satz abermals ab.

»Oder?«

»Eigentlich gibt es kein Oder. Die Alternative wäre, Druck auf sie auszuüben. Aber das darf ich nicht. Nicht in ihrer jetzigen Situation.«

»Das verstehe ich, Milka. Ich bin aber überzeugt, dass es dir mit deinem Einfühlungsvermögen gelingen wird, mehr von ihr zu erfahren. Sonst würde ich es selbst versuchen.«

Paul stand auf, zögerte dann, durch Milka hindurchschauend.

Milka blickte hoch, »Wo bist du gerade?«

»Renate erwähnte Max' Testament. Wurde ihm, beim Tod seines Vaters ein Teil des Hofs überschrieben, sein Pflichtteil?«

Milka zuckte nur mit den Achseln.

»Mhm, eher nicht, sonst wären seinen Brüdern ohnehin die Hände gebunden gewesen. Aber dieses Einspruchsrecht beim Verkauf. Wenn nun jemand glaubte, das wäre auf Renate übergegangen?«

»Ist das überhaupt vererbbar?«

»Muss ich mich erkundigen. Ich glaube, eher nicht. Das wird ein persönliches Recht sein, das nur er ausüben durfte. Wenn das aber jemand anders sah?« Paul warf einen Blick auf seine Armbanduhr. »Wir müssen zu Lukas Holl.«

»Und danach zu Feldmeier.«

»Milka, nochmals: Beim besten Willen, ich kann dem nicht erklären, warum ich plötzlich zusammen mit dir auftauche.«

»Paul, ich bin dabei! Mit deinem Einfühlungsvermögen wirst du diese Situation bestimmt meistern.«

Paul seufzte mitten in Milkas Satz hinein, seufzte grundtief, es grenzte an Weltschmerz. »Wenn das Gespräch auf eine Vernehmung hinausläuft, ich ihn belehren muss, dann gehst du raus – ohne jede Diskussion. Ok?«

Milka nickte, strahlte ihn mit leuchtenden Augen und einem unwiderstehlichen Lächeln an.

Lukas Holl gab sich betont freundlich, als er KHK Eichert und Milka ins Haus bat, sie in den Wohnraum führte. Kaffeetassen standen auf dem Tisch, eine Thermoskanne. Inge Holl und Tim warteten, neben der Holzkommode stehend. Milka stellte fest, dass einem weiteren Foto auf dem Deckchen Platz eingeräumt worden war. Max. Der Bilderrahmen mit einem schwarzen Band versehen. Milka fröstelte, fühlte eine beginnende Gänsehaut.

Paul Eichert, sie hatte ihm auf der Hinfahrt so beiläufig wie irgend möglich von der gestrigen Beisetzung berichtet, drückte sein tief empfundenes Beileid zu Max' Tod aus, auch wenn sich alles in ihm gegen die Formulierung ›tief empfunden‹ sträubte.

Es war unumgänglich, zumindest einige der gestrigen Momente zu rekapitulieren, bevor sich Frau Holl mit Hinweis auf ihre angeschlagene Gesundheit zurückzog. Tim schenkte Kaffee ein, holte ein Coke für sich.

Nachdem KHK Eichert mit abwesendem Blick unablässig und in geradezu aufreizender Langsamkeit in seiner geblümten Tasse einen Würfelzucker auflöste, jedenfalls keine Anstalten machte, das Gespräch in Gang zu setzen, hielt es Lukas nicht mehr aus.

»Gibt es etwas Neues zu dem Einbruch in Max seine Wohnung? Oder warum sind Sie da?«

»Das kann man so sagen. Vor allem will ich von Ihnen eine

Erklärung, warum Sie die Polizei nicht verständigt haben. Und kommen Sie mir nicht mit hanebüchenen Ausreden.«

»Also, Herr Hauptkommissar, wir, der Tim und ich, können uns das im Nachhinein nur so erklären, dass wir in dem Moment einfach zu erschrocken waren.«

Milka drehte leicht den Kopf, sah, wie Paul mit einem perplex ungläubigen Gesicht Lukas anstarrte und dann lauthals lachte. Paul schaltete um. »Ich hab schon viel gehört, schon sehr viel, aber …« KHK Eichert bemerkte, wie Lukas' Hand zu einer spontanen Replik nach oben ging, durchkreuzte diesen Ansatz, indem er mit ausgestrecktem Arm und gerecktem Zeigefinger auf Lukas' Brust zielte. »Sie haben zwei Möglichkeiten. Entweder ich breche hier sofort ab und nehme Ihren Bruder Tim zur Vernehmung mit aufs Revier oder Sie geben mir den wahren Grund an. Aber auf der Stelle. Um Ihnen die Wahl zu erleichtern, nenne ich Ihnen ein Stichwort: Picasso.«

Milka blickte höchst erwartungsvoll auf Tim, der antwortbereit den Mund öffnete, dann mit einem kurzen Blick auf seinen Bruder sofort schloss und einen Verlegenheitsgriff nach seiner Coke unternahm.

Lukas Holl fand offensichtlich keine vernünftige Ausweichmöglichkeit mehr. »Max hatte uns von den Bildern erzählt. Und so ein Picasso, der ist ja was wert. Und wo der Max sich immer geweigert hat … Also, wir haben uns die genommen. Die gehören jetzt uns, ist doch unser Erbe. Sowieso.«

»Und mit den Picassos in der Hand wollten Sie nicht die Polizei rufen?«

»Genau. Genau so war's. Eigentlich wollten wir auch Max' Testament suchen. Aber in dem Durcheinander ging das nicht, war völlig hoffnungslos. Und wir wollten keine Spuren verwischen.«

Nur Milka erkannte, wie Paul sich größte Mühe gab, nicht erneut halb lachend, halb zornig herauszuplatzen.

»Sie kennen den Wortlaut des Testaments?«

»So richtig gemerkt hab ich mir den Text nicht, Max hat es mir gezeigt.«

»Sie werden mit Renate Beck reden müssen, auch wegen der Bilder. Bei den Picasso-Werken war ein Verzeichnis der Blätter. Ich will eine Kopie davon, jetzt gleich.«

Lukas Holl zeigte sich wenig begeistert, drehte seinen Kopf in Tims Richtung und wies mit dem Daumen nach oben. Tim wusste offensichtlich, wo er fündig würde. Er war gerade durch die Tür, als Lukas aufstand, ihm folgen wollte.

»Halt, bleiben Sie hier«, bedeutete ihm KHK Eichert unmissverständlich, »da sind noch einige wichtige Punkte offen.«

»Und was soll das sein?«, erwiderte Lukas Holl unwirsch, setzte sich wieder auf den Stuhl, wobei seine aggressive Körperhaltung nur eingeschränkt als Sitzen zu bezeichnen war.

»Zunächst eine einfache Frage. Beim Tod Ihres Vaters, gingen da Flächen an Sie beide und an Max über?«

»Nein, zugunsten der Mutter verzichteten wir auf unser Pflichtteil. Alles sollte beisammen bleiben.«

Paul nickte. Wie er sich das vorgestellt hatte. »Weiter: Thomas Feldmeier bedrängt Sie schon länger, will Ihren Hof kaufen.«

Lukas Gesichtsrötung nahm sichtlich zu, er rutschte aggressiv nach vorn auf die Stuhlkante und verringerte den Abstand. »Das geht Sie doch überhaupt nichts …«

Paul sprach laut in den Satz hinein. »Von was will er denn bezahlen? Der hat doch gar kein Geld!«

»Die Leut im Dorf schwätzen viel blödes Zeug. Der fragt mich doch nicht, wenn er nicht zahlen könnte.«

»Und Ihr Interessent aus Stuttgart, kann ich …«

»Himmelherrgottsakra, was hat'n das jetzt mit Max zu tun?«

»Von dem brauche ich die Adresse. Jetzt, sofort.«

Selbst Milka, bis dahin mucksmäuschenstill und mit gewissem Staunen Pauls Fragen folgend, wunderte sich. Auch über Lukas. Der stand widerspruchslos auf, schob seinen Stuhl dabei geräuschvoll nach hinten und riss sichtlich wütend eine Schublade der Kommode auf.

»Da, seine Karte. Machen Sie damit doch was Sie wollen. Von mir aus …« Lukas unterbrach, als er Pauls Miene richtig interpretierte und zugleich Tim zurückkam, wortlos die Verzeichniskopie auf den Tisch legte.

Paul versuchte mit ruhigem Tonfall Lukas Holl zu besänftigen. »Noch eine Frage. Nachdem Frau Mayr festgestellt hatte, dass Sie, entgegen Ihrer Aussage, keine Zaunreparatur vorgenommen hatten, wurde sie durch den Wald verfolgt. Sie behaupteten wortwörtlich: Ich war nicht hinter ihr her.«

»War ich auch nicht.«

»Sie hat doch Ihren Trecker gehört. Wer war es denn, verdammt nochmal. Tim etwa?«

Bei Pauls kräftigem Wutausbruch zuckte Lukas Holl, gleich nochmals, als Tim genannt wurde.

»Thomas Feldmeier.«

»Wie bitte?« Der Kriminalhauptkommissar war konsterniert. Erstens, weil Lukas wider Erwarten überhaupt einen Namen preisgab, und zweitens, weil es Feldmeier sein sollte.

»Doch.«

»Wie kam denn in drei …, wie kam der Feldmeier dazu, Frau Mayr zu verfolgen?«

»Der hat sich mit mir mehrere Äcker angeschaut, die er als erstes kaufen will. In der Entfernung hat er Milka gesehen. Dann ist er wütend geworden, aber richtig. Die wolle bloß spionieren, der Christoph sei scharf auf das Land. Dann ist er losgerannt, in den Wald rein.«

»Was hat der Feldmeier denn erzählt, als er zurückkam?«, wollte KHK Eichert wissen.

»Nichts, Herr Kommissar.«

»Noch mal. Sie haben ihn doch ganz bestimmt gefragt.«

»Ja, aber da kam nichts. Und mehr weiß ich dazu auch nicht.«

Paul bremste seinen Wagen ab und parkte am Straßenrand, kaum dass sie den Hofbereich verlassen hatten.

»Was meinst du zu dem, was uns Lukas Holl da aufgetischt hat, Milka?«

»Ich habe damals niemand gesehen, nur gehört. Lukas ist nicht dumm. So kurze Beine kann er gar nicht haben.«

»Wir werden es bald wissen. Du willst wirklich mit?«

Milka nickte. »Und ob! Jetzt erst recht, nachdem wir soviel wissen, fahr los. Ich bin gespannt, was Feldmeier erzählt.«

»Du denkst an dein Versprechen, Milka?«

»Bin ganz lieb.«

KHK Eichert stieß einen leisen Pfeifton aus, als er auf den Hof zufuhr und den Gebäudekomplex sah, einen zweiten Pfeifton, als die beiden Mercedes-SUVs und eine blau-weiße S 1000R in sein Blickfeld gerieten. »Heißer Ofen. Damit jetzt Richtung Aalen jagen.«

»Ja, ja. Deine Kollegen würden dich in der nächsten Ortschaft von der Maschine holen. Außerdem ist das Gerät viel zu gefährlich.«

Frauen! – aber das dachte Paul nur, stellte seinen Dienstwagen neben einem funkelnagelneuen, lindgrünen Claas Arion 650 ab. Für den Neukauf eines solchen Traktors, das hatte er von Milka erfahren, musste man mit deutlich mehr als 100.000 Euro rechnen. Ohne Gerät selbstverständlich. Erstaunlich, dachte er. Hoch verschuldet, und dann so ein Fuhrpark.

Der Hof war gekiest, ein schmaler, gepflasterter Weg führte zum lang gestreckten zweigeschossigen Wohngebäude. Vier Gauben auf dem rot gedeckten Satteldach deuteten auf eine Nutzung auch des Dachbodens. Oberhalb der Gauben und auf den Zwischenflächen erstreckte sich bis zum First eine Solarzellenanlage – von Giebel zu Giebel. Die mit einem Kellenstrichputz gestaltete Außenwand strahlte, als wäre sie gerade frisch gestrichen worden. KHK Eichert musste die Klingel am Eingang zum Wohngebäude zweimal betätigen, den Klopfer einmal, bis die Tür mit einem Schwung aufgerissen wurde.

»War noch am Telefonieren!«, lautete die zuvorkommende Begrüßung durch Thomas Feldmeier.

Milkas Blick wanderte nach oben. Erstens stand Feldmeier drei Stufen höher, und zweitens kam er auf beachtliche 1,85 Meter, geschätzt. Ein merkwürdig rechteckiger Schädel, der aber zum kräftigen Körperbau passte, hohe Stirn, einige der kurzen braunen Haare von hinten geborgt, eine kurze gerade Nase. Quadratschädel, fiel ihr spontan ein. Weiter kam sie nicht in ihrer Musterung, da Herr Feldmeier seine Begrüßung fortsetzte: »Was will die Mayr eigentlich hier? Sie wollten mich doch sprechen, Kommissar, oder?« Das »Sie« fiel deutlich betont aus.

»Kriminalhauptkommissar Eichert, Kripo Hall.«

Paul ließ sich nicht beeindrucken, stellte Milka befriedigt fest, gab Feldmeier für das »die Mayr« einen gedachten Tritt vors Schienbein. Feldmeier, anscheinend nicht gewillt, bereits zwischen Tür und Angel einen Streit vom Zaun zu brechen, gab den Weg mit einem brummigen »Kommen Sie rein« frei, schloss Milka mit ein, obwohl er nur Herrn Eichert dabei ansah.

Er führte sie in einen Wohnraum, dessen hintere Ecke ein großer Kachelofen dominierte – mit grünen Kacheln, so zwischen laub- und minzgrün. Links des Kamins prangten drei Hirschgeweihe. Über der wandstehenden Kommode mit Sekretär zeigte ein reichlich farbiges Ölgemälde eine herbstliche Hohenloher Landschaft, spätes 20. Jahrhundert, tippte Milka.

Thomas Feldmeier machte eine Art lässiger Wischbewegung mit der Hand in Richtung Tisch. »Also, worum gehts? Am Telefon haben Sie mir kaum was gesagt, Herr Kommissar.«

»Ihnen ist bekannt, Herr Feldmeier, dass wir den Tod von Max Holl untersuchen.«

»Der ist doch jetzt beigesetzt, gestern. Das war, nach allem was ich gehört habe, ein Unfall«, kurze Pause, »oder nicht?«

»Oder nicht. Wir gehen auch anderen Spuren nach, wie Sie sicher von seinem Bruder wissen«, kommentierte Paul Eichert trocken. »Sie hatten vor einiger Zeit eine heftige, handgreifliche Auseinandersetzung mit ihm – in einer Gaststätte in Bühlerzell. Was war denn der Anlass?«

»Das ist doch lang her. Ich hab mich mit ihm gestritten, weil er dem Verkauf des Hofs nicht zustimmen wollte. Das war alles.«

»Ist das nicht sein gutes Recht?«

»Ja, scho. Wenn's aber seinen Brüdern deswegen am Geld fehlt?«

»Sie haben sich mit Max später noch getroffen?«

»Wie man sich halt so sieht, mal in Hall, mal hier.«

Milka sah, wie Paul in seiner linken Hosentasche nach dem Amulett griff. Jetzt.

»Waren Sie kürzlich in seiner Wohnung, in der Gelbinger Gasse?« Pauls Stimme kam schneidend.

Mehrfaches Kopfschütteln, abwehrende Handbewegung. »Wie komm ich denn dazu? In dem seiner Wohnung war ich nicht.«

»Warum haben wir dann in Herrn Holls Wohnung Ihre Fingerabdrücke gefunden?«

Thomas Feldmeier brauste auf: »Woher wollen Sie denn meine … ach so, ist schon lange her.«

»Das war keine Antwort auf meine Frage. Also bitte!«

»Das war so vielleicht vier oder fünf Tage, bevor er abgestürzt ist. Abends. Wollte mit ihm nochmals wegen des Hofs sprechen. Friedlich. Aber der ist stur geblieben, er wollte nicht.« Feldmeier gab sich grantelnd, als wäre er soeben aus dem Gespräch mit Max gekommen.

KHK Eichert überging die vorausgegangene Lüge. »Wo waren Sie denn an dem Morgen, als Max abgestürzt ist?«

»Hier, im Haus.«

»Sie allein oder war jemand bei Ihnen?«

»Im Haus? Da war ich allein. Mein Bruder war unterwegs.«

»Am Tag davor haben Sie einen Waldspaziergang unternommen?«

Feldmeier tat so, als müsse er überlegen. »Ach ja, dachte mir schon dass die beiden Jäger mich erkannt haben. So war's doch oder? Außerdem war das kein Spaziergang. Wollte, nachdem der Winter rum ist, sehen, was dringend ansteht.«

»Wo ist Ihr Wald, Ihre Pacht?«

»Ja so. Da im Südosten vom Hof der Holls. Nicht ganz angrenzend.«

»Und da waren Sie zufällig auch auf einem Hochsitz bei den Holls und …«, weiter kam KHK Eichert nicht.

Thomas Feldmeier fiel dem Hauptkommissar ins Wort und verwendete dabei mindestens vier oder fünf regionalspezifische Ausdrücke, die sich kaum übersetzen lassen. KHK Eichert kümmerte das wenig, er blinzelte Milka zu und nickte aufmunternd.

»Eines will ich wissen, Herr Feldmeier«, Milka hob ihre Stimme so weit an, dass sie durchdrang, »warum haben Sie mich zwei Tage danach durch den gesamten Wald verfolgt? Und erzählen Sie mir nichts, Lukas hat vorhin mit Ihnen telefoniert!« Letzteres war natürlich eine Vermutung, aber anders konnte es kaum sein.

Thomas Feldmeier zeigte seine zunehmend schlechte Laune offen. »Wenn Sie auf fremden Grundstücken rumschnüffeln! Sie hatten da gar nichts zu suchen!«

»Aha, aber Sie! Sie tun so, als müssten Sie fremde Grundstücke …«

»Sind eh bald meine!«

»… verteidigen. Und dann noch eine Frau verfolgen.«

»Das kennen die doch sowieso.«

Milka stampfte so fest mit ihrem linken Fuß auf, dass der

Dielenboden, nur mäßig gedämpft durch einen fragwürdigen Perserteppich, mit einem vernehmlichen Knarzen reagierte. »Aber nicht von solch verqueren Typen wie Sie, Feldmeier.« Milka kochte.

KHK Eichert schaltete sich ein. »Da sind wir bereits beim Thema, Herr Feldmeier. Sie sind mit einer gewissen Hartnäckigkeit am Erwerb des Hollschen Hofs dran. Von was wollen Sie denn bezahlen? Sie sind doch erheblich verschuldet und …«

Feldmeier sprang ruckartig auf, ging um den Tisch, packte die Lehne von Pauls Stuhl, wütete über dessen Schulter hinweg: »Das ist doch völliger Blödsinn. Gehen Sie zum Autokauf, wenn Sie nicht zahlen können? So ein Mist, so'n Scheißmist.«

Paul blieb ruhig, verdächtig ruhig. »Setzen.«

»Was?«

»Setzen Sie sich wieder hin.« Paul wartete.

Feldmeier umrundete den Tisch, wollte dem Kommissar nicht einfach Folge leisten und zog am Kachelofen mit einem heftigen Ruck die gusseiserne Tür auf, griff nach einem Haken und richtete das Brennholz. Beim Zuschlagen riss er sich am spitzen Griffende den Mittelfinger auf und starrte mit einem lauten »Autsch« auf das austretende Blut.

Milka sprang auf, reichte ein Taschentuch. »Wo haben Sie Heftpflaster?«

»Im Bad, Gang links, zweite Tür. Im oberen Schrank.«

Milka war im Nu zurück, spielte Sanitäterin und nahm das blutige Taschentuch in Empfang. »Kann ich im Bad runterspülen?«

»Ja doch«, bestätigte Feldmeier.

Als Milka zurückkam, vernahm sie gerade noch Pauls Frage.

»Sie sind Jäger, Herr Feldmeier?«

Der nickte nur, starrte auf das Pflaster.

»Sie besitzen eine Schnellfeuerwaffe?«

»Wie kommen Sie darauf? Selbstverständlich nicht!«

»Dann will ich Ihren Waffenschrank sehen.«

»Wollen können Sie, aber sehen nicht. Das LRA ja, Sie nicht! Oder haben Sie einen Durchsuchungsbefehl? Na also.«

Paul Eichert wusste, wann ein Nachfassen, eine Diskussion sinnlos geworden war. Feldmeier hatte auf stur geschaltet. Mehr war nicht herauszuholen. Jedenfalls nicht jetzt.

Milka, neben Paul auf dem Beifahrersitz, war immer noch nahe dem Siedepunkt. Paul streichelte über ihre Haare, versuchte sie zu beruhigen. Er kannte Milka, zumindest so weit, und wusste, dass eine vertiefende Diskussion nicht zur Besserung führen würde – im Gegenteil.

»Wollen wir zusammen eine Kleinigkeit essen, Milka?« Paul gab ihr Zeit, wartete geduldig.

»Ja. Lass uns nach Geifertshofen fahren, ich muss ohnehin in die Dorfkäserei. Wir könnten in den ›Ochsen‹.«

»Gaisburger Marsch oder Linsen, Saiten und Spätzle«, wollte Paul wissen, als sie an einem ruhigen Ecktisch die Karte vor sich hatten.

»Die Saiten.« Milka hatte sich wieder gefangen. »Ich glaube, die verwenden sogar die kleine Späths Alblinse.«

»Soll das etwas Besonderes sein?« Paul trieb eher die ablenkende Konversation denn die pure Neugier zur Frage.

»Und ob. Diese alten Sorten waren verschwunden, wurden erst vor zehn Jahren in einer Saatgutbank in St. Petersburg wiederentdeckt. Die Bauern der Erzeugergemeinschaft auf der Alb erhielten gerade mal einige hundert Linsensamen. Und heute kannst du die historischen Sorten wieder kaufen.«

»Und die schmeckt besser?«

»Da gibt's nichts Besseres als die ›Alb-Leisa‹. Wirst du gleich merken.«

Nach den ersten Gabeln stimmte er vorbehaltlos zu. Unweigerlich fiel das Gespräch zurück auf den Vormittag, und Milka verlor sich in einzelnen Details, wollte zum abschließenden

Kaffee noch wissen, wie überhaupt eine Schnellfeuerwaffe zu erwerben wäre. Paul erklärte ihr, ansatzweise, das Darknet. Und beantwortete Milkas Frage, warum er Feldmeier nicht weiter in die Zange genommen habe, da sie doch bereits mehr wussten.

Eigentlich fühlte er, dass es hier und jetzt nicht gerade der optimale Zeitpunkt war, um sein Thema, das ihm am Herzen lag, anzubringen. Spätestens ein Jahr, nachdem er seinen Job in Hall angetreten hatte und überzeugt war, dass er sich in der Region wohlfühlte und über seinen Onkel Milka kennengelernt hatte, spätestens da gewann sein Anliegen immer mehr an Kontur und, wie er empfand, langsam auch an Dringlichkeit. Er versuchte, in das Gespräch mit Milka, das sich im Kern weiter um Holl und Feldmeier, um Beck und Max, um Hausner und Gärtner drehte, ein trojanisches Pferd zu schieben. Ihm war völlig klar, dass dies historisch nicht korrekt sein musste, die allermeisten Darstellungen zeigten jedenfalls, wie der verkappte Gaul gezogen wird, sei's drum. Er schob. Fragte nach Milkas Urlaubsplänen, was, wie er richtig vermutete, prompt zu dem klassischen Hinweis, die Kuh kennt … und so weiter führte. Immerhin, sein Pferd stand jetzt innerhalb der Stadtmauern.

»Milka, du kannst nicht auf immer und ewig in der Landwirtschaft vergraben bleiben. Willst du irgendwann bei ›Bauer sucht Frau‹ mitmachen? Dann ohne mich. Ich suche dich, aber nicht als Bauer. Und du bist keine Bäuerin. Ich will nicht, dass uns die Jahre weglaufen.«

»Ist das vielleicht ein mühsam verklausulierter Heiratsantrag, Paul? Entschuldige, ich wollte das nicht … – Ich verstehe dich. Und du weißt, wir sprachen oft genug darüber, dass ich mit meiner jetzigen Rolle auf dem Hof nicht zufrieden bin.«

Paul wollte das Thema auf den Punkt bringen. »Dann musst du dich lösen, loslassen.«

»Das sagst du so. Du bist nicht in einer Leihbücherei. Selbst dort bekommst du nicht immer, was du willst, manches ist bereits verliehen, und selbst wenn, die Inhalte bergen immer wieder Überraschungen. Dann hast du ein Buch in der Hand, stellst nach 30 Seiten fest, das springt dich nicht an, und liest dann doch weiter. Und vergiss nicht, es liegt auch an dir, was du aus einem Buch mitnimmst.«

»Redest du dir deine Lage schön? Nach dem Motto, es kommt darauf an, was man draus macht?«

»Der Satz trifft doch zu. Auch für dich als Hauptkommissar. Wenn du nur mitläufst, nicht selbst wirkst, wirst du mit deiner Situation immer hadern. Schönreden, nein, schönreden will ich meine Lage bestimmt nicht. Ich kann mich nur nicht aus meiner Verantwortung davonstehlen. Ich muss eine Lösung finden, eine, mit der auch meine Familie leben kann und die den Hof nicht gefährdet.«

Paul griff über den kleinen Tisch, suchte Milkas Hand, hielt sie fest umschlossen. Jetzt nicht noch vertiefen, nicht alles zerreden. Milka war weiter aus sich herausgegangen, als er insgeheim erwartet hatte.

»Heute Abend ist auf der Comburg ein Konzert. Wollen wir gemeinsam hin?«

Milka atmete tief durch, lächelte, weil sie Feldmeier langsam verarbeitet hatte, weil Paul so klug war, das Thema nicht auszuwalzen. »Ja, Paul, das machen wir. Ich fahre zuvor bei Renate vorbei, und wir treffen uns danach oben, am Kaisersaal. Dann musst du mich nicht nach Bühlerzell zurückbringen.«

»Du willst jetzt noch in die Dorfkäserei? Ich müsste …«

»Wird mir zu spät«, unterbrach Milka, Pauls Zeitnot ahnend, »sei so nett und fahr mich zum Hof.«

Paul öffnete die Beifahrertür, ließ Milka aussteigen. »Wenn ich nur vorhin, bei Feldmeier, mit dir noch hätte sprechen können.«

Milka lächelte vor sich hin, öffnete ihre kleine Handtasche, zog das blutige Taschentuch vorsichtig an einem Zipfelchen heraus. »Dann hättest du mir gesagt, ich solle das hier einstecken, ja?«

Der Kriminalhauptkommissar strahlte breit, so breit, wie es seine Physiognomie eben zuließ. »Du bist ein Schatz, hast einen Wunsch frei.«

»Sehr gut. Mir will nicht aus dem Kopf, dass in Max' Wohnung noch etwas Wichtiges zu finden sein muss. Es kann nicht anders sein. Etwas, das uns weiterhilft. Wenigstens einen Anfang will ich machen. Heute. Ihr habt einen Schlüssel?«

»Der Schlüsseldienst hat ein provisorisches Schloss eingesetzt. Ich lasse den Schlüssel bei uns bereitlegen.«

»Nur für den Fall, dass ich wirklich etwas finde – liefere ich das bei dir ab? Oder muss ich das an Ort und Stelle belassen?«

»Kannst du selbst entscheiden. Nur wenn du einen begründeten Verdacht hast, es könnten Spuren dran sein, lass es, wie du es vorfindest.«

»Also beispielsweise blutige Messer, Pistolen …«

»Jaja, mach mal. Du bist schon wieder mittendrin. Und ich muss jetzt. Ade. Bis heute Abend.«

»Ade. Sag Herrn Lang bitte Bescheid, ich will nicht, dass er sich übergangen fühlt.«

Milka schaute sich in dem abschreckenden Durcheinander unschlüssig um. Aufgeräumt hatte die SpuSi natürlich nicht, bestenfalls umgeschichtet. Sie ging ins Bad, stellte ihre Sporttasche ab, in der sie ihre Garderobe für den heutigen Abend verstaut hatte. Ein unerwartet merkwürdiges Gefühl beschlich sie, als sie systematisch mit ihrer Durchsuchung begann. Als die Polizei die Spuren sicherte, war das Gefühl nicht dagewesen. Aber jetzt. Allein in Max' Wohnung, in den Räumen, die er mit Leben gefüllt hatte, in denen sie gemeinsam einige Stunden verbracht hatten mit Gesprächen über Kunst, über Gott und die Welt. Sie musste Kraft aufwenden, das Gefühl zu verdrängen. Gib dir ein zeitliches Limit, mach dir eine Vorgabe für einen Teilbereich und leg los. Sie gab sich selbst einen Befehl, setzte eine Belohnung aus.

Die erste Stunde verstrich, immer wieder musste sie sich zwingen, nicht in Erinnerungen zurückzufallen, die Zeit nicht mit dem Studium interessanter Kunstbücher verstreichen zu lassen. Ein erster Fund! In einer Schachtel, fein säuberlich gebündelt – 15 Briefe, die sie im Lauf der Jahre an Max geschrieben hatte. Nichts Verfängliches, aber auch nichts, was in fremde Hände fallen sollte. Sie packte die Schachtel in die Tasche, bloß nicht anfangen, die eigenen Briefe zu lesen. Nach einer weiteren halben Stunde der nächste Lichtblick in einem Ordner. Mitten in einem Ablagechaos, ein Register fehlte, Max' handschriftliches Testament in einer Plastikhülle. Geht an Paul. 20 Minuten später hielt Milka einen Ordner in der Hand, der so etwas wie ein archivierender Papierkorb sein musste. Ideen und Ziele wechselten mit Telefonnotizen, To do's und Terminzettel lagen vor und hinter Zeitungsausschnitten. Milka schnappte sich den Ordner, schob auf dem Schreibtisch ein Plätzchen frei und begann zu blättern.

Ein leises Klingeln. Die Tasche im Bad. Ihr Handy. Der Anruf war weg, angezeigt wurde Ebert, Lothar. Sie rief zurück, kam kaum zu einer Begrüßung, geschweige denn zu einer Frage. Professor Eberts Stimme klang so aufgeregt, als stünde er vor der mündlichen Abiprüfung – nur tiefer natürlich. »Der Hausner, der Kunsthändler aus Ludwigsburg, der hat angerufen.«

Milka wunderte sich, das war nicht der wohlgesetzte Duktus des Professors. »Und er hat …« Weiter kam sie nicht.

»Er hat den Heckel. Wir können ihn uns ansehen. Morgen am Vormittag.«

»Das ging aber schnell. Merkwürdig schnell.«

»Wieso denn? Er will halt verkaufen. Bevor der Fisch von der Angel geht, oder der Angler woanders fischt.«

»Dann nehmen wir die Chance wahr, oder?«

»Unbedingt. Und ich habe noch eine Überraschung. Erzähle ich morgen. Ich könnte bei Ihnen in Bühlerzell vorbeikommen. Dann müssen Sie nicht den Umweg fahren.«

»Das kommt mir natürlich entgegen. Ich bringe eine Kamera mit.«

Pauls Kollege Lang musste die Sony alpha7 herausrücken. Mit 24 Megapixel und Vollformatsensor war die Auflösung wirklich ausreichend. Nur eine Speicherkarte müsste sie noch besorgen.

Sie zwang sich dazu, zumindest diesen einen Ordner noch durchzugehen – auch wenn ihre Gedanken bereits einen ernsthaften Ausbruchversuch in den morgigen Tag unternahmen. Unmöglich alles zu lesen. Dann elektrisierte sie eine auffällige Seite mit Max' handschriftlicher Überschrift *Heckel/Gärtner*. Mitten auf dem Blatt ein Tesafilmstreifen über einem braunen Papier. Sonst nichts. Sie drehte das Blatt um, tastete. Es fühlte sich an wie eine Speicherkarte. Aufreißen oder der SpuSi geben? Besser heute bei Paul abliefern. Sie blätterte sich, mit nachlassender Konzentration, durch die übrigen Seiten, ohne weiteren Erfolg, merkte sich ihre Strecke für die spätere Fortführung. Im Bad wechselte Milka in eine schmal geschnittene, graue Flanellhose, streifte eine blaue Bluse über und einen leicht ausgeschnittenen Wollpulli.

Ein letzter Rundblick über das Chaos im kombinierten Wohn- und Arbeitszimmer. Wie immer streifte auch diesmal Milkas Blick kopfschüttelnd über das Gemälde an der Wand. Und dann noch dieser brutale, tiefe Rahmen. Max, wie konntest du nur? Sie schloss ab.

Im Fotogeschäft in der nahen Schulgasse erstand sie eine Speicherkarte, setzte sich in der von einer Touristengruppe bevölkerten Neuen Straße, die zum Kocher und zur Henkersbrücke führte, zu einem Cappuccino in ein winziges Café und hinterließ auf Pauls Mailbox die Nachricht, er möge die Sony mitbringen.

Was ist auf dieser Speicherkarte? Der Überschrift nach musste es mit Herrn Gärtners Heckel-Bild zu tun haben. Aber was könnte Max sonst noch gespeichert haben? Milka versuchte, ihren sich längst im Kreis drehenden, wilden Spekulationen zu entrinnen, überlegte, wie sie später bei Renate vorgehen sollte.

Eingedenk der letzten Maßregelung wollte sich Milka eigentlich unauffällig am Schwesternzimmer vorbeischleichen. Aber, wie das Leben so spielt, im Moment, als sie auf Höhe des Fensters zum Aufenthaltsraum war, kam eine Schwester durch die offen stehende Tür, prallte beinahe mit ihr zusammen. »Sie?« Schneidig gesprochen mit lang gezogenem ›I‹. Milka zuckte, versuchte die Pflegekraft zu besänftigen: »Renate Beck braucht mich. Gerade in ihrer Lage.«

»Und diese Lage verschlechtert sich rapide, wenn Sie wieder …« Schwester Monika unterbrach sich abrupt, rief mindestens so schneidig wie zuvor, aber wesentlich lauter an Milka vorbei: »He, Sie da, was machen Sie in dem Zimmer, he, bleiben Sie stehn!«

Milka drehte sich um, sah einen weiß bekittelten Mann in höchstem Tempo fluchtartig den Flur hinunterrennen und im Treppenhaus verschwinden.

Schwester Monika schaltete schnell: »Kommen Sie, kommen Sie mit.« Beide spurteten die zehn Meter weiter, Milka riss die Tür auf. Schwester Monika schoss an ihr vorbei, erkannte mit einem Blick die Situation, betätigte ihr Ruftelefon und wandte sich dann an Milka, so knapp wie letztes Mal: »Raus!« Gesprochen mit mindestens drei s.

Milka leistete keinen Widerstand. Sie hatte noch bemerkt, dass ein Infusionsschlauch abgetrennt in der Luft baumelte, ein Kissen halb über Renates Kopf lag und der Überwachungsmonitor Patientenzustände anzeigte, die sich weit vom Sollwert entfernt hatten. Vom Schwesternzimmer aus rief sie Paul an, der sofort zwei Streifenwagen versprach. Beide wussten, dass es sich um eine Pflichtübung handelte, voraussichtlich ohne Wert. Milka hatte eine größere Figur registriert, aber wegen des Kittels auch nicht mehr. Der Mann hatte sich nicht umgedreht – kein Anhaltspunkt. Wonach sollten sie suchen?

Sie wich zwei Assistenzärzten und einer weiteren Pflegekraft aus, die mit Gerät vorbeistürmten, begab sich wieder ins Schwesternzimmer und wartete – auf die Polizei, auf eine Information zu Renates Zustand. Die Polizei kam zuerst. Milka erläuterte den Vorgang, kurz danach nochmals, als KHM Lang mit einem Kollegen und zwei Köfferchen eintraf. Deren Diensteifer wurde, nach vorsichtigem Klopfen an Renates Zimmertür, unmissverständlich unterbunden. Sie richteten sich auf eine längere Wartezeit ein. Als der Pfleger das Krankenzimmer verließ, hielt Milka ihn fest, gab ihrer Stimme ein flehendes Mitgefühl: »Bitte, können Sie mir etwas zum Zustand meiner Freundin sagen?«

»Nicht mehr kritisch. Ist wieder stabil. Das war knapp.«

Mehr wollte oder konnte er nicht mitteilen. KHM Lang scheiterte mit seiner Frage bereits im Ansatz, der Pfleger winkte nur ab und eilte weiter.

Milka blieb in der offenen Tür stehen. Es dauerte gefühlte 20 Sekunden, bis KHK Eichert von seinem Schreibtisch aufblickte: »Milka? Du kommst direkt vom DIAK?«

Milka schilderte zum dritten Mal. Ihr Report ging nahtlos über in ein Frage- und Antwortspiel, das aus vielen Fragen und wenigen Antworten bestand. Immerhin konnte Milka zu ihrem Plan für morgen informieren, Max' Testament und das Blatt mit der Speicherkarte übergeben und die Sony alpha übernehmen. »Die Speicherkarte – wenn ihr eventuelle Spuren gesichert habt – schaust du bitte mal, was da drauf ist?«

Paul nickte, sah auf seine Wanduhr. Milka bestätigte die

nicht ausgesprochene Frage: »Ich bin so weit. Setzt du mich später hier wieder ab?«

Das Kloster Großcomburg beeindruckte Milka immer wieder aufs Neue. Ein Monument, das wehrhaft hoch über dem Kochertal auf einem Umlaufberg thront, dennoch von der Stadt aus nicht aus jeder Perspektive sichtbar ist. Hinauf führt die Bildersteige, gesäumt von barocken Skulpturen. Über das Zwingertor gelangt der Besucher zum romanischen Torbau der Michaelskapelle, zur barocken Dekanei oder zur sechseckigen Erhardskapelle. Eine majestätische Krönung bildet die Stiftskirche St. Nikolaus, eine barocke Hallenkirche. Wohl kein Tourist, der Hall besucht, kann dieses historische Kleinod auslassen, dessen Anfänge auf eine Stiftung der Grafen von Comburg-Rothenburg um 1078 zurückgehen. Das Ensemble von Bauten, umschlossen von einer Ringmauer mit Wehrtürmen und errichtet zwischen dem 11. und 18. Jahrhundert, übt, wie die Historie selbst, eine unglaubliche Faszination aus.

»An sich wollte ich noch einen Blick in den Veranstaltungskalender werfen. Was erwartet uns eigentlich?«, wollte Milka wissen, als sie den Kaisersaal beinahe erreicht hatten.

»Ein kammermusikalischer Abend mit Veronika und Wolfgang Glemser.«

»Ein Ehepaar? Wirklich?«

Paul setzte ein charmantes Lächeln auf, ein tiefer Blick in Milkas Augen. »Ja, warum nicht?«

»Ich habe deinem sanften Tonfall schon entnommen, worauf du anspielst. Kein Thema.« Milka ließ ein »heute« nachklappen. »Lass uns reingehen. Kaisersaal, ja?«

»Richtig, Kaisersaal. Juliane Thiel hätte ich, der Vollständigkeit halber, noch erwähnen müssen. Und ja, bevor ich es vergesse – du siehst toll aus, es macht Spaß, mit dir zusammen zu sein.«

Milka lächelte, es würde ein schöner Abend werden. Es wurde spät, nachdem Milka sich ohne großes Widerstreben zu einem Glas Wein in der Altstadt hatte überreden lassen, und ja, es wurde ein schöner Abend.

KAPITEL 10

Die gestrige Vorhersage des Agrarwetters schien in Erfüllung gehen zu wollen. Sonne und nahezu frühlingshafte Temperaturen um zwölf Grad waren angekündigt. Noch allerdings fröstelte Milka, als sie über den Hof zum Wohnhaus eilte und Kater Peterle einließ. Sie schüttelte den Kopf, über sich selbst. Es kam bestimmt nicht häufig vor, dass sie beim Melken mit ihren Gedanken ganz weit weg war, Abläufe und Handgriffe sich sozusagen kontrollfrei verselbstständigten. Pauls zarte Avancen verdichteten sich in letzter Zeit – erst das Gespräch in Geifertshofen und gestern bei dem Glas Wein. Bei dem es geblieben war. Auch wenn Paul eine übervorsichtige, klitzekleine Andeutung gemacht hatte, sie könne doch in Hall übernachten. An ein Hotel dachte er dabei ganz bestimmt nicht. Aber auch nicht, und das war verzeihbar, an ihre Kühe. Milka, mit betörender Figur und 35 ganz weit weg von jeder Torschlusspanik, gab ihm insgeheim recht. Sie musste ihr Lebenskonzept umstellen, und Paul könnte dabei eine wichtige, eine zentrale Rolle spielen.

Christoph saß allein beim Frühstück, einen großen Becher mit dampfendem Kaffee vor sich. Ihre Mutter Karin war durch die verschlossene Tür beim Hantieren in der Küche zu hören. Brot, Butter, Gsälz und ein Teller mit zwei übrig gebliebenen Wurstscheiben standen auf dem Tisch.

»Kaffee?« Christoph war aufgestanden, als er die Frage an Milka richtete.

»Ja, bitte.«

Christoph ließ ihr Zeit, blätterte im Lokalteil der Zeitung, gab ab und zu ein interpretationsoffenes Brummen von sich, das Milka in den ersten Minuten aber nicht hinterfragte.

»Was hast du auf dem Herzen, Christoph?« Länger wollte Milka nicht mehr ausharren.

Christoph war direkt heraus: »Du fehlst uns, Milka. Natürlich kümmerst du dich um die Kühe – mit einigen Ausnahmen übrigens.« Den Nachsatz konnte er nicht zurückholen, versuchte sich jedoch in einer Abmilderung seiner Kritik. »Und die Buchführung machst du auch.«

»Aber Bettina meint, es sei allerhöchste Zeit, dass deine Doppelarbeit zu Ende geht. Ist das so, Christoph?«

»Also nein, das hat jetzt mit Bettina nichts zu tun. Es bleiben einfach Dinge liegen, und dann hakt es im Betrieb.«

»Gib mir bitte eine weitere Woche, Christoph, ja? Ich muss die Sache mit Max zu Ende bringen. Und ich spüre es, bin ganz sicher, dass wir auf der richtigen Fährte sind. Ich kann jetzt nicht alles liegen lassen.«

Christoph nickte. »Ist gut, Milka, es musste nur mal raus. Wie war euer Gespräch mit Feldmeier?«

»Wenn du so fragst – hast du ihn etwa getroffen?«

»Allerdings. In der Dorfkäserei. Nachdem du nicht dort warst.«

»Ich weiß, war mir zu knapp geworden. Hast du mit ihm gesprochen?«

»Mit ihm war nicht zu sprechen. Der hat mich beinahe angefallen, als hätte ich ihm die Polizei an den Hals geschickt.«

»Dabei war er es, der mich damals im Wald verfolgt hat!«

»Was? Sag das noch mal. Wenn der mir unter die Finger kommt. Das hätte ich vorher wissen müssen. Warum macht dein Paul nichts dagegen?«

»Er macht schon, Christoph, hat ihn in die Mangel genommen. Er kann ihn aber nicht ohne weiteres ins Gefängnis stecken. So, jetzt beruhige dich. Hast du mit Lukas wegen seiner Äcker gesprochen?«

»Das ist doch alles gelaufen, was soll ich da noch?«

Milka blieb hartnäckig. »Nach allem, was ich heute weiß, hat der Feldmeier gar nicht das Geld, um zu kaufen. Lukas könnten zwischenzeitlich ebenfalls Zweifel gekommen sein. Also sprich mit ihm. Wenn du es nicht tust, dann ist es halt so. Du wolltest doch ohnehin nur eine Arrondierung. Probier es einfach. Vielleicht bietest du ihm auch mehr – und ich meine nicht Geld.«

Das kommentierte ihr Bruder zwar nicht weiter, nickte aber, als würde er ihren Vorschlag ernsthaft in Erwägung ziehen.

»Was hast du heute vor?«

In Christophs Frage hinein klingelte es an der Haustür.

Milka blickte auf ihre Uhr, murmelte etwas wie »ach du liebes bisschen«, sprang auf und schubste dabei unsanft das Peterle, das den Vorgang aber klaglos wegsteckte. Schließlich lebte er auf einem Bauernhof und nicht in einer Klosterschule.

»Sei so lieb, Christoph, und mach dem Professor Ebert auf, ich bin gleich wieder da.«

Unzweifelhaft ist »gleich« (auch) ein Zeitbegriff, andererseits ist die Frage nach der Existenz der Zeit für sich bereits problembehaftet, das Zeitempfinden wiederum höchst individuell und situativ. Um das komplexe Thema abzukürzen: Als Milka fix und fertig wieder auftrat, hatten Professor Ebert und Christoph bereits eine schlüssige Strategie für die vollständige Umstrukturierung der Mayrschen Landwirtschaft zum Biohof mit Verkauf entworfen.

»Guten Morgen, Herr Ebert, ich bin so weit. Wir können.« Milka stellte Hand- und Fototasche ab, begrüßte den Professor herzlich und nahm dessen Kompliment zu ihrem Aufzug – graues, schmal geschnittenes Kleid, knapp über den Knien endend, blaugraue Strumpfhose und schwarze Wildlederpumps – mit einem reizenden Lächeln entgegen. Auch Christophs Gesicht, meinte sie, eine kaum verhüllte Bewunderung entnehmen zu können. In der Tat hatte er wenig Gelegenheit, sie in einem solchen Aufzug zu sehen.

Professor Ebert sprühte geradezu vor Tatendrang. Wann immer Milka nach rechts zum Beifahrersitz blickte, sah sie ein wohliges Lächeln auf seinen Zügen – etwa vergleichbar der Erwartung eines gerade bestellten schwäbischen Rostbratens. Er nestelte in seiner rechten Jackentasche und brachte schließlich einen USB-Stick hervor, den er trophäenartig in die Luft hielt. »Ich habe mein Netzwerk spielen lassen. Mit Erfolg. Da sind sechs Aufnahmen von Heckel-Gemälden aus der späten Brückezeit drauf – in bester Auflösung. Und hochauflösende Fotos seiner Signatur aus dieser Zeit. Wobei mir einfällt, Frau Mayr, Ihr Fotoapparat …?«

Milka zeigte sich vorbereitet. »Ich habe ein Makroobjektiv dabei, mit Adapter für die alpha7.«

»Wunderbar, wunderbar!« Der Professor brachte den Stick wieder unter, rieb sich die Hände. »Bin ganz gespannt auf das Gemälde und auf das Gutachten. Das wollen wir selbstverständlich auch.«

Milka schmunzelte. Jetzt war es höchste Zeit, ihn zu informieren. »Zwei Informationen habe ich. Sie erinnern sich an meine Einschätzung, Herr Hausner sei der Mann, der in den handfesten Streit mit Max Holl verwickelt war? Ich habe inzwischen die Bestätigung. Und noch etwas. Ich stieß auf eine Flash Card, auf der mehrere Aufnahmen von Gärtners Heckel-Gemälde gespeichert sind. Hatte mir Herr Eichert am Telefon mitgeteilt – als Sie vorhin auf mich warteten.«

»Wunderbar«, wiederholte Herr Ebert, »dann haben wir alles zusammen, was wir für einen Vergleich brauchen.«

Martin Hausner, heute ganz in Braun, hellbraune Cordhose, brauner Pullover, blickte auf, als Milka an das Fenster zum kleinen Ausstellungsraum klopfte. Eine fast überschwängliche Begrüßung folgte, kaum dass sie durch die Tür waren. Hausner wies mit einer theatralischen Geste auf die an den Wänden angelehnten Gemälde und drei Plastiken, die bereits auf ihren weißen Sockeln endgültigen Platz gefunden hatten. »In einer knappen Woche habe ich eine kleine Vernissage. Sie sind herzlich gern eingeladen.« Mit einem kleinen Lacher, der wohl ironisch klingen sollte, fügte er hinzu: »Man muss als Kunsthändler die Kaufinteressenten halt ein wenig anfüttern.«

»Die Plastiken gefallen mir außerordentlich gut. Ein Künstler aus der Region?«, wollte Milka wissen.

»Ja, eine Arbeit von Franz Bernhard. Leider vor zwei Jahren verstorben. Er hat viel in Baden-Württemberg gemacht. Ich kann Ihnen gern aus dem Katalog weitere Werke des Bildhauers zeigen, wenn Sie wünschen.«

Milka spürte, wie Hausner sie bei seiner Erläuterung eingehend musterte, beinahe zu wohlgefällig, dachte sie – so, als stünde er unmittelbar vor Abgabe eines Kaufangebots.

»Der Heckel«, setzte Milka trocken dagegen.

»Aber ja. Herr Professor, kommen Sie, kommen Sie. Ich habe bereits alles vorbereitet. Wir gehen in mein Büro.« Der Kunsthändler entwickelte eine kurz anhaltende, geschäftige Dynamik, schritt voraus und zeigte mit fließender Handbewegung und einem dramatisch gesprochenen »voilà« auf das etwa 55 mal 65 Zentimeter große Bild, perfekt ausgeleuchtet und in Szene gesetzt. Ein gelungener Auftritt, der von Professor Ebert in angemessener Form gewürdigt wurde. Er hob in bischöflicher Geste beide Hände auf Gesichtshöhe, so als folge jetzt die Segnung seiner Gemeinde. »Ahh – wundervoll, einfach wundervoll.« Das kam salbungsvoll. Mit einer schauspielerischen Glanzleistung gelang ihm nunmehr eine detaillierte Würdigung des Gemäldes – angefangen vom Bildaufbau bis hin zum Pinselduktus.

Milka begleitete seinen Vortrag mit einem begeisterten Gesichtsausdruck und, ab und an, perfekt gesetztem, zustimmendem Nicken. Der Professor vermittelte hervorragend den Eindruck, als sähe er das Gemälde das allererste Mal. Milka verfügte nicht über Max' eidetische Fähigkeiten, war sich aber völlig sicher: Das ist Gärtners Heckel, das absolut gleiche Gemälde. Sie stellte sich nur die Frage: Ist dies jetzt das Original oder eine weitere Fälschung?

So unglaublich es klingen mag, allmählich erschöpfte sich des Professors adjektivischer und substantivischer Wortvorrat, so dass sich abschließend eine vielleicht einminütige andächtige Betrachtungsstille über das Gemälde legte.

»Nun, was sagen Sie, Herr Professor?« Martin Hausner wollte damit wohl vorsichtig zum geschäftlichen Teil überleiten.

»Was meinen Sie, Frau Mayr?«, forderte er Milkas Partizipation ein.

Milka verzögerte ihre Antwort, um einige Sekunden Spannung aufzubauen. »Grundsätzlich entspricht das Gemälde zweifellos dem Suchprofil unseres Auftraggebers – was Genre, Zeit, Künstler und Qualität angeht. Ich denke, die Anforderungskriterien sind erfüllt.« Spröder hätte man das nicht bringen können.

»Dem kann ich nur zustimmen.«

»Ein nicht ganz unwichtiges Kriterium ist allerdings offen, Herr Hausner.«

»Ah, ich weiß schon. Der Preis.« Der Kunsthändler zeigte ein strahlendes, ein zuversichtliches Verkaufslächeln.

Milkas Taktik war aufgegangen. Sie hatte genau diese Antwort herausgefordert, Hausner ein wenig in Sicherheit gewiegt. »Ich meinte eigentlich das Gutachten und die Historie des Gemäldes, die Provenienz.«

Das Lächeln fiel von Hausners Gesicht, wurde ersetzt durch geschäftsmäßiges Nicken. »Selbstverständlich. Ich habe die Kopie eines Gutachtens für Sie vorbereitet. In der Anlage finden Sie den Herkunftsnachweis.«

»Wer hat denn das Gutachten gefertigt?«

»Herr Holl, Max Holl aus Schwäbisch Hall – also nicht so weit von Ihnen weg, Herr Professor. Arbeitet auch für die Art-Care Versicherung. Ist Ihnen bekannt?«

»Holl? Nein, sagt mir jetzt nichts. Dann müssen wir uns tatsächlich über Ihre Preisvorstellung unterhalten.«

Herr Hausner bereitete geschickt vor, entschuldigte sich vielmals, dass er noch gar nichts angeboten habe, ein Wasser, Kaffee, Cappuccino? Erst nachdem alles auf dem frei geräumten Eiermann-Tisch stand und Herr Hausner, wie beiläufig, Milka eine kleine Mappe mit dem Gutachten übergeben hatte, war es so weit.

»Frau Mayr, Herr Professor Ebert, Sie wissen, dass es sich hier um ein ganz herausragendes Oeuvre von Heckel handelt. Um Ihnen einen Anhaltswert zu geben: Ein vergleichbares Werk hat den Bieter vor drei Jahren bei einer Auktion 700.000 Euro gekostet.«

Ein schweigender, mimikbegleiteter Augenkontakt zwischen Milka und Herrn Ebert signalisierte Herrn Hausner, dass er die Erwartungshaltung seiner Kaufinteressenten nicht getroffen hatte.

»Selbstverständlich«, ergänzte Herr Hausner umgehend, »bietet diese Angabe nur einen Ansatz für eine Preisbildung.«

»Ohnehin müssen Sie zwischen 25 und 35 Prozent Aufgeld abziehen«, warf Milka ein.

»Gestaffelt, ja«, bestätigte Herr Hausner, »allerdings muss auch ich etwas verdienen. Ich schlage Ihnen vor, dass Sie zunächst einmal mit Ihrem Auftraggeber sprechen. Wenn der Heckel für ihn in Frage kommt, setzen wir uns nochmals zusammen.«

Der Vorschlag fand Zustimmung. Keine Einwände erhob Herr Hausner, als Milka darum bat, Aufnahmen vom Gemälde zu machen. Er zeigte eine gönnerhafte Großzügigkeit: »Das, Frau Mayr, habe ich bereits erwartet, sonst hätten Sie sicher keine Fototasche dabei. Kommen Sie, Herr Professor, wir werfen derweil einen Blick auf die Objekte der bevorstehenden Vernissage.«

Milka nahm sich Zeit. Eine zweite Chance würde sie nicht erhalten. Nach gut zehn Minuten ein letzter prüfender Check auf dem Display, dann verstaute sie Kamera und Objektive, just in dem Moment, als Herr Hausner und Herr Ebert, in einer abschließenden Bewertung der Drucke und Grafiken verfangen, zurückkamen.

»Sie melden sich, sobald Ihr Auftraggeber zu einem Entschluss gekommen ist?«, verabschiedete sich Herr Hausner.

Milka saß im Golf, Hände auf dem Lenkrad, Augen geschlossen, atmete mehrmals ganz tief durch. Professor Ebert nahm das, zumindest äußerlich, viel lockerer: »Na, wir haben doch alles, was wir wollten. Nicht zufrieden?«

»Es ging mir beinahe zu glatt. Irgendwie hatte ich im Innersten die heimliche Befürchtung, Hausner würde uns durchschauen, spüren, dass wir nicht echt sind, alles nur Theater ist.«

»Aber nein. Dafür waren wir einfach zu gut und er zu gierig. So ein Werk verkauft er auch nicht jede Woche.«

»Ich glaube Ihnen das jetzt mal, Herr Ebert. Ich will es einfach glauben. Jetzt machen wir uns an die Arbeit. Ich muss nur ein Telefonat mit Herrn Eichert führen, bevor wir fahren.«

Paul hatte bereits versucht, sie zu erreichen. Ja, erfuhr Milka bei ihrem Rückruf, selbstverständlich habe er daran gedacht, eine Bewachung vor Frau Becks Zimmer einzusetzen – auch wenn ein erneuter Anschlag nicht unbedingt zu erwarten sei. Wie es ihr geht? Stabil, deutlich auf dem Weg der Besserung. Eine Befragung der Patientin? Der Oberarzt habe ihm für den Spätnachmittag fünf Minuten eingeräumt. Ja, sie könne dazukommen. Spuren? Negativ. Der Mann, wenn es einer war, müsse Handschuhe getragen haben. Ja, bestätigte Paul, wie heute Morgen besprochen sei ein PC an den Monitor in Max' Wohnung angeschlossen worden, und die Speicherkarte bringe er mit. Und jetzt wolle er wissen, wie das Gespräch mit Hausner verlaufen sei. Milka vertröstete ihn, versprach, in optimistischen 40 Minuten anzukommen.

Es wurden 50. Paul hatte den Schreibtisch in Max' Wohnung leergeräumt und beendete seine Durchsicht gesammelter Kontoauszüge, als sie die Wohnung betraten. Er begrüßte Professor Ebert, gab Milka links und rechts einen Wangenkuss und flüsterte ganz leise: »Das könntest du öfter anziehen. Sieht sexy aus.«

Professor hin, Professor her, Milka gab Paul einen Kuss auf den Mund.

KHK Eichert stellte die berechtigte Frage: »Was passiert jetzt, wie wollen wir vorgehen?«

»Erst die Theorie, dann der Nachweis«, schlug Milka vor.

»Geht das konkreter?«

»Also gut. Zur Theorie! Wir sind uns sicher, dass die beiden Heckel-Gemälde bei Gärtner und Hausner identisch sind, wie identisch, das wird unsere Prüfung zeigen. Richtig so weit, Herr Ebert?«

»Unbedingt.«

»Gärtners Gutachter hat eine Fälschung attestiert. Wir setzen voraus, dass dieses Gutachten korrekt ist. Schließlich ist Gärtner von dem Heckel begeistert. Er hat also keinen erkennbaren Anlass, den Gutachter in eine andere Richtung zu lenken.«

»Und Hausner muss Gärtner die Fälschung wissentlich angedreht haben (der Professor sagte tatsächlich angedreht), schließlich befanden sich sowohl Original als auch Fälschung in seinem Besitz«, ergänzte Herr Ebert.

»Mit einer klitzekleinen Unsicherheit«, fügte Milka hinzu, »es könnte tatsächlich zwei Fälschungen geben. Wir unterstellen aber, dass Max Holls Gutachten korrekt war, es sich tatsächlich um ein authentisches Werk handelt.«

KHK Eichert wiegte seinen Kopf. »Etwas viele Annahmen, die ich als Arbeitshypothese aber gelten lassen würde.«

»Paul, so richtig überzeugt klang das gerade nicht.«

Er griff Milkas Anmerkung nicht auf. »Wie stellen Sie eigentlich die Echtheit eines Bildes fest, Professor Ebert?«

Milka hatte die Frage befürchtet, konnte jetzt den Vortrag des Professors zur spektroskopischen Bestimmung des Alters, zu optischen Untersuchungen von Gemälden und zu den reflektoskopischen Analysen in der Tiefe der Farbschicht nicht mehr verhindern. Ebenso wenig seine zusätzlichen Ausführungen zu Prüfungsmethoden der Härte und Konsistenz der Farbschicht.

KHK Eichert schwor sich derweil, mit an den Professor gerichteten Fragen künftig vorsichtiger umzugehen, ungeachtet dessen schätzte er aber seine Partizipation.

»Wenn wir nun zur Verifizierung schreiten könnten«, schlug Herr Eichert vor, beinahe den Tonfall des Professors treffend.

Professor Ebert riss die Initiative an sich: »Wir teilen uns die Aufgaben. Ich übernehme am PC die Sichtung und Prüfung der Aufnahmen, Sie, Herr Eichert, lesen das Gutachten und Frau Mayr könnte für Kaffee und Butterbrezeln sorgen.«

Milka fand die vorgesehene Aufgabenteilung völlig indiskutabel, wollte andererseits Paul auch nicht zum Bäcker abschieben. »Meinetwegen, bin sowieso gleich wieder da, und dann bin ich Springer.« In kaum zehn Minuten war Milka zurück, stellte mit Befriedigung fest, dass Paul in seiner berufsbedingten Sorgfalt erst an der zweiten Seite angelangt war, und schnappte sich die Anlage zur Historie des Gemäldes.

Eigentlich war es nur eine Seite, eine dürre, magere Seite. Allerdings, überlegte Milka, böte diese eine Seite Stoff für ein ganzes Drehbuch, einen Roman – wenn man zwischen den Zeilen liest. Entstanden war das Werk 1915, blieb zunächst im Besitz des Künstlers. Erst 16 Jahre später ging das Gemälde in Chemnitz an einen Kunsthändler, der es ein Jahr danach an einen jüdischen Sammler verkaufte. Mitte 1939 landete es bei einem Pariser Kunsthändler jüdischer Abstammung, der seine Galerie kurz darauf an einen ›arischen‹ Verwalter übergeben musste – eine unverhüllte Enteignung per Dekret. Milka griff nach ihrer Brezel und nahm einen Schluck Kaffee, malte sich aus, was alles an persönlichen Schicksalen mit diesen Vorgängen verbunden sein mochte. Einem SS-Gruppenführer war die Einstufung der Werke Heckels als entartete Kunst egal, er erwarb das Bild und brachte es nach Hause. Milka konnte sich die Umstände des Erwerbsvorgangs bildhaft vorstellen. Einer der Nachfahren des Offiziers, ein Arnulf von Theurer, blieb im Besitz des Gemäldes – bis heute. Es klang plausibel, glaubhaft.

Milka stellte fest, dass sie sich in ihrem Gedankenfilm wohl verloren hatte. Als sie aufblickte, beschäftigte sich Paul mit dem letzten Stück seiner Butterbrezel, das Gutachten lag in sicherer Entfernung.

»Und?«

»Soweit ich das Gutachten von Max Holl verstanden habe, dürfte es keine Zweifel an der Echtheit geben. Und bei dir?«

»Die Historie des Gemäldes kann ich nachvollziehen. Die Jahresdaten, die mit bestimmten Ereignissen verknüpft sind, scheinen so weit stimmig zu sein. Alles andere wäre aber auch zu dilettantisch.«

Professor Ebert hatte mit einem Ohr mitgehört. »Also haben wir ein erstes Ergebnis. Nur bei mir geht das nicht so schnell. Schlage vor, ihr beide besucht Frau Beck im DIAK und kommt dann wieder her.«

Paul und Milka pressten beide die Lippen aufeinander, um nicht loszuprusten – was Professor Ebert, mit seiner Maus beschäftigt und zugleich gebannt auf den Screen blickend, nicht stören konnte.

Milka und Paul entschieden sich dafür, zu Fuß zu gehen, die Heilbronner Straße entlang, vorbei am kleinen, malerisch am Hang liegenden Nikolaifriedhof mit der Kapelle und dann in die Diakoniestraße. Unterwegs berichtete Milka vom Gespräch mit Martin Hausner.

»Was ist dein persönlicher Eindruck, Milka? Was hältst du von dem Mann?«

Die Frage musste früher oder später aufkommen. Milka hatte ihre Antwort parat. »Mir ist er zu glitschig. Ein Fassadentyp, der sich zu jovial gibt. Und nach allem, was wir wissen: ein ausgebuffter Betrüger. Es mag erlaubt sein, Fälschungen herzustellen, es ist erlaubt, Kopien anfertigen zu lassen. Sobald du aber die Signatur des Künstlers unter die Fälschung setzt und das Gemälde dann als echt verkaufst, spätestens dann wird es kriminell.«

In die entstehende Gesprächspause hinein erkundigte sich Milka nach dem blutigen Taschentuch und der Analyse.

»Ganz so fix geht eine DNA-Analyse nicht. Wir waren aber nicht untätig, ich habe ein sehr aufschlussreiches Telefonat mit einem Frank Richter geführt.«

»Müsste ich den kennen?«

»Das ist der Stuttgarter, der sich für den Hollschen Hof interessierte. Irgendwie ein Spinner. Hat wohl Geld und eine etwas verquere Vorstellung von der Landwirtschaft. Faselte was von partieller Finanzierung im Rahmen eines Crowd-Funding Modells.« Paul griff nach seinem Taschentuch.

Milka blieb stehen, drehte sich zu Paul. »Erzähl weiter.«

»Nachdem er bei Lukas aus bekanntem Grund abgeblitzt war, traf er bei seiner Tour de Hohenlohe irgendwann auch auf Feldmeier.«

»Und der überzeugte ihn, er könne da was dealen.«

»Gute Kombinationsgabe. Es wird noch spannender. Feldmeier hat nach kurzer Anstandsfrist Geld von Richter gefordert. Er müsse Lukas Holl erst überzeugen.« Paul lachte vor sich hin. »Und der Feldmeier hat tatsächlich noch einen zweiten Betrag aus ihm herausgeholt.«

»Und als nichts passierte, wurde Richter misstrauisch?«

»Genau das. Er rief bei Lukas an. Und, welche Überraschung: Alles unverändert, kein Geld erhalten, kein Verkauf möglich.«

»Dann war das alles vor Max Tod.«

Paul nickte, zog an seinem Mantelkragen. Es war merklich kühler geworden. »Jetzt kommt das Beste: Er forderte Feldmeier ultimativ zur Rückzahlung auf. Immerhin 30.000 Euro. Der hielt ihn hin, versprach das Blaue vom Himmel. Ja, und dann, einen Tag nach Max' Absturz versprach er ihm, jetzt würde alles über die Bühne gehen können.«

»Also konnte Feldmeier tief durchatmen.«

»Ganz im Gegenteil. Aus welchem Grund auch immer, das wollte er mir jedenfalls nicht verraten, hat Richter kalte Füße bekommen. Und Feldmeier mit Klage gedroht für den Fall, dass er nicht umgehend zurückzahle.«

»Weißt du, was du jetzt hast, Paul?« Milkas Frage kam leicht ironisch, war dennoch ernst gemeint.

»Ja. Ein handfestes Motiv.« Auch Paul lächelte, machte sich los. »Komm, wir müssen weiter. Ich habe noch eine Frage zu ...«

Milka, einen Schritt hinter Paul, unterbrach. »Du nimmst ihn jetzt fest?«

»Wir bereiten etwas vor, warten noch die DNA ab. Was ich fragen wollte: Traust du dem Kunsthändler einen Mord zu?«

»Lieber Himmel, Paul. Nur weil er mir nicht sonderlich sympathisch ist?«

»Ist ja gut, ich ziehe die Frage zurück.« Paul überlegte. »Müssen wir die Ergebnisse des Professors abwarten?«

»Eigentlich nicht. Ich bin mir recht sicher, dass seine Prüfung unsere Theorie stützen wird.«

»Also müssen wir uns Herrn Hausner vornehmen. Dringend.«

»Das hast du nett gesagt, Paul.«

»Was bitte, habe ich nett gesagt?«

»Na, du sagtest wir!«

»Milka, nicht du warst damit gemeint, sondern ein Kollege aus Ludwigsburg. Keine Widerrede, bitte!«

Milka blieb stehen, tat, was sie schon lange nicht mehr getan hatte, und stampfte mit dem linken Fuß auf den Asphalt des Wegs – vorsichtig, sie hatte immer noch ihre Pumps an. Als wäre sie ein renitentes Kind, bedeutete sie Paul, keinen einzigen Schritt mehr weiter mit ihm zu gehen, wenn er sie ausschließe. Paul gab sein Bestes. Aber gut war eben nicht gut genug, nicht jedenfalls für diese Situation. Schließlich benahm er sich wie jeder Erziehungsverpflichtete, ging einfach weiter. Nach 50 Metern drehte er sich um, sah Milka am gleichen Fleck verharren, den Blick talwärts zum Kocher gerichtet, der einen hohen, brauntrüben Pegelstand zeigte. Paul tat, was jeder verantwortliche Vater – jede Mutter selbstverständlich auch – in einer solchen Situation tat. Er fluchte, konnte dabei auf einen vergleichsweise umfangreichen, wenn auch qualitativ eher bescheidenen Wortschatz zurückgreifen und ging schließlich zurück. Milka drehte sich ihm zu, die Augenbrauen fragend hochgezogen.

»Wenn du dabei sein solltest, was nicht allein von mir abhängt, du versprichst mir, kein Pieps zu sagen, ist das klar, Milka.«

»Ist klar. Und wenn ich aber gefragt werde?«

»Jetzt reicht's aber. Wir gehen jetzt da rein.«

KHK Eichert begrüßte einen vor Frau Becks Krankenzimmer postierten Kollegen, der in einer reichlich zerfledderten Lesezirkel-Zeitschrift blätterte, und erfuhr so gut wie nichts. Keine Vorkommnisse.

Milka sah und hörte höchst interessiert zu, als Paul im Dienstzimmer eine der Schwestern unter Hinweis auf seine hoheitliche Funktion davon überzeugen wollte, zu Frau Beck gelassen zu werden. Es bedurfte einer telefonischen Rücksprache, bevor unter mehrfachen Ermahnungen eine fünfminütige Freigabe erfolgte.

Renate Beck lag wach und brachte ein tapferes Lächeln zustande, als sie Milka und KHK Eichert erkannte. Milka legte die in der Cafeteria gekaufte Bonbonniere auf das Fensterbrett, gab ihrer Freundin einen hauchleichten Kuss auf die blasse Wange.

»Den gestrigen Vorfall überstanden? Paul muss unbedingt mit dir reden. Geht das?«

Milka erhielt ein Nicken, schob Paul den Stuhl hin.

»Frau Beck, konnten Sie den Mann gestern erkennen, könnten Sie ihn beschreiben?«

Renate Becks Stimme klang dünn. »Ich war am Dösen, habe anfänglich nur den weißen Kittel mitbekommen – ein Arzt, dachte ich, groß, kurze, dunkle Haare, trug eine dicke Brille. Dann kam der plötzlich mit dem Kissen, oh Gott, ich dachte wirklich, jetzt musst du …«, ihre Stimme war plötzlich weg, nur noch ein Wispern.

Paul nickte verständnisvoll. »Zu Ihrem Unfall mit dem Polo. Können Sie den Fahrer auf dem Trecker beschreiben? Mann oder Frau? Jung oder älter? Irgendein Merkmal?«

Renate Beck hustete, bat Milka um ein Glas Wasser, trank in kleinen Schlucken. »Nein, wie denn? Sie geben sich alle Mühe, nicht von der Straße abzukommen und legen dann den Kopf an die linke Fensterscheibe und schielen hoch zum Fahrerhaus? Selbst wenn, Sie sehen den Fahrer doch gar nicht.«

»Entschuldigen Sie, ich musste Sie das fragen. Ich habe noch zwei Punkte, dann lasse ich Sie in Ruhe. Geht das?«

»Ja, fragen Sie.«

»Max Holl hatte ein Passwort für den PC und sicher für die Cloud. Kennen Sie das Passwort?«

Frau Beck bewegte vorsichtig ihren Kopf auf dem aufgeschüttelten Kissen. »Nein, er änderte den Code auch häufig – sagte er mir einmal.«

»Ihr Freund war, das wissen wir jetzt, in Gefahr. Hat er sich Ihnen nicht anvertraut, Frau Beck? Manchmal verschafft man sich eine Rückversicherung – nur für den Fall, dass tatsächlich etwas passiert.« KHK Eichert sprach eindringlich, einzelne Worte betonend, hielt Renates Blick fest – ohne Antwort zu erhalten.

»Ich verstehe sehr gut, dass Sie aufgrund der mysteriösen Telefonanrufe und des Unfalls große Angst verspüren. Sie haben sich gewiss überlegt, wer dahinterstecken könnte.«

Diesmal erhielt Paul ein Nicken. »Ja, nur – mir fällt einfach nichts ein. Kein Grund, keine Person.«

KHK Eichert war nicht überzeugt. »Abgesehen davon, dass wir einen Polizisten für Sie abgestellt haben, glauben Sie mir bitte, die Gefahr für Sie wird geringer, wenn Sie sich mitteilen. Warum sollte man Ihnen dann noch etwas antun? Hat er Ihnen nicht doch etwas anvertraut, vielleicht einen Hinweis gegeben?«

Milka ging mit Pauls Begründung zur Risikominderung nicht voll konform, immerhin zeigte sein Insistieren Wirkung.

»Er hat mir nichts gegeben. Sagte nur, das war kurz vor seinem Tod, es gäbe da etwas, was ihm gefährlich werden könne. Alles sehr unbestimmt. Mehr wollte er nicht sagen.« Renates Stimme wurde wieder dünner, sie kämpfte gegen erste Tränen.

»Ja, und weiter?«

»Er meinte nur, für den Fall, dass ihm etwas zustoße, habe er etwas hinterlegt. Ich würde es bestimmt finden.«

»Sie haben darüber nachgedacht?«

»Seit ich von seinem Tod erfahren habe, seit ich hier liege, zerbreche ich mir unablässig den Kopf. Da ist einfach nichts. Gar nichts. Kein Anhaltspunkt, nichts. Und dann diese Anrufe.« Jetzt setzte bei ihr ein hemmungsloses Schluchzen ein.

Milka blickte auf, als sich die Tür zum Krankenzimmer öffnete, erkannte ein ihr inzwischen vertrautes Gesicht. »Komm, Paul, wir müssen gehen.«

»Wie kommst du darauf? Mitten in der …«

Milka deutete auf die Stationsschwester. »Die gute Frau kennt nur ein Wort, wenn sie mich sieht. Raus!«

Milka war laut genug gewesen, die Schwester hatte mitgehört, nahm es mit erkennbarem Humor und deutete stumm, aber unmissverständlich zur Tür. Paul folgte Milka auf dem Fuß.

Noch im Flur hielt Paul Milka an. »Verstehst du das, was sie sagte? Max Holl teilt ihr mit, er habe etwas hinterlegt, und sie würde es bestimmt finden? Er muss ihr doch einen Hinweis gegeben haben, irgendeinen Fingerzeig. Oder?«

»Ich kann es dir nicht sagen, Paul. Ich habe nicht den Hauch einer Ahnung. Ich nehme das jetzt so mit. Es macht keinen Sinn, sich zu verbeißen.«

Am Ausgang entschuldigte sich Paul, griff nach seinem Handy, hielt aber Milka davon ab, sich auf Diskretionsabstand zu begeben. Zweimal stellte er Milka eine Frage, beendete sein Telefonat fünf Minuten später. »So, das wäre geregelt. Oliver Dietz, mein Kollege in Ludwigsburg, erwartet uns morgen um elf Uhr. Lass uns zurückgehen.«

Kurz bevor sie die Gelbinger Gasse erreichten, stellte Milka ihre Frage doch – sie war sich hinsichtlich der polizeilichen Befugnisse nicht sicher. »Ihr verhaftet den Hausner gleich?«

Pauls Lachen war, Gott sei Dank – auch zu seinem Glück, nicht herablassend. »So geht das nicht. Weder bei Feldmeier noch bei Hausner. Eine Verhaftung setzt eine vorherige richterliche Anordnung voraus – also einen Haftbefehl. Das wiederum erfordert einen dringenden Tatverdacht.«

»Den wir ja haben«, warf Milka ein, »ansonsten könnt ihr ihn doch festnehmen und verhören.«

KHK Eichert wurde dienstlich. »In Ausnahmefällen dürfen wir tatsächlich jemanden festnehmen, auch ohne Anordnung durch einen Richter. Dann müssten wir Herrn Hausner aber unverzüglich dem Haftrichter vorführen. Und ein Verhör? Nur im Krimi. Wir vernehmen. Aber nur unter vollständiger Belehrung. Und jedwede Aussage ist selbstverständlich freiwillig.«

»Also dürft ihr eigentlich nichts?«

»Wir dürfen die Personalien feststellen.«

»Na doll, die haben wir doch. Ihr sagt nur ›Guten Tag, Herr Hausner, wie geht es Ihnen?‹«

»Wir stellen nur Sondierungsfragen, in seiner Galerie oder an seinem Wohnort – mein Kollege macht sich da noch schlau – immer unter der Voraussetzung, er will sich mit uns unterhalten. Würde sich im Gespräch ergeben, dass er tatsächlich Verdächtiger ist, müssten wir ihn sofort belehren.«

»Du hast aber doch Lukas Holl damit gedroht, ihn und Tim gleich mitzunehmen.«

»Unter der Annahme, dass die nicht das Strafgesetzbuch zu ihrer Nachtlektüre zählen. Nicht einmal einer polizeilichen Vorladung muss nachgekommen werden.«

»Huuh. Dachte nicht, dass du dich so gänzlich außerhalb der Gesetze bewegst, Paul. Mir wird ganz anders.«

Paul, sonst gern bereit, auf Milkas kleine Sticheleien einzugehen, war nicht bei der Sache, legte sich bereits die Details seines polizeilichen Ermittlungsberichts für den Haftrichter zurecht. Den Entwurf musste er, wohl oder übel, heute noch verfassen, auch wenn es darüber Nacht würde. »Lass uns sehen, was Herr Ebert herausgefunden hat.«

Der Professor glühte – vor Begeisterung. Die letzten zehn Minuten hatte er darauf verwandt, seine Forschungsergebnisse in eine auch für Studenten verständliche Kurzform zu bringen.

»Zunächst zur Vorgehensweise. Der erste Schritt: ein genauer Vergleich der beiden Heckel-Gemälde untereinander. Ich habe die Aufnahmen in ein Raster unterteilt und dann einzelne Rasterfelder verglichen. Dabei bin ich auf minimale Abweichungen gestoßen. Am deutlichsten ablesbar wird das, wo sich farblich stark abgesetzte Konturen ergeben, beispielsweise bei der Darstellung von Hecken oder Bäumen.«

KHK Eichert wollte zwischenfragen, wurde von Professor Ebert auf später vertröstet.

»Der zweite Schritt: Die Prüfung mehrerer Detailaufnahmen von Heckel-Gemälden aus der gleichen Entstehungszeit. Und dann der Vergleich mit unseren. Ich meine, einige Differenzen hinsichtlich des Pinselduktus bei dem Heckel des Herrn Gärtner festgestellt zu haben. Dennoch, da muss ein Könner am Werk gewesen sein – oder aber ich täusche mich.«

KHK Eichert wollte nicht länger warten: »Das bedeutet, zusammengefasst in einem Satz, Herr Professor?«

»Wir haben eine weitere Bestätigung unserer Annahme: Der uns von Hausner gezeigte Heckel scheint echt zu sein, der von ihm an Gärtner verkaufte ist aus meiner Sicht wohl eine Fälschung.«

»Sehr gut, Herr Professor. Dann nehmen wir uns morgen Herrn Hausner vor. Vielleicht bringt das Licht in die Sache.«

Milkas Vorschlag, bei Charlie im nahen »Salinas« einige Häppchen zu essen, wurde von Professor Ebert freudig aufgegriffen. Nur Paul lehnte, mit Hinweis auf seinen zu erstellenden Report, ab, ließ sich auch von Milkas Augenaufschlag nicht erweichen.

Im »Salinas« bedurfte es einiger leckerer Tapas und Milkas charmantester Überredungskunst, bevor Herr Ebert einer Paella für zwei zustimmte. Die kam in einer gusseisernen Pfanne und sah absolut verlockend aus. Der Professor legte sich eine winzige Portion auf seinen vorgewärmten Teller und verkostete eine Gabelspitze, nahm danach eine volle Gabel. Sein Gesichtsausdruck entspannte sich. Stilgerecht hob er sein Glas Rioja mit einem »Salud«, der Kurzform des traditionellen ›Arriba, abajo, al centro y pa' dentro‹.

Unweigerlich führte das Gespräch zu einer zentralen Frage: Wer hatte die Fälschung des Gemäldes in Auftrag gegeben? Sehr schnell ließen sie das Thema jedoch wieder fallen – zu viel an Spekulation.

Als weitaus ergiebiger erwies sich der gemeinsame Streifzug durch die Geschichte Schwäbisch Halls. Bei der Diskussion um die Frage, wann und warum jeweils die Benennung ›Schwäbisch‹ dazu gekommen sei, wieder wegfiel und erneut beigefügt wurde, konnte der Professor, obwohl aus Kirchberg stammend, einen eindeutigen Vorsprung aufweisen. Er wusste von der frühen, jedoch einzelnen Bezeichnung ›Hallam in Suevia‹, dem in 1489 erfolgten Ratsbeschluss, die Stadt in offiziellen Schreiben als Schwäbisch Hall zu führen und der Streichung des Zusatzes Schwäbisch im Jahr 1802, ausgerechnet, als die Stadt an Württemberg gelangte. 1934, während des Dritten Reichs, wurde Schwäbisch wieder regulärer Namensbestandteil. Sachte führte Milka die ausufernde Unterhaltung auf aktuelleres Gebiet. Die Aufführungen auf der Treppe und die kontrovers diskutierten Absichten der Stadtverwaltung, das Globe-Theater durch einen Neubau zu ersetzen, ergaben genügend Gesprächsstoff.

Als der letzte Schluck des Rioja, es blieb bei einem Glas, getrunken war, brachte Milka Professor Ebert heil nach Bühlerzell.

KAPITEL 11

Milka lehnte sich im Beifahrersitz des Dienstwagens zurück, ganz entspannt. Sie würde heute nur Zuhörerin sein. Paul, wie immer in Zivil, heute in einer braunen Chino und mokkafarbenem Pullover, hatte seine dünne Daunenjacke auf den Rücksitz geworfen, einen Seidenschal, Milkas Weihnachtsgeschenk, lässig um den Hals geschlungen. Der Genuss, als Beifahrerin die umgebende, idyllische Landschaft, die Waldenburger Berge, sanfte Hügel und weite Felder in aller Ruhe betrachten zu können, war allerdings eingeschränkt. Zwar waren die Temperaturen in den letzten zwei Tagen nach oben geklettert, aber Pflanzen und Bäume trauten der Wärme noch nicht, verharrten still in ihren blassen Winterfarben. Und Paul musste dringend seine Windschutzscheibe putzen, stellte Milka fest.

»Du siehst nicht so, wie soll ich sagen, so richtig munter aus, Paul. Schlecht geschlafen?«

»Gut geschlafen, nur viel zu kurz. Ich musste mich mit dem leidigen Ermittlungsbericht herumschlagen und dann mit Kommentaren meinem Kollegen mailen.«

Milka beobachtete den Verkehr beim Einfädeln auf die A 6, wie üblich ein dichter LKW-Verkehr aus dem Osten. »Was ist eigentlich mit Lukas Holl? Ist er endgültig aus deinem Ermittlungsraster gefallen?«

Paul wartete mit seiner Antwort, bis er in eine Lücke auf der linken Spur stoßen konnte. »Ich hab ihn noch nicht aussortiert. Eine aktive Rolle? Mhm, eher nicht.« Paul fluchte verhalten, als ein Jaguar ihn mit der Lichthupe scheuchte, obwohl er exakt das Limit fuhr.

»Was dann?«

»Ich will nicht völlig ausschließen, dass er irgendwie mit Feldmeier unter einer Decke steckt. Steckte, sollte ich vielleicht sagen. Habe den Eindruck, er distanziert sich momentan von ihm.«

»Wann erwartest du das Ergebnis dieser Taschentuch-Analyse?«

»Ich habe Druck gemacht, könnte heute noch sein. Lang wird dann prüfen, ob er eine Übereinstimmung findet.«

Pauls Telefon klingelte. »Herr Eichert? Hier Oliver Dietz. Herrn Hausner habe ich erreicht, er wird sich mit uns in seinem Büro treffen. Sie haben wirklich ausreichend Zeit, zuvor zu uns ins Präsidium zu kommen. Wir fahren dann gemeinsam. Einverstanden?«

Paul bestätigte den Vorschlag. »Den Berichtsentwurf haben Sie gelesen?«

»Bin gerade dabei. Bis später.«

Milka räusperte sich, nach einer kurzen Pause nochmals.

»Ist irgendwas?«

»Irgendwie wird mir mulmig im Magen, Paul, mir ist da nicht ganz wohl dabei.«

»Was bewegt dich denn?«

»Hausner. Vielmehr das heutige Gespräch mit ihm. Der Professor und ich, wir haben ihm ja das Blaue vom Himmel erzählt, und jetzt tauche ich mit zwei Kommissaren auf. Da wird mir ganz anders.«

»Wer hat denn gestern so trotzköpfig darauf bestanden mitzukommen?«

»Hm, gebe ich ja zu. Ich war wohl voreilig. Vielleicht setze ich mich solange in ein Café?«

Paul schmunzelte. Ein gemeines Schmunzeln, ein sadistisches, ein grausames, wie Milka fand. Hatte er denn überhaupt kein Herz? Und Paul hatte immer noch so einen hässlich-lieblosen Zug um die Mundwinkel.

»Milka, jetzt kommst du auch mit! Ich habe mir folgende

Story zurechtgelegt: Du warst ein Freund von Max Holl, hast nach seinem Tod erfahren, dass ein Herr Gärtner ihn wegen eines falschen Gutachtens verklagen wollte. Dieser Sache musstest du nachgehen. Um ihn, also Hausner, kennenzulernen, hast du dir eine Finte mit dem Kauf eines Gemäldes ausgedacht. Dass jetzt etwas ans Tageslicht gekommen ist, was offene Fragen aufwirft, konntest du nicht wissen. Hast dich dann aber bei mir gemeldet.«

»Das alles hast du dir gerade eben ausgedacht?«

»Hm, nein. Auf der Fahrt zu dir nach Bühlerzell.«

»Und da lässt du mich so … so leiden. Das ist unfair, das ist herzlos, du magst mich nicht.«

»Milka, jetzt halt mal an dich. Sag mir besser, ob dir etwas eingefallen ist zu einem möglichen Hinweis, den Max Holl deiner Freundin gegeben haben könnte.«

Milka war – nur für Paul – noch nicht restlos versöhnt, gab sich borstig. »Ja, schon.«

»Milka, bitte.« Paul traf den genau richtigen Tonfall.

»Alles nur Ideen. Liegt möglicherweise ein Brief in Renates Postkasten? Hat er ein Versteck in seiner Wohnung, das sie kennt? Eine Nachricht in der Kunsthalle? Je länger ich darüber nachdenke, umso wilder werden die Gespinste.«

»Für deinen Geburtstag hatte Max dieses Buch von Brecht. Ist da irgendein Fingerzeig drin? Bist du mit dem Buch durch?«

»Himmel, nein! Keine Zeit. Aber ich werde das heute noch Blatt für Blatt durchsehen.«

Milkas Handy machte sich bemerkbar. »Renate, bist du das?« – »Ja, ja, ich höre zu.« – »Du bist sicher?« – »Links oder rechts?« – »Konntest du erkennen, was …« – »schwarz und rot, ja« – »Ich denke, das ist ganz wichtig, Renate. Geht es dir besser?« – »Das ist gut, ich besuche dich, ade.«

Milka kam Paul zuvor. »Ich nehme einmal an, dass du inhaltlich so gut wie nichts verstanden hast. Renate konnte sich erinnern, dass der Mann, der sie vorgestern umbringen wollte, eine schwarz-rote Tätowierung am rechten Unterarm hatte. Nur, das Motiv konnte sie nicht richtig erkennen. Der Ärmel hatte gerade mal ein kleines Stück freigegeben, als er sich daran machte, den Infusionsschlauch abzuklemmen.«

»Nicht gerade überwältigend, aber auch nicht unwichtig. Wenn ich jetzt noch …«

»Paul, langsam, du musst hier links abbiegen, in die Friedrich-Ebert-Straße. Ja, da vorn. Dieser lang gestreckte Glaskasten wird es wohl sein.«

Oliver Dietz, Kriminalhauptkommissar (A11!), zu Milka fehlten ihm etwa fünf Zentimeter, um die 50 und vorn etwas rundlich, der Kopfform angepasst, holte sie am Eingang ab. Paul musste ihn instruiert haben, er zeigte sich jedenfalls über Milkas Anwesenheit nicht verwundert, begrüßte sie mit einer flüchtigen Musterung.

Das kleine Büro war kühl und sachlich eingerichtet. Die Akten auf dem Schreibtisch stapelten sich links und rechts, gaben dazwischen eine Kommunikationsschneise frei.

»Bin gerade mit Ihrem Bericht fertig geworden, Herr Eichert. Klingt ungeheuer spannend. Wenn ich das richtig sehe, dann müssen wir diesen Hausner definitiv als Verdächtigen einstufen.«

»Im Grundsatz bin ich bei Ihnen, Herr Dietz. Allein, in diesem Fall, und da wir Frau Mayr mit dabei haben, würde ich es gern als informatorische Befragung laufen lassen – und das auch Herrn Hausner klipp und klar sagen. Wir haben keinen Verdacht gegen ihn, wollen seine Unterstützung.«

»Eine Gratwanderung.«

»Richtig. Auch wenn ich es vermeiden will, vielleicht kommen wir an den Punkt, wo wir entweder einen Schnitt machen oder Herrn Hausner förmlich belehren müssen – dann aber«, hier lächelte er, um jede Schärfe herauszunehmen, »Frau Mayr zuvor hinausbefördern.«

KHK Dietz schwankte noch kurz. »Also gut, ich verstehe

Sie schon. Keine Pferde scheu machen. Könnte sein, dass er sonst zumacht oder auf seinen Anwalt verweist. Welche Rolle spielt dabei Frau Mayr?«

Milka beeilte sich: »Absolut passiv. Ich bin nur Zuhörerin – es sei denn, ich werde gefragt.«

Paul ergänzte Milkas Antwort um seine eigene Begründung für ihre Anwesenheit.

Milka versteckte sich zwar nicht gerade hinter den beiden Kriminalhauptkommissaren, sah sie aber als eine Art Sicherheit bietenden Schutzschild, als sie zusammen den Ausstellungsraum betraten.

Herr Hausner hatte die Klingel der Eingangstür gehört, kam mit einer jovialen Begrüßung auf sie zu, schüttelte zwei Männerhände und zeigte, den Blick auf Milka gerichtet, grenzenlose Verblüffung. Die Augen weit aufgerissen, den Mund leicht geöffnet, als wolle er etwas sagen, kann aber nicht, die Wangen leicht nach oben gezogen. »Frau Mayr? Sie?«

KHK Eichert schaltete sich umgehend ein. »Entschuldigen Sie bitte, Herr Hausner, die Begleitung durch Frau Mayr hat sich erst im allerletzten Moment auf unseren Wunsch hin so ergeben. Um Missverständnissen vorzubeugen: Frau Mayr ist natürlich nicht bei der Polizei.«

»Ja, aber warum …« Herr Hausner hatte sich keineswegs gefasst.

»Sehen Sie, Herr Hausner«, Pauls Stimme gab sich verständnisvoll, verbindlich, beinahe bittend, »es handelt sich ja um ein allein der Information dienendes Gespräch – niemand erhebt irgendwelche Anschuldigungen.« KHK Eichert ergänzte seine Erläuterung weiter, provozierte nochmals kurze Empörung, als er offen Milkas Finte beim vorgetäuschten Kaufinteresse zugab, bat um Verständnis für Frau Mayrs Interesse an einer Klärung der an Max Holl gerichteten Vorwürfe. Ganz allmählich schaffte er eine Befriedung der Situation. Herr Hausner entspannte sich langsam, konnte aber ein »sehr ungewöhnlich, alles sehr ungewöhnlich« nicht unterdrücken, gab sich dann halbwegs zufrieden, als KHK Eichert ihm zustimmte.

»Na, dann kommen Sie. Wir setzen uns in mein Büro. Ich muss noch eine Tasse für Frau Mayr holen.« Hausner vermied dabei jeden Blickkontakt mit Milka.

»So, nun legen Sie mal los«, leitete Herr Hausner, ganz der Gastgeber, das Gespräch ein, »wie kann ich Ihnen helfen?«

KHK Eichert suchte eigentlich den behutsamen Einstieg, patzte aber, als er voreilig gleich mit seinem ersten Satz Max' Tod ansprach, zu dem man Informationen sammle.

»Herr Holl ist tot? Wie denn das?«, gab sich Hausner überrascht, blickte erstmals wieder in Milkas Richtung, vorwurfsvoll. Milka registrierte bei Hausners Reaktion zwar ein gewisses Zurückweichen, nicht jedoch die sonst für eine wirkliche Überraschung typischen Mimikmerkmale.

»Er verunglückte mit seinem Ultraleichtflugzeug«, teilte KHK Eichert mit, wartete einen kurzen Augenblick auf Hausners Reaktion, die aber unterblieb, und übersprang diesen Punkt dann mit einer weiteren Information. »Ein Herr Gärtner aus Heilbronn, der von Ihnen ein Heckel-Gemälde erworben hat, beabsichtigte, Herrn Holl zu verklagen. Und hier hat sich die Freundin von Herrn Holl Hilfe suchend an Frau Mayr gewandt. So sind wir auf Sie gestoßen, Herr Hausner.«

Hausner zeigte ein irritiertes Blinzeln, zog die Augenbrauen zusammen, die Augenlider leicht nach oben. Deutliches Anzeichen für empfundenen Ärger, erkannte Milka.

In seiner Antwort jedoch spielte Hausner das frech herunter. »Ach, wissen Sie, der Gärtner. Hätte sich mal einen richtigen Gutachter nehmen sollen. Der kann doch einen Heckel nicht von Dalí unterscheiden.«

»Er will auch Sie verklagen.«

»Ja, ja. Ist mir bekannt. Soll er mal, ich kann ruhig schlafen.«

Milka verfolgte Herrn Hausners beinahe überheblichen

Tonfall, las an seinem Gesicht ein falsches, ein verkrampftes Lächeln, er verzog nur die Mundwinkel.

KHK Dietz hielt jetzt die Zeit für gekommen, seine Anwesenheit zu rechtfertigen. »Wenn ich das richtig sehe, Herr Hausner, geht es um zwei praktisch identische Gemälde von Heckel. Ist das nicht sehr ungewöhnlich?«

»An sich schon, Herr Kommissar. Andererseits, in vielen Fällen sind Künstler hergegangen und übermalten ganze Bilder oder Teile davon.« Während Herr Hausner einen Schluck Kaffee nahm, erhaschte der Kommissar Milkas bestätigendes Nicken. »Und manchmal behielt der Künstler das erste Bild, malte ein zweites mit gleichem Motiv.«

KHK Dietz nahm, die nächste Frage auf der Zunge, aus den Augenwinkeln Milkas abwehrenden, verneinenden Ausdruck wahr, blickte zu seinem Kollegen. »Haben Sie noch Fragen, Herr Eichert?«

KHK Eichert nickte. »Laut Historie stammt das Gemälde von einem Herrn von Theurer. Hatten Sie beide Werke von ihm? In Kommission, nehme ich an?«

»So ist es. Beide Heckel waren in seinem Besitz, vielmehr der eine«, mit einem Blick zu Milka, »ist es jetzt noch.«

Milka stellte bei dieser Aussage keine Veränderung des Ausdrucks fest, wohl aber eine deutlich angehobene Stimme und einen so festen Druck auf den Kugelschreiber in Hausners rechter Hand, dass die Knöchel hell hervortraten.

Milka konnte sich nicht länger zurückhalten. »Gestatten Sie eine Frage, Herr Hausner?«

»Bitte.« Das klang herablassend, so nach dem Motto: wenn es denn sein muss.

»Herr Gärtner hat mir das Gutachten von Herrn Holl gezeigt, das Sie mitgeliefert hatten. Es ist identisch mit dem, das Sie uns gaben. Ein Gutachten für beide Gemälde?«

»Da haben Sie mich aber ertappt, Frau Mayr. Die beiden Heckel sind beinahe identisch. Ich hatte in der Tat bei Herrn

Holl nur ein Gutachten in Auftrag gegeben, mir das zweite gespart. Zugegeben, nicht ganz korrekt. Ich hoffe, die Herren Kommissare drehen mir daraus keinen Strick.« Hausners abschließendes Lachen klang gepresst.

KHK Dietz gab sich noch nicht zufrieden: »Können Sie uns die Adresse von Herrn von Theurer geben?«

Herr Hausner öffnete das Cover seines Smartphones, griff nach seinem Kugelschreiber, der dem Druck standgehalten hatte, und schob den ausgefüllten Notizzettel dem Kommissar zu. »Noch irgendwelche Fragen? Sonst würde ich mich gern wieder meiner Arbeit widmen.« Seine Stimme klang jetzt unwillig, genervt.

KHK Eichert verneinte, in verbindlichem Ton. »Wir bedanken uns. Das Gespräch mit Ihnen hat uns wirklich geholfen.«

Herr Hausner schritt zügig voran zur Eingangstür, gab sogar Milka die Hand – mit einem nichtssagenden, starren Ausdruck.

Zu dritt standen sie vor einer kleinen Bäckerei mit Stehplätzen für den schnellen Snack, vielleicht 50 Meter von Hausners Büro entfernt, und diskutierten das Für und Wider eines unangekündigten Besuchs bei Herrn von Theurer. Milka nahm zwar die Person wahr, die mit einer Papiertüte in der Hand aus der Bäckerei kam, brachte aber, mit ihren Gedanken ganz woanders, um nichts in der Welt den Mann in irgendeine Verbindung.

»So ein Zufall. Guten Tag, Frau Mayr.«

Milkas Blick fokussierte auf das Gesicht vor ihr und fand eine Übereinstimmung mit dem kürzlichen Meeting mit Herrn Tadic.

»Guten Morgen, Herr Sklenar, wirklich eine Überraschung. Ist Herr Tadic auch in der Nähe?«

»Er ist irgendwo im Frankfurter Raum unterwegs. Und mich hat gerade ein Kunde versetzt. Bin bereits auf dem Sprung zurück nach Karlsruhe.«

Noch bevor Milka eine Frage stellen oder Herrn Sklenar den beiden Kommissaren vorstellen konnte, eilte Tadics Assistent, »hat mich gefreut, Sie zu sehen«, mit ausholenden Schritten weiter.

»Wer war das denn?«, wollte Paul neugierig wissen.

»Ein Assistent von Herrn Tadic, dem Partner von Max. Komische Zufälle gibt's.« Milka zeigte deutlich ihre Verwunderung.

»Ja«, bestätigte Paul lapidar, »wir fahren jetzt zu Herrn von Theurer, ohne Anmeldung – ein kleiner Überfall.«

KHK Dietz hielt Milka die Tür auf. »Die Adresse ist in Hoheneck, muss in der Nähe des Parkwegs sein.«

Paul setzte sich neben Milka auf den Rücksitz. »Du hast vielleicht geblufft mit dem Gutachten. Und keine Miene dabei verzogen.«

»Geblufft?«

»Tu nicht so. Als du behauptetest, das Gutachten, das Max für Gärtner erstellt hat, sei identisch mit dem, das Hausner dir übergab.«

»Na ja. War jedenfalls ein Stich für uns. Und warum hast du Hausner nicht wegen seines handfesten Streits mit Max in der Kunsthalle auseinandergenommen? Damals hatte er Max vorgeworfen, ihn betrogen zu haben. Er hätte sich nicht mehr herauswinden können.« Milkas Tonfall klang nicht ausgesprochen nach Vorwurf, ein gewisser Unterton war dennoch herauszuhören.

»Ich verstehe dich schon, ich will dir zwei Gründe nennen. Erstens: Wir hätten Hausner damit in die Nähe eines Beschuldigten gerückt und ihn dann belehren müssen – was wir vermeiden wollten. Zweitens: Diesen Streit kennen wir nur vom Hörensagen. Du weißt, wir hatten damals kein Protokoll gefertigt. Er hätte sich also locker herausreden können.«

»Hmh.« Milka gab ihm recht, es ging ihr dennoch gegen den Strich.

Paul, besänftigend: »Ich muss dich loben, Milka.«

»Wieso loben?«

»Du hast dich wirklich zurückgehalten. Aber noch wichtiger: Ich hatte den Eindruck, dass du Hausners Reaktionen genauestens beobachtet und analysiert hast.«

Milka, froh, dass das Hausner-Gespräch für sie glimpflich verlaufen war, strahlte wieder. »Stimmt. Ich kann dir ganz genau sagen, wo er gestresst war, wo er gelogen hat, wann er überrascht war. Hab ich mir genau gemerkt.«

KHK Dietz meldete sich zu Wort. »Dazu müsst ihr euch später austauschen. Wir sind gleich da. Da vorn rechts muss es sein.«

Der Kommissar parkte seinen Wagen vor einem geschlossenen Rolltor, das den geschwungenen Torbogen, der in früherer Zeit sicher einem zweiflügeligen, schmiedeeisernen Tor Halt gegeben hatte, gestalterisch ad absurdum führte. Links des Tors befand sich eine marode Zauntür, die KHK Dietz nur geringen, quietschenden Widerstand leistete. Einen Moment verharrten sie, um das Gesamtbild aufzunehmen. Eine alte, dreistöckige Backsteinvilla, das erhabene Kellergeschoss mit gemauertem Naturstein verkleidet, kleinteilige Fenster mit grauen, windschiefen Klappläden, eine doppelläufige Freitreppe, zur zweiflügligen Tür des Eingangs führend. Ein ungeharkter Kiesweg, der alle Spuren des letzten Herbsts und des Winters behalten hatte, ein verwilderter, graubrauner Garten mit verwuschelten Büschen und Bäumen, die lange keinen Schnitt mehr erlebt hatten. Verwelktes Laub auf einer Fläche, die in früheren Jahren bestimmt ein gepflegter Rasen geziert hatte.

Milka fand nur ein Wort dafür: »Trostlos.«

Sie nahmen die durchgetretenen Treppenstufen bis zur Tür, die einen auffallend rüstigen Eindruck machte. KHK Dietz bediente den metallenen Türklopfer und zusätzlich einen kleinen Klingelknopf – ohne Namensschild. Nach seinem zweiten Klopfen wurde geöffnet. Eine Frau in Arbeitskleidung, um die 65, graue Haare, schmales Gesicht, blickte hoch. »Ja?«

»Wir würden gern Herrn von Theurer sprechen«, übernahm Milka die Initiative.

»Der wohnt nicht mehr hier. Seit vier Wochen. Ist jetzt im Pflegeheim.«

»Und Sie sind …?«

»Ich putze hier nur. Er hat noch für einen Monat bezahlt. Im Voraus.«

»Sonst wohnt niemand hier? Jemand von der Familie?«

»Nein. Er hat zwei Söhne, die leben aber irgendwo in Niedersachsen, bei Hannover.«

KHK Dietz zeigte seinen Dienstausweis und hakte nach, sträflich das »von« vor dem Namen weglassend. »In welchem Pflegeheim ist Herr Theurer denn untergebracht? Hier in Ludwigsburg?«

»Glaube schon. Das weiß seine frühere Pflegerin. Ich kann Ihnen ihre Adresse geben. Kommen Sie herein.«

Sie betraten eine düster wirkende, kleine Halle, von der aus drei Türen weggingen. Den kalten Steinfußboden kaschierte ein abgewetzter Perser, die sparsame Möblierung beschränkte sich auf einen Sessel mit benachbartem Telefontisch. Eine geschwungene Holztreppe führte ins Obergeschoss. Die nackten Wände zeigten drei hellere Rechtecke, direkt unter schmalen Wandstrahlern. Hier hingen wohl zu besseren Zeiten noch Bilder. Zwei Minuten später verabschiedeten sie sich.

Vor der Villa, noch oben am Treppenaufgang stehend, versuchte KHK Dietz die Pflegerin anzurufen, erreichte aber nur einen Anrufbeantworter. »Hat wohl keinen Sinn, dass wir alle zusammen warten. Ich lasse das vom Büro aus prüfen und melde mich dann.«

»Einverstanden«, meinte Paul Eichert, »wäre gar nicht schlecht, wenn Sie die Befragung des Herrn von Theurer übernehmen würden. Eigentlich müssen wir nur wissen, ob der wirklich zwei echte Heckel an Hausner gegeben hat.«

KHK Dietz nickte bestätigend. »Ich bringe Sie zurück zum Präsidium.«

Paul Eichert konzentrierte sich auf den aus der Stadt abfließenden Verkehr, nahm die Landstraße über Aspach nach Oppenweiler, bog nach links ab auf den Parkplatz des Einhorn. Auf Milkas Fragezeichen im Gesicht reagierte er lächelnd. »Wir sind gerade noch rechtzeitig zum Mittagstisch. Du bist eingeladen, hast du wirklich verdient – vorausgesetzt, du lässt mich an deinen Analysen zu Hausners Mimik teilhaben.«

»Worauf wartest du? Ich habe einen Riesenhunger.«

Milka wählte den Salatteller, Tafelspitz an Meerrettichsauce und Bouillonkartoffeln. Paul bestellte ein Mediterranes Rahmgeschnetzeltes mit Spätzle, lehnte sich entspannt zurück.

Milka sah sich interessiert um, ein sehr angenehmes, unaufdringliches Ambiente mit viel Holz. »So speist also ein Kriminalhauptkommissar auf Verbrecherjagd. Nicht schlecht.«

»So speise ich nur in Begleitung einer wunderschönen Frau – und bevor du etwas Falsches sagst: Ich war noch nie hier. Ein Tipp meines Kollegen.«

»Deine Formulierung, lieber Paul, schloss eine andere Frau nicht aus.«

Paul seufzte, auf diese Spitzfindigkeiten wollte er sich nicht einlassen. »Berichte mir lieber über deine akribische Mimik-Observation.«

»Aber nur die Kurzversion. Aufgefallen ist mir Hausners Reaktion, als du Max' Tod erwähnt hast. Er ist mit dem Oberkörper leicht zurückgewichen – eigentlich eine typische Reaktion auf eine schockierende Nachricht. Nur, von seinem Gesicht war keinerlei Erstaunen ablesbar, so, als wüsste er davon.«

»Selbst wenn, das macht ihn nicht unbedingt verdächtig.«

»Hm. Na ja. Warum aber sagt er nichts dazu? Er konnte doch sein Bedauern äußern, zumindest aber nach den näheren Umständen fragen, das wäre doch selbstverständlich. Dann, als du Gärtner erwähnt hast, spiegelte sein Gesicht richtigen Ärger.«

»Da ahnte er wohl, was gleich auf ihn zukommen würde.«

»Genau. Und dann seine Aussage, von Theurer hätte ihm beide Heckel gegeben. Seine Stimme wurde auf einmal viel lauter, nicht erklärend, sondern behauptend. Als wolle er jeden eventuellen Zweifel im Keim ersticken. Und dabei hat er beinahe den Kugelschreiber zwischen seinen Fingern zerbrochen. Ich gehe jede Wette ein, er hat gelogen.«

»Milka, so wie du Hausner sezierst, wirst du mir unheimlich. Ich muss bei dir künftig wohl besser auf meinen Gesichtsausdruck achten.«

»Ach Paul, doch nicht bei mir. Krieg ich noch ein Eis?«

»Zwei Kugeln Vanilleeis?«

»Ich hab nachgesehen, gibt es nur als Bundle mit heißen Himbeeren und Sahne.«

»Also gut, zweimal.«

»Paul?«

»Was?«

»Dein Gesichtsausdruck hat gerade so was wie Resignation gespiegelt, so wie: wenn's denn sein muss.«

KHK Eicherts Handy klingelte, und das war auch gut so.

Vom Nebentisch erreichte sie ein strenger, missbilligender Blick, der aber ins Leere lief. KHK Eichert griff nach seinem Handy, hörte zu, gab bestenfalls ein leises »Ja« und »sehr gut« von sich, legte auf und hielt den Kellner für die Bestellung fest.

»Gute Nachrichten?«, erkundigte sich Milka.

»Von meinem Ludwigsburger Kollegen. Er war am Empfang des Pflegeheims, kam gerade aus dem Gespräch mit von Theurer.«

»Hab ich meine Wette gewonnen?«

»Was? Ach so, ja, hast du. Von Theurer hat sich recht drastisch über Hausner ausgelassen. Die Details lasse ich weg. Aus finanziellen Gründen gab er Hausner den Heckel zum Verkauf – aber eben nur dieses eine Gemälde. Das ist sechs Monate her. Wegen seiner zunehmenden Pflegebedürftigkeit ging ihm wohl allmählich das Geld aus. Konnte man auch am Zustand seiner Villa ablesen.«

»Demnach hat Hausner uns schamlos angelogen. Jetzt könnt ihr ihn doch am Wickel …«

»Dietz ist schon dran. Zusammen mit meinem Bericht wird er beim Staatsanwalt vorstellig. Da kommt unser Nachtisch.«

Milka bat Paul, sie hatten gerade Michelbach passiert und würden in wenigen Minuten in Hall sein, sie in der Gelbinger Gasse abzusetzen.

»Du willst nochmals in Max' Wohnung?«

»Ja. Ich will einige Telefonate führen und dann stöbern.«

»Weiter nach Hinweisen suchen?«

»Hm. Irgendwas muss da sein. Etwas, an das Renate vielleicht automatisch hingetappt wäre. Holst du mich später ab oder soll ich mit dem Bus fahren?«

»Ruf mich an, ja?«

Vertrautes Chaos. Nichts hatte sich seit ihrem letzten Besuch in Max' Wohnung getan, selbst der polizeiliche PC stand noch da.

Milka ging in die Küche, setzte die Jura in Gang und füllte frisches Wasser ein. Sie schnupperte an der Milch aus dem Kühlschrank, aber nur ganz kurz, äußerte ein lautes Bah und leerte die Tüte im Ausguss. Also nur einen Kaffee, schwarz – ohne Gedöns, wie Paul zu sagen pflegte.

Professor Ebert hob beim zweiten Rufton ab, als habe er auf ihren Anruf gewartet. In seinem Verhör ließ er nicht das kleinste Detail aus, brachte Milka von einer Verlegenheit in die andere, bis sie, sehr bestimmt und sehr deutlich mitteilte: »Herr Ebert, mehr ist da nicht! Nicht jetzt, nicht heute!«

Immerhin, diese klare Aussage brachte den Professor zum Schweigen – bis Milka, in der Befürchtung, sie habe ihn tödlich beleidigt, vorsichtig fragte: »Herr Ebert, sind Sie noch dran?«

»Unbedingt. Habe nur überlegt. Sie müssen Gärtner anrufen. Fragen Sie ihn nach dem Gutachten, das er in Auftrag gegeben hat. Wir müssen eine Kopie erhalten.«

»Gärtner ist bestimmt noch beim Skifahren.«

»Auf was? Ist doch alles weggeschmolzen. Bei den Temperaturen machen selbst die Schneekanonen nicht mehr mit. Und die Kopie des Gutachtens von Max Holl brauchen wir auch.«

»Das könnte uns ein Stück weiterhelfen. Ich rufe gleich an und sage Ihnen dann …«

»Stopp, noch etwas. Der Hausner hatte erwähnt, dass Herr Holl auch im Auftrag der ArtCare unterwegs war. Wenn Sie die mal aushorchen, zu Max, zu seinem Umfeld und so. Einen Aufhänger haben Sie doch wegen der drohenden Klage.«

»Ich bin schon dran. Tschüss.«

Milka hörte noch ein »Halt!«, fragte nach: »Noch etwas?«

»Wie ist denn Ihre Meinung zu Hausner, Frau Mayr? Kann er es gewesen sein?«

Milka stöhnte, leise.

»Jaja, ich weiß, das können Sie nicht wissen. Aber so eine kleine Ahnung vielleicht? Ein Gefühl? Sie haben doch für solche Dinge ein feines Gespür.«

»Wenn Sie meinen Widerwillen gegenüber Suggestivformulierungen kennen würden, Herr Ebert! Aber gut. Irgendwie und irgendwo hat er die Finger drin, ist beteiligt. Damals, in der Kunsthalle, wurde er auch handgreiflich, ist also gewaltaffin. Nur so richtig vorstellen, wie er vom Hochsitz aus auf Max schießt, das will mir nicht gelingen. Jetzt muss ich aber ran, nochmals tschüss.«

Ihr Gespräch mit Renate gestaltete sich kurz und, deren sich bessernden Gesundheitszustand ausgenommen, wenig informativ. Ja, wenn sie denn selbst in Max' Wohnung sein könnte.

Vielleicht dann. Und selbstverständlich könne Milka ihre Post in Augenschein nehmen. Den Briefkastenschlüssel habe sie in ihrer Handtasche. Und wenn Milka schon dort sei, könne sie doch auch Wäsche und Schlafanzug und … Milka beendete das Telefonat, ohne ganz unhöflich zu werden und mit einem halben Versprechen.

Sie erreichte Herrn Gärtner tatsächlich, unterließ aber jedwede Bemerkung zu den ärmlichen Schneeverhältnissen in den Alpen, äußerte lediglich ihre Freude, ihn zu erreichen. Nicht umhin kam sie, einige Informationen zu Hausner preiszugeben, ging dabei aber äußerst haushälterisch um und verwies auf noch ausstehende Nachforschungen. Und genau dafür benötige der Professor seine Unterstützung. Ja, er möge die Kopien bitte an Herrn Ebert schicken, ja, gern auch per E-Mail als pdf-Datei. Noch ein wenig Small-Talk, damit ihr Gespräch nicht gar so kratzig endete, und Milka legte auf.

Ohne es sich wirklich einzugestehen, hatte Milka das Telefonat mit der ArtCare-Versicherung vor sich hergeschoben, obwohl sie die Adresse zuvor gegoogelt hatte, und die gerade abgeschlossenen Telefonate quasi als innere Entschuldigung für dieses Verschleppen missbraucht. Sie kämpfte sich tapfer und hartnäckig durch verschiedene Hierarchien, landete schließlich bei einem Clemens Hinrichs – Clemens mit C, teilte er mit – und war nah dran, ihn mit Moin, Moin zu begrüßen. Immerhin gab Clemens mit C zu, dass er für Max Holl zuständig sei und, dies allerdings erst nach einer überaus eleganten Einleitung Milkas, er Herrn Holl sogar mehrfach getroffen habe. In Köln. Natürlich auch bei der Art Cologne. Nach dieser gelungenen Aufwärmphase stellte Milka das Telefon auf Mikro und Lautsprecher, rückte ihren Notizblock zurecht und startete die Abarbeitung ihrer Fragepunkte.

»Zunächst einmal, Herr Hinrichs, eine traurige Mitteilung. Ihnen ist bekannt, dass Herr Holl vor Kurzem tödlich verunglückt ist?«

Die Antwort kam leicht verzögert, leise. »Nein, das wusste ich nicht. Eine schlimme Nachricht. Wir waren nicht gerade eng befreundet, aber das trifft mich sehr. Sie sagten, er sei verunglückt. Ein Autounfall?«

»Nein, er stürzte mit einem Ultraleichtflugzeug ab.«

»Mein Gott. Er hatte mir von seinem Faible für diese merkwürdigen Geräte einmal erzählt, wollte mich unbedingt überzeugen, es selbst zu versuchen. Ich bleibe da lieber auf dem Wasser.« Milka zögerte, als Herr Hinrichs weitersprach. »Ihre Mitteilung – das ist nicht der eigentliche Anlass für Ihren Anruf.« Es klang eher nach einer Feststellung denn nach einer Frage.

»Nein«, meinte Milka und war bei ihrem ersten Punkt angelangt, »es gibt da einen Sammler in Heilbronn, der Herrn Holl wegen eines angeblich falschen Gutachtens drankriegen wollte. Wissen Sie davon?«

»Sie meinen Herrn Gärtner und seinen falschen Heckel. Ja, Herr Holl hat mich darüber unterrichtet.«

»Hat Max, ich meine Herrn Holl, hat er Ihnen gesagt, wie er damit umgehen wollte?« Milka überlegte, warum die Antwort nicht sofort kam. War doch einfach, ja oder nein.

»Wir sollten, das war seine Empfehlung, noch nichts unternehmen. Er wolle der Sache selbst weiter nachgehen.«

Milka vernahm ein kurzes Rascheln, dann das Quietschen eines Aktenordnerbügels beim Hochziehen des Hebels.

»Ja, ich habe hier sogar eine handschriftliche Notiz zu dem Telefonat.«

Hak den Punkt ab, sagte sich Milka. »Kennen Sie Herrn Tadic? Seinen Partner?« Wieder dieses merkwürdige Zögern.

»Ja.«

Milka reichte es jetzt. »Ja, sonst nichts? Kommen Sie, Herr Hinrichs, ich will von Ihnen doch nicht wissen, wo die Kronjuwelen versteckt sind.« Ein leises Kichern drang durch den Lautsprecher.

»Tadic ist nicht mehr sein Partner. Herr Holl hatte die Partnerschaft beendet, vor etwa einem Monat. Sagte er mir jedenfalls.«

Das war eine echte Überraschung. Milka überlegte blitzschnell. Tadic – wusste er davon oder hatte Max ihm gar nichts gesagt? Es war schließlich keine eingetragene Partnerschaft. Aus welchen Gründen hatte er ihm nichts gesagt?

»Frau Mayr, sind Sie noch dran?«

»Entschuldigung. Was halten Sie von Herrn Tadic?«

»Tadic hat sicher ein sehr gutes, professionelles Know-how. Kann man ihm nicht absprechen.«

»Auf die Gefahr hin, dass ich mich wiederhole: Was halten Sie von ihm, von ihm persönlich?« Erneute Pause.

»Ich fürchte, dazu kann ich Ihnen nichts sagen.«

»Hm.« Milka gab sich einen Ruck. Warum nicht? Warum nicht den Tiger am Schwanz packen. »Hat Herr Holl mit Ihnen darüber gesprochen, dass er ganz konkret einer Organisation von Kunstfälschern auf der Spur ist?« Diesmal war Herrn Hinrichs Schweigen greifbar, so dick und zäh wie alter Rübensirup. Milka hegte nicht die Absicht, eine Antwort einzufordern, in diese Falle wollte sie nicht tappen.

Von Clemens Hinrichs war ein Räuspern zu hören. »Ihre Vorwahlnummer zeigt Schwäbisch Hall an – ich sehe gerade, es ist Max Holls Telefonnummer. Kann ich Sie morgen um die Mittagszeit in Hall treffen?«

Einen Moment lang war Milka perplex, versuchte die Nichtbeantwortung ihrer Frage zu interpretieren und kam zum einzig richtigen Schluss. »Ja. Wann und wo?«

»Das überlasse ich Ihnen. Kurz vor Hall rufe ich Sie an. Geben Sie mir Ihre Handynummer bitte.«

»Kann ich jemand mitbringen?«

»Wenn Sie volles Vertrauen haben. Wir müssen uns ohnehin erst kennenlernen. Noch einen schönen Abend.«

Milka verharrte volle fünf Minuten, den Blick auf ihren

Notizzettel gerichtet, jedoch ohne auch nur einen einzigen Satz zu lesen. Sie schreckte hoch, als ihr Smartphone einen Anruf signalisierte. Paul. Er würde sie abholen.

Milkas Blick streifte die gegenüberliegende Wand, blieb zum soundsovielten Mal an dem so gar nicht zu Max' Kunstrichtung passenden Gemälde hängen. Nicht rational motiviert, eher aus einem puren Impuls heraus stand Milka auf, packte das Bild rechts und links, hob an und wuchtete es vorsichtig herunter. Der dicke, unproportionierte Rahmen hatte eine erstaunliche Schwere. Sie lehnte das Gemälde mit der Vorderseite an die Wand, lächelte innerlich, als sie sich sagte, das sei auch besser so, sah sich die Rückseite an. Wider Erwarten zeigte sich keine Leinwand, sondern eine dünne Hartfaserplatte. Also, so ihr logischer Schluss, musste es zwischen Leinwand und der Platte einen Hohlraum geben. Daher der optisch tiefe Rahmen. Milkas technisches Verständnis half ihr weiter – nach mehrfachen Versuchen. Der Schreiner hatte perfekte Arbeit geleistet. Eigentlich, stellte sie fest, war es ein gedoppelter Rahmen. Schob man zwei seitliche, profilierte Leisten nach oben, so ließ sich der rückwärtige Rahmen lösen. Milka hatte das Teil samt Platte eben in den Händen, als Paul Eichert zur Tür hereinkam.

»Kannst du mir sagen, was du da machst? Bilderdiebstahl? Ich dachte, du magst das Gemälde nicht leiden.« (Ab und an fiel Paul in die eine oder andere norddeutsche Redewendung zurück).

Milka antwortete nicht, starrte den an der Hartfaserplatte mit einem durchsichtigen Klebestreifen befestigten Schlüssel ungläubig an, so als könne sie den Verwendungszweck eines Schlüssels nicht einordnen.

Paul schaute höchst interessiert über Milkas Schulter. »Ein Schlüssel.«

Diese Mitteilung löste Milkas kurzzeitige Lähmung und führte zu einem spontanen, sarkastischen Kommentar. »Elementar, mein lieber Watson.«

»Liebe Milka, halt dich zurück. Ich verbitte mir einen derart deplatzierten Vergleich, der zudem einen völligen Dreher in der Rollenbesetzung drin hat.«

Milkas Smartphone beendete die freundschaftliche Kabbelei. Professor Ebert meldete den Empfang einer E-Mail von Herrn Gärtner. Er werde sich die beiden angehängten Dokumente gleich morgen Früh vornehmen und wünsche noch einen schönen Abend. Im letzten Moment verwarf sie die Überlegung, ihn zum anstehenden Gespräch mit Hinrichs einzuladen.

Paul hielt den kleinen Schlüssel in der Hand, drehte ihn mehrfach zwischen den Fingern, ohne über die allgemeine Erkenntnis, man könne damit etwas aufschließen, zweckdienlich hinauszukommen. »Zu einem Safe oder Bankschließfach passt der jedenfalls nicht.«

Milka sah sich den Schlüssel genau an. »Erinnert mich an irgendetwas. Wenn ich nicht weiter darüber nachdenke, fliegt es mir vielleicht zu.«

»Hast du bei deiner Suche weitere Erkenntnisse gewonnen?«

»Ich habe einen Termin für dich. Morgen um die Mittagszeit. Mit einem Herrn Hinrichs von ArtCare.« Milka kam nicht umhin, alle Fragen Pauls haarklein zu beantworten. »Jedenfalls«, schloss sie ihren Bericht ab, »befinden wir uns auf dem richtigen Weg zum Ziel, zum Erfolg. Davon bin ich felsenfest überzeugt.«

»Mhm.«

»Was soll das jetzt heißen?«

»Nachdem du Brecht zitiert hast, gestatte mir eine Entlehnung bei Walser, ja?«

»Bitte.«

»Wer glaubt, die Stadt schon erobert zu haben und singend hineinrennt, wird meistens noch vor dem Rathaus erschossen.«

»Paul, du Einhorn, du bist gemein. Oder …« Milka legte eine auffordernde, fragende Pause ein.

»Richtig, oder. Feldmeiers DNA-Matching hat zu einem interessanten Ergebnis geführt. Die Taschentücher vom Hochsitz – das sind seine.«

Milka versuchte, alle Konsequenzen aus Pauls knapper Information zu durchdenken. »Er ist nachgerade nicht der Ornithologie-Typ, vom Hochsitz aus die Vögelein zu beobachten. Festnehmen, verhaften. Sofort.« Milka war knapp davor, sich die Hände zu reiben.

»So einfach stellt sich das nicht dar, Milka. Es ist ein wenig diffizil. Wir sind nicht auf so ganz legalem Weg an seine DNA gekommen.«

»Aber Paul, ich hab ja nicht seine Zahnbürste oder sonst was aus dem Badezimmer geklaut. Er hat mir mein Taschentuch zurückgegeben. Meins!«, argumentierte Milka entrüstet.

»Das stimmt alles. Dennoch: ich werde zuvor noch ein Gespräch mit ihm führen. Und das wird sehr knackig sein. Verläuft es unbefriedigend, dann drohe ich ihm mit einem Haftbefehl. Mal sehen, wie das ausgeht.«

Milka schüttelte in leisem Unverständnis den Kopf, war aber nach dem Tag nicht mehr gewillt, eine neue Diskussion aufzumachen. »Fährst du mich nach Hause, Paul? Bitte.«

KAPITEL 12

Sie waren früh aufgestanden, sehr früh. Jacques, der Fahrer, hatte sie am vereinbarten Treffpunkt abgeholt, um sie vor einem Nebeneingang abzusetzen, würde auf sie warten, bis sie zurückkämen. Richard kannte den Code für den Zugang. Jetzt, zwischen 5.30 Uhr und sechs Uhr, würde die Alarmanlage ausgeschaltet sein. Es gab einen kurzen Summton, Richard drückte vorsichtig gegen die Tür, sie ging auf. Im Gang verharrten sie einen Moment, schalteten die Taschenlampen ein. Der schwarze Dress, in den sie gekleidet waren, schluckte das Licht der LEDs. Keine Alarmanlage ging an, alles blieb still. Zu zweit folgten sie Richard, er kannte den Weg durch die verzweigten Flure im Untergeschoss. Die nächste Tür, wieder problemlos. Noch zwei Treppen nach oben. Die gebündelten Lichtstrahlen ihrer Lampen tanzten kreuz und quer durch die Dunkelheit über die Stufen. Jetzt – ein größerer Raum. Richard zischte »hier«. Sie richtete ihre Lampe auf eine Wand – Caravaggio. »Trottel«, fauchte sie in Richards Richtung, »du hast uns in die falsche Abteilung geführt.« »Was kann ich denn dafür«, kam prompt und ärgerlich zurück, »du siehst ja nichts. Weiter.« Vier weitere Räume, zweimal um die Ecke, ihre LED streifte einen Cézanne. »Halt, hier sind wir richtig«, flüsterte sie. Alles lief problemlos. Sie hängten den ersten Cézanne ab, verharrten kurz. Nein, kein Alarm. Dann ein weiterer Cézanne und ein Braque. Vorsichtig glitten die Gemälde mit Rahmen in ihre großen Nylontaschen. Jeder hatte eine. Richard wies auf einen Kandinsky, »den auch noch.« »Nein, lass das, nur die drei«, gab sie heftig zurück. Vergeblich. Richard machte weiter. Sie wurde nervös. Die Zeit lief ihnen davon. Ganz schwach drang das Signalhorn eines Polizeifahrzeugs durch eines der Sicherheitsfenster. Das musste Paul sein. »Nichts wie weg.« Das kam jetzt laut, als ultimativer Befehl. Sie rannten zurück, waren unten im letzten Gang, als die Alarmanlage mit einem ohrenbetäubenden, nervenzerfetzenden Schrillen einsetzte.

Milka wachte schweißgebadet auf. Der Wecker. Sechs Uhr. Die Kühe.

Zwischenzeitlich war es hell geworden. Auch wenn momentan ein trüber Hochnebel alles zudeckte, es würde sicher ein schöner Tag werden. Einzelne der an der geschützten Südseite der Scheune wachsenden Büsche schienen gewillt zu sein, aus ihrem Winterschlaf aufzuwachen. Die Erde musste dringend gelockert werden, da könnten Bettinas Kinder mal ran. Milka ging auf das Wohnhaus zu, fragte sich, wem der grünfarbene Trecker gehören mochte, der zehn Meter vor dem Eingang parkte. Zuvor war er noch nicht dagewesen.

Aus dem Esszimmer hörte sie Christophs Stimme heraus, ging aber weiter ins Obergeschoss. Sie verspürte keine Lust, sich später umzuziehen, wählte ihre schmal geschnittene Flanellhose, eine Bluse in warmem Weiß und für später eine Kurzjacke in Kürbiskaramell mit einem schmalen Kragen, den sie hochklappen konnte – und nahm eine ausgiebige Dusche.

Eine unerwartete Überraschung. Am Esstisch, Christoph gegenüber, saß ein anscheinend gut gelaunter Lukas Holl, beide hatten frischen Kaffee vor sich stehen, dazwischen Papier und eine große Flurkarte. Lukas stand auf, begrüßte Milka so überschwänglich, als hätte sie ihm gerade eine Verdopplung des Milchpreises angekündigt. Christoph fing Milkas fragenden Blick mit einem angedeuteten Lächeln auf, wies auf die Karte mit zwei rot umrandeten, schraffierten Flächen. »Wir sind uns gerade handelseinig geworden, Lukas und ich. Die beiden angrenzenden Äcker verkauft er an uns, mit fünf Hektar eine gute Arrondierung.«

Lukas nickte bestätigend. »Wir können beide damit leben, du mit der Fläche und ich mit dem Preis.«

»Und was ist mit eurem Hof und allen anderen Flächen? Gehen die an Feldmeier?« Diese Frage wollte Milka nicht auslassen.

»Kaum mehr. Eigentlich nein. Gebe ja zu, ich war nahe dran. Aber inzwischen weiß ich mehr über ihn, nicht zuletzt hat mich übrigens dein Kommissar aufgeklärt. Und Christoph hat mich auf eine neue, interessante Idee gebracht. Der geben wir nun erst mal Zeit zu reifen.«

»Muss ich das jetzt verstehen?«

Christoph sprang ein: »Musst du nicht. Wir räumen sofort den Tisch, und du kannst in aller Ruhe frühstücken. In der Küche sind Brötchen, hat Lukas mitgebracht.«

Lukas verdiente ein Lächeln und ein Dankeschön, nahm beides mit einem zufriedenen Nicken entgegen.

Milka hatte noch den letzten Bissen des zweiten Brötchens im Mund, als Christoph seinen Kopf zur Tür hereinstreckte. »Da ist jede Menge Bürokram liegen geblieben. Kannst du …?« Er beließ seinen Satz unvollendet.

Milka, kauend, nickte nur.

Eine Stunde später, von dem ungeordneten Stapel lagen nur noch wenige einzubuchende Quittungen auf dem Tisch, zeigte das Display ihrer Telefonanlage Pauls Anruf an. Sie stellte auf Lautsprecher. »Guten Morgen, dein Handy ist nicht an.«

»Guten Morgen, Paul. Hinrichs hat sich noch nicht gemeldet. Ich will ihm vorschlagen, dass wir uns bei dir treffen. Ist das ok für dich?«

»Sicher, sag mir rechtzeitig, wann er eintrifft. Ich habe noch Neuigkeiten für dich.«

»Lass hören, bin gespannt.« Milka tippte nebenher eilig ihren Handycode ein und war heilfroh, dass weder Anruf noch Nachricht angezeigt wurden.

»Es kommt der dicke Hund des Tages. Wir haben einen Haftbefehl für Hausner, und der Typ ist nicht aufzufinden, wie von der Oberfläche verschwunden.«

»Hat dein Kollege, der Dietz, schon vor Ort gesucht?«

»Genau. Hausner ist nicht in seinem Büro, nicht zu Hause, geht nicht ans Telefon, und sein Handy ist ausgeschaltet.«

»Was nun?«

»Sollte uns heute kein Kontakt gelingen, entscheiden wir morgen über die Vorgehensweise.«

»Wie ist denn deine Meinung, Paul? Steckt Hausner doch dahinter, und nach allem wird ihm der Boden unter den Füßen zu heiß?«

»Will ich nicht ausschließen. Wir sehen uns später. Tschüss.«

Milka erledigte die restliche Ablage, stellte ihre penible Ordnung auf dem Schreibtisch wieder her, holte sich ihre zweite Tasse Kaffee, setzte sich neben das Peterle auf die Bank des Kachelofens, hörte dem äußerstes Wohlbehagen anzeigenden Schnurren des Katers zu, sagte sich, dass es keinen Sinn mache, das Gespräch mit Hinrichs in irgendwelchen Einzelheiten gedanklich vorzubereiten, fragte sich, was Christoph mit Lukas ausgekaspert haben mochte, merkte sich, dass sie Paul wegen des Termins mit Feldmeier fragen musste, überlegte, ob sie doch etwas anderes anziehen sollte, entschied sich dagegen und war nahe dran einzunicken, als ihr Handy klingelte. Professor Ebert.

Völlig entgegen seiner sonstigen Gepflogenheiten kannte der Professor heute weder Begrüßung noch Einleitung, platzte sofort heraus, leicht konfus anfänglich. »Also, dieses Gutachten von Max Holl, das der Gärtner uns zugeschickt hat, also mir, meine ich, ich habe es verglichen. Das ist eine Kopie. Völlig identisch mit dem anderen, bis aufs letzte Komma, bis aufs Datum.«

»Guten Morgen, Herr Ebert. Das hatten wir erwartet.«

»Guten Morgen. Ja, hatten wir erwartet.«

»Und das Gutachten, das Gärtner selbst in Auftrag gegeben hat?«

»Sehr profund. Er hat auch eine reflektoskopische Analyse in Auftrag gegeben. Ergebnis eindeutig. Eine Fälschung.«

»Hausner hat, das nur so nebenbei, frech behauptet, Heckel habe eine Kopie des Gemäldes geschaffen. Das käme öfter vor.«

»So einen hanebüchenen Blödsinn hab ich seit meiner Vorlesungszeit nicht mehr gehört. Sicher haben Künstler auch mal eine, ich könnte sagen, Variante eines Bildes gemalt. Courbet fällt mir ein. Der hat während seines Aufenthalts an der Küste der Normandie in wenigen Jahren 60 verblüffend ähnliche Brandungsbilder gemalt. Und dann natürlich …«

»Herr Ebert, hab ich Sie noch?«, fragte Milka in die längere Pause hinein. Nach einem ausgiebigen Räuspern und in zurückhaltender Lautstärke: »Etwas muss ich wohl ergänzen. Selbstverständlich haben sich viele Kunstschüler an großen Werken geübt, schon seit der Frührenaissance. So hat Dürer seinen Lehrlingen empfohlen, sich solange an Vorbildern zu üben, ›pis dat er eine freie hant erlangt‹. Und viele Künstler haben sich an der Wiederholung eines eigenen Werks in anderer Technik versucht. Und …«

»Ja, ich höre.«

»Na ja, manche Maler wie Hodler schreckten auch vor ganzen Serien beliebter Motive nicht zurück. Aber«, das wieder mit fester, beinahe grimmiger Stimme, »Heckel fertigte doch keine möglichst identische Kopie seines eigenen Werks! Völlig aus der Luft gegriffen. Kunsthändler, ha!« Herr Ebert kriegte sich kaum noch ein. Milka konnte sich den Professor bildhaft vorstellen, zwischen Schreibtisch und Regal tigernd, linke Hand mit dem Handy am Ohr, rechte Hand in kunsthistorischer Entrüstung das Haar raufend.

»Dieser Hausner! Ein Schlawiner, ein Krimineller! Wenn der mal nicht hinter allem steckt.«

Angesichts zunehmender Inhaltslosigkeit unterbrach Milka

den Redeschwall des Professors, nicht ohne ihn über den Haftbefehl und Hausners Verschwinden zu informieren.

»Na also. Da haben wir's ja. Wie ich es vermutet habe. Der hat Lunte gerochen, an die Max Holl Feuer gelegt hatte. Jetzt muss ich aber Schluss machen, Frau Mayr. Unbedingt. Bis demnächst, ade.«

Milka schüttelte lachend den Kopf. Sie mochte den Professor genau so, wie er war.

Das Display ihres Smartphones zeigte eine Kurznachricht. Hinrichs. In 40 Minuten werde er eintreffen. Milka rief ihn an, erläuterte das Meeting mit der Kriminalpolizei, was nach einigem Hin und Her akzeptiert wurde, und gab die Adresse durch. Die Uhrzeit vermittelte sie Paul per SMS.

Ein technisches Problem, genauer, der Defekt an der Mechanik einer Landmaschine, duldete keinen Aufschub – so jedenfalls die knappe und unmissverständliche Erklärung ihres Vaters Georg, was bei Milka ein verhaltenes »muss das ausgerechnet jetzt sein« durch die nur leicht geöffneten Lippen auslöste. Sie kannte Georg. Jedwede Diskussion würde die Angelegenheit nur hinauszögern. Dass Frau nicht in einer Flanellhose, einer Bluse in warmem Weiß und einer Kurzjacke in Kürbiskaramell in die technischen Eingeweide eines Radladers eingreifen konnte, schien Georg nicht sonderlich zu interessieren. Milka verschwand, kam im Nu in einem blauen Overall zurück. Immerhin hatte Georg zwischenzeitlich Milkas Werkzeugkasten aus der Halle geholt.

Auch Herr Hinrichs schien sich verspätet zu haben, jedenfalls sprach er mit KHM Lang in Pauls Büro über irgendein Ligaspiel zwischen VfB und FC Köln, schnappte Milka auf, bevor Herr Hinrichs sich erhob, immer schmaler und länger wurde, bis er schließlich 1,90 Meter erreichte. Auf dem schlaksigen Körper und einem langen Hals saß ein länglicher Kopf mit blonden, etwas schütteren Haaren. Etwa 50 oder knapp darüber, schätzte Milka bei ihrer Begrüßung. Der Kriminalhauptmeister interpretierte Milkas hochgezogene Augenbrauen richtig, zudem saß er auf dem Chefsessel. »Paul ist im Besprechungszimmer. Hat Besuch von Feldmeier, ich denke, Sie wissen warum.« Milka nickte, enthielt sich, was ihr nicht leicht fiel, jeden Kommentars.

»Für Ihre Bereitschaft, nach Schwäbisch Hall zu kommen, bedanken wir uns, Herr Hinrichs.« Milka verspürte ein wohliges Gefühl. Das hatte Herr Lang schön gesagt – sie sozusagen in das ermittelnde Team einbezogen.

»Das bin ich Herrn Holl schuldig. Er hat seit längerer Zeit auch für ArtCare gearbeitet. Wie wollen wir vorgehen?«

»Wir informieren Sie über unseren Kenntnisstand, danach sind Sie dran. Und fragen Sie einfach dazwischen.«

KHM Lang und Milka gaben in einer perfekten Teamchoreografie in etwa 30 Minuten einen umfassenden Lagebericht, der mit dem plötzlichen Verschwinden des Ludwigsburger Kunsthändlers schloss.

»Das Heckel-Thema können wir also abhaken, die Sachlage ist eindeutig – war sie bereits vor dem Verschwinden Herrn Hausners«, stellte Herr Hinrichs fest. »Nun ist der Herr bestimmt kein Kunstmaler, und man darf sicher annehmen, dass dies nicht die erste Fälschung war, die er verkaufte. Also hängt er in einer Organisation drin. Und genau dieser Sache ist Herr Holl nachgegangen. Nur schade, dass wir nicht über Informationen zu seinen Recherchen verfügen.«

Milka fragte nach: »Wirklich keine, Herr Hinrichs? Bei meiner Frage nach Herrn Tadic gaben Sie sich plötzlich sehr zugeknöpft.«

»Das war geschäftsübliche Vorsicht. Max Holl hatte mir als Begründung lediglich angegeben, die Synergieeffekte hätten sich erschöpft. Für mich kein Anlass, über Herrn Tadic zu spekulieren. Andeutungen hat Herr Holl aber zu einer Organisation im französischen Haguenau, so etwa 25 Kilometer nördlich von Straßburg, gemacht.«

KHM Lang gab sich erstaunt. »Wirklich zu einer Organisation? Nannte er Ross und Reiter?«

»Na ja, vielleicht ist der Begriff Organisation leicht überzogen. Er sagte mir am Telefon, es handle sich um zwei Gruppen. Eine Gruppe übernimmt Einbrüche und Diebstähle – natürlich nicht nur Gemälde. Das darf man sich bestimmt nicht so vorstellen, dass dort acht Profis im Büro sitzen und den nächsten Bruch planen. Eher sitzt dort nur ein Mann und koordiniert. Dann, die zweite Gruppe, drei oder vier Leute, die sich auf die Fälschung von Gemälden kaprizieren und die auch einzelne gestohlene Werke der ersten Gruppe übernehmen, vertrieblich sozusagen.«

»Und Herr Holl hat Ihnen keine Namen genannt?«

»Ich kann mich nur wiederholen. Er wollte erst belastbare Beweise haben, gab sich relativ sicher, dass ihm dies gelingen würde. Und nach allem, was Sie mir erzählt haben, muss es ihm gelungen sein.«

»Oder er war einfach zu dicht dran«, warf Milka ein, »und wurde der ersten Gruppe zu gefährlich. Gibt es darüber einen Kopf? Eine Klammer?«

Hinrichs lachte, verhalten, trocken. »Die Frage habe ich Max Holl auch gestellt. Seine Antwort war: Möglich. Mehr nicht. Leider.«

KHM Lang, Milka erkannte dies sofort am Tonfall, ließ erste Anzeichen von Ungeduld erkennen. Vielleicht verspürte er den dringenden Wunsch, am Gespräch mit Feldmeier teilzunehmen. »Stellt Ihre Versicherung eigene Recherchen an? Vor Ort, meine ich.«

»Das überlassen wir Profis. Wir kooperieren mit einer spezialisierten Detektei. Momentan sehen wir keinen Anlass für eine Beauftragung. Das können wir aber sofort veranlassen – vorausgesetzt, Sie sind einverstanden.«

KHM Lang, Milkas Ansatz zu einer Antwort erkennend, schüttelte den Kopf. »Eine Spur zu früh. Lassen Sie uns mit

Hausner weiterkommen. Er kann schließlich nicht vom Erdboden verschwunden sein. Zwei Tage, schlage ich vor, dann sehen wir weiter.«

»Einverstanden. Sie informieren mich, sollte Ihnen Hausner ins Netz gehen? Und natürlich für den Fall, dass wir die Detektei früher einschalten sollten.«

»Versprochen. Haben Sie in Hall noch etwas vor?«

»Für die Ausstellung ›Moderne Zeiten‹ in der Kunsthalle sollte es noch reichen.« An Milka gewandt: »Sie wollen mich nicht begleiten? Aber vermutlich haben Sie die Ausstellung bereits mehrfach besichtigt.«

Milka entschuldigte sich, um Verständnis bittend, mit einem Pflichtbesuch bei Renate Beck. Vielleicht konnte sie mit dem ominösen Schlüssel etwas anfangen.

Sie begleitete Herrn Hinrichs bis zum Eingang, hatte sich gerade verabschiedet, als ihr Handy einen anonymen Anrufer anzeigte. Gewöhnlich unterließ es Milka, solche Gespräche entgegenzunehmen. Sie wusste selbst nicht, warum, hatte irgendein diffuses, ein unbestimmtes Gefühl, das ihr ›nimm den Anruf an‹ sagte.

»Hausner.« Milka erkannte seine Stimme sofort, auch wenn sie momentan gehetzt und rau klang.

»Herr Hausner, wir würden uns gern mit Ihnen …« Weiter kam Milka nicht.

»Ich weiß. Sie suchen nach mir. Die sind hinter mir her, haben mir zuvor schon gedroht. Die schrecken vor nichts zurück …«, es rauschte kurz in der Verbindung, » … fürchte um mein … muss mich versteckt halten.«

»Dann sagen Sie mir doch, wo ich Sie finden kann, besser noch, kontaktieren Sie Kriminalhauptkommissar Dietz. Rufen Sie ihn an, bitte.«

Milka hörte nur ein schweres Atmen, wollte gerade ihren eindringlichen Vorschlag wiederholen, als Hausner reagierte.

»Keine Polizei, will ich nicht anrufen!«

»Aber warum denn, um Himmels willen? Die helfen ihnen doch …«

»Ja, ja und verfolgen dann meinen Standort über das Handy. Schalte ich sofort wieder ab. Ich will mit Ihnen sprechen. Morgen, am Vormittag. Um zehn Uhr. In Ludwigsburg.«

»In Ihrem Büro? In Ihrer Wohnung?«

»Nein, nein! Viel zu gefährlich. Für Sie und für mich. Ich rufe Sie morgen an. Etwa eine halbe Stunde vor dem Treffen. Dann sag ich Ihnen wo. Vorher nicht. Ich muss Schluss machen. Und kommen Sie allein.«

»Halt, Herr Hausner, Sie …« Es war zu spät. Hausner hatte das Gespräch abgebrochen.

Milka stürmte zurück und rannte im Flur vor Pauls Büro beinahe KHM Lang um. »Frau Mayr, was um Himmels Willen …?«

»Hausner«, presste Milka heraus, »hat mich gerade angerufen.«

»Sie?«

»Sag ich doch.«

»Und aus welchem Grund?«

Milka berichtete, wobei genau genommen nicht gerade viel zu berichten war. Jedenfalls reagierte KHM Lang blitzschnell. »Das muss Eichert wissen, sofort. Ich hole ihn, warten Sie.« Zwei Meter weiter ergänzte er noch ein »bitte«.

Paul hörte aufmerksam zu und versuchte, Milka zu bremsen. »Es kommt auf gar keinen Fall in Frage, dass du dich mit ihm allein triffst, egal, wo das sein sollte. Nie und nimmer. Keine Diskussion darüber. Wenn er sich schon bedroht fühlt. Viel zu gefährlich.«

»Du musst im Hintergrund bleiben, Paul, und …«

KHK Eichert hielt sich, eingedenk des nebenstehenden Kollegen, in seiner Wortwahl zurück. »Beim besten Willen, Milka. Das ist Aufgabe der Kripo und nicht einer, einer, na ja, Zivilperson. Du siehst zu viele Krimis.«

»So ein Quatsch. Da hab ich gar nicht die Zeit für.«

»Mein Kollege Dietz und ich, wir werden uns die Aufgabe teilen. Sobald Hausner in deine Nähe kommt, übernehme ich. Und du tauchst weg, machst dich unsichtbar.«

»Kommt nicht in Frage. Ich will mit ihm sprechen. Ich will …«

Paul erkannte die Zeichen. Jetzt war ein deutliches Wort unumgänglich, gerade da sein Kollege Lang mit einem mühsam unterdrückten Lächeln um die Mundwinkel immer noch sehr aufmerksam daneben stand. »Milka! Schluss jetzt! Was du willst, steht nicht zur Debatte. Erstens: Ich persönlich lasse es nicht zu, dass du dich in Gefahr begibst. Zweitens: Ich bekomme ein erstklassiges Disziplinarverfahren an den Hals. Willst du, dass ich meine künftigen Tage als Mitarbeiter eines Wachdienstes verbringe?«

Milka, insgeheim nicht unzufrieden mit Pauls Besorgnis um ihre Gesundheit, stemmte sich nicht länger dagegen, gab ihm etwas widerwillig recht.

»Gut. Wir machen es so, wie du gesagt hast. Sobald Hausner in Sichtweite kommt übernimmst du, und ich verdrücke mich.«

KHK Eichert stieß einen erleichterten, deutlich hörbaren Seufzer aus. Manchmal konnte Milka anstrengend sein.

»So. Du kannst dich verdrücken. Ich muss Dietz anrufen. Und dann werden wir versuchen herauszufinden, von wo aus Hausner angerufen hat. Auf jeden Fall läuft die Fahndung nach ihm.«

»Und kann ich jetzt bei Feldmeier mit dabei …«

»Nein, kannst du nicht. Morgen hole ich dich ab. Früh!«

Milka parkte ihren Wagen in der Tiefgarage des Kocherquartiers. Ein Fußweg zum DIAK würde ihr guttun. Ihr Anflug von Frust, bei Feldmeiers Vernehmung nicht beiwohnen zu können, musste jetzt weggelaufen werden. Und ein Snack in einem Café musste sein.

Milka passierte einen müde dreinblickenden Wachmann vor dem Zimmer, öffnete leise die Tür. Renate Beck saß beinahe aufrecht in ihrem Bett, sah fern – ohne Ton. Das benachbarte Bett war diesmal belegt, die Patientin schien zu schlafen. Renate lächelte, zum ersten Mal seit ihrem Unfall wieder gelöst, unverkrampft, legte mit einer Kopfwendung zum anderen Bett den Zeigefinger auf die Lippen.

Milka setzte sich neben ihre Freundin auf das Bett, gab einer zunehmend verwunderten Renate eine ganz grobe Zusammenfassung der Ereignisse, verschwieg dabei sorgfältig kritische Informationen, die nicht in falsche Hände geraten durften, und unterließ, obwohl mehrfach um Meinung und Einschätzungen gebeten, jedwede Spekulation.

Renate Beck zeigte sich schließlich zufrieden, berichtete über ihre Fortschritte und die ersten Gehversuche, die zu ihrer Zufriedenheit ausgefallen waren. Und über all die Besuche, die sie von Kolleginnen der Kunsthalle erhalten hatte.

Milka hörte geduldig zu, ließ ab und an ein mhm hören – bis Renate versuchte, sie über alle neuen Erkenntnisse zu Max' Tod auszufragen. Milka sprach viel, sagte aber nichts, jedenfalls nichts wirklich Substanzielles. Stellte dann ihrerseits eine Frage. »Vielleicht kannst du uns helfen.«

Milka holte den Schlüssel aus ihrer Handtasche. »Den haben wir in Max' Wohnung gefunden. Kannst du etwas damit anfangen?«

Renate Beck drehte den Schlüssel ein paarmal, lächelte dann. »Ich bin mir ziemlich sicher, ein Schlüssel für die Besucherschränke der Kunsthalle.«

»Himmel!« Milka hielt unwillkürlich die Hand vor ihren Mund, als die Patientin im Nebenbett hochschreckte. Fuhr im Flüsterton fort. »Ich bin ein Esel. Darauf hätte ich früher kommen können. Wie oft habe ich meine Tasche da abgestellt.« Sie warf einen Blick auf die Wanduhr. Schon 18.30 Uhr. Zu spät. Jedenfalls für heute. »Und was machen die, wenn ein Schließfach über viele Tage nicht bedient wird, immer geschlossen bleibt?«

»Sie holen den Inhalt heraus und verstauen ihn irgendwo. Wenn es nicht gerade eine verschimmelte Wurstsemmel ist. Keine Ahnung, wie lange die das aufbewahren. Wo hast du den Schlüssel überhaupt gefunden?«

Milkas Bericht löste ein verwundertes Kopfschütteln aus, und die Beteuerung, dass Max das Geheimnis des Bilderrahmens nie mitgeteilt hatte.

Nach einer kurzen, schon beinahe betretenen Pause brachte Renate das Gespräch auf Max' Beerdigung. Milka kam nicht umhin, eine minutiöse Schilderung vorzunehmen, kürzte aber rigoros ab, als Renates Fragen erkennen ließen, dass Lukas und Tim Holl bei ihren zwei Besuchen das Thema bereits erschöpfend abgearbeitet hatten.

Milkas Lieblingsschwester betrat das Krankenzimmer, was bei ihr ein reflexartiges Aufstehen auslöste. Die Schwester gab zwar mit einem Handzeichen Entwarnung, dennoch trennte sich Milka mit einigen inhaltslosen Floskeln, musste Renate versprechen, selbstverständlich weiter über alles zu berichten. Über alles ganz bestimmt nicht, dachte Milka, mit dem Kopf dennoch ein zustimmendes Nicken andeutend.

Auf der Rückfahrt zum Hof verwarf sie den Gedanken, Paul anzurufen. Ihre Information konnte bis zum morgigen Tag warten.

Als Milka eintraf, saß die Familie beim gemeinsamen Abendbrot, selbst Jonas und Laura waren noch anwesend. Milkas Aufzug wirkte in der Runde leicht deplatziert, löste zumindest bei Laura ein wohltuendes »du bist aber fein angezogen« aus. Die mehrfache Aufforderung Christophs und Georgs, über die neuesten Entwicklungen zu informieren, liefen ins Leere. Milka war hundemüde und zog sich, so früh es eben ging, zurück in ihr Zimmer, versuchte sich an Brecht, blieb bereits nach der ersten Seite mitten in einem Satz stecken, merkte, wie ihr das Buch entglitt und schlief traumlos ein.

KAPITEL 13

Und kam am nächsten Morgen zu spät aus dem Bett, hatte ihren Wecker entweder glatt verschlafen oder nicht gestellt.

Paul wollte früh kommen. Sie hastete nach der Versorgung der Kühe an den noch nicht geräumten Frühstückstisch. Christoph, allein vor einem letzten Kaffee, warf einen anzüglichen Blick auf seine Uhr und zog, als würde seine Botschaft damit nicht deutlich genug sein, beide Augenbrauen nach oben. »Es wird langsam Zeit, Milka, dass du dich wieder eingliederst. Es bleiben zu viele für unseren Hof wichtige Dinge unerledigt.«

Milka, mit vollem Mund an einem Gsälzbrot (Brombeer, eigene Herstellung) kauend, nickte nur und schluckte. »Ich bin nicht blind, Christoph, und ich verkenne auch die aktuelle Situation nicht. Sei mir bitte nicht bös, ich muss gleich weg nach Ludwigsburg. Meine Nachforschungen werden bestimmt nicht mehr lange dauern. Wenn ich das richtig sehe, bin ich sowieso bald außen vor. Paul übernimmt das dann.«

Christoph atmete hörbar tief durch, erleichtert. »Dein neuer Job scheint dir ja richtiggehend Spaß zu machen. Hoffentlich nicht zu sehr. Für eine Umschulung dürfte es ohnehin zu spät sein.« Christophs Tonfall beim letzten Satz ließ bereits den bloßen Gedanken daran absurd erscheinen.

Milka stampfte mit ihrem linken Bein auf den Dielenboden, aber mit ungewohnter Sanftheit. »Es ist nie zu spät, sich neu zu erfinden, etwas anderes zu suchen. Du willst doch selbst mit Lukas Neues auf die Beine stellen, oder?«

»Ach Milka«, die Andeutung eines Seufzers, »noch sind das Träume, und zudem bleibe ich bei meinen Leisten oder in meinem Kerngeschäft, wie das heute heißt. Immerhin, wir haben einen Notartermin für die Übertragung der Felder.«

»Erzähl mir von deinem Traum. Bald.«

»Was ist da eigentlich mit dem Feldmeier zugange? Lukas gab mir ein paar Informationen, aber viel schien er nicht zu wissen.«

»Christoph, erzähl ich dir alles, später. Entschuldige mich bitte, ich muss unter die Dusche und mich anziehen.« Mit einem flüchtigen Kuss auf Christophs unrasierte Wange: »Ich danke dir, für alles.«

Milka überlegte nicht lange, wählte eine Bluejeans mit dunkler Waschung, zog sich einen anthrazitfarbenen Rollkragenpulli über, schüttelte ihre Haare zurecht und griff nach einer kurzen Daunenjacke in Greige. Die schwarzen Sneaker standen griffbereit vorne im Schuhschrank. Vom Hof her war ein zweimaliger Hupton zu hören, ein Blick auf den Wecker – das könnte bereits Paul sein.

Er hielt ihr die Beifahrertür auf. Höflichkeit am frühen Morgen, fragte sich Milka nach einem gehauchten Kuss, oder hatte er es so eilig?

»Wir müssen die Landstraße nach Ludwigsburg nehmen. Eine Vollsperrung vor dem Weinsberger Kreuz. Das übliche Chaos. Hast du dein Handy mit?«

»Ja doch. Wir können.« Milka warf ihre Jacke auf den Rücksitz, checkte sicherheitshalber den Inhalt ihrer Tasche. »Bin gespannt, wie das heute mit Hausner ausgeht.«

»Wie ging es denn gestern mit Renate aus?«

»Hätte ich beinahe vergessen.«

Paul lachte, verhalten, nett. »Glaub ich dir, bestimmt. Erzähl schon.«

Milka berichtete zum Schlüssel. »Wir müssen heute unbedingt in die Kunsthalle.«

Paul übte verhaltene Kritik. »Du hättest mir diesen Schlüssel gestern geben sollen. Dann könnte einer meiner Kollegen das am Vormittag übernehmen – und wir wüssten mehr.«

Milka nahm das hin, gestand sich insgeheim ein, dass sie selbst in der Kunsthalle dabei sein wollte. Lenkte ab. »Wie willst du fahren?«

»Über Mainhardt, Aspach, dann Marbach.«

Milka lehnte sich zurück, entspannt – Paul war ein guter, konzentrierter Fahrer. Nur ab und an kribbelte es Milka im rechten Fuß, wenn er sich gar zu penibel an die vorgeschriebenen Tempolimits hielt. So ein klitzekleines bisschen, vielleicht nur so acht km/h schneller als die hier vorgeschriebenen 70. Aber das Gespräch hatte sie früher bereits einmal aufgebracht. Nie wieder. »Was war gestern mit Feldmeier?« Milka hatte angenommen, Paul würde ohne ihre Aufforderung berichten.

Er schmunzelte vor sich hin, den Blick weiter konzentriert auf die Straße gerichtet. »Auf die Frage hab ich schon gewartet.«

»Und ich dachte, du informierst mich ohne extra …«

»Schon gut, Milka. Ich berichte.« Paul unterbrach als er im Rückspiegel erkannte, dass ein Auto zum Überholen ansetzte.

»Du hast ihn Punkt für Punkt in die Zange genommen.«

»Richtig. Erstens, dass er hoch verschuldet ist, versuchte, einen Kredit aufzunehmen, den aber nicht erhielt. Da brauste er zwar wieder auf, wurde aber ganz klein als ich ihm vorschlug, seinem Bruder die Bücher zu zeigen.«

»Das fand er nicht so lustig.«

»Mhm. Zweitens, die Sache mit Herrn Richter. Er versuchte sich rauszureden, Lukas Holl habe das Geld erhalten, wolle das nur nicht zugeben. Und im Übrigen würde der Deal jetzt, nach Max' Tod, doch stattfinden und damit sei alles klar.«

»Aber das stimmt doch alles nicht und …«

»Ist ja gut Milka. Ich konfrontierte ihn mit den Aussagen von Lukas und Herrn Richter, schlug ihm ein gemeinsames Gespräch mit Herrn Holl vor. Da blieb er still. Dann, drittens, sein merkwürdiger Waldspaziergang. Nein, behauptete er nach wie vor, er sei gar nicht in Sichtweite des Hochsitzes gekommen.«

»Da hast du herzlich gelacht.«

»Bestimmt nicht. Ich empfahl ihm, das nächste Mal keine Taschentücher am Tatort liegenzulassen. Zugegeben, ganz dumm ist er nicht …«

»Vom Stichwort Taschentücher kam er auf mein Taschentuch«, stellte Milka fest.

»Hat er zwar nicht gesagt, das war aber zu erkennen. Nur, er behauptete steif und fest, er sei zwar da oben gewesen, aber eben nur an dem einen Tag, nicht als Max abstürzte. Und davon rückte er nicht mehr ab.«

Paul bremste scharf ab, als ein Porschefahrer kurz vor ihm auf die Landstraße einbog. »Ich erklärte ihm, dass wir selten ein so plausibles Motiv für einen Mord vorfinden würden. Er wiederholte nur immer wieder: Nein, er sei es nicht gewesen.«

»Und was jetzt? Du belässt es doch nicht dabei?«

»Gewiss nicht. Ich habe ihm bereits gedroht, dass er mit einem Haftbefehl rechnen muss.«

Paul legte mindestens zwei Kilometer zurück, bis Milka eine Lücke in Pauls Bericht fand. »Hat er gesagt, warum er überhaupt auf die Idee kam, auf den Hochsitz zu klettern und dann drei Tempos zu verbrauchen?«

»Die Frage habe ich gestellt. Er wollte in Ruhe nachdenken, über alles Mögliche. Nichts davon ginge mich etwas an.«

»Das passt gerade zu seinem Typ«, kommentierte Milka ironisch. »Da gibt es noch einen Punkt.«

»Ich kann mir denken, was du meinst, Milka. Als ich ihm unterstellte, er hätte vom Hochsitz aus auf Max geschossen, entrüstete er sich lautstark. Woher in drei Teufels Namen sollte er denn wissen, dass Max an dem Morgen mit seinem Trike anbrausen würde.«

»Und?«

»Ganz einfach. Er hatte sich bei Lukas erkundigt, hatte der mir gestern am Telefon erzählt.«

»Und Feldmeier redete sich raus, er hätte eben mit Max nochmals über den Hofverkauf verhandeln wollen.«

»Genau so.«

Milka schwieg, sah zum Seitenfenster hinaus. Es gelang ihr nicht, sich weiter auf Feldmeier zu konzentrieren. Sie versuchte, sich abzulenken. Hinter Michelbach, nach einer kurzen Strecke durch einen wunderbaren, dichten Mischwald, vorbei an Feldern und einem Reiterhof, unmittelbar vor Mainhardt, fiel Milka ein Thema ein, über das sie im Heimat- und Kulturverein in Bühlerzell einen Vortrag gehört hatte.

»Hier verlief früher die Landhege.«

»Die was?«, fragte Paul kurz angebunden.

»Die Landhege. Damit schützte sich zu früherer Zeit die freie Reichsstadt Schwäbisch Hall unter anderem vor den berüchtigten Mainhardter Räubern. Dachte, Räuber interessieren dich.«

»Das musst du mir bitte genauer erklären.«

»So ab den ersten Jahrzehnten des 15. Jahrhunderts wurde eine an die 200 Kilometer lange Landwehr entlang der Reichsgrenzen der Siederstadt gebildet. Bis zu drei hintereinander geschaltete Gräben und Wälle und eine dichte Bebuschung sollten ein beliebiges Passieren verhindern.«

»Und wie kam der friedliche Reisende in die Stadt?«

»Da waren natürlich Durchlässe, sogenannte Schlupfe, Fallen oder Riegel. Allein bei Mainhardt – schau lieber auf den LKW vor dir, Paul – gab es mehrere Tore. Und fünf Türme gab es, Tag und Nacht besetzt. So wurde der Durchgangsverkehr kontrolliert.«

»Maut.«

»Was? Ach so, ja, das auch. Die Kleinstaaterei. Ja, Maut und Zoll. Du glaubst gar nicht, wie viele kleinste Zollstationen die Flößer von einst passieren mussten, bevor sie ihr Holz bei den Haller Siedern abliefern konnten.«

»Und über die Hege ist Gras gewachsen.«

»Nicht über die Maut, hochaktuell. Und nicht über die Geschichte. Übrigens sind die Spuren der Landhege heute sehr wohl noch erkennbar. Wenn man drauf gestupst wird.«

»Soll das eine Anspielung sein? Woher kommt denn die Bezeichnung?«

»Von den Hainbuchenhecken. Die wurden dicht gepflanzt, die Triebe ineinander verflochten. So wuchs eine undurchdringliche Hecke heran – die sogenannte Hege«.

»Und das weiß man halt einfach so?«

»Hab ich auch erst vor einigen Wochen in einem Vortrag des Kulturvereins erfahren.«

»Das beruhigt mich.«

Sie hatten die durch ein größeres Waldgebiet bergab führende, kurvige Strecke hinter Mainhardt passiert, fuhren im Tal, entlang der in einigem Abstand links verlaufenden, schmalen Murr. Einzelne der ausgedehnten Wiesenflächen waren mit hartnäckigen, milchigen Schwaden des Frühnebels überzogen, der sich zusehends auflöste. Ein einsamer Graureiher stolzierte auf der feucht glitzernden Aue und suchte nach Frühstück.

Milka wurde abrupt aus ihren stillen Beobachtungen der herrlichen, langsam erwachenden Natur gerissen, als ihr Handy klingelte. Paul runzelte die Stirn, weil er Milkas Smartphone in seinem Wagen immer noch nicht angemeldet hatte, nicht mithören konnte. Sein Handzeichen, auf Laut zu stellen, wollte Milka anscheinend nicht verstehen.

»Herr Hausner? Ja, ich verstehe Sie.«

»In 40 Minuten?« Milka warf einen schnellen, fragenden Blick zu Paul, der heftig nickte und den rechten Daumen hob.

»Gut. Das geht. Und wo?«

»Ja, ich fahre in die Innenstadt. Und wo dort?«

»Warum nicht? – Ja ist gut. Sie rufen nochmals …« Milka schüttelte ungläubig ihr Smartphone, was natürlich sinnlos war. »Entweder er hat aufgelegt oder du bist in ein Funkloch gefahren. Wenn ich ihn richtig verstanden habe, ruft er noch mal an. Wir fahren Richtung Innenstadt.«

»Er hat keinen genauen Treffpunkt genannt?«

»Sag ich doch. Wie stellst du dir das Treffen eigentlich vor?«

»Das hängt wohl von Hausner ab. Er wird sich dir nähern. Fragt sich nur, in welcher Umgebung. Mit vielen Leuten gut, mit wenig Leuten schlecht. Jedenfalls für uns. Ich werde versuchen, so gut es irgend geht, in Tuchfühlung zu dir zu bleiben. Dietz hat zwei Kollegen im Einsatz. Die werden bei Bedarf eingreifen, bleiben erst mal im Hintergrund. Sobald Hausner dir nahe kommt, bin ich dran. Und du ziehst dich sofort zurück.«

»Wenn du ihn hast, dann kann ich doch …«

»Nein und nochmals nein. Du wartest, bis ich dich rufe oder anrufe. Basta!«

»Huch.« Pause. »Da vorne ist Marbach. Warst du schon mal dort?«

»In der Schillerstadt? Eine wunderschöne Altstadt mit vielen Fachwerkhäusern. Der Marktplatz mit dem Brunnen – ein romantisches Gedicht.«

»Warst du auch im Schillerhaus?«

»Mhm. Wir haben uns die kleine Ausstellung angesehen. Und danach ging es zum Bootshaus an der Neckarschleife. In einen wunderbaren Naturbiergarten. Die haben ein prima Distelhäuser.«

Pauls zunehmend begeisterte Schilderung – Milka fragte sich, wer »wir« war – wurde durch ihr Handy unterbrochen. Diesmal stellte sie sofort auf Lautsprecher.

»Frau Mayr?«

»Ja. Ich höre.«

»Wir treffen uns in etwa 20 Minuten auf der Bärenwiese. Wissen Sie, wo das ist?«

Milka sah Pauls bestätigendes Nicken.

»Ja, weiß ich. Und wo dort genau?«

»Am Übergang zum Blühenden Barock. Nahe der Schorndorfer Straße. Ich rufe Sie dann an.«

Bevor Milka etwas erwidern konnte, hatte Hausner aufgelegt.

»Du weißt, wo du hin musst?«

»Ja, wir parken im südlichen Bereich vor der Bärenwiese. Auf dem Parkplatz. Und jetzt muss ich Dietz anrufen. Eigentlich kann der zu Fuß dort hinlaufen. Das Präsidium ist gerade mal 200 Meter weg. Sehr praktisch, der Treffpunkt.«

»Herr Hausner hätte freundlicherweise einen Monat warten können«, meinte Milka in einem leicht ironischen Tonfall.

»Warum das bitte?«

»Dann wäre im Blühenden Barock alles grün, und ich hätte dich zu den Hexen, Riesen, Königen und Prinzessinnen im Märchengarten geführt.«

»Da warst du schon, wirklich?«

»Nein, aber Bettina mit ihren Kindern, und die haben ganz begeistert davon erzählt. Hast du Hausners Stimme gehört? Klang gepresst und dumpf zugleich. Merkwürdiger Klang.«

Paul nickte nur, stellte den Dienstwagen auf dem Parkplatz ab, nahm einen Anruf von KHK Dietz entgegen, blickte zum soundsovielten Mal auf seine Uhr und streichelte mindestens ebenso oft sein keltisches Amulett in der Hosentasche. »So, zieh deine Jacke an und geh mal die Königsallee hinunter. Schön langsam. Und bitte sieh dich nicht nach mir um. Ich versuche, hinter den Bäumen in Deckung zu bleiben. Schwierig genug. Denk an das, was ich dir gesagt habe, bitte!« Das war trotz des »bitte« eindringlich formuliert.

Milka schlenderte gemächlich entlang der linken Baumreihe, stellte befriedigt fest, dass um diese Jahres- und Uhrzeit kaum schaulustige Besucher unterwegs waren, und wartete am Weg, der zum westlichen Bereich der Bärenwiese führte, blickte sich betont unbeteiligt um. Zwei eilige Fußgänger mit Einkaufstaschen, sonst nichts. Paul war nicht zu erblicken, Hausner ebenso wenig. In Trippelschritten ging sie 20 Meter den Weg weiter hinein und wieder zurück. Jetzt. Ein Anruf. Nein, es war Paul. »Er ist schon fünf Minuten über der Zeit. Nichts zu sehen bei dir?«

»Nichts«, bestätigte Milka, »und verstecken kannst du dich hier auch nicht. Nicht um diese Jahreszeit.«

Sofort danach kam Hausners Anruf. Kurz, bündig, hastig, wie unter ungeheurer Anspannung, nur als Nachricht, ohne Milkas Antwort abzuwarten.

Milka sprintete los, querte die Straße, wählte im Gehen Pauls Nummer. »Hat gerade angerufen. Alles geändert. Er will sich im Park vor Schloss Favorite treffen. Bin schon unterwegs.« – »Ja, ich weiß, wohin ich muss. Richtung Schloss, dann über die Marbacher Straße.«

Selbst zu dieser Jahreszeit hätte Milka sich die traumhafte Anlage vor dem barocken Residenzschloss nicht entgehen lassen. Da musste sie im Frühjahr nochmals hin. Sie suchte den kürzesten Weg durch die Anlage der Hainbuchenhecken, streifte mit einem kurzen Blick den tiefer liegenden Sardischen Garten, bog ein auf die Sichtachse des Schloss Favorite, querte, heftig atmend, die vielbefahrene Straße über eine Brücke und betrat den Weg, der direkt zu dem leicht erhöht liegenden Lust- und Jagdschlösschen führte. Beidseitig säumten hohe, mächtige Kastanienbäume den Weg, links erstreckte sich ein schmaler Grünstreifen vor dem unzugänglichen, naturbelassenen, dichten Baumbestand, Anfang eines ausgedehnten Natur- und Wildparks mit einem Besatz von Gämsen und Hirschen, den König Friedrich I. bereits anno 1806 einrichtete.

Gänzlich unvermittelt, sie war erst wenige, zögerlich langsame Schritte den Weg hineingegangen, erkannte sie Hausner vor sich, keine 20 Meter mehr von ihr entfernt. Er musste sich hinter einem Baum verborgen haben. Milka stoppte abrupt, verharrte reglos, absolut unschlüssig, wie sie sich verhalten sollte. Hausner blieb stehen, erkannte sie, warf, sich umsehend, einen prüfenden Blick zurück. Mehr als drei oder vier Sekunden, später ging sie diese kurze Zeitspanne wieder und wieder durch, konnten es bestimmt nicht gewesen sein, als Hausner, im Begriff, auf sie zuzugehen, urplötzlich in einer merkwürdigen Haltung stehen blieb, sich dann krümmte, in den Knien einknickte und tonlos zusammenbrach, am Rand des Wegs liegen blieb. Milka stand weiter starr, hatte noch nicht wirklich verstanden, was gerade geschehen war, als Paul vorbeisprintete, ihr laut das Wort »Notruf« zurief, sich kurz über Hausner bückte und sofort weiterlief.

Milka schüttelte ihre Starre ab, wusste, was zu tun war. Gleich nach dem Telefonat ging sie die wenigen Schritte zu Hausner. Er lag auf der rechten Seite, die Beine leicht angezogen. An seiner Jacke sah sie links ein Einschussloch, aus dem Blut sickerte. Auch darüber, am schmalen Stehkragen, war bereits alles rot, alles voller Blut, das am Hals ablief, auf den Boden tropfte. Milka ging in die Hocke, sah in ein schmerzverzerrtes Gesicht, dessen Augen geschlossen waren.

»Herr Hausner, ich bin es, Milka Mayr. Der Notarzt wird gleich da sein. Können Sie mich verstehen?«

Milka meinte, eine zustimmende Bewegung der Lippen festgestellt zu haben. »Wissen Sie, wer das getan hat? Wer auf Sie geschossen hat?«

Hausner flüsterte stockend, kaum vernehmbar, da der Lärm der nahen Straße beinahe alles übertönte. »Wurde … verfolgt. Länger … kalt …«

Milka versuchte es nochmals, eindringlich, sprach auf ihn ein, hatte schließlich Erfolg. Offensichtlich unter letzter Willensanstrengung brachte der Kunsthändler, kaum verständlich, ein Wort hervor, bevor gleich danach Blut aus seinem Mund sickerte.

Die akustische Hölle, die im Moment losbrach, würde jeden Ton, den Hausner eventuell hätte herausbringen können, gänzlich überdeckt haben. Mit Blaulicht, gellender Sirene und Martinshorn trafen zeitgleich ein Sanitätsfahrzeug und ein erster Streifenwagen ein, ein weiteres Polizeifahrzeug folgte nur Sekunden später. Milka sah, wie KHK Dietz den Parkweg entlang rannte, auf sie zukam. Noch völlig außer Atem führte er sie zur Seite, stellte, den Umständen geschuldet, hastig und wenig einfühlsam eine Frage. »Sie haben keinen Schuss gehört? Wirklich nicht? Der Täter kann nicht so weit weg gewesen sein. Haben Sie ihn gesehen, irgendetwas erkennen können?«

Milka, zwar nicht unter Schock, aber verstört, schüttelte nur den Kopf, sah wie KHK Dietz sich abwandte, den inzwischen sechs Polizisten Anweisungen zur Absperrung gab und drei schaulustige Touristen, einer davon bereits mit gezücktem Smartphone, ultimativ aufforderte zu verschwinden. Dietz bückte sich zum Notarzt, der kurz aufblickte. Sie verstand seine Worte: »Nein, nichts mehr zu machen. Der gehört Ihnen, Hauptkommissar.«

Einer der hinzugekommenen Polizisten vermutete in Milka eine versprengte Zuschauerin, auf seinem Gesicht zog ein verbales Donnerwetter herauf. Der Hauptkommissar erfasste die Situation aus den Augenwinkeln und stoppte den dienstlichen Eifer durch einen kurzen Befehl.

Notarzt und Sanitäter hatten gerade eingepackt, als die vierköpfige Ludwigsburger Spurensicherung, in weiße Overalls gehüllt, eintraf und ihren weisungsbefugten Kriminalhauptkommissar um Orientierung bittend in Beschlag nahm. Milka fühlte sich wie eine Statistin in einem »Tatort«, der die Regie total vergessen hatte, eine Handlungsanweisung mitzugeben, fragte sich, wo Paul abgeblieben war, überlegte kurz, ob sie ihn anrufen sollte, fand aber mindestens drei gute Gründe, es zu unterlassen. In ihre Überlegungen hinein nahm sich Herr Dietz Zeit für sie. »Geht es wieder, Frau Mayr?«

Statt einer Antwort kam eine Frage. »Sie waren nicht hinter mir, kamen aus der Richtung des Schlösschens. Wie das?«

»Eichert informierte uns über die Änderung des Treffpunkts. Er selbst war in kurzem Abstand hinter Ihnen. Wir hielten es für sinnvoll, von der anderen Seite zu kommen, fuhren mit dem Wagen über den Parkweg. Die Idee war, Herrn Hausner in die Zange zu nehmen.«

»Und wo sind Ihre Leute abgeblieben?«

»Die ließen sich zurückhängen, um nicht aufzufallen, haben dann mit Hauptkommissar Eichert zusammen die Verfolgung aufgenommen.«

»Also hat Paul etwas gesehen.«

»Ich nehme es an. Andererseits liegt die Vermutung nahe, dass der Angriff aus gleicher Richtung kam wie Herr Hausner und dies zugleich die Fluchtrichtung war.«

KHK Dietz wurde von einem der Spurensicherer gerufen, zuckte entschuldigend mit den Achseln. Milka folgte ihm mit den Augen, sah, wie er offensichtlich Anweisungen gab, einen größeren Wiesenbereich und baumbestandene Flächen westlich des Wegs mit Absperrbändern zu sichern und ebenfalls auf Spuren zu untersuchen. Sie sprach auf sich ein, zwang sich dazu, nochmals einen Blick auf Hausner zu werfen. Er lag unverändert da, die Blutlache am Hals hatte sich leicht ausgedehnt, seine Umrisse waren auf dem grauen Asphalt mit einer weißen Markierung versehen worden, und ein Spurensicherer verstaute gerade seine Kameraausrüstung in einem Alukoffer. Es war so nebensächlich wie nur irgendetwas, dennoch rätselte Milka, warum zwei der Spurensicherer die Kapuzen ihres Overalls übergestreift hatten, die beiden anderen nicht. Egal, viel wichtiger war das eine Wort, das Hausner mit den letzten Atemzügen herausgepresst hatte. Sie wusste, warum sie sich hatte ablenken lassen – in der Hoffnung, die Sinnhaftigkeit des Worts würde sich von selbst intuitiv entfalten – ähnlich der Metamorphose von der Puppe zum Schmetterling. Nein, nichts. Immer noch nur dieses eine Bruchstück. Vielleicht sollte sie es aufschreiben, die Buchstaben vor sich sehen. Jemand rief ihren Namen – Pauls Stimme. Eigentlich hätte sie ihn bereits sehen müssen, er stand, zusammen mit seinem Kollegen, nur 15 Meter entfernt, direkt an einem der rot-weißen Bänder zwischen zwei Bäumen, kam auf sie zu, nahm sie in die Arme und hielt sie fest, ganz fest.

»Komm«, forderte Paul sie auf, »dort ist eine Bank. Wir setzen uns kurz. Wenigstens, bis alles hier aufgeräumt ist.«

»Du warst lange weg. Hast du den Täter …?« Mit Pauls Umarmung hatte Milka ihre Sicherheit wiedergefunden.

»Leider nein. Wir hatten zunächst größte Mühe, den Zaun zu überwinden, und dann, irgendwo im Areal zwischen Ziegelgasse und Laufgasse oder Talstraße, ging er uns verloren. Zwei von Dietz' Leuten waren bei den Favoritegärten zu mir aufgeschlossen, da hatten wir ihn noch im Auge. Groß, schlank, dunkle Haare, graue Jeans und eine eng anliegende schwarze Jacke. Der Typ muss ein Profi sein, hat sich nur zweimal kurz umgedreht – so was kostet immer Zeit.«

»Dein Kollege fragte mich vorhin, ob ich einen Schuss gehört hätte. Da war nichts. Hausner blieb stehen und brach dann plötzlich zusammen.«

»Schalldämpfer. Was wiederum nicht unbedingt für einen Vollprofi spricht, denn die nehmen so etwas eher ungern.«

KHK Dietz unterbrach ihr Gespräch. »Wir sind mit der Spurensicherung durch. Zwei Patronenhülsen, neun Millimeter, haben wir gefunden, lagen nah beieinander. Ich lasse Hausner wegbringen.«

»Haben sich Ihre Leute beruhigt?«

»Die sind so was von stinksauer, dass sie den Kerl nicht kriegen konnten. Ich habe eine Suche veranlasst, nur, unsere Beschreibung gibt wirklich nicht viel her. Wir bringen den Toten in die Gerichtsmedizin. Handy, Brieftasche und Geldbörse hat die SpuSi bereits.«

Ein schwarzer Kombi mit silbergrauem Firmennamen fuhr langsam heran. Zwei in klassisch schwarzem Dress gekleidete

Männer holten eine Transportbox aus der Ladefläche. Milka stand auf.

Paul hatte verstanden. »Komm, lass uns ein paar Schritte gehen. Richtung Schloss Favorite.«

Nach etwa 200 Metern, kurz vor dem sanften Knick des Parkwegs, konnte Milka nicht mehr anders, berichtete. »Er hat noch ein Wort gesagt. Ich bin in die Knie gegangen, nah an sein Gesicht. Wurde verfolgt, hat er herausgebracht. Dann ›länger‹ und dann ›kalt‹. Ich habe auf ihn eingeredet, und dann kam dieses eine Wort, mit dem ich nichts anfangen kann.«

Paul drückte die Hand, die er zuvor tröstend gehalten hatte. »Vielleicht komme ich darauf. Wie klang es denn?«

»So wie ›enoir‹. Bei einem Kunsthändler denkst du gleich an Renoir, das ist natürlich Unfug. Und vor dem e war nichts.«

Paul blieb stehen, sah ihr in die Augen. »Vielleicht weil er den Laut nicht aussprechen konnte oder weil der Straßenlärm ihn verschluckt hat. Ähnelt das irgendeinem Namen, den du in der ganzen Sache einmal gehört hast? Geh mal alle durch, trenne dich von den Buchstaben, die du im Kopf hast, nimm nur das Lautmalerische, wiederhole es ein paarmal.«

»Ich sehe dir an, dass du an einen Namen denkst«, kommentierte Paul Milkas leicht geöffneten Mund, ihre leicht nach oben gerichteten Pupillen.

»Ja, aber das ist …«

»Nein, das ist nicht. Heraus damit.«

»Sklenar. Goran Sklenar. Aber das klingt doch anders.«

»Versuche mal, in seiner Situation noch laut und deutlich Skl herauszubringen. Lass die drei Buchstaben weg, dann bist du nah dran. Und wer soll das sein? Kein Pieps hast du von dem erzählt.«

»Ich habe ihn in Heilbronn getroffen, zusammen mit Stojan Tadic, Max' früherem Partner.«

»Und dieser Sklenar ist was?«

»Tadic stellte ihn als seinen Ab-und-Zu-Assistenten vor. Ach ja, und er habe sogar Max einmal in Freiburg kennengelernt.«

»Wie sah der Typ aus?«

»Ach, verdammt. Entschuldige, die Situation muss mich wirklich heftiger mitgenommen haben, als ich mir eingestehen will. Du hast ihn doch auch einmal gesehen. Als wir zu dritt nach Hausners Vernehmung in Ludwigsburg vor der Bäckerei standen. Da kam er gerade heraus, begrüßte mich.«

»Falls du ihn mit Namen angesprochen hast – ich verstand nur was von Assistent. Ich habe mir den Typ nicht so genau angesehen, außerdem stand ich in seinem Rücken.«

»Paul, das passt doch alles. Der kam nicht einfach so zum Sightseeing oder um sich ausgerechnet bei diesem Bäcker eine Schneckennudel zu holen. Der muss bei Hausner gewesen sein. Kann gar nicht anders sein. Hat ihn wahrscheinlich unter Druck gesetzt, ihm gedroht, die hängen zusammen. Bestimmt. Sklenar war direkt vor uns bei Hausner, hat ihm von Max' Tod berichtet. Daher fiel mir seine Reaktion so auf.«

»Milka, die Pferde galoppieren mit deiner Fantasie fort. Noch mal, wie sah er aus?«

»Mitte 30, schätze ich, vielleicht 1,80, hat eine schlanke, durchtrainierte Figur. Haare? Hm, ja, ganz kurz geschnitten, dunkel, beinahe schwarz. Und auffällig war, dass ihm die Haare an den Schläfen fehlten, der Haaransatz bildete ein V über der Stirn.«

»Wir lassen für die Fahndung ein Phantombild erstellen. Die sollen einen Fachmann von Aalen nach Hall schicken. Komm, wir machen uns sofort an die Rückfahrt. Ich muss mich mit Dietz abstimmen, muss ihm vorab deine Beschreibung geben. Unsinn, komm mit, das machst am besten du selbst. Ich telefonier so lange mit meinem Team in Hall.«

KHK Dietz war anderer Meinung und überzeugte seinen Haller Kollegen. »Besser wäre es, wir machen das gleich bei uns im Präsidium. Wir haben eine ganz aktuelle Software zur Erstellung von Phantombildern.«

Milka hatte ohne weiter zu überlegen einen Zeichner erwartet oder einen Foliensatz mit Gesichtselementen, Nasen, Augenbrauen, Mündern, Haarschnitten und Ohren. Nichts dergleichen – kein Zeichenblock, keine Folien und keine Bildvorlagen zum Durchblättern. Stattdessen hörte sich Halim Hemidi, ein junger Syrer, sicher unter 30, sehr geduldig Milkas ausführliche Beschreibung an, machte sich Notizen. Im Anschluss stellte er am Bildschirm anhand einer Checkliste weitere Fragen zu Details des Gesichts. Parallel dazu entwickelte die Software in einer Auto-Imaging-Funktion Bildvorschläge, die Milka bewerten konnte. Herr Hemidi passte die Gesichtskomponenten Zug um Zug an und konnte schließlich das Bild fixieren. Milka lehnte sich endlich erschöpft und zufrieden zurück. Es war anstrengender geworden, als sie erwartet hatte. »Das ist er. Das ist Goran Sklenar. Und was machen Sie damit? Zur Fahndung ausschreiben?«

»Aber nein. Eine öffentliche Ausschreibung geht nicht so ohne Weiteres. Im Moment wird das Bild zusammen mit zusätzlichen Merkmalen nur an die Polizeidienststellen und, sagte mir der Hauptkommissar, an den Zoll verteilt.«

»Ich bin jetzt erlöst?«

»Aber ja. Vielen Dank. Und – Sie waren gut, sehr gut. Ich habe schon Sitzungen erlebt, die dauerten dreimal so lang, und am Ende waren alle unzufrieden.«

KHK Eichert war immer mal wieder hereingekommen, schaute ungeduldig prüfend über Milkas Schulter und schien erleichtert, endlich aufbrechen zu können. Zurück wählte er die Autobahn.

Milka erinnerte sich an das Versprechen, Clemens Hinrichs von ArtCare zu informieren, sollte sich in Sachen Hausner Neues ergeben. Ihr Handy ließ sich inzwischen einloggen,

Paul hörte mit. Herrn Hinrichs Überraschung, um nicht zu sagen Entsetzen, war greifbar. Immer wieder fragte er nach Details, was Milka wohlweislich unter Hinweis auf die weiteren polizeilichen Ermittlungen – über diese Formulierung war sie richtiggehend stolz – konsequent abblockte. Pauls grinsendes Kopfnicken nahm sie mit einem lautlosen Kichern zur Kenntnis. Als Hinrichs abermals anbot, zur Unterstützung eine Detektei einzuschalten, lehnte Milka kategorisch ab – Pauls Gesichtsausdruck konnte gar nicht anders interpretiert werden. Ihre eigene Frage, ob ArtCare bereits einmal der Name Goran Sklenar untergekommen sei, verneinte Herr Hinrichs nach einer schnellen Prüfung in der firmeninternen Datenbank.

An der Raststätte Wunnenstein holte Paul zwei Coke und Brezeln, die er nach Milkas qualifizierter Einschätzung besser auf dem Ständer hätte belassen sollen. »Auf die Gefahr hin, Paul, dass dir gleich wieder galoppierende Pferde in den Sinn kommen: Dieser Sklenar könnte doch zu einer der beiden Gruppen in Haguenau gehören, über die Hinrichs gesprochen hatte.

Paul brummte ein »Mhm«, wiegte dabei den Kopf, jedoch so dezent, dass Milka es auf die Raumfugen in der Fahrbahndecke zurückführte.

»Wenn dem so wäre«, Milka ließ sich nicht bremsen, »dann zählt Sklenar sicher nicht zu den Kunstmalern, sondern zur Abteilung Einbruch und Diebstahl. Wahrscheinlich steht er sogar über beiden Gruppen und hält wie bei Hausner die Kontakte zu Kunsthändlern selbst in der Hand. Könnte doch sein.«

KHK Eichner fand Milkas Szenario nach einigem Abwägen doch nicht mehr so abwegig. »Dann könnte er, vergleichbar zu Hausner, auch die Verbindung zu Tadic halten. Gutachter, die ausreichend flexibel sind, können die bestimmt gut gebrauchen.«

»Ich teile deine Einschätzung, auch wenn Hinrichs Herrn Tadic kein schlechtes Zeugnis ausgestellt hat.«

Milka suchte in ihrer Handtasche, fand den Zettel mit der Anschrift der hKDM Hochschule für Kunst in Freiburg, wählte die Durchwahl des Studierendensekretariats. Ihr Ansinnen, nach einem ehemaligen Studenten Goran Sklenar zu suchen, wurde zunächst unter Hinweis auf einen momentan wirklich ungünstigen Zeitpunkt abgeblockt. Milkas hartnäckigem Beharren setzte das Sekretariat die nächste Hürde entgegen – unter Hinweis darauf, dass sich ihr Ersuchen ja noch auf die FHF Freie Hochschule für Grafik-Design&Bildende Kunst bezöge. 2011 erst habe der Zusammenschluss zur hKDM stattgefunden, und außerdem müsse eine solche Anfrage schriftlich gestellt werden. Milka konnte dem Argument nichts abgewinnen und war nahe am Explodieren, als sie Pauls amüsiertes, zugegeben dezentes Grinsen erkannte. Mit einem »ich melde mich nochmals bei Ihnen« unterbrach sie das Telefonat. »Du bist gemein. Mach du das doch. Ist ja nicht ganz unwichtig.«

Paul beruhigte sie. »Recht hast du. Wir kürzen das ab. Du gibst das an meinen Kollegen Lang durch, und dann sehen wir weiter.«

Gleich nach der Abfahrt von der A 6 kam der Anruf von Herrn Lang. Nicht auf ihr Handy, stellte Milka säuerlich fest. Er rief Paul an. Das Ergebnis war negativ. Ein Goran Sklenar sei an der FHF niemals immatrikuliert gewesen.

Paul reagierte auf Milkas erstaunten Blick. »Fragt sich, hat Tadic wissentlich gelogen oder Sklenar Herrn Tadic getäuscht?«

Milka nickte. »Hat er wissentlich gelogen, wofür manches spricht, dann hängt er aber auch mit einer der beiden Grüppchen in Haguenau zusammen – dann mit den sogenannten Künstlern.«

»Das sehe ich auch so. Sonst hätte ich ihn wegen Sklenars Adresse gefragt. So aber würde das nur die Pferde scheu machen.«

KHK Eichert parkte den Dienstwagen knöllchenreif in der Zufahrt zur Kunsthalle, was Milka zwar mit erstauntem Blick, jedoch ohne Kommentar quittierte. Der Empfang links des Shopbereichs war doppelt besetzt und bestätigte gern, dass der Schlüssel zu einem der Schließfächer gehörte – allerdings sei das Schloss ausgetauscht worden. Schwieriger gestaltete sich die Klärung, wo der Inhalt des Fachs abgeblieben war. Erst ein Anruf in der Verwaltung brachte Licht in die Sache. Es waren bereits mehrere Tage verstrichen, bevor der Inhalt – ein an Renate Beck adressierter Umschlag – herausgenommen wurde. Da Frau Beck nun unfallbedingt fehlte, war der Umschlag in einem Ablagefach gelandet und dort in Vergessenheit geraten. Nachdem der Vorgang so weit geklärt war, konnte auch der Umschlag gefunden werden – eine banale weiße Luftpolsterversandtasche in kleinem Format mit der Aufschrift Renate Beck. Kein Absender.

»Dürfen wir das aufmachen?«, wollte Milka sicherheitshalber wissen.

»Hm, nein. Nicht so ohne Weiteres.«

»Du drückst dich etwas schwammig aus, lieber Paul. Ja oder nein?«

»Eher nein. Kannst du bitte Frau Beck anrufen und fragen?«

»Mach ich. Da ist irgendetwas Kleines drin, kleiner als ein Lippenstift.« Milka beendete ihre Tast- und Fühlversuche und konnte, nachdem Paul den Shop bereits dreimal abgelaufen war, Zustimmung signalisieren.

»Das hat aber gedauert«, kommentierte Paul den Anruf. Milka erkannte keinen einzigen Grund, warum sie dies erklären sollte, drückte Paul den Umschlag in die Hand. »Mach mal.«

KHK Eichert organisierte beim Empfang eine Schere, zog einen gefalteten Briefbogen aus dem Umschlag, fasste nach und hielt einen USB-Stick in der Hand. Milka griff nach dem Papier, reichte es, einigermaßen enttäuscht, zurück. »Liebe Renate, bitte bewahr das hier für mich auf. Ich liebe dich, Max«, zitierte Milka. »Mehr steht da nicht drauf. Sehr dürftig. Was jetzt?«

»Wird bei uns im Büro geprüft.«

»Paul, können wir nicht einfach zusammen bei mir am PC …«

»Vergiss es, kommt nicht in Frage. Außerdem könnte der Stick passwortgeschützt sein. Was dann?«

»Dann möchte ich jetzt speisen. Du hast mir den ganzen langen Tag seit meinem Frühstück nichts zu essen gegeben.«

»Doch, eine Brezel.«

»Die konnte man nicht essen. Ich möchte gern zum Schuhbäck. Um die Zeit bekommen wir bestimmt noch einen stillen Platz.«

Paul konnte ein Lachen nicht unterdrücken. »Einverstanden, aber erst muss ich Dietz anrufen, und ich muss zuvor im Büro vorbei, den Stick abliefern.«

»Du fährst, ich gehe zu Fuß. In 40 Minuten treffen wir uns. Aber nicht später, sonst bin ich verhungert.«

Milka bewunderte nicht zum ersten Mal das imponierende, in der Unteren Herrngasse 1 gelegene dreigeschossige, auf einem Steinsockel errichtete Fachwerkhaus. Der Name des Lokals erinnerte an die wenigen noch überlieferten Bäckerwirtschaften des einst reichsstädtischen Hall. Wie immer schmunzelte sie über den Text der Inschrifttafel, der mit den Zeilen beginnt: »Als Doctor Faust gen Hall einst kam, Zum Schuhbäck straks den Weg er nahm« – was aber keineswegs belegt ist, trotz der lyrischen Beteuerung »ist wahrlich wahr und kein Gedicht.«

Sie war noch nicht bei der letzten Zeile angelangt, als Paul eintraf. Die Wirtin begrüßte ihn mit erkennendem Lächeln, das sie auch auf Milka übertrug, und führte sie zu einem Eckplatz. Steak mit Bratkartoffeln und Pfeffersauce und eine Schweinelende nahm die Wirtin auf.

Paul informierte kurz über sein zuvor mit KHK Dietz geführtes Telefonat. Die Ludwigsburger waren bislang nicht weitergekommen, auch ein Anruf in Haguenau blieb erfolglos. Sklenar war nicht gemeldet.

Als die Getränke kamen, versuchte Paul das Gespräch zu lenken, weg von allem, was mit dem Fall zusammenhing. Er bemühte einige verwinkelte Gedankensprünge, um das im Geifertshofener ›Ochsen‹ begonnene Thema aufgreifen zu können. Milka blieb das Ziel seiner verbalen Akrobatik nicht lange verborgen, hütete sich aber wohlweislich vor einer voreiligen Abkürzung.

»Im ›Ochsen‹ sagtest du, du könntest dich aus deiner Verantwortung für den Hof nicht einfach davonstehlen, auch wenn du mit deiner jetzigen Rolle nicht gerade zufrieden bist.«

Milka nickte.

»Ich muss dir ein großes Kompliment machen. Bei allen unseren Recherchen wären wir lange nicht so weit, hättest du dich nicht eingeschaltet.« Milka nickte, dachte insgeheim, dass es vielleicht beim Unfall geblieben wäre.

»Und ich habe den Eindruck, dass es dir auch, nein, Spaß ist gewiss nicht der treffende Ausdruck, dass deine Ermittlungen dich wirklich fesseln, dass du dich leidenschaftlich engagiert hast.«

»Das stimmt alles, Paul. Ich bin, was unseren Fall angeht, wirklich motiviert, den Dingen auf den Grund zu gehen, und zwar allen. Herauszufinden, wie es wirklich war, wer es war und warum. Wer welche Rolle gespielt hat. Und du hättest doch recht gehabt, es ist auch Spaß dabei, ich denke da an Professor Ebert. Mein Engagement mag aber auch der persönlichen Betroffenheit, meiner freundschaftlichen Verbindung zu Max geschuldet sein. Ich weiß schon, wo du hinsteuerst. Nur, lieber Paul, es gibt keine vernünftige Brücke, die du als Landfrau betrittst, um am anderen Ende als Kriminalistin anzukommen.«

»Es gibt Ausbildungswege, Weiterbildungen, Spezialisierungen, es gibt …«

»Paul, ich habe den Mord an Hausner vor Augen, wie er direkt vor mir stehend blutend zusammenbrach. Ich glaube nicht, dass ich …«

Paul unterbrach sie, wollte vermeiden, dass Milka in eine ablehnende Grundhaltung abglitt, und ärgerte sich ein wenig, das Thema zeitlich so ungeschickt angeschnitten zu haben. »Es gibt genügend Aufgaben bei uns, ohne dass du unmittelbar mit Gewalttätern, mit Mord und Totschlag in Berührung kommst. In unserer Region sind solche Verbrechen ohnehin nicht an der Tagesordnung.«

»Das mag so sein. Meine Überlegungen gehen aber in …«

Die Wirtin unterbrach das Gespräch, servierte zeitgleich Steak und Schweinelende, ein kulinarischer Genuss, der keine ernsthafte Unterbrechung duldete. Erst nach Bestellung des Vanilleeises mit Himbeergeist (zweifach), knüpfte Paul wieder an.

»Du sprachst vorhin von Überlegungen?«

»Unser Hof stellt sich heute nicht mehr so dar wie vor fünf oder gar zehn Jahren. Mir schwebt eine Entwicklung vor, die mich von traditionellen Aufgaben weitestgehend entbindet.«

»Geht das für mich etwas genauer? So, dass ich mir darunter etwas vorstellen kann?«

Milka versuchte sich an einem Lächeln. »Ich habe doch selbst noch kein fertiges Konzept. Christoph denkt an eine Kooperation mit Lukas Holl, der dazu bereit ist. Daraus kann viel entstehen. Anfangen können wir mit einer weiteren Mechanisierung, beispielsweise Melkrobotern. Die Kuh erhält einen Transponder und wird vollautomatisch gemolken.«

»Zukunftsmusik!«

»Nein, gar nicht. Du musst aber, früher oder später, einen Tierwirt einstellen. Dann könnte man gemeinsam einen Pferdehof einrichten und betreiben, in Kooperation mit weiteren Betrieben aus der Umgebung Bio-Produkte selbst vermarkten, einen Internetversand für besondere regionale Spezialitäten aufziehen. Ich hätte da viele Ideen.« Milkas Augen nahmen Glanz an, ihre Beispiele malte sie weiter aus, schilderte sie mit wachsender Begeisterung.

»Viele neue Ideen, vielleicht zu viele?«

»Wir brauchen sicher ein Stufenkonzept. In der Regel sind nicht die neuen Ideen das Problem, sondern die Selektion und vor allem das Loslassen vom Althergebrachten. Und eine realistische Abschätzung der Marktpotenziale für Angebote, die zur Umsetzung kommen. Jedenfalls könnte ich, das ist so meine Vorstellung, Schritt für Schritt persönliche Aufgaben substituieren, durch neue Tätigkeiten ersetzen, die mich mehr interessieren, mir auch mehr Kontakte nach außen verschaffen – und Freiräume.«

»Mehr Kontakt auch zu mir?«, wollte Paul augenzwinkernd wissen.

»Das Heimchen am Herd werde ich bestimmt nicht geben. Aber wir zwei, das kann ich mir gut vorstellen. Wir müssen nur unsere Dienst- und Arbeitszeiten so koordinieren, dass noch eine ausreichende Überlappung bleibt, eine, die wir beide leben können.«

Das Vanilleeis kam. Und ein Anruf von KHM Lang, den Paul mit nur einem Satz beantwortete: »Ja, fangen Sie bitte mit der Auswertung an.«

»Der USB-Stick?«, fragte Milka nach.

»Ja. Das Passwort war eine simple Angelegenheit. Jetzt lass uns das vergessen, wenigstens für heute. Kommst du mit?«

»Ganz bestimmt!«

KAPITEL 14

Es war 6.40 Uhr. Eine nur halbwegs wache Milka versuchte verzweifelt, sich voll auf den Melkvorgang zu konzentrieren, was ihr heute, selten genug, nicht durchgängig zu gelingen schien. Jedenfalls bewegte sich die Kuh, die sie gerade melken wollte, höchst unruhig, schlug mit dem Schwanz nach imaginären Quälgeistern.

Aus den Augenwinkeln heraus bemerkte Milka eine flüchtige Bewegung, die zu dieser frühen Uhrzeit nicht in diesen Stall gehörte. Sie blickte hoch und ließ mit einer unkontrollierten Handbewegung beinahe einen Zitzenbecher auf den Boden fallen. Da stand tatsächlich Kriminalhauptkommissar Paul Eichert vor einer Tiefliegebox.

Im Moment, als das »Du?« heraus war, ärgerte sich Milka bereits maßlos über ihre intelligente Äußerung.

Pauls Antwort »Wie du siehst« fand sie qualitativ nun auch nicht bemerkenswert besser.

»Raus, du störst.«

»Die Kühe oder dich?«

»Beides, und jetzt raus mit dir.«

»Ich bleib hier stehen, muckse und rühre mich nicht. Ich will nur mal sehen, wie du das machst.«

Milka gab sich geschlagen, war dafür jetzt hellwach. Die Kühe gaben wieder Ruhe. Sie arbeitete zügig weiter, und Paul hielt sich tatsächlich an sein Versprechen.

»So, fertig«, gab Milka schließlich zu verstehen, nachdem das eigentliche Melken beendet war, »du hast bestimmt noch nichts gefrühstückt, oder? Dann bist du eingeladen.«

Allein ihre Eltern saßen noch am Frühstückstisch. Ihre Mutter Karin nahm Pauls frühes Erscheinen ungerührt als selbstverständlich, räumte Georgs und Bettinas Geschirr weg, brachte ein neues Gedeck und frischen Kaffee. Beide, Milka als auch Paul, waren dankbar, dass sich das Gespräch um Belanglosigkeiten drehte und niemand eine Frage zu ihren Ermittlungen stellte.

Mit Kaffee und Wasser und Paul zog Milka um ins Kaminzimmer. Ihre dringlichste Frage hatte sie bis dahin mit einiger Willensanstrengung unterdrückt: »Ihr habt Max' USB-Stick ausgewertet? Das muss eine kurze, eine sehr kurze Nacht gewesen sein.«

Paul bewegte Mundwinkel und Augenbrauen andeutungsweise nach oben, nickte bestätigend. »Ganz besonders für meinen Kollegen Lang. Er hat zudem eine Zusammenfassung der wichtigsten Fakten vorgenommen – was gar nicht so einfach war.«

»Max hat doch bestimmt Ross und Reiter genannt.«

»Max hat auf diversen Dokumenten allgemeine Informationen zum Kunsthandel, zu Kunstraub und Fälschungen festgehalten, hat Namen, Notizen, Begebenheiten, Tatsachen und Vermutungen versammelt. Leider nicht chronologisch. Es ist so, als müsstest du parallel drei oder vier verschiedene Notizbücher auswerten – eine Gemengelage.«

»Er hat keinen expliziten Verdacht ausgesprochen?«

»Du musst das auf der Zeitschiene sehen. Zunächst hat er sich, penibel recherchierend, ganz allgemein mit der Kunstmafia befasst, mit Diebstahl, mit Fälschungen. Das hängt wohl zusammen mit seiner Tätigkeit für ArtCare und für Museen.«

»Als er geklaute Gemälde im Auftrag der Versicherung oder des Eigentümers rückgekauft hat.«

»Ausgelöst hat, genau so. Das war zunächst seine Motivation, sich des Öfteren mit Professor Ebert auszutauschen – um eigene Informationen zu ergänzen, abzusichern.«

»Und wann hat er damit begonnen, ganz konkret zu recherchieren? Der Versicherung gegenüber sprach er doch von einer Art Organisation, die kriminell am Werk ist.«

Christoph sorgte, noch in der Tür stehend, mit einer Frage für eine kurze Unterbrechung, zog sich gleich wieder zurück. Milka füllte Pauls Kaffeebecher zum dritten Mal.

Paul zog eine Unterlage aus seiner Mappe. »Das hängt mit der Sache Hausner zusammen.«

»Mit dem Heckel-Gemälde.«

»Deine Vermutung liegt nahe. Max' Verdacht geht aber weiter zurück, wurde ausgelöst durch einen Auftrag Hausners. Der bat um ein Gutachten für einen Kandinsky. Und ab und an spielt das Leben wirklich verrückt. Genau dieses Werk hatte Max einige Monate zuvor aus einem Artnapping-Fall zurückgekauft. Selbstverständlich das Original.«

»Max nahm den Auftrag dennoch an?«

»So ist es. Und attestierte prompt eine gelungene Fälschung.«

»Das hat er Hausner mitgeteilt?«

Paul nahm einen vorsichtigen Schluck des heißen Kaffees, nickte, verschmitzt grinsend. »Das war ja alternativlos, wollte er nicht bewusst ein falsches Gutachten erstellen. Ich meine, das war sein Härtetest für Hausner.«

»Und der Herr fiel natürlich aus allen Wolken. Gab die Unschuld persönlich.«

»Er behauptete, das Gemälde von einer zuverlässigen, französischen Adresse zu haben – von der er bereits früher bezogen hätte. Wenn er Haguenau meinte, könnte das sogar zutreffen.«

»Was Max ihm wohl nicht abgenommen hat. Nur eins ist für mich nicht wirklich plausibel, Paul. Einmal angenommen, der französische Lieferant ist identisch mit dem Dieb des Kandinsky, wofür einiges spricht, dann wussten die doch um Max' Mittlerfunktion bei dem Bild.«

»Richtig, und wären eigentlich mit dem Klammerbeutel gepudert, Hausner nicht zu warnen. Oder es gab eine interne

Informationspanne oder sie kamen gar nicht auf die Idee, dass ausgerechnet Max als Gutachter eingeschaltet werden könnte. Ein absurder Zufall sozusagen. Übrigens hatten auch die Diebe einen Mittler eingeschaltet. Ein Gerd Grimminger, steht in Max' Unterlagen.«

»Und was hat Max dann – ja Bettina?«

Bettina erkundigte sich in einem leicht süffisanten Unterton, ob Milka auch heute den Golf in Beschlag nehmen müsse, erhielt ein knappes Nein als Antwort. Milka verspürte nicht die geringste Lust, sich mit Bettina zu kabbeln.

Pauls Handy sorgte für die weitere Unterbrechung. »Dietz«, teilte Paul mit und nahm ab. »Hallo, Herr Dietz, Sie haben meine Zusammenfassung bereits gelesen?« – »Sie sind bereits im Büro von Hausner? Das ging aber schnell!« – »Sie haben die Mobilfunknummer von Sklenar? Das ist der Durchbruch.« – »Und wie sind Sie reingekommen?« – »Einfacher geht es nicht mehr. Sie haben bereits …« – »Ja, ich höre.« – »Hervorragend. Ich bin gespannt. Bis bald.«

Milkas Gesichtsausdruck vermittelte eine dringliche Bitte um weitere Information – was Paul richtig interpretierte. »Wo die Leute ihre Passwörter und Pins verstecken – auf der vorletzten Seite des Tischkalenders. Jedenfalls haben wir Sklenars Handynummer. Für vorgestern, am frühen Vormittag ist ein Anruf von Sklenar auf Hausners Handy registriert. Sofort danach muss er dich angerufen haben.«

»Als er eiskalte Füße bekam.«

»Richtig. Und jetzt versucht Dietz gerade, ein Bewegungsprofil erstellen zu lassen und das Handy zu orten. Wenn das gelingt, könnte eine Festnahme klappen. Hoffentlich, bevor er über die Grenze nach Frankreich, wahrscheinlich nach Haguenau ist.«

»Wir haben eine EU, Paul.«

»Ja, und Vorschriften.«

»Du bist aber mit deinem Bericht über Max' Unterlagen noch nicht ganz durch, oder?«

»Richtig. Max hat Hausners Erklärung zu dem Kandinsky-Gemälde natürlich keinen Glauben geschenkt. Seine vertieften Recherchen hat er aber erst aufgenommen, als diese Heckel-Affäre ins Rollen kam. Die hat er penibelst dokumentiert. Bereits als Gärtners erster Vorwurf im Raum stand, wusste er sich von Hausner hereingelegt.«

»Wie kam er an seine Information zu Haguenau?«

Paul verneinte diesmal, als Milka einen vierten Kaffee anbieten wollte, griff stattdessen nach der Wasserflasche. »Ein Witz. Eigentlich. Wie im Film. Als Hausner in Anwesenheit des Künstlers eine Minivernissage in seinem kleinen Ausstellungsraum eröffnete und alle Zuhörer gebannt an seinen Lippen hingen, verzog sich Max in den Büroraum und suchte. Er hatte Glück, fand die Unterlagen zu dem Gemälde und, sehr praktisch, gleich das Begleitschreiben aus Haguenau dazu.«

Milkas Blick drückte eine gewisse Ungläubigkeit aus. »Einfach so, mit der Post und ordentlicher Adresse?«

»Na, so bestimmt nicht. Ich schätze mal, Gemälde und handschriftliche Notiz kamen per inoffiziellem Kurier. Es war lediglich eine Telefonnummer in Haguenau vermerkt. Die muss Max recherchiert haben, kam so auf die Adresse.«

»Und wer verbirgt sich dahinter?«

»Eine Minigalerie, die sich Max sogar angesehen und ein paar Aufnahmen mit seinem Handy gemacht hat. Seiner Beschreibung nach ein Angebot von banalen Allerweltsbildern, die von zwei oder drei, ich sag mal Künstlern, im nachgeschalteten Atelier produziert werden. Werbung machen sie mit Porträts.«

Pauls Handy meldete sich erneut. Nochmals Dietz.

»Sie haben Sklenar geortet. Auf der Autobahn von Pforzheim Richtung Karlsruhe.«

»Dann könnt ihr ihn ja jetzt pflücken«, meinte Milka trocken.

»Ganz so einfach geht das dann doch nicht. Dietz koordiniert das schon sehr professionell. Wir werden sehen.«

Milka hing mitten in ihren Überlegungen zu weiteren offenen Baustellen, als ihr eigenes Handy den Anruf Professor Eberts anzeigte. Paul verdrückte sich, nachdem er der Begrüßung den Anrufer entnahm. Milka kam nicht umhin, Herrn Ebert wenigstens im Telegrammstil auf den neuesten Stand zu bringen. Allerdings erwies sich, spätestens nach Schilderung des Mords an Hausner, der aktuelle Wissenshunger des Professors als schier unstillbar, sodass sich Milka zunehmend in Entschuldigungen rettete oder schlichtes Unwissen vorgab. Paul zeigte sich kurz in der Tür, zog sich aber sofort zurück. Endlich konnte Milka das Gespräch beenden, zählte bestimmt fünf Ades und ein Tschüss und ging auf die Suche nach Paul.

Sie verkniff sich ihre innere Belustigung, als sie feststellte, dass Paul in der Küche in die Fänge ihrer Mutter Karin geraten war. Deren Wissensdurst stand dem des Professors ganz bestimmt in nichts nach. »Ich sehe dich in guten Händen«, stellte sie mit einem warmen Lächeln fest. »Lass dir Zeit, ich ziehe mich erst mal um.«

Beim Schließen der Küchentür warf Milka einen Blick zurück und, sie konnte sich nicht getäuscht haben, sah, wie Paul, Karin den Rücken kehrend, ihr doch tatsächlich für einen Sekundenbruchteil die Zungenspitze herausstreckte. Unglaublich.

Milka ließ sich Zeit. Möglicherweise suchte ihre Mutter Antworten auch auf andere Fragen, Fragen, die mit der Causa Max nichts zu tun hatten. Allerdings wollte sie Paul auch nicht gänzlich in Verlegenheit bringen, er hatte momentan genug am Hals. Sie fand ihn im Kaminzimmer stehend, allein, den Blick wohl eben noch nach draußen auf den Hofbereich gerichtet. Er hatte sie gehört, sich umgedreht.

»Hast du die Fragen meiner Mutter überstanden?«

Paul wirkte völlig entspannt, sehr zufrieden. »Ja, warum? Hast du anderes erwartet?«

»Nein. Ganz und gar nicht«, flunkerte Milka, »ich kenne sie nur. Und manchmal ist sie ein wenig, wie soll ich sagen, anstrengend.«

Paul brachte es fertig, den Kopf zu schütteln, gleichzeitig die Achseln hochzuziehen und die Augenbrauen zu wölben.

Milka gab auf. Stellte die Frage, die ihr zuvor unter der Dusche eingefallen war. »Was ist mit Goran Sklenar? Findet der überhaupt keine Erwähnung in Max' Unterlagen?«

»Doch«, antwortete Paul, »so weit war unser Gespräch vorhin noch nicht gediehen.«

»Aber dann ...« Milka zögerte, überdachte die Konsequenzen.

Paul beruhigte sie. »Ich weiß, was dir zu schaffen macht. Nein, Max hat ihn nie kennengelernt. Er hat seinen Namen aber auf Notizen gefunden, die Hausner in dem Kandinsky-Ordner gemacht hatte. Daraus ging hervor, dass er das gefälschte Gemälde nicht freiwillig übernommen hatte, zum Vertrieb sozusagen gezwungen, man könnte sagen erpresst wurde. Und dahinter stand – ja genau, Goran Sklenar. Max hat ihn in seinen Unterlagen als Boss bezeichnet, einmal allerdings mit einem Fragezeichen dahinter.«

»So weit, so gut, Paul. Wir gehen aber, Feldmeier nicht zu vergessen, davon aus, dass Sklenar der böse Bube sein könnte, der Max zur Strecke gebracht hat. Und ihn zuvor traf – im Café Ableitner.«

»Richtig, aber ganz bestimmt nicht unter seinem wirklichen Namen. Nur so nebenbei – es war doch von Sklenar ein raffinierter Schachzug, dir gegenüber zu behaupten, er habe ihn in Freiburg beim Studium getroffen. Damit hat er von sich abgelenkt, sich sozusagen ein Alibi zumindest zweiter Klasse verschafft. Im »Ableitner« hätte er sich dann ja nicht mit Max treffen können.«

Milka wirkte so betripst wie ein ausgiebig begossener Pudel. »Ich bin ein blöder Esel, ein Dummbatz, ein Riesenross, wirklich.«

Bevor Paul mit einer spontanen Bestätigung ein mittelgroßes Unheil verursachen konnte, meldete sich sein Handy. Milka schnäuzte sich, versuchte, Pauls sparsamen, aber offensichtlich sehr zufriedenen Kurzkommentaren einen sinnvollen Zusammenhang abzuringen.

Paul beendete das Telefonat. »Das war nochmals Dietz. Sie haben ihn. Auf einem Parkplatz kurz vor Rastatt. Und sie haben seine Adresse. Nicht Haguenau, sondern Rastatt.«

»Sie haben Sklenar? Hat er sich gewehrt, geschossen?«

»Hast du Blut geleckt? Die gewalttätigen Details erfahre ich später. Er wird nach Ludwigsburg gebracht.«

»Nicht hierher? Das kann doch nicht sein, oder?« Milkas Frage klang verwundert und enttäuscht zugleich.

»Da der Haftbefehl hier ausgestellt wurde, dürfte er voraussichtlich morgen zur Vernehmung nach Hall gebracht werden.«

»Bei der ich dabei bin. Du musst mir rechtzeitig sagen, wann ich da sein soll.«

»Milka, ich könnte dir einen halbstündigen Vortrag darüber halten, warum das nicht geht. Ein für allemal: Das geht wirklich nicht, das ist unzulässig. Und das ist auch nicht verhandelbar.«

Milka gab sich noch nicht geschlagen. »Dann lass mich wenigstens durch euer Fenster ins Vernehmungszimmer blicken.«

»Liebe Milka, dann musst du eine lange Leiter an die Außenwand unseres Gebäudes stellen. Und bei dem Fenster kann man reinschauen, aber raus, Gott sei Dank, auch.«

»Da gibt es kein One-way-Fenster oder wie das heißt?«

»Nein. Einen venezianischen Spiegel gibt es bei uns nicht.«

»Und eine Videoaufzeichnung, die ich sozusagen live mit ansehen könnte?«

»Das ist die einzige Möglichkeit. Setzt aber voraus, dass Herr Sklenar dieser Form der Aufzeichnung auch zustimmt.«

»Dann musst du ihn eben dazu bringen.«

Pauls Seufzer angesichts Milkas Hartnäckigkeit war herzerweichend, beeindruckte sie jedoch in keinster Weise.

»Wie geht ihr eigentlich bei einem Verhör, entschuldige, bei einer Vernehmung vor? Legt ihr da alle Beweise auf den Tisch, sodass der Bösewicht nicht anders kann als gestehen?«

»Da gibt es zwar Regeln und Bausteine, die konkrete Vorgehensweise müssen wir aber dem jeweiligen Fall und natürlich der Person des Beschuldigten anpassen. Das musst du in der Praxis genauso. Wie gehst du beispielsweise psychologisch geschickt vor, wenn du einem Bauern einen …«

»Landwirt, Paul, Landwirt«, verbesserte Milka.

»Sorry, einem Landwirt einen Acker abschwatzen willst?«

»Vergiss es. Das musst du gar nicht erst versuchen.«

Paul seufzte erneut. »Wir müssen.«

»Ihr könnt den Goran Sklenar sofort nach der Festnahme vernehmen?«

»Nix da. Zuerst muss er durch einen Richter angehört werden.«

»Dann dauert das aber.«

»Das geht schnell. Apropos schnell – ich muss jetzt ins Büro. Wir brauchen ganz dringend einen Durchsuchungsbefehl für Sklenars Rastatter Wohnung.«

»Wozu denn das? Ihr habt doch den Haftbefehl.«

»Das ist schon richtig. Wir dürfen aber eine Durchsuchung und die Beschlagnahme von Unterlagen nur auf richterlichen Beschluss hin vornehmen – ansonsten müsste Gefahr im Verzug bestehen. Und eine solche Situation stellt sich in einem Prozess meist als gefundenes Fressen für den gegnerischen Anwalt dar. Der zerpflückt deine vermeintliche Gefahr im Verzug ganz schnell. Also, liebe Milka – ich muss wirklich weg. Wir sehen uns später.«

»Was ist später? Sehen wir uns zum Mittagessen?«

»Zu früh. Ich ruf dich am Nachmittag an.«

Milka war mit dem Vorschlag keineswegs zufrieden, schloss dieses unglückliche staatliche Organ von Paul sie damit doch weitestgehend vom hautnahen Geschehen aus, und das ausgerechnet in der ganz heißen Phase. Andererseits wollte ihr spontan kein unbestreitbares, wenigstens unleugbar nutzenstiftendes Argument für ihre Teilnahme einfallen. Entsprechend emotionslos fiel ihr Kuss aus. Paul stand bereits an der Haustür, als Milka ihn zurückrief. »Was ist jetzt mit Feldmeier? Legst du den erstmal auf Eis?«

»Keineswegs. Lang bereitet sowas wie eine Vorlage für einen Durchsuchungsbefehl vor und telefoniert mit dem LRA. Die werden eine Kontrolle des Waffenschranks vornehmen. Allerdings verspreche ich mir davon nicht allzu viel. Ein Schnellfeuergewehr ordentlich im Waffenschrank? Eigentlich unvorstellbar.«

Mit einer gehörigen Portion Widerwillen nahm sich Milka ihrer betriebswirtschaftlichen Aufgaben an, ertappte sich aber immer wieder bei fiktiven Ausflügen und stolperte unversehens über einen absurden Gedanken, den sie umgehend beiseiteschob, der aber wie ein Jo-Jo sofort zurückkam: Was, wenn Max möglicherweise doch der Kopf des Ganzen gewesen war? Wenn ein interner Konkurrent Sklenar ihn absägen wollte? Wenn alle Recherchen und alle auf dem USB-Stick dokumentierten Schuldvermutungen und -zuweisungen nur eine begleitende Ablenkungs- oder Verschleierungsfunktion für Max' Ausstieg aus der Sache hatten, beweisen sollten: Seht her, ich kann es nicht gewesen sein. Wer wollte denn die Machenschaften ans Tageslicht zerren? Das war doch ich!

Sebastian Wild und sein Deutsch Kurzhaar verhinderten, dass Milka sich in die Ausstaffierung ihres wirren Szenarios weiter verstrickte. Ein Tauschhandel setzte ein. Der ehemalige Kreisjägermeister gab eine seiner raren, noch verbliebenen Wildsalami, bedauerte, dass es für einen Obstbrand wohl noch zu früh sei, bedauerte erneut, dass Milka nicht widersprach, erhielt einen Kaffee und ausführliche Informationen als Gegenleistung. Nachdem sein Wissensdurst hinreichend gestillt war und der Deutsch Kurzhaar eine Wegzehrung erhalten hatte, klingelte in die Verabschiedung hinein das Telefon. Paul.

»Ich hab schon auf deinen Anruf gewartet. Du sollst dich bei Sebastian mal wieder sehen lassen.«

»Ist er bei dir?«

»War. Ist gerade gegangen.«

Paul brummte etwas Unverständliches. Schaltete sofort auf Kriminalhauptkommissar. »Sklenar wird heute am späten Nachmittag bei uns abgeliefert. Bis dahin bin ich aber zu, sorry. Kein Kaffee mit dir.«

»Soll das bedeuten, ihr vernehmt ihn dann gleich, noch heute?«

»Keine Spur. Erst einmal kommt die ED-Behandlung.«

»Paul, kannst du mir bitte …«

»Die erkennungsdienstliche Behandlung: Personendaten, Fotos, Fingerabdrücke. Das dauert.«

»Und die DNA wohl auch, oder?«

»Die auch, wenn wir bis heute Abend noch den richterlichen Beschluss dazu erhalten.«

»Aber dann legt ihr mit der Vernehmung los.«

»Kaum. Wir werden erst morgen beginnen. Da geht es zunächst nur um die Vernehmung zur Person, nicht zur Sache. Und insoweit kann er sich auch nicht weigern.«

»Das habt ihr doch in fünf Minuten, und dann komme ich dazu.«

»Ganz bestimmt nicht. Weder fünf Minuten, eher ein bis zwei Stunden, noch kommst du dazu.«

»Aber du hast …«

»Lass uns erst klären, ob er überhaupt aussagebereit ist oder gleich mauert und nach einem Anwalt verlangt.«

»Was ist mit seiner Wohnung in Rastatt?«

»KHM Lang fährt morgen Vormittag dorthin, mit der SpuSi.«

»Dann lass mich da mitfahren. Zwei Augen mehr …«

Pause.

»Paul, bist du noch da? Oder hältst du gerade Rücksprache mit dem Präsidium?«

»Meinetwegen. Ich sage Lang Bescheid. Morgen neun Uhr hier. Du befolgst alle seine Anweisungen, hörst du, alle!«

»Bin ja nicht taub. Bekomm ich dann auch so einen Overall? Meine Größe kennst du ja.«

»Ich krieg mich gleich nicht mehr. Vielleicht noch ein Farbwunsch?«

Milka starrte ungläubig auf den Hörer. Paul hatte doch tatsächlich aufgelegt. Einerseits fand sie es befriedigend, wieder eingebunden zu sein, andererseits fragte sie sich, ob Paul sie mit einem kleinen Leckerli einfach abspeisen, sie von der Hauptbühne möglichst weit weg haben wollte.

Irgendwo im Inneren grummelte es bei Milka heftig, als sie sich zusammen mit Christoph an die Wartung des Maschinenparks machte. Den Schlepper konnten sie auslassen. Sie überprüften die Hydraulik des Pflugs, die eine Einstellung der Arbeitsbreite erlaubte, nahmen sich die Prismenwalze des Unicorn Einzelkornsägeräts vor, checkten die Bauteile und das Steuerungsgerät der Rundballentrocknungsanlage und die Pneumatik des Düngerstreuers, die für eine exakte Verteilung des Düngers im Ausleger sorgen sollte. Christoph, Hand in Hand arbeitend, warf ihr auffallend oft einen Blick zu, bis Milka schließlich herausplatzte: »Ist irgendwas? Sitzt mein Make-up nicht?«

»Ich schätze deine Arbeitswut, liebe Milka, allein, sie scheint ihren Ursprung in einem gewissen Ärger zu haben. Stimmt's?«

Milkas »ach was« war nicht gerade aufschlussreich.

»Hier sind wir durch, jetzt geht es an den Stall. Ich bin ja nicht so, ich helfe dir.«

Milka grummelte. Stallarbeiten gehörten nicht zu ihren Lieblingstätigkeiten. Nach knapp drei Stunden waren sie durch, durch mit der Reinigung von Stall und Futterlager, der gründlichen Desinfektion der Melkmaschine, der Kühl- und Transportbehälter und der Bereitung des Futters. Milka dankte Christoph, dass er sie bei der Klauenpflege nicht allein ließ. Der Pfleger war ausgefallen, und länger konnten sie die Maßnahme bei einzelnen Tieren nicht mehr hinausschieben.

Nach einer ausgiebigen Dusche wanderte Milka, einen großen Becher Kaffee in der Hand und bei Fuß gefolgt vom schwarzen Peterle, zu ihrem Käfer, dessen seit Tagen fortschrittsloser Zustand geeignet war, eine spontane Depression hervorzurufen – wäre da nicht die begründete Hoffnung auf baldige Aufklärung des Mords an Max gewesen.

Milka recherchierte in Google Maps die Verbindungen zwischen Rastatt und Haguenau – vielleicht 40 Minuten über Soufflenheim – und nur eine halbe Stunde bis Karlsruhe, fiel ihr auf. Ihren Versuch, dieser geografischen Konstellation eine hilfreiche Bedeutung beizumessen, unterbrach Paul mit seiner telefonischen, knappen Information, Sklenar wäre gerade eingetroffen und KHM Lang erwarte sie morgen. Bevor sie auch nur eine einzige Frage loswerden konnte, hatte Paul das Gespräch beendet, immerhin hörte sie die Hälfte eines »Tschüss bis später« heraus.

Das gemeinsame Abendessen in der Familie – nur Laura und Jonas fehlten wegen einer Probe in der Schule – gestaltete sich unverhofft lebendig. Den Anfang nahm eine der höchst seltenen, unverkennbar ironischen Anmerkungen Georgs, als Mutter Karin, gekleidet in eine dunkelblaue Kiddl-Schurz (Kittelschürze), die Vorspeise hereinbrachte. »Du bist aber wirklich fein angezogen«, zitierte er Lauras Ausdrucksweise. Dazu gehört zu wissen, dass Generationen deutscher Kinder ihre Mütter allein in dieses ursprünglich aus den USA kommende Kleidungsstück gekleidet sahen, es seit den 80er-Jahren aber, selbst im Schwäbischen, als nahezu ausgestorben galt.

Bevor ihre Mutter in Tränen ausbrechen konnte, nahm Georg, erkennend, was er da angerichtet hatte, ihr fürsorglich das Tablett ab. »War doch nicht so gemeint.« Allerdings musste mit der Vorspeise gewartet werden, bis Mutter Karin nach zehn Minuten zurückkam. Aufgebrezelt, hätte Laura gesagt. Alle, auch Mutter Karin, lachten.

Es gab einen ganz ausgezeichneten Braten vom Schwäbisch-Hällischen Landschwein – dem württembergischen König Wilhelm I sei Dank für seinen Import chinesischer Maskenschweine –, serviert mit viel extra Soße, Kartoffelsalat und Bubaspitzla als zusätzlicher Beilage. Georg erinnerte an Pauls Frage, woher denn der Name für diese Form der Schupfnudel rühre, als ihm die Speise im Mayrschen Haus erstmals vorgesetzt worden war. Was selbstverständlich ein wahrhaft homerisches Gelächter der gesamten Runde ausgelöst hatte und eine gewisse Gesichtsrötung bei Paul, als er verstand.

Georg nahm das Mohrenköpfle, so die liebevolle Bezeichnung des Schweins, dessen herausragende Fleischqualität zu einem wahren Siegeszug in Deutschlands Gourmetküchen geführt hat, zum Anlass, über seine Pläne mit Lukas Holl zu berichten. Nachdem sich Milkas eigene Vorstellungen in das Szenario ihres Bruders nahtlos einfügen ließen, entspann sich eine ungewohnt lebhafte Diskussion, an der sich erstmals mit diesem Engagement auch Bettina beteiligte. Bis es Zeit war, ihre beiden Kinder abzuholen. Begleitend zu einem Glas Trollinger mit Lemberger wurde in einer Art Beschlussfassung an Christoph und Milka der familiäre Auftrag erteilt, ein strategisches Stufenkonzept zu entwickeln und mit einem Investitionsplan zu unterlegen.

Sie traf äußerst pünktlich ein. KHM Lang stellte POM Richartz und PM Janina Veit vor, wies Milka den Beifahrersitz an und übernahm das Steuer. Nach einigen Anmerkungen zum nasskalten Wetter und die beiden zu erwartenden Staus, einer wieder mal bei Bruchsal, erwies sich KHM Lang als vergleichsweise mundfaul. Immerhin erklärte er Milka Frau Veits Hinweis auf 224 (Geschwindigkeitskontrolle) kurz hinter Öhringen und Richartz' frühe Spekulation über ihr heutiges Doppel-Emil (Einsatzende). Und er informierte über die bei Sklenars Festnahme im Wagen gefundene Waffe, aber erst auf Milkas Frage hin. Eine Glock 17, das Kaliber neun Millimeter Luger passe genau zur gefundenen Munition. Milka unterdrückte die weitere Frage nach dem Schalldämpfer, nicht aber die nach der Kontrolle des Feldmeierschen Waffenschranks. Die würde heute noch stattfinden, gab Lang zur Antwort.

Sklenars Rastätter Adresse lag am Friedrichsring. Eine Dreizimmerwohnung im ersten Obergeschoss eines lieb- und ideenlos gestalteten, dreistöckigen Mehrfamilienhauses. PM Janina Veit half Milka vor der Wohnungstür beim fachmännischen Anziehen des Einmal-Overalls, sie erhaschte dabei gerade noch das Größenetikett M. KHM Lang zeigte der neugierigen Mieterin der Nachbarwohnung seinen Ausweis, lehnte aber jedes weitere Informationsersuchen strikt ab.

Das SpuSi-Team verschaffte sich einen ersten Überblick und teilte sich dann auf. Milka bewunderte das systematische und gründliche Vorgehen, inspizierte das technische Instrumentarium, das Janina auspackte, und versuchte unsichtbar im Hintergrund zu agieren, kein Störfaktor zu sein. Das kleine Zimmer musste einem Mädchen gehört haben. Alter, nach den Postern, den Büchern und CDs zu urteilen, sicher nicht über zehn Jahre. Und sie hatte den Raum bestimmt seit längerer Zeit nicht mehr bewohnt.

Aus dem Schlafzimmer hörte sie KHM Langs lauten Ruf, schon beinahe ein Schrei. »Wir haben die Waffe! Wir haben sie! Und die Munition. Nicht zu fassen.«

Milka folgte Richartz und Veit. KHM Lang stand mit zufriedenem Strahlen im Gesicht vor der offenen Schranktür, hatte die Kleidungsstücke beiseitegeschoben und zeigte auf ein Schnellfeuergewehr.

»Dann ist Feldmeier wohl aus dem Schneider?«, kommentierte Milka den überraschenden Fund.

»Sieht so aus. Aber zuvor müssen wir Waffe und Munition prüfen.«

Milka interessierte sich für die sonstigen Schrankinhalte und stellte schnell fest: Eine Frau gehörte nicht zum Haushalt. Eine weitere, definitive Bestätigung hierfür fand sie nach kurzer Inspektion der Küche und des Kühlschranks. Im Wohnzimmer blieb sie an einem im Regal stehenden Ordner ›Pädagogium‹ hängen, griff mit ihren Latexhandschuhen danach und blätterte. Treffer, wusste sie nach zwei Minuten. Sklenars zwölfjährige Tochter war seit zwei Jahren im Internat im nahen Baden-Baden. Milka drückte Janina, man duzte sich zwischenzeitlich, den Ordner in die Hand und räumte das Feld, nachdem sich die allgemeine Suche auf diesen Raum konzentrierte. Sie nahm sich das Zimmer der Tochter vor, vertrödelte einige Zeit mit einem Kinderbuch, das sie vor Jahren aus einem ihrer Kartons geholt und an Laura weitergegeben hatte, und stieß, hinter einer ganzen Reihe klassischer Kinderbücher verborgen, auf zwei dicke Fotoalben. Sie setzte sich auf den Stuhl vor dem kleinen Schreibtisch und fing an zu blättern. Fotos eines jüngeren Goran Sklenar, Natalija in den verschiedensten Altersstufen und Umgebungen, mehrere Bilder einer jüngeren Frau, noch vor 30. Milka, im zweiten Album angelangt, stoppte abrupt ihr mechanisches Überblättern, ging eine Seite zurück. Ein grauer Briefumschlag. Vorsichtig zupfte sie ein Foto heraus, das Goran Sklenar am Strand zusammen mit seiner Tochter zeigte. Das Foto war einseitig abgeschnitten. Irgendjemand musste neben Natalija gestanden haben. Sie drehte das Foto um. Ein mit schwarzem Filzschreiber gezeichneter Grabstein mit der Aufschrift Natalija. Daneben, handschriftlich in Großbuchstaben: Denk immer daran!

Milka schreckte hoch, als Janina hereinkam. »Wir sind durch, wir packen.«

»Das hier auch noch«, meinte Milka, gab die zwei Alben weiter und warf einen letzten Blick in alle Räume. Eines stand für sie fest. Dieses zusammengewürfelte Sammelsurium an Möbelstücken und Ausstattungsgegenständen konnte kaum ein kunstbeleckter Mensch geschaffen haben. Was immer Sklenar gelernt haben mochte, ein Kunststudium war gewiss nicht dabei gewesen. Die drei Gemälde, die zwei Wände des Wohnzimmers schmückten, bestätigten ihre Einschätzung.

Einigermaßen strapaziert entledigte sich Milka des Overalls und ließ sich in den Beifahrersitz des Kombi fallen, mochte sich von KHM Langs anhaltend guter Stimmung nicht so recht anstecken lassen. Den lebhaften Austausch zwischen Lang, Janina und Richartz auf der Rückfahrt nahm sie eher als Geräuschkulisse wahr, hing ihren eigenen Gedanken und Überlegungen nach – nur einmal unterbrochen durch den Anruf von Professor Ebert, den sie, schon aufgrund der Anwesenheit dreier Ordnungshüter, mit mageren, allgemein gehaltenen Informationen abspeisen musste.

Janinas Angebot, die Hälfte ihres mitgenommenen Vesperbrots zu übernehmen, lehnte Milka dankend ab, nutzte stattdessen die kurze Kaffeepause an einer Raststätte und war danach hellwach, als Pauls Anruf im Auto hereinkam. KHM Lang berichtete im Telegrammstil über die gefundene Waffe, drei Schachteln mit Munition, Fingerabdrücke, eine mitgenommene Haarbürste – hier stutzte Milka, aber nur kurz –, diverse Ordner und Unterlagen, ein Notebook, zwei Fotoalben. Und er habe, das war Milka glatt entgangen, mit drei der im Haus anwesenden Mieter gesprochen.

30 Minuten später schreckte Milka im Besprechungszimmer der Kripo hoch, als die Tür aufgerissen wurde und Paul, zusammen mit KHM Lang, mit Kaffee und Wasser hereinstürmte.

»Puhh«, oder so etwas Ähnliches meinte Milka zu vernehmen, als Paul vergeblich versuchte, eine relaxfähige Sitzposition auf dem Stuhl zu finden.

Es bedurfte des gebannten Blicks zweier Augenpaare und einer Tasse Kaffee, bis KHK Eichert sich so weit gesammelt hatte, dass er berichten konnte. Milka, von Pauls Habitus einigermaßen überrascht, fand nur eine Erklärung: Eine Vernehmung schien Beschuldigten und Vernehmenden gleichermaßen zu stressen. Pauls einleitende Worte standen ihrer Empfindung zunächst frappierend entgegen.

»Es ging erstaunlich einfach mit Sklenar, beinahe zu einfach. Die Einleitungs- und Kontaktfragen und die Fragen zur Person – das lief alles merkwürdig harmonisch. Nur seine Tochter wollte er wegschweigen. Das war auch gut so. Wir hatten die Angaben vom Meldeamt und konnten so durch einige provozierende Fragen ein erstes Bild seines Verhaltensmusters gewinnen.«

Milka nutzte Pauls hörbares Atemholen. »Und warum wollte er seine Tochter zunächst partout nicht erwähnen?«

»Da druckste er herum wie ein Pennäler, der mit einer Fünf in Mathe nach Hause kommt. Ich hatte den Eindruck, dass er sie komplett raushalten wollte. Seine kriminellen Aktivitäten muss er vollständig vor ihr abgeschirmt haben. Daher wohl auch die Unterbringung seiner Tochter im Internat.«

»Damit hat er dann doch herausgerückt. Und seine Frau?«

»Da war mal eine, wenn auch nicht angetraut«, meinte KHM Lang trocken, »ist aber schon drei, vier Jahre her. Sagten uns zumindest zwei Mieter im Haus. Es hätte permanent Streit gegeben. Lauten Streit.«

Paul ergänzte: »Die Meldebehörde hatte sie jedenfalls nicht registriert.«

Milka drängte. »Und wie ging es mit Sklenar weiter?«

»Die ganze Prozedur der Belehrung zum Aussageverweigerungsrecht interessierte ihn nicht. Zuckte nur mit den Achseln, wollte auch keinen Rechtsbeistand. Weiter ging es mit Namen. Tadic, Hausner und drei Namen, die wir aus Haguenau haben. Lief alles ganz glatt und reibungslos. Ja, kenne er. Ja, habe er Kontakt gehabt – beruflich. Er sagte wirklich beruflich.«

»Und Max?«, warf Milka ein.

»Er tischte uns die bekannte Story aus Freiburg auf. Und da war der Zeitpunkt der harten Gangart gekommen. Als Tatvorwurf stand bislang nur Hausner im Raum. Übrigens ist inzwischen erwiesen, dass aus Sklenars Glock 17 abgefeuert wurde. Nur seine Fingerabdrücke drauf. Dann brachten wir den Mord an Max ins Spiel, den zweifachen Anschlag auf Renate Beck. Wir haben Sklenar in aller Deutlichkeit gesagt, dass er es war.«

»Und daraufhin ist er sofort eingeknickt?«

»Keineswegs. Wir gaben ihm aber keine Gelegenheit, zu oft ›ich war es nicht‹ zu sagen. Wäre psychologisch auch grundfalsch. Je öfter du einen Täter zu einer Wiederholung bringst, umso mehr wächst sein Widerstand. Stattdessen verwiesen wir auf vorliegende Beweise. Als wir ihn aufforderten, uns sein Tattoo am Arm zu zeigen, schwand sein Widerstand zusehends.«

»Ging bestimmt nicht schnell«, murmelte KHM Lang, seine Erfahrung andeutend.

»Nein. Das zog sich. Wir haben die Beschuldigungen ausgeweitet auf den Überfall in Köln, auf Kunstdiebstähle, haben ihn gezielt provoziert, ihm auf den Kopf zugesagt, er sei der Organisator der ganzen kriminellen Bande.«

»Also Druck und Stress und zur Abwechslung Stress und Druck«, kommentierte Milka.

»Richtig. Die Führungsrolle hat er vehement verneint, über diese Hürde kamen wir nicht. Selbstverständlich haben wir unerbittlich nachgehakt, wer es denn war, wenn nicht er. Schweigen, nur Schweigen. Dann versuchten wir ganz vorsichtig, ihm den Weg zu einer Rechtfertigung zu ebnen. Brachten behutsam psychologische Aspekte und schließlich seine Tochter und deren künftiges Schicksal ins Spiel. Das war der Punkt, an dem er allmählich leiser, nachdenklicher wurde, gesprächsbereiter.«
Paul schenkte sich Kaffee nach und füllte Milkas Wasserglas.

»Und dann gab er alles zu?«, vermutete sie.

Paul nickte, mit einem sichtlich gequälten Lächeln. »Nicht so übergangslos, wie du vielleicht meinst. Mindestens eine halbe Stunde lang haben wir ihm die Nachteile eines Leugnens, die Vorteile eines frühen Geständnisses dargelegt, immer und immer wieder. Dann plötzlich doch der Sinneswandel. Ein Eingeständnis, jedoch kein rückhaltloses. Den Mord an Hausner ja, Renate Beck ja, aber die sei wohl nicht hinüber, meinte er – in genau dieser Ausdrucksweise – und dann ein kategorisches Nein. Ein Nein zur Tat an Max.«

»Er verneinte wirklich den Mord an Max?«

»Zunächst ja. Dann kam die Information zur Waffe in seiner Rastätter Wohnung, wir haben auf den in Kürze vorliegenden Test hingewiesen, auf die Patronen. Und wir haben ihm sein Studienalibi zerpflückt. Da ist er eingeknickt. Und als wir gerade dachten, er würde auch seine Rolle als Kopf der Bande zugeben, da kam stattdessen der dicke Hammer: Er hat Hausner alle Schuld zugeschoben. Der sei der Boss gewesen. Ich habe 20 Minuten damit verbracht, eine stichhaltige Erklärung aus ihm herauszuquetschen, warum er ihn denn dann überhaupt erledigt hätte, und so weiter. Nichts, niente, nada. Auf einmal blieb er stumm wie ein Stein.«

»Hausner? Wirklich?« Milka schüttelte ungläubig den Kopf. »Das kann nicht sein! Entschuldige, Paul, ich meine, Hausner kann nicht der Kopf gewesen sein.«

Die halbminütige Denkpause wurde von KHM Lang unterbrochen. »Wenn er es doch war? Wenn ihm alles zu heiß geworden war? Erst Gärtner, dann Max. Und wenn Sklenar befürchtete, Hausner könne plaudern?«

Milka wehrte ab. »Ich kann es nicht wirklich glauben. Warum sollte Hausner sich denn gegen die Übernahme des Kandinsky gewehrt haben, wenn er doch selbst der Boss war?«

Paul bestätigte: »Das klingt plausibel. Ich glaube eher, dass Sklenar uns auf eine falsche Fährte locken, uns ablenken will.

Sonst könnte er uns doch über den toten Hausner jedes erdenkliche Detail erzählen.«

»Ich gebe dir recht. Er will ablenken vom wirklichen Kopf des Ganzen. Aber warum?«

»Weil er selbst Angst hat?«

»Genau, aber vielleicht gar nicht um sich selbst«, bestätigte Milka, überzeugt, dass jetzt der passende Moment gekommen war. »Herr Lang, haben Sie Zugriff auf die Fotoalben, die Janina bei der Durchsuchung eingepackt hat?«

Paul nutzte die Gelegenheit, stand auf und drückte Milka einen Kuss auf die Wange. »Eine Überraschung? Du hast etwas gefunden?«

»Vielleicht.« Mehr war Milka vorerst nicht zu entlocken.

KHM Lang war schnell zurück mit einem Karton, einem in Folie verpackten Tuch und Handschuhen.

Milka musste nicht lange suchen, schlug die Seite mit dem Umschlag auf. »Hier.«

»Hattest du den Umschlag angefasst?«

»Mit Handschuhen und nur mit spitzen Fingern.« Milka sprach es ›sssp‹ und nicht ›schp‹ aus, was bei Paul zumindest ein Schmunzeln auslöste, ein erstes seit vielen Stunden.

Nach einer halbminütigen Betrachtung von Vor- und Rückseite, die begleitenden Überlegungen und ein kurzer Blickkontakt zugestandenermaßen eingerechnet, war für KHK Eichert und KHM Lang die Sache klar. »Wir müssen den Weggeschnittenen finden – und wir brauchen die Fingerabdrücke«, kam es nahezu unisono.

»Ich hätte einen Vorschlag«, warf Milka ein, wartete nicht auf die Verbalisierung der sich auf KHM Langs Gesicht abzeichnenden Frage. »Ich hatte in Rastatt nicht mehr die Zeit dazu. Lass uns die restlichen Aufnahmen durchsehen. Vielleicht hat Sklenar oder besser die Person mit der Kamera weitere Fotos gemacht, und wir finden sie hier.«

Paul zog das Album in einer blitzschnellen Reaktion zu

sich heran, deponierte Umschlag und Foto auf dem ausgebreiteten Tuch.

Milka und dem KHM blieb nur übrig aufzustehen und links und rechts sekundierend über Pauls Schulter zu blicken.

»Hier!« Paul schrie es beinahe heraus. »Der Strand, die gleichen Plastikliegen und Sonnenschirme. Und die gleiche Bebauung im Hintergrund. Sklenar, seine Tochter und ein Mann.«

Paul sprang auf, kam nach wenigen Sekunden mit einem Vergrößerungsglas zurück, beugte sich über die Aufnahme und stellte enttäuscht fest: »Kenne ich nicht. Jedenfalls, Hausner ist das nicht. Milka, was sagst du?«

Milka nahm sich das Glas, variierte den Abstand zu dem kleinen Fotoabzug mehrfach, mochte es auch auf den dritten Blick noch nicht ganz glauben: »Das ist Tadic! Stojan Tadic, der frühere Partner von Max. Einige Jahre jünger, aber er muss es sein.«

Paul sah sie fragend an. »Du klingst dennoch ungläubig. So, als wäre das völlig abwegig.«

»Ja, er wirkte auf mich absolut seriös, verständnisvoll und ruhig.«

Milkas Bemerkung blieb so stehen, weder KHK Eichert noch KHM Lang wollten an der Aussage rühren.

Mit einer gewissen mentalen und physischen Kraftanstrengung zugleich stand Paul auf. »Wir müssen so schnell wie möglich an Sklenars DNA – die Haarbürste. Sein Gewehr – wir brauchen einen Vergleich der ballistischen Spuren. Wir brauchen unbedingt die Fingerabdrücke auf Foto und Umschlag. Das ist dringlich. Und wir müssen an Tadics Fingerabdruck kommen. Wie wir ohne Legitimation an den allerdings herankommen sollen, das ist mir völlig schleierhaft.

»Ich hätte eine Idee«, warf Milka leise und in einem völlig unschuldigen Tonfall ein. Löste damit ein ungläubiges Staunen aus. »Bei meinem ersten Treffen mit Tadic in Heilbronn gab er mir einen Zettel mit der Anschrift von Alexander Gärtner, dem Sammler, der Max verklagen wollte. Umschlag und Zettel habe ich noch. Da müssen Tadics Abdrücke drauf sein. Meine natürlich auch.«

»Wo?«

»Bei mir zu Hause.«

»Du unterschlägst wichtige Beweismittel, Milka?« Pauls entrüstete Bemerkung war halb ernst, halb ironisch gemeint. Milka zweifelte am Verteilungsverhältnis, stampfte leicht mit dem linken Fuß auf, was bei KHM Lang eine gewisse Verwunderung auslöste.

»Ich unterschlage nicht, Paul, schlimmstenfalls habe ich zurückgehalten. Ein feiner, aber wesentlicher Unterschied. Und außerdem – du hast den Zettel ja gerade eben erst zu einem Beweismittel deklariert.«

»Ich fahre mit dir, Milka. Wir brauchen das Papier sofort.«

»Nein.«

»Was nein?«

»Du fährst nicht mit mir, du nimmst deinen Dienstwagen. Sonst muss ich dich auch zurückbringen. Und ich fahre jetzt, ich habe Hunger.«

Paul gab sich geschlagen. »Warte, ich komme mit und lade dich zum Essen ein. Aber nur, wenn du deine Spitzfindigkeiten einstellst.«

»Pauuul!«

»Ja, ja. Ich brauche noch zwei Minuten mit Herrn Lang.«

Milka fand, unter Berücksichtigung ihres heutigen investigativen Beitrags, Pauls Einladung kaum der Rede wert: Unter Hinweis auf die Eilbedürftigkeit schlug er eine auf dem Weg liegende Pizzeria in Vellberg vor. An der Pizza, fand Milka, gab es nichts zu mäkeln, auch wenn die Rustica nicht gerade die Sensibilisierung feinster Geschmacksrezeptoren herausforderte. Eher Anlass zu mäkeln gab dagegen Pauls ausschließliche Fokussierung auf seine Vernehmung, auf vorliegende und noch nicht vorliegende Beweise und auf Spekulationen, wie sie Tadic an den Wickel kriegen könnten. Ebenso missfiel ihr, dass Pauls Messer, wenn es nicht gerade ein Stück der Pizza schnitt, seine Ausführungen durch florettähnliche Bewegungen von ›Sixt‹ bis ›Quart‹ unterstrich. Da es sich, nach Milkas Meinung, um eine einmalige Verhaltensstörung handelte, ließ sie es ohne schwarze Karte durchgehen. Nur so ganz nebenbei überraschte Paul mit einer Nachricht zu Feldmeier. Das Ordnungsamt habe den Waffenschrank geprüft – ohne Beanstandungen und, wie vermutet, ohne Schnellfeuergewehr.

Verständlicherweise hatte es Kriminalhauptkommissar Eichert, Tadics Notizzettel einmal in der Hand (ja doch, ohne Fingerabdruck), mehr als eilig, in sein Büro zurückzukommen und Umschlag wie Notiz einer daktyloskopischen Analyse zu unterziehen. Allein, Milka drückte Paul mit einem »warte« wieder auf den Stuhl im Esszimmer des Mayrschen Hauses und umkreiste schweigend dreimal den Tisch, derweil die Situation einen beinahe gefährlich kritischen Zustand erreichte.

»Milka, jetzt ist genug. Entweder du teilst deine Überlegungen oder Gedanken, was immer es ist, mit mir, oder ich bin dann mal weg. Aber sofort!«

»Paul, da ist etwas, was nicht stimmt.«

»Was bitte soll nicht stimmen? Kannst du dich etwas weniger verklausuliert ausdrücken?«

»Du musst mich nicht gleich anfahren!«

Paul Eichert begriff, dass eine Beteuerung, er habe sie gar nicht angefahren, in diesem Moment alles andere als hilfreich wäre, kleidete seine Antwort in einen beruhigenden, unendlich verständnisvollen Ton. »Ich kann dich schon verstehen, Milka. In jedem Fall tauchen solche Momente des Zweifels auf. Zweifel, ob man sich auf dem richtigen Pfad befindet. Dazu muss man sich dann im Team austauschen. Also, wo drückt der Schuh?«

»Tadic. Die Fingerabdrücke auf dem Notizzettel werden nicht übereinstimmen mit denen, die auf dem angeschnittenen Fotoabzug sind.«

»Und warum bitte nicht?«

»Der Mann auf dem Foto, das kann nicht Stojan Tadic sein. Sklenars Tochter ist da vielleicht acht Jahre, also vier Jahre Differenz zu jetzt. Tadic ist heute etwa 60 Jahre. Den Mann auf dem Foto schätze ich aber auf knapp unter 50. So, jetzt ist es heraus.«

»Aber dann müsste er Tadic ja sehr, sehr ähnlich sein.«

»Ist er auch. Verblüffend ähnlich, Paul.«

»Sein jüngerer Bruder?«

Milkas Ausdruck wechselte von Ungläubigkeit über Staunen hin zu neuem Optimismus. »Paul! Du bist ein Käpsele (*hohe bis höchste schwäbische Leistungsklasse*). Das muss es sein. Lass bitte alle eure Quellen anzapfen. Und dann kommt mir noch eine Idee. Seht euch Sklenars Handy genau an. Wenn es stimmt, was wir vermuten, dann muss dieser jüngere Tadic gespeichert sein. Vielleicht wohnt der ja in Haguenau.«

»Milka, wenn es ihn gibt, dann finden wir ihn. Ich ruf dich morgen an, sobald wir mehr wissen.«

Paul kam dennoch nicht ganz so schnell weg, wie er geglaubt hatte.

KAPITEL 15

Endlich. Endlich war es Milka gelungen, zwei ganze Stunden aus ihrem Vormittagsprogramm für den Käfer herauszuschneiden. Allerdings, gestand sie sich ein, war sie nur halbherzig bei der Sache, ertappte sich bei kleinen Schludrigkeiten, die ihr gewöhnlich nicht unterliefen. Klar wusste sie, woran das lag. Nie zuvor hatte sie ihrem auf der frei geräumten Werkbank aufgestellten Handy so häufig Blicke zugeworfen, so als könne sie damit Pauls Anruf erzwingen. Selbst anrufen – das hatte sie sich strikt untersagt. Es war kurz vor 13 Uhr, als Milka den Schraubenschüssel fallen ließ und nach dem Handy griff.

»Die schlechten Nachrichten zuerst«, hörte Milka. Entweder hatte sie Pauls Begrüßung verpasst oder er hatte sie unterlassen. Allerdings wollte sie jetzt nicht voreilig auf seine gegenwärtige Stimmung schließen.

»Und?«

»Die Fingerabdrücke auf dem Fotoabzug stammen tatsächlich nicht von Stojan Tadic. Und mit Sklenar kommen wir nicht weiter. Er bleibt bei seiner gestrigen Aussage, Hausner sei der Boss gewesen, dem habe er nichts hinzuzufügen. So gesprächig er am Vortag noch war, so verschlossen gibt er sich heute.«

Also doch eher schlechte Laune. »Und die gute?«

»Wir haben über zig Telefonate mit Meldebehörden und lokaler Polizei tatsächlich einen Tadic gefunden, einen Radan Tadic. Und das, beinahe keine Überraschung mehr, tatsächlich in Haguenau.«

»Volltreffer«, kommentierte Milka überlaut, konnte aber ihre Begeisterung auch nicht mehr zurückholen.

»Ob er tatsächlich Stojan Tadics Bruder ist, wissen wir nicht.«

»Dann krallt ihn euch doch, setzt ihn fest«, versuchte sie, den Erfolg herbeizureden.

»So einfach, liebe Milka, geht das nicht. Voraussetzung dafür ist ein europäischer Haftbefehl, selbst wenn er die deutsche Staatsbürgerschaft hat – was hier der Fall ist. Und allein aufgrund vager Vermutungen stellt den niemand aus. Seinen Bruder befragen wir besser nicht, vermutlich hängt der irgendwie mit drin.«

»Bleiben diese Fälscher in Haguenau, Sklenars Handy oder Sklenar selbst. In einer knappen Stunde bin ich bei dir im Büro.« Milka schnappte einen unverständlichen Wortfetzen auf, der aber keinesfalls motivierend klang, tippte auf das Aus-Symbol des Displays und ignorierte Pauls sich unmittelbar anschließende Anrufversuche.

Milka, absolut vorbereitet auf ein gewaltiges, dienstliches Donnerwetter und präpariert, eine tierische Entschuldigung (Kuh krank) für ihr vorheriges Verhalten vorzubringen, sah sich einem lammfrommen KHK Eichert gegenüber, dessen strapazierte Züge einen stark übernächtigten Eindruck vermittelten. Sie strich ihm beruhigend über die Haare, ordnete dabei zwei, drei Strähnen, war nahe dran, Worte des mitfühlenden Bedauerns zu finden, als Paul die rechte Hand hob und eine geballte Faust krachend auf die Tischplatte niederschmetterte und das Telefon mindestens einen Zentimeter hochspringen ließ.

Milka zuckte zusammen, in der Meinung, das Unwetter würde sich jetzt über ihr entladen. Falsch. Paul sprach leise, beinahe unverständlich murmelnd. »Der Hund will einfach nicht reden.«

»Goran Sklenar?«

»Ja. Sein Handy haben wir geknackt. Da ist ein TR verzeichnet mit der Telefonnummer eines französischen Providers, Orange. TR kann doch wohl nur Radan Tadic sein, oder?«

»Ihr habt keinen Testanruf unternommen?«
»Sehe ich im Moment, da wir so wenig wissen, eher kritisch.«
»Ihr habt sonst gar nichts? Aber all die Unterlagen ...« Paul unterbrach sie beim Klopfzeichen an der Tür.
»Ja, herein.«
Milka drehte sich um, KHM Lang kam ins Büro, begrüßte Milka, als würde sie zum Team gehören, schüttelte den Kopf.
»Er redet nicht. Habe ihm die Diebstähle vorgehalten, die fein säuberlich in einer Datei seines Notebooks verzeichnet sind, die Namen und Adressen der Fälscher in Haguenau, die Einzahlungen auf sein Konto und die ballistische Auswertung der PSG1A1 - eindeutig die Waffe, mit der er auf Max Holl geschossen hat, vielmehr auf dessen ULF. Aber nein, er macht den Mund nicht auf. Was jetzt?«
In das schweigende Nachdenken hinein platzte Milkas kurzer Satz: »Ich rede mit ihm!«
»Nie und nimmer. Das kommt gar nicht in Frage.« Der reflexartige Widerspruch des Kriminalhauptkommissars wurde von KHM Lang noch vor der Begründung unterbrochen.
»Warum eigentlich nicht?«
»Sie kann niemand vernehmen, niemanden. Basta.«
»Vernehmen vielleicht nicht, aber sprechen.«
»Wie soll das denn im Protokoll aussehen?«
»Da muss es doch gar nicht rein«, protestierte Lang.
Milkas Kopf bewegte sich hin und her wie bei einem hochdramatischen Ballwechsel im Tennis und wartete auf Spiel, Satz und Sieg. Überraschenderweise gab sich Paul geschlagen.
»Meinetwegen. Milka kann es versuchen. Aber nur, wenn Sklenar einverstanden ist. Ich werde ihn fragen.«
Paul kam nach fünf Minuten zurück.
»Ich fasse es nicht. Er will.«
Milka unterdrückte jedes äußere Anzeichen ihrer inneren Befriedigung. Jetzt war sie gespannt, ob ihre kleine Strategie, die sie sich zurechtgelegt hatte, wirken würde. Paul begleitete

Milka in das Vernehmungszimmer, wurde von Goran Sklenars Worten aufgehalten: »Mikro aus und Video aus!«

KHK Eichert hatte diese Bedingung bereits erwartet: »Mikro aus, ok, nicht aber Video. Oder wir stellen zur Sicherheit jemand dazu. Was Ihnen lieber ist.«

»Einverstanden.«

Paul nickte Milka auffordernd zu und zog die Tür leise hinter sich zu.

Es verstrichen gefühlte zwei Minuten, in denen nichts passierte, absolut nichts. Milka hielt dem Blick Sklenars ruhig und gelassen stand.

Schließlich war es Goran Sklenar, der begann. »Sie wollten mich sprechen? Ich habe bereits alles gesagt.«

Milka nickte, sehr gelassen, nicht lächelnd, aber warm, ruhig und freundlich: »Ich sorge mich um Ihre Tochter Natalija.«

»Was wissen Sie denn … Ach so, ja. Die braucht Sie nicht zu kümmern, ich habe schon vor zwei Jahren einen Treuhänder bestimmt nur für den Fall, dass …«

»Für den Fall schon, Herr Sklenar. Das ist aber nicht der Grund meiner tiefen Sorge.«

»Was dann? Sonst ist da nichts.« In seiner Stimme schwang eine nur mühsam unterdrückte Unsicherheit mit.

»Da ist Tadic.«

»Ja und? Was hat Stojan mit meiner Tochter zu tun? Rein gar nichts, die kennen sich nicht einmal.«

»Ich meine Radan, seinen Bruder.«

Sklenars Gesichtszüge und seine Handbewegungen spiegelten jetzt höchste innere Anspannung. Eine Antwort gab er nicht. Er blickte nach unten, fixierte das mittig auf der graufarbenen Tischplatte platzierte Mikro.

Milka redete ruhig, beschwörend, aber nicht drängend. »Wir haben das Urlaubsfoto gefunden. Das Foto mit dem Grabstein auf der Rückseite. Der abgeschnittene Dritte – das ist Radan Tadic. Ich sage es nur ein einziges Mal: Je länger Sie schweigen, umso gefährlicher wird es für Ihre Tochter – sobald Tadic von Ihrer Verhaftung erfährt. Können Sie sich vorstellen, wie es in seinem Kopf dann rundgeht? Redet Sklenar oder redet er nicht? Das sind seine Gedanken, das fragt er sich. Und je länger es dauert, umso bohrender werden seine Zweifel, umso mehr wächst seine Unsicherheit – und das Risiko, vor lauter Wut eine unbedachte, eine sinnlose Tat zu begehen. An Sie kommt er nicht ran, weiß nicht, wo Sie sind. Aber an Ihre Tochter. Wenn Sie reden, aber nur dann, haben wir die Möglichkeit, uns Tadic zu greifen, rechtzeitig zu greifen. Und Ihre Tochter ist in Sicherheit. Und, nicht ganz unwichtig, sofern Sie später Natalija in die Augen sehen wollen, dann schmerzt das allemal weniger, wenn Sie reinen Tisch machen. Antworten auf die Fragen, die sie später an Sie richten wird, dürften Ihnen dann wesentlich leichter fallen. Bemühen Sie Ihr Restgewissen. So, das ist alles. Der Ball liegt jetzt in Ihrer Ecke. Es ist ganz allein Ihre Verantwortung, Herr Sklenar.«

Milka ließ ihre ruhig und zugleich bedacht und intensiv vorgebrachte Botschaft wirken. Saß entspannt und still auf ihrem Stuhl. Wann immer Sklenar seinen Blick hob, sah er einen unbewegt freundlichen Ausdruck auf Milkas Gesicht.

Nach zwei Minuten stand Milka auf, schob ihren Stuhl behutsam, fast geräuschlos zurecht, nickte Sklenar zu, ging langsam, aber nicht zögerlich zur Tür. Als Milka ihre Hand auf die Klinke legte, rief Goran Sklenar sie zurück. »Frau Mayr. Ich will sprechen.«

Milka ging die wenigen Schritte zurück, stützte sich, stehend, mit beiden Händen am Tisch ab, fing Sklenars Blick ein. »Über alles? Ohne Vorbehalt?«

Goran Sklenar nickte. Zwei Mal.

»Sie sind einverstanden, wenn ich Hauptkommissar Eichert rufe?«

»Ja.«

Milka öffnete die Tür, sah sich KHM Lang gegenüber. »Er ist im Büro. Ich warte.«

Paul kam ihr bereits auf dem Gang entgegen, kehrte mit Milka zurück.

»Erzähle. Ich hatte tatsächlich keinen Ton.«

»Positiv. Er will reden. Mit dir.«

»Dem Video nach zu urteilen kann er nicht viel gesprochen haben«, stellte Paul, immer noch ungläubig, fest.

»So gut wie nichts. Ich habe ihm ins Gewissen geredet. Seine Tochter Natalija und deren Sicherheit angesichts der Drohung durch Radan Tadic waren ausschlaggebend. Lass uns zusammen reingehen.«

»Milka, das kommt nicht infrage. Du kannst gern auf meinem Bildschirm alles verfolgen. Mit Ton. In einer Pause sehen wir uns dann.«

Irgendwie hatte Milka nicht den Nerv zu widersprechen, sich mit Paul zu streiten. Sie entlockte dem Automaten in der Miniküche nach zwei Fehlversuchen einen Kaffee, setzte sich an Pauls Schreibtisch, verweigerte nach einem vorsichtigen Schluck die weitere Verkostung und verfolgte die ersten, einleitenden zehn Minuten am Monitor. Bild- und Tonqualität waren wenig ansprechend, wiesen bestenfalls dokumentarische Qualität auf. Milka störte sich aber vor allem an der stark eingeschränkten Interpretationsmöglichkeit von Gestik und Mimik. Es fehlte ihr die räumliche Dimension, das persönlich Unmittelbare. Sie konnte beim besten Willen kein Gefühl für Sklenars Reaktionen entwickeln. Das machte wenig Sinn. Sie schnappte sich einen Post-it-Zettel, notierte ›bin bei Renate, bis später‹ und heftete ihn an den Screen des PC.

Paul telefonierte, als Milka zurückkam, bedeutete ihr mit einer knappen Handbewegung, im Raum zu bleiben. Milkas Blick wanderte über Paul hinweg, streifte die große Karte des Landkreises an der Wand und verharrte an den beiden daneben hängenden Gruppenfotos der Fußballmannschaft. Paul schloss sein Telefonat nach wenigen Minuten. »Du warst lang weg. Geht es Frau Beck besser?«

»Viel besser. Niemand hat mich rausgeworfen. In den nächsten Tagen wird sie wohl entlassen.«

»Und sie hat alles aus dir herausgequetscht, vermute ich mal.« Pauls Tonlage bewegte sich zwischen Besorgnis und Ironie.

Milka ignorierte Pauls kaum verhüllte Unterstellung. »Nur das, was ich hergeben wollte. Da gibt es eure schöne Floskel, man könne zu laufenden Ermittlungen nichts mitteilen. Ich sag dir, der Satz flutscht jetzt bei mir. Und was ist mit Sklenar? Hat er, oder hat er nicht?«

»Milka, lass uns ein Stück gehen, ich muss hier raus, ich brauche Luft.«

Paul lotste sie über den Ziegeleiweg in das nahe Waldgebiet über der Stadt. Milka konnte sich nicht verkneifen zu fragen, ob denn der Galgenberg nicht zu viel Omen für ihren Verdächtigen bedeute. Paul rang sich die Andeutung eines Lächelns ab, bestätigte, dass die Anhöhe ursprünglich, 1416, aus ›gutem‹ Grund tatsächlich Galgenberg hieß, 1871 aber zum Friedensberg konvertierte, bevor 1934 der alte Name wieder hervorgeholt wurde. Der habe sich bis ins Jahr 2006 gehalten. Dann sei endlich erneut Frieden geschaffen worden. Pauls Tonfall signalisierte eine gewisse Zufriedenheit mit der Aufhebung des schauerlichen Namens.

Die dicht stehenden hohen Bäume, darunter alte, durch Größe und Gestalt Ehrfurcht einflößende Eichen, boten wohltuende Ruhe, nur ganz gedämpft hörten sie die Stadt. Der schmale Waldweg war von den Spuren des Winters noch nicht beräumt. Paul klaubte einen gebrochenen Ast und warf ihn über den Wegrand.

»Ja, Sklenar hat geredet. Geredet über den Anschlag auf Max, der ihnen gefährlich nahe gekommen war. Und den er, nach seinen Worten, gar nicht töten wollte – es sollte nur ein drastisches Signal an ihn sein, den Mund zu halten. Dann über Hausner, der wohl aussteigen wollte, und über Frau Beck, die auch nur gewarnt werden sollte – so seine schön zurechtgelegte Darstellung. Auch dein Kalb und die Tarotkarte schloss er damit ein. Ja und dann hat er auch bestätigt, dass Radan Tadic der Kopf sei.«

Milka hielt Paul mit einem Griff nach seiner Hand an, blickte in sein abgespanntes Gesicht. »Seine Aussage zu Max' Tod nehme ich ihm nicht ab. Zumindest hat er seinen Tod billigend in Kauf genommen. Und die Geschichte dahinter? Den tumben Mitläufer und gedankenlosen Befehlsempfänger – diesen Eindruck macht Sklenar eigentlich nicht.«

Paul nickte mit einem müden, aber anerkennenden Lächeln. »Beide waren zusammen beim Militär gewesen. Radan war sein Vorgesetzter. Und Radan muss ihn wegen irgendeiner dunklen Sache aus dieser Zeit fest in der Hand haben. Hat ihn erpresst. Aber darüber will er sich partout nicht auslassen. Er wolle sich nicht selbst belasten.«

Fünf Glockentöne von der Michaelskirche bewegten Paul umzukehren. Milkas Blick wanderte über das randstehende Buschwerk hinweg, fand dann ihre Anknüpfung. »Meinst du, dass es bei ihm darauf noch ankommt?«

»Mord verjährt nicht. Und Mengenrabatt, na ja, eher nicht.«

»Es bringt uns momentan nicht entscheidend weiter. Sagte Sklenar etwas zu Stojan Tadic?«

Paul kickte einen kleinen Stein vom Weg. »Ja. Er spielt offensichtlich keine zentrale, keine aktive Rolle. Aber er liefert Gutachten für die Fälschergruppe, die er natürlich benannt hat. Allerdings macht er diese sogenannten Expertisen wohl nur so nebenher. Nicht sein Hauptjob.«

»Das erklärt, warum Max an dieser Stelle nicht weitergekommen ist. Er sah nur Tadics unkritisches Leistungsbild, fühlte dennoch ein diffuses Unbehagen und beendete seine Partnerschaft. Wie kommt ihr jetzt an Radan Tadic?«

Paul zuckte ärgerlich mit den Achseln. »Wie immer, wir brauchen einen Haftbefehl. Und dann müssen wir Kontakt mit den französischen Behörden aufnehmen.«

Milka blieb abrupt stehen, ihren Blick in den dunklen, schemenhaften Bereich des Waldes gerichtet – bis sie Pauls Ruf wahrnahm. »Kommst du?«

Zurück im Büro ließ sich Milka in den Besuchersessel fallen, dessen niedrige Sitzposition dem Hauptkommissar aus jeder Perspektive den herablassenden Blick von oben sicherte. »Mir ist da eine Idee gekommen«, sprach sie Paul hinterher, der, vergleichbar einem Tiger vor den Käfigstäben, hin und her wanderte.

»Vielleicht haben wir die gleiche Idee«, meinte Paul, nach der frischen, kalten Waldluft wieder einigermaßen lebendig.

»Brauchst du für deine Idee Goran Sklenar?«

Paul lächelte verschmitzt. »Wir haben die gleiche Idee. Du willst ihn als Lockvogel einsetzen. Das setzt, und das ist nicht alles, sein Einverständnis voraus.«

»Das hole ich mir.«

»Du?«

»Ja, ich. Ich habe ihn auch dazu gebracht, überhaupt zu reden. Vergiss das nicht.«

Nach Milkas Einschätzung bearbeitete Paul geschlagene zwei Minuten alle denkbaren Probleme und deren Folgeabschätzung, bevor er eine leicht gequälte Zustimmung murmelte – unter der strikten Voraussetzung, dass KHM Lang keinen Schritt von der Tür weg mache.

»Du hast es tatsächlich geschafft«, meinte Paul, als Milka nach 20 Minuten mit einem durchaus zufriedenen Gesichtsausdruck zurückkam. Es war eine Feststellung, keine Frage. »Was hat ihn dazu bewogen?«

»Letztlich zwei Argumente. Ich konnte ihn davon überzeugen, dass seine Tochter Natalija umso sicherer sei, je schneller wir Zugriff auf Tadic erhalten. Und ein klitzekleiner Hinweis darauf, dass sich seine Kooperationsbereitschaft bei der Bemessung des Strafmaßes nur positiv auswirken könne.« Milka interpretierte Pauls zweifelnde Miene richtig. »Nicht, was du denkst, Paul. Schluck es runter. Zum Teufel, ich weiß doch, dass ich kein Versprechen abgeben kann, so wenig wie du auch. Und Sklenar ist schließlich nicht blöd. Hast du eine Idee, wie wir – aha, sehe schon, du hast.«

»Ich habe nicht geschlafen. Sklenar ruft Tadic an. In Max' Bürowohnung befänden sich noch fünf Picassos. Er traut sich damit aber nicht raus. Ist nicht sicher, ob sein Auto nicht aufgefallen ist. Tadic soll helfen – mit einem Handwerkerdress zur Tarnung.«

Milka grinste. »Der soll das glauben? Wirklich?«

»Tadic kommt wahrscheinlich aus einem ganz anderen Motiv heraus – wenn er kommt. Sklenar ist zu einem Risiko für ihn geworden – spätestens nach Hausner. Wenn dann die Picassos doch stimmen sollten, umso besser.«

»Das klingt plausibel. Würde Tadic der Tochter etwas antun, dann brechen bei Sklenar alle Dämme – würde er gefasst. Besser wäre es, wenn er Sklenar um die Ecke bringt. Das würde ihm wirklich Sicherheit verschaffen. Dass wir Sklenar bereits haben, das weiß er schließlich nicht.«

»Perfekte Analyse. Und jetzt lässt du mich bitte arbeiten. Wir müssen alles vorbereiten.«

»Lieber Paul, so nicht!« Es war ein betontes, ein lang gezogenes So. »Ohne meine Initiative, das gebe ich zu, hättest du in diesem Fall allerdings gar keine Arbeit, gar nicht gehabt. Nur eure Unfallstatistik hätte einen Zuwachs verzeichnet.«

»Ist ja gut, Milka, war nicht so gemeint.« Paul war zwar gänzlich anderer Meinung, wollte aber einem weiteren, eher abträglichen Disput aus dem Weg gehen.

»Dann zeig mir bitte mal, wie eine angemessene Entschuldigung aussieht.«

Paul zeigte – mit sichtlichem Vergnügen.

Milka löste sich. Über die aktuelle Situation war ihre andere Spur beinahe in Vergessenheit geraten. »Wie siehst du jetzt Feldmeier, Paul?«

Paul blickte nach oben, zur Decke, hob leicht seine Schultern an. »Wie es wirklich war, werden wir wohl nicht erfahren. Mag sein, dass ihm auf dem Hochsitz, oder früher, wirklich die Idee kam, auf Max zu schießen. Dann eher mit einer Schrotflinte. Getan hat er es jedenfalls nicht.«

Milka hatte ihre morgendlichen Hofaufgaben hinter sich, steckte mitten in den betriebswirtschaftlichen Belangen und beäugte zum x-ten Mal misstrauisch das spiegelschwarze Display ihres stummen Handys. Die kleine Uhr auf ihrem Schreibtisch zeigte 10.30 Uhr, als Klingelton und Displaybild Pauls Anruf anzeigten. Nur für den Bruchteil einer Sekunde erwog sie, nicht anzunehmen und gleich in Pauls Büro zu fahren.

Paul sparte sich eine Einleitung: »Tadic hätte uns beinahe überrumpelt. Es war alles klar. Sklenar rief ihn heute in aller Früh an. Tadic versprach zu kommen, so gegen 16 Uhr.«

»Und?« Milka hörte, wie Paul tief Luft holte.

»Er ist bereits unterwegs. Bei Rastatt war die erste Einbuchung seines Handys, jetzt steckt er in einem kleinen Stau vor Pforzheim.«

»Mit anderen Worten, er kommt viel früher als angekündigt.«

»Er ist tricky. Sagte Sklenar nicht die Wahrheit. Wird wohl so um 13 Uhr eintreffen.«

»Sklenar ist in Max' Wohnung?«

»Für den zugegeben unwahrscheinlichen Fall, dass Tadic den Standort seines Handys orten könnte. Er ist jedenfalls gut bewacht und bestens versorgt. Natürlich lassen wir Tadic gar nicht so weit kommen.«

»Ich will dabei sein, bin in einer knappen Stunde bei dir.«

»Aber …«

Mehr hörte Milka nicht, konnte nicht mehr hören.

Die angekündigte Kaltfront, die sich von Osten kommend in der Nacht hereingeschoben hatte, wurde von einer bissigen Luftströmung begleitet, die auch in der Stadt kein Fleckchen aussparte. Ganz im Gegenteil. Die städtebauliche Komposition mancher Gebäudeensembles schien dem eisigen Wind frische Kraft einzuflößen. Einzelne winzige Schneeflocken stoben aus dem eintönig grauen Himmel und tanzten, manchmal für Bruchteile von Sekunden verharrend, in einer wirren Choreografie durch eine nahezu menschenleere Gelbinger Gasse. Der Wind zerfetzte zwei leise Glockenschläge, gerade als Milka vier Außentische mit angeketteten Stühlen passierte und das kleine Café schräg gegenüber zu Max' Wohnung betrat. Ein einsamer Zeitungsleser saß vor einer leeren Cappuccinotasse. Kein Problem, ebenfalls einen beste Aussicht bietenden Platz am Fenster einzunehmen. Milka bestellte, schaltete ihr Handy wieder an. Kurz nach halb eins. Das Display zeigte drei Anrufversuche – Paul. Alle Ansätze, in irgendeiner Form an der Festnahme Tadics aktiv involviert zu sein, hatte sie auf der Fahrt nach Hall verworfen. Nein, sie konnte nicht in Max' Wohnung, nein, sie durfte nicht die Gelbinger Gasse auf und ab gehen und nein, sie durfte auch alles andere nicht. Allein der heimliche Beobachtungsposten am Fenster des Cafés war als Idee verblieben. Noch etwa 30 Minuten, wenn Pauls Schätzung zutraf. Milka nippte an dem Caffè Crema, nahm einen Schluck Wasser und beugte sich zum Fenster, den Blickwinkel vergrößernd. Im Ladengeschäft unter Max' Wohnung meinte sie zwei ihr neue Verkäufer zu erkennen. Vielleicht gaukelte ihr aber nur die eigene Fantasie etwas vor. Der Mann hinter ihr rief nach dem Wirt, bestellte eine Flasche Mineralwasser, blätterte in der Zeitung. Allein schon das Rascheln zerrte an ihren flatterigen Nerven. Milka zuckte, als das Handy des Gastes einen dezenten Klingelton von sich gab. Sie vernahm ein kaum hörbares zweimaliges Ja, dann ein Nein. Wieder diese irgendwie elektrisch geladene Stille. Ein merkwürdiges Telefonat. Milka wandte sich um, fand nichts Auffälliges an dem Mann, blickte erneut auf ihre Armbanduhr. Noch 15 Minuten. Eigentlich war sie bloße, unbeteiligte Beobachterin, sagte sie sich immer wieder. Sie stellte ein fahriges Zittern ihrer Hand fest, als sie nach dem Wasserglas griff. Verschüttete ein paar Tropfen, als sich erneut das Handy meldete. Nicht ihres, stellte sie mit einem Seitenblick fest. Wieder war nur ein leises Ja hörbar. Nichts sonst. Milka schloss ihre Augen, verschränkte die Finger ineinander, presste so fest, wie sie konnte. Blickte auf, als ein scharfer, kalter Luftzug ihr Gesicht streifte. Ein Gast zog mit einem lauten Schlag die Eingangstür zu. Hielt mit linker Hand den hochgestellten Mantelkragen geschlossen. Schnelle Schritte. Ein kurzer, musternder Blick von oben herab auf Milka. Tadic. Radan Tadic. Vorbei. Zum nächsten Tisch. Das Rascheln der Zeitung. Laut. Die Stimme des Gastes. Schrill, schneidend scharf: »Polizei! Bleiben Sie stehen! Nicht bewegen!«

In einer Art Fluchtimpuls sprang Milka auf, ihren Stuhl seitlich wegstoßend. Fühlte sich im selben Moment von einem Arm heftig umfasst und in einer ruppigen Drehbewegung zu Tadics Schutzschild gezerrt. Seine raue, herrische Stimme, ganz knapp an ihrem Ohr vorbei: »Pistole weg! Oder der Frau passiert etwas. Hinsetzen!« Milka hörte das Atemholen. Hörte in gleicher Sekunde die sich mit einem Ruck öffnende Eingangstür. Auch Tadic musste die Tür gehört haben. Lockerte seinen Griff, wandte Schulter und Kopf nach hinten. Völlig unbedacht, nur einem inneren Überlebens- oder Fluchttrieb gehorchend, drehte sich Milka in Gegenrichtung und hechtete in die schmale Lücke zwischen zwei Tischen, knallte heftig auf das braune Laminat, stieß mit Ellbogen und Knie an zwei Stuhlbeine, hörte im kurzen Schlittern noch wilde Rufe.

Kam zum Liegen. Verschränkte ihre Hände hinter dem Kopf. Schloss die Augen. Fühlte den kalten Boden im Gesicht. Hörte erneut Stimmen. Dann ein Schuss. Laut. Grausam laut. Ein schmerzhafter Schrei. Dann Stimmen, viele Stimmen. Milka versuchte, ihren Atem zu kontrollieren. Die Gefahr ist vorüber. Bestimmt ist sie vorüber. Es kann nicht anders sein. Erneut eine Stimme. Eine, die sie kannte. Pauls Stimme. »Du kannst aufstehen, Milka. Alles in Ordnung. Komm, ich helfe dir hoch.«

Paul hielt Milka fest umarmt, führte sie behutsam an einen entfernten Tisch. »Alles ok?«

Milka nickte, tief durchatmend.

Paul zeigte auf das Gruppenbild mit Tadic. »Ich muss da jetzt dazu.«

Milka nickte, tief durchatmend.

Der Wirt sprach sie an, fürsorglich. »Einen Cognac? Geht aufs Haus.«

Milka schüttelte den Kopf, tief durchatmend. »Ein großes Glas Milch.«

Sie zwang sich zu einer rhythmischen, tiefen Atmung durch die Nase, hielt den Mund geschlossen und streckte das Ausatmen, spürte, wie sie allmählich ruhiger wurde, der Puls nicht mehr raste. Sie öffnete die Augen und griff behutsam nach dem Becher mit Milch. Nein, kein Zittern mehr. Sie zwang sich zu kleinen Schlucken, spürte erstmals den heißen Schmerz in Ellbogen und rechtem Knie und wagte einen Blick in den Raum.

Die LEDs der vor dem Café stehenden Einsatzfahrzeuge warfen Lichtblitze auf Tische und Wand. Drei Sanitäter kümmerten sich um Tadic, der mit nacktem Oberkörper auf einem Stuhl saß. Wickelten ihn in eine Rettungsdecke und führten ihn zur Tür. KHM Lang stand mit Paul zusammen, hielt eine Plastiktüte mit einer Pistole in der Hand. POM Richartz und PM Janina Veit hantierten mit Fotoapparat und Maßbändern.

Milka puzzelte gerade die einzelnen Informationen für sich zusammen, als Paul an ihren Tisch kam und einen Blick auf den

Milchbecher warf, den der Wirt zwischenzeitlich neu befüllt hatte.

»Sag's nicht, bitte nicht«, meinte Milka, Pauls Blick und Ausdruck richtig interpretierend.

Er hütete sich, wusste genau, was Milka meinte.

»Wer hat geschossen?«

»Lang. War einen Sekundenbruchteil schneller als ich.«

»Ist Tadic …?«

»Harmlos. Im rechten Oberarm getroffen. Das hat ihn aber ruhiggestellt.«

Paul setzte sich auf den Stuhl neben ihr, griff nach ihrer Hand. »Du bist wieder ok?«

»Ja. Verzeih mir. Ich wollte euren Einsatz bestimmt nicht …«

»Still. Kein Wort. Niemand von uns hatte erwartet, dass Tadic plötzlich das Café betreten würde. Unser Mann, der mit der Zeitung, war nur zusätzlich zur Beobachtung abgestellt. Tadic hatte sein Fahrzeug im unteren Bereich der Gelbinger Gasse geparkt. Alles sah so aus, als wolle er direkt das Haus zu Max Holls Wohnung betreten. Unsere Leute im Laden hätten ihn abgefangen. Urplötzlich dreht der sich um, geht auf das Café zu. Vielleicht wollte er zur Sicherheit mit Sklenar telefonieren. Wer weiß.«

»Aber ich …«

»Still, Milka, still. Dein Hechtsprung hat alles gerettet. Es ist vorbei.«

KAPITEL 16

Vor zwei Tagen hatte Paul seine Einladung ausgesprochen, tat dabei sehr geheimnisvoll. Heute, gegen 18 Uhr, würde er sie abholen. Dass er nichts verraten wollte, konnte Milka gerade noch hinnehmen. Dass er aber auch keinen noch so kleinen Hinweis darauf gab, was sie denn anziehen sollte! Das ging nun mal gar nicht. Casual, war alles, was sie ihm entlocken konnte. Konnte alles und nichts bedeuten. Nach mehreren Anläufen und kritisch fortgeschrittener Zeit entschied sie sich für eine unten schmal zulaufende Pepita-Wollhose und einen hellgrauen, locker sitzenden, fein gerippten Kaschmirpulli mit kurzem Stehkragen. Sie stand vor dem Spiegel, als Laura hereinkam und in Bewertung des Ensembles ein deutliches »geil« vernehmen ließ. Offensichtlich hatte sie sich in den letzten Tagen sprachlich einen Schritt fortentwickelt. »Paul ist da. Soll ich dir sagen.«

»Jetzt verrate mal, wo es hingeht«, konnte Milka ihre Neugier nicht mehr zähmen, als sie neben Paul im Wagen saß.

»Schwäbisch Hall.«

»Geht das auch genauer?«

»Lass dich überraschen.«

Milka ließ sich überraschen, als Paul in das Parkhaus Alte Brauerei einfuhr, und ließ sich erneut überraschen, als er sie über die Stufen vor den Eingang der Kunsthalle Würth führte.

»Paul, da ist geschlossen. Seit einer halben Stunde. Hast du einen Kunstraub vor?«

Paul nickte nur, hielt weiter ihre Hand und zog sie zielstrebig zum Eingang hin.

Die Tür öffnete sich, und Renate Beck verteilte ein herzliches Lächeln an Milka und Paul. »Kommt rein.«

Kaum am Empfang vorbei, wenige Schritte vor dem kleinen Café, hörte Milka bereits ein Stimmengewirr, das abrupt verstummte. Ebenso abrupt blieb Milka stehen, löste sich von Pauls Hand und blickte ungläubig auf eine kleine Gruppe beieinanderstehender Personen. Individuen schälten sich aus der Gruppe, eifrig allen voran Professor Lothar Ebert, unmittelbar gefolgt von Lukas und Tim Holl. Sebastian Wild, diesmal ohne Deutsch Kurzhaar, Michael Deiniger, übers ganze Gesicht strahlend, als habe sein Oldtimer gerade die Bergprüfung gewonnen. Ihr Bruder Christoph – wie war er, von ihr unbemerkt, hierhergekommen? KHM Lang und Janina Veit. Und, tatsächlich, Alexander Gärtner. Milka fügte sich in Händedrücken, in ein- und beidseitigen Wangenkuss, mit und ohne Umarmung. Und wartete auf eine Erklärung. Paul drückte Milka ein Glas in die Hand. Lukas Holl – Milka konnte es nicht glauben, er war mit Hemd und Sakko ausstaffiert – sonderte sich etwas ab, hielt einen Zettel in der Hand.

»Also, die Vorstellungsrunde ist ja schon erledigt. Der Kriminalhauptkommissar, also Milkas Freund, er hat mir gesagt, sie wüsste von nichts.«

Vereinzelter, unterdrückter Lacher.

»Ich meine natürlich von heute Abend. Ich will nur sagen, dass Renate Beck, ich und mein Bruder Tim, und natürlich auch meine Mutter, die nicht dabei ist, also wir möchten uns alle sehr bei Milka bedanken. Sie hat, das meint auch der Kommissar Eichert, ihre Unterstützung hat ganz wesentlich dazu beigetragen, dass der Mord an meinem Bruder aufgeklärt wurde. Und dafür wollen wir uns alle bei dir bedanken. Auf dich, liebe Milka.« Lukas hob sein Glas, ging auf eine gerührte Milka zu und gab ihr, sozusagen in kollektivem Auftrag handelnd, nochmals zwei Wangenküsse. Wies dann mit einer großzügigen Geste auf das vom benachbarten Sudhaus bereitgestellte Buffet.

Milka atmete auf, als nach einer knappen Stunde nahezu alle Aspekte des Falls von allen ausdiskutiert waren und sich die Gespräche individuellen Themen zuwandten, bis Renate Beck um Aufmerksamkeit bat.

»Liebe Milka, auch ich will mich bei dir persönlich ganz, ganz herzlich bedanken. Ich habe eine kurze Runde durch die Ausstellung eingeplant. Keine Angst, bitte. Ich habe nur acht Bilder ausgesucht, die wir uns näher ansehen wollen.«

Renate übernahm die Führung, hatte Werke von Dali und Picasso ausgewählt. »Abschließend ein letztes Bild, Picasso, unschwer zu erkennen. Das Bild zeigt seine Geliebte, nachdenklich sitzend, mit einer Schottenmütze ausgestattet. Es vereint, typisch für die Werkphase des Künstlers, mehrere Perspektiven.«

Milka erkannte, wie Professor Ebert zu einer sicher eher ausführlichen Ergänzung ansetzen wollte, fing seinen Blick auf, runzelte die Stirn, zog die Augenbrauen zusammen und bewegte den Kopf ein ganz klein wenig verneinend.

»So, und damit sind wir durch. Milka, wenn du noch einen genaueren Blick auf die kleine Tafel unter dem Bild werfen möchtest.«

Milka wusste zwar nicht so recht warum, aber bitte. Trat näher. »Pablo Picasso, Portrait de femme au béret écossais, 1979 - 1982. Leihgabe von Milka Mayr, Bühlerzell«, las sie vor. Stand da, wirklich. Milka drehte sich fragend um, in diesem Moment tatsächlich verwirrt. Die Gruppe hatte einen Halbkreis gebildet, war wohl eingeweiht und klatschte.

Renate Beck klärte auf. »Diese Lithografie, liebe Milka, stammt aus Max Holls Sammlung. Lukas und ich, wir haben uns darauf verständigt, dass du den Picasso erhältst. Als Dankeschön für deinen Einsatz. Das Bild wird natürlich morgen vor Öffnung abgehängt und dir übergeben. Und, halt, bevor du etwas sagst, diese Entscheidung ist unabänderlich.«

Milka atmete tief durch. »Danke. Vielen Dank.« Mehr war ihr in diesem gefühlsbetonten Moment nicht möglich.

Eine Stunde später, bei einem Glas Grauburgunder allein

mit Paul, atmete Milka durch. Sie entfaltete den Zettel, den Christoph ihr vorhin zugesteckt hatte, las.

»Etwas Besonderes?«, wollte Paul wissen. Milka gab ihm das kleine Stück Papier. »Kühe haben morgen Feiertag«, las er vor. »Du hast frei?«

Milka nickte. »Ein Dankeschön von Christoph. Und danke auch an dich. Ich war vielleicht manchmal etwas kratzig.«

»Ja«, nickte Paul, »kein Einspruch. Aber, du warst eine gute Partnerin.«

»Das, lieber Paul, mag ich am meisten an dir. Dass du mir in einer kontroversen Diskussion nicht verloren gehst.«

DANKSAGUNG

Ich bedanke mich bei

Claudia Senghaas und dem ganzen Gmeiner-Verlagsteam

Wilfried Kettemann, früherer EPHK Erster Polizeihauptkommissar in der Stadt Crailsheim

Theodor Baumann, 1. Vorsitzender des Drachen und Ultraleichtflieger Schwäbisch Hall e.V. im Luftsportverband Schwäbisch Hall e.V.

Deutscher Ultraleichtflugverband e.V., Großerlach-Morbach

Gerd Wüstner

und bei H. und S.

Weitere Titel finden Sie auf den folgenden Seiten und im Internet:

WWW.GMEINER-VERLAG.DE